CASTALIA
DIDÁCTICA
35

CANTAR DE MIO CID

COLECCIÓN DIRIGIDA POR
PEDRO ÁLVAREZ DE MIRANDA

CANTAR DE MIO CID

EDICIÓN DE
JOSÉ LUIS GIRÓN ALCONCHEL
MARÍA VIRGINIA PÉREZ ESCRIBANO

CASTALIA
DIDÁCTICA

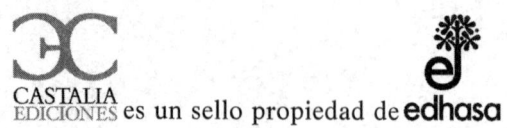

CASTALIA EDICIONES es un sello propiedad de **edhasa**

Diputación, 262, 2º1ª
08007 Barcelona
Tel. 93 494 97 20
E-mail: info@castalia.es

Consulte nuestra página web:
https://www.castalia.es
https://www.edhasa.es

Edición original en Castalia: 2009
Primera edición: abril de 2015
Primera edición, tercera reimpresión: septiembre de 2021

© de la edición: José Luis Girón Alconchel
y María Virginia Pérez Escribano, 2009, 2015
© de la presente edición: Edhasa (Castalia), 2015

Ilustración de cubierta: Joaquín Sorolla: *Niño sobre una roca* (1905). Museo Sorolla, Madrid
Diseño gráfico: RQ

ISBN 978-84-9740-491-4
Depósito Legal B 7411-2015

Impreso en Liberdúplex
Impreso en España

Queda rigurosamente prohibida, sin la autorización escrita de los titulares del Copyright, bajo la sanción establecida en las leyes, la reproducción parcial o total de esta obra por cualquier medio o procedimiento, comprendidos la reprografía y el tratamiento informático, y la distribución de ejemplares de ella mediante alquiler o préstamo público.
Diríjase a CEDRO (Centro Español de Derechos Reprográficos, www.cedro.org) si necesita fotocopiar o escanear algún fragmento de esta obra Diríjase a CEDRO (Centro Español de Derechos Reprográficos, www.cedro.org) si necesita fotocopiar o escanear algún fragmento de esta obra o entre en la web www.conlicencia.com.

SUMARIO

Introducción 13
1. *El manuscrito y el género épico* 14
2. *Geografía, historia y poesía* 25
3. *Temas y estructura* 33
4. *Composición y estilo* 37
    4.1. *La métrica* 37
    4.2. *El sistema formulístico* 40
    4.3. *La técnica de la composición narrativa* 44
    4.4. *La lengua y el estilo épicos* 49
    4.5. *Las fuentes artísticas del poema* 52
5. El *Cantar de Mio Cid* y la épica española 53

Bibliografía 59

Documentación gráfica 65

Nota previa 71

Cantar de Mio Cid 73
    Cantar primero 75
    Cantar segundo 167
    Cantar tercero 251

Documentos y juicios críticos 347

Orientaciones para el estudio de *Cantar de Mio Cid* ... 367

Notas textuales 385

A nuestro hijo

ADVERTENCIA A LA SEGUNDA EDICIÓN RENOVADA

Esta segunda edición del *Cantar de Mio Cid* es «renovada», principalmente, porque hemos vuelto a editar el texto con un criterio que combina —en un equilibrio muy trabajoso— el respeto al manuscrito y a la métrica de los cantares de gestas. Este segundo respeto fue mucho menos estricto en la primera edición, en la que habíamos concedido la prioridad al manuscrito. Ello —y la actualización bibliográfica— nos ha obligado a renovar también otras secciones de la edición: Introducción, Bibliografía, Nota previa, Notas y Llamadas de atención, Documentos y juicios críticos y Notas textuales.

Madrid y Cádiz, primavera de 2007

NOTA A ESTA ADVERTENCIA
A LA SEGUNDA EDICIÓN RENOVADA

Cuando ya habíamos entregado a la Editorial Castalia el original de esta segunda edición, hemos visto la también segunda, y prolija, edición de A. Montaner. En la pág. cccxlv del prólogo da la lista de editores de los que ha tomado algo; al final de esa relación pone una nota al pie, la 284, en la que afirma que «no h[a] tenido especialmente en cuenta» nuestra edición, y otra más, por considerarlas adaptaciones de la suya de 1993, y en la que nos acusa —a [María Virginia Pérez] Escribano y a mí mismo— de no haber tenido la honradez de reconocerlo.

Dejando aparte la mala crianza de mutilar el primer apellido de la coautora de nuestra edición, no sabemos muy bien qué significa con exactitud 'no tener en cuenta especialmente'. Si Montaner usa ese adverbio con el significado que le asigna el *Diccionario* de la Real Academia Española —«con especialidad»—, quizá haya hecho bien en no haber tenido en cuenta nuestra edición, que notoriamente está dirigida a estudiantes de bachillerato (aunque sabemos que se usa y recomienda en las aulas universitarias). Claro que esa modificación adverbial de 'no tener en cuenta' deja las puertas abiertas a la interpretación de que para otros fines acaso sí se haya tenido en cuenta, lo que resulta difícil casar con la calificación de mera adaptación. También puede ser que el autor haya salido por los cerros de Úbeda.

Eso es lo que sospechamos, en efecto, al evaluar la imputación de que adaptamos solamente su texto, al parecer. No, no; hemos adaptado, para nuestro público bachilleril, otras ediciones, que reconocemos y enumeramos de la nota previa (pág. 64 de la primera edición), junto con la de Montaner (1993), claro está. Que Montaner se crea —y lo diga sin ambages— que sólo lo hemos adaptado a él es un problema que se sale de la filosofía para adentrarse en el complejo mundo de la psicología. ¿Es que se cree de verdad Montaner que lo hemos adaptado a él más que a Menéndez Pidal, por ejemplo?

Finalmente, Montaner no dice la verdad y es injusto, cuando nos imputa falta de honradez por no haber reconocido que lo hemos adaptado. Bastaría que hubiera leído nuestra mencionada Nota Previa para percatarse de que no podía escribir semejante «vanidat». No queremos pensar que Montaner es de los que escribe sobre libros que no ha leído, al menos, con el cuidado que se merecen.

Madrid, 5 de junio de 2008

La leyenda pasó por fin al dominio común. Lo que confirma el natural y simple hecho de que la tradición oral es la única fuente de comunicación que no se puede saquear, robar ni borrar.

(A. ROA BASTOS, *Vigilia del Almirante*)

Octave Pirmez a noté quelque part qu'on passe de l'amour di beau à l'amour du vrai, et de l'amour du vrai à l'amour du juste, plutôt qu'on ne suit la marche inverse

(M. YOURCENAR, *Souvenirs pieux*)

Introducción

En 1895 don Ramón Menéndez Pidal ganaba el concurso que había convocado la Real Academia Española para establecer el texto, la gramática y el vocabulario del *Cantar de Mio Cid* (CMC). La obra[1] era publicada unos años después —entre 1908 y 1911— y abría en España el camino de la investigación filológica científica, pero abría también —en España y fuera de España— la polémica sobre el CMC y la épica española. Los términos de esta polémica pueden resumirse así: autor y fecha de composición del único poema épico conservado en un manuscrito, valor histórico del poema, tipo de composición (oral o escrita, con la consiguiente valoración de temas y formas), lugar de ese poema conservado en el marco de una épica que ofrece «el escándalo de los textos perdidos y el milagro de los temas perdurables»,[2] es decir, una épica de la que sólo quedan fragmentos o testimonios más o menos indirectos y cuyos textos, por tanto, sólo pueden ser reconstruidos. Sobre estos temas se lleva discutiendo un siglo.

---

[1] *Cantar de Mio Cid. Texto, Gramática y Vocabulario*, 4ª ed., Madrid, Espasa-Calpe, 1969 [1964].

[2] R. Menéndez Pidal, *La épica medieval española. Desde sus orígenes hasta su disolución en el romancero*, Ed. de Diego Catalán y María del Mar de Bustos (Obras Completas de R. M. Pidal, XIII), Madrid, Espasa-Calpe S A., 1992, pp. 215 y ss.

Todavía hay cuestiones pendientes: la cronología de la épica, la métrica, la relación de épica y crónicas, la funciones de la oralidad y de la escritura en los textos épicos.[3] Con la finalidad de facilitar la comprensión del texto y de estimular su estudio pasaremos revista en esta introducción a los principales temas y problemas enumerados, agrupándolos en cinco secciones: el manuscrito y el género épico, los aspectos históricos y geográficos desde el punto de vista de la creación poética, los temas y la estructura de la obra, la composición y el estilo y, por último, la ubicación del CMC en el conjunto de la épica castellana.

1. El manuscrito y el género épico

El CMC, el único poema épico que nos ha llegado casi completo, se conserva en un manuscrito que también es único, porque, a diferencia de lo que suele suceder con muchos otros manuscritos medievales, éste sólo contiene nuestro texto. Esta circunstancia ha abierto dos interrogantes que remiten a discursos diametralmente opuestos: ¿es el CMC el final de una tradición épica de textos orales perdidos en su mayoría, pero de los que hay indicios inequívocos e incluso quedan restos (como el fragmento del *Roncesvalles*)?, o, por el contrario, ¿es la obra de un poeta individual y, por tanto, el comienzo de un género (o si se quiere, la adaptación castellana de un género francés)? En última instancia, la clave para ponderar estas cuestiones y lo que implican está en el manuscrito.

El códice se guarda en la Biblioteca Nacional de Madrid desde 1960. Consta de 74 hojas de pergamino, pero faltan tres, una al principio y dos en el interior (las que iban entre la 47

---

[3] Véase A. D. Deyermond, «El "Cantar de mio Cid" y la épica», en F. Rico (dir.), *Historia y crítica de la literatura española, 1/1, Edad Media. Primer suplemento*, Barcelona, Ed. Crítica, 1991, pp. 52-70: p. 64.

y 48 y entre la 69 y 70). La letra es de mediados del siglo XIV, y es la misma a lo largo de todo el manuscrito, salvo en los dos últimos versos. El poema se escribe seguido, verso a verso, sin ninguna otra división y sin título. En el *explicit* se afirma que Per Abbat escribió el libro en la era hispánica de 1245, esto es, en el año 1207 de la era cristiana. Por las correcciones y otros detalles ecdóticos no hay duda de que el manuscrito existente es una copia de aquel manuscrito hoy desconocido de principios del siglo XIII. En 1596 este mismo manuscrito que hoy conservamos fue copiado por don Juan Ruiz de Ulibarri y Leyba, copia que también conservamos.

Volvamos a la parte final del manuscrito. Después de consignar el dato de que Per Abbat escribió el libro en 1207 (vv. 3731-3733), hay un segundo *explicit* que indica con letra distinta (vv. 3734-3735) que el texto escrito se leía en público por alguien —un juglar— que pide como recompensa por su trabajo vino (para aclarar la garganta) y, además, dinero o cualquier otra prenda. De este modo, el texto, en su conclusión, plantea los problemas del autor, la fecha y el modo de difusión del poema. Como se trata evidentemente de un poema épico, el final del manuscrito lo que plantea indirectamente es el problema de la epopeya medieval, castellana y románica.

La épica es poesía heroica, un género que se puede definir temática y formalmente. Hay poesía heroica cuando los hombres se fijan como aspiración suprema la consecución del honor a través del peligro. Ello supone un héroe, una situación de deshonor, una acción encaminada a reconquistar el honor perdido y los antagonistas y coprotagonistas que diversifican tal acción. Desde un punto de vista formal, la poesía épica se caracteriza por el verso, agrupado en tiradas o estrofas abiertas; por ser una narración que no se plantea un cambio de valores, sino la defensa y el triunfo de los valores reconocidos por la colectividad —que son precisamente los que encarna el héroe épico y los que, por su ausencia, denuncian al antihéroe—; por ser una narración realista en su fondo social (por eso el poema épico puede servir de documento histórico), aunque los personajes presentan caracteres extraordinarios e hiperbólicos, y por ser una narración impersonal y dramática, es decir, una narración en la que el narrador se pone muchas veces en la situación del espectador y deja hablar con frecuencia a sus personajes.

El poema épico es un texto disponible para la recitación oral (con un componente musical difícil de precisar, aunque seguro por el testimonio histórico de que los juglares se acompañan de instrumentos musicales). Luego discutiremos si esta difusión oral implica también composición oral. De momento hay que señalar —también como características esenciales del género épico— que esta oralidad implica un intérprete profesional y una retórica determinada. En el caso de la épica española, el profesional recibe el nombre de juglar. La retórica del género es común y consta de dos elementos fundamentales: el sistema formular (las fórmulas, frases formularias y motivos, de los que luego hablaremos) y la capacidad de improvisación del intérprete.

Estos son los rasgos que definen la epopeya. Pero este género que es universal se da, sin embargo, en distintos momentos históricos según los lugares. La Edad Media es la época de la épica románica, y, más concretamente, entre los siglos X y XII florecen la épica francesa y la épica castellana. ¿Por qué las aislamos del resto de la épica románica? Porque los héroes de uno y otro lado de los Pirineos han de enfrentarse a un enemigo común: el árabe invasor. El mundo árabe es importantísimo en las epopeyas castellana y francesa, no sólo porque proporciona el personaje antagonista, sino también porque impregna la creación artística de elementos semíticos muy notables, como la venganza de sangre, el nombrarse a sí mismo del héroe en la batalla, el poner nombre a espadas y caballos, la presencia de la mujer en el combate, etc. Pero también hay diferencias importantes: la épica castellana es menos rica métricamente que la francesa, pero más histórica, más realista, más comprometida ideológicamente con los conflictos sociales que están en la base de los hechos que se relatan. Es decir, la épica castellana es una épica más cercana a los hechos que narra.

La épica castellana manifiesta, pues, frente a la épica francesa y románica, características distintivas. En primer lugar, contrasta el hecho de que la mayor parte de los poemas épicos castellanos se haya perdido. Sin embargo, la tradición épica ha pervivido a lo largo de la historia con una extraordinaria vitalidad: el romancero tradicional de ayer y de hoy, las crónicas medievales, el teatro del Siglo de Oro, la novela histórica y las leyendas heroicas del Romanticismo y, en fin, el cine y la novela de nuestros días son géneros y formas a través de los cuales se ha conservado y transmitido —a veces con incomparable riqueza artística— la materia épica castellana. En segundo lugar, el CMC, el único poema conservado casi completamente, presenta una acusada diferencia con respecto a los otros poemas épicos que conocemos por fragmentos o por prosificaciones cronísticas o por otros indicios: tal diferencia se cifra en el realismo económico que sirve de fondo al relato, en la mesura del héroe, en la sobriedad estilística, en el final feliz y, en resumidas cuentas, en la modificación que todos estos hechos aportan a los patrones del género épico tradicional.

La épica medieval se difunde oralmente; los dos últimos versos del texto del CMC lo confirman. Pero ¿se compone también oralmente? La del origen de la épica es una cuestión muy debatida. Filólogos imbuidos de una cosmovisión romántica (como Gaston Paris) armaron la explicación llamada *tradicionalista*: el poema épico tiene su origen en una cantilena épico-lírica de tema nacional y autor anónimo y colectivo que, transmitida oralmente, se va transformando y ampliando. Un punto de vista bien distinto es el de J. Bédier, que intenta explicar el cantar de gesta como la creación de un *autor individual* ligado a un monasterio; la épica surge como propaganda religiosa a lo largo de los grandes caminos de peregrinación (a Roma, a Santiago). Menéndez Pidal acuña la expresión *neotradicionalismo* para armonizar las tesis individualista y tradicionalista: la creación individual se da en el momento cercano al hecho histórico y su producto es el canto historial; luego estos cantos historiales se difunden y amplían hasta convertirse en cantares de gesta; la difusión es el dominio de la colectividad, del *autor-legión*; cada recitación juglaresca es una realización distinta del poema que vive en variantes; el poema tiene una vida oral en el seno de la sociedad y puede permanecer en *estado latente* si no conoce otras manifestaciones o no deja otras huellas indirectas. La tesis neotradicionalista, fundada en sólidos hechos lingüísticos e histórico-culturales, es todavía una explicación válida. En efecto, los arcaísmos lingüísticos (véase § 4.4), la pervivencia de la materia épica en las crónicas, teatro áureo, etc., la existencia de fragmentos de poemas épicos, como el *Roncesvalles*, y, sobre todo, la vitalidad y pervivencia del Romancero Oral y Tradicional, género en el que se sigue difundiendo una gran parte de la materia épica, son argumentos difícilmente rebatibles. No obstante, en los últimos años algunos investigadores han vuelto a proponer explicaciones individualistas. La más conocida acaso sea la de C. Smith, quien atribuye el CMC a la creación de un autor individual de nombre conocido: el Per Abbat que aparece en el *explicit* del manuscrito. Por último, el cada vez más profundo conocimiento de la épica oral yugoslava del siglo XX y de la serbocroata del XIX ha venido a demostrar la coherencia y eficacia de la teoría neotradicionalista. Aunque las circunstancias históricas y sociales no sean las mismas para la Castilla del siglo XII y la Serbia y la Croacia de los siglos XIX y XX, resulta más que probable la homogeneidad del sistema formulario con que se compone la épica oral en uno y otro ámbito y, lo que es más importante todavía, la posibilidad de que en el CMC se dé también la misma compatibilidad de autor y tradición popular, por un lado, y de complejidad artística y oralidad, por otro, que encontramos en los poemas serbocroatas. Incluso —*last but not least*—, parece posible explicar el anisosilabismo del CMC como resultado de la evolución de la métrica acentual germánica, lo que ha llevado a Miletich a suponer que la lengua gótica sobrevivió en la Península mucho más tiempo de lo que se supone.[4]

El punto de fricción del neotradicionalismo y del individualismo es el valor artístico del poema y la presencia en él de elementos cultos. Pero hay que tener en cuenta que desde la perspectiva neotradicionalista no todos los juglares creadores y difusores de la épica son incultos o practican un arte exclusivamente popular y, también, que el mismo CMC no está exento de ciertos desajustes y ciertas fallas artísticas. A esto hay que añadir que la noción de textualidad no es exclusivamente literaria; de acuerdo con los resultados más recientes del análisis del discurso y de la pragmática lingüística, la textualidad es asimismo una condición de las producciones orales, en cuanto que también están caracterizadas por las notas de coherencia, cohesión, intencionalidad, aceptabilidad lingüística, carácter informativo, adscripción a una situación comunicativa o tipo de texto e intertextualidad.[5] Por eso estas producciones orales se pueden llamar textos con igual derecho que las escritas. Cuando se pueden adscribir a la situación comunicativa específica que se identifica con un determinado género literario, entonces podemos hablar de texto oral literario. Creemos que muchas veces los críticos individualistas identifican indebidamente las nociones de texto escrito, creación artística y autor culto. Como ha señalado oportunamente Ch. Faulhaber,[6] los facto-

---

[4] Véase J. S. Miletich, «Repetition and Aesthetic Function in the *Poema de mio Cid* and South-Slavic Oral and Literary Epic», *Bulletin of Hispanic Studies*, 58 (1981), pp. 189-196; y del mismo autor, «Folk Literature, related forms, and the making of the *Poema de Mio Cid*», *La Corónica*, 15 (1986-87), pp. 186-196.

[5] Véase, por ejemplo, Jan Renkema, *Discourse studies. An introductory textbook*, Amsterdam/Philadelphia, John Benjamins Publishing Company, 1993.

[6] «Neo-traditionalism, Formulism, Individualism, Recent Studies on the Spanish Epic», *Romance Philology*, XXX (1976), pp. 83-101.

res de improvisación, escritura e influencia culta no son incompatibles con la explicación neotradicionalista y por eso hay que estudiar en las tradiciones épicas orales el modo como están presentes, frente a la memorización, la oralidad y los elementos populares.

De modo que, volviendo al final del manuscrito del CMC, la petición juglaresca de vino y dinero o prenda, es claro indicio de que el poema se compuso para la difusión oral (a cargo de un juglar o de más de uno, con acompañamiento musical o sin él, por medio de una recitación o de un canto salmodiado, en una representación —una *performance*— más o menos rica en gestos y movimientos, en ambientaciones escénicas,[7] etc.) ¿Se compuso también oralmente o lo compuso un autor individual que seguía las convenciones del género épico oral? No es necesario atarse a la disyuntiva. Como señala C. Alvar,[8] una misma explicación —composición oral, composición escrita— no es válida para todos los cantares de gesta y, por otra parte, hay cantares de gesta que se componen por escrito para ser leídos —«en contra de los principios fundamentales del género»—: esto ocurre en la segunda mitad del siglo XII, cuando la difusión del papel abarata el consumo de la literatura; entonces se complica la trama de los poemas épicos, se reúnen en ciclos y da comienzo la transición de la épica a la novela de caballería. Muy bien pudo ser este el caso del CMC, puesto que la unidad y cohesión del texto —a pesar de ciertas fallas e interpolaciones— nos llevan a una versión de un poema oral previo, escrita por un autor individual en una fecha concreta, hipótesis que no repugna a la explicación neotradicionalista. Con lo que ya estamos en las otras dos cuestiones apuntadas en el *explicit*: las del autor y la fecha.

---

[7] Véase J. K. Walsh, «Performance in the *Poema de mio Cid*», *Romance Philology*, 44 (1990), pp. 1-25.

[8] *Épica española medieval*, Edición de M. Alvar e Introducción de C. Alvar, Madrid, Editora Nacional, 1981, pp. 32-33.

Son dos cuestiones que van unidas. M. Pidal señaló que había dos autores: el juglar de San Esteban de Gormaz, autor de una primera versión hacia 1110, muy cercana por tanto a los hechos históricos que constituyen la materia de la narración literaria (el Cid histórico había muerto en 1099); y el juglar de Medinaceli, autor hacia 1140 de la versión que nos ha llegado por transmisión escrita del códice único.

Argumentos de muy diversa índole apoyan esta propuesta. En primer lugar, el arcaísmo lingüístico, del que ahora vamos a poner un solo ejemplo (véase § 4.4). Una rima estropeada como *fuert* y *señor* (vv. 1330-1331) hace pensar que el texto original tendría *fort* o *fuort*, dos maneras de pronunciar y de escribir que todavía en la primera mitad del siglo XII coexistían con la pronunciación innovadora [fwért]; el escriba del siglo XIV ya no conocía esos usos y escribió *fuert* a costa de la rima.

Un segundo argumento a favor de la fecha temprana es la historicidad general de hechos y personajes a la que nos vamos a referir más adelante. También, la alusión a un hecho histórico como la guerra entre el rey de Marruecos y el de los Montes Claros (vv. 1181-1182), es decir, entre los almorávides del Norte de la cordillera del Atlas y los almohades del Sur: este suceso tiene lugar a partir de 1120, es posterior a la muerte del Cid histórico; el anacronismo, por tanto, únicamente tiene sentido si situamos la composición del CMC en torno a ese año, en la primera mitad del siglo XII; semejante alusión a finales del siglo XII o comienzos del XIII sería inexplicable. Las instituciones monetarias del poema, que corresponden al primer tercio del siglo XII, son otra prueba —no rebatida— de fecha temprana.

Y por último, la mención que el *Poema de Almería*[9] —un poema en hexámetros latinos de 1147— hace de un 'cantar' de

---

[9] Véase su edición, traducción y estudio en H. Salvador Martínez, *El «Poema de Almería» y la épica románica*, Madrid, Gredos, 1975.

Meo Cidi en el que Minaya Álvar Fáñez aparece como el número dos. El epíteto *Meo Cidi, Mio Cid*, no se encuentra en la documentación histórica cidiana, aunque alterna con «Campeador» en el *Linaje navarro del Cid*, de hacia 1194, y en el *Liber Regum I*, de entre 1194 y 1211. Y, desde luego, el que Minaya sea el brazo derecho del Cid es algo que no tiene nada que ver con la historia y sí con el CMC. Aunque se ha pretendido quitar fuerza a este argumento del *Poema de Almería*, alegando que el cantar mencionado podría ser otro distinto del que nos ha llegado,[10] es evidente que existió una materia épica cidiana en la primera mitad del siglo XII. Y parece más razonable y verosímil relacionar con ella el manuscrito existente que no considerarlo como un texto que nada tuviera que ver, tanto más cuanto que la consideración de Minaya como segundo sigue pareciéndonos un argumento inobjetable.

La tesis de la fecha temprana (primera mitad del XII) encontró pronto un escollo importante. Los documentos jurídicos que se mencionan están redactados y presentados con una técnica que no puede ser anterior a 1180. Se empezó a creer que quizá la versión del CMC que poseemos se podría haber escrito en 1207. M. Pidal había creído que las instituciones jurídicas del CMC se correspondían con la tradición jurídica germánica, pero Mª Eugenia Lacarra[11] en un documentado libro sobre el tema llega a la conclusión de que el Derecho del poema es el Derecho Público —de base romana— que preside la redacción de los Fueros de la Frontera (como el de Cuenca) de finales del siglo XII y principios del XIII. Por otra parte, la actitud que se adopta en la guerra contra los moros se corresponde con lo que en la realidad histórica tiene lugar entre la batalla de Alarcos (1195) y la de las Navas de Tolosa (1212).

---

[10] Véase A. D. Deyermond, *El Cantar de Mío Cid y la épica medieval española*, Barcelona, Sirmio, 1987, pp. 20-21.

[11] *El «Poema de mio Cid». Realidad histórica e ideología*, Madrid, José Porrúa, 1980.

De ahí a proponer que el CMC lo había escrito un autor culto de finales del XII no había más que un paso. Incluso se ha llegado más lejos, al tratar de identificar mediante hipótesis no probadas a ese desconocido autor con un abogado de la familia de los Lara de Molina de Aragón de principios del siglo XIII o con un notario burgalés experto en Derecho y en Épica francesa.[12]

La tesis de la fecha tardía no es, sin embargo, una conclusión irrefutable. Algunos de los argumentos en que se sustenta muestran fisuras. El mundo jurídico del poema se corresponde en sus líneas generales con el panorama trazado por Lacarra, pero algunos usos descritos en la escena de las cortes de Toledo (el que el acusador se dirija directamente al acusado, sin intervención del juez) tienen un claro origen germánico y remiten a épocas anteriores a finales del siglo XII. La insistencia en la cultura del autor como contrapartida al carácter juglaresco señalado por M. Pidal tampoco conduce muy lejos, porque desde hace ya tiempo sabemos que juglaría y cultura literaria no son nociones incompatibles.[13] Y después están los argumentos que encaminan directamente a una fecha temprana y que no han podido ser rebatidos.

Hay una tercera vía en la que parece posible armonizar de un modo verosímil y coherente la tesis de la composición temprana con las exigencias más objetivas de una redacción tardía. La inauguró J. Horrent[14] al proponer que el texto

---

[12] Véase el libro citado en la nota anterior, y el de C. Smith, *La creación del Poema de mio Cid*, Barcelona, Ed. Crítica, 1985. Véase también I. Michael, «Per Abbat, ¿autor o copista? Enfoque de la cuestión», en *Homenaje a Alonso Zamora Vicente. III. Literaturas medievales. Literatura española de los siglos XV-XVII*, Madrid, Castalia, 1991, 179-205.

[13] Véase R. Menéndez Pidal, *Castilla, la tradición, el idioma*, Madrid, Espasa-Calpe, 1966, 4ª ed. (Colección Austral, nº 501), pp. 77-85, y *En torno al Poema del Cid*, Barcelona, Edhasa, 1970, pp. 105-113.

[14] *Historia y poesía en torno al «Cantar del Cid»*, Barcelona, Ariel, 1973, especialmente pp. 245-311.

conservado es el producto de tres versiones sucesivas: la más antigua, de hacia 1120; una segunda, que refunde la primera, entre 1140 y 1150, en tiempos del «emperador» Alfonso VII de Castilla; y, por último, una nueva refundición después de 1160, con modernismo correspondiente al reinado de Alfonso VIII —el primer rey de Castilla que desciende del Cid—, y con formas lingüísticas antiguas (de hacia 1120). Esta tercera refundición es la que nos ha llegado en la copia de Per Abbat.

Una opinión muy parecida es la sustentada por F. Rico.[15] El poema existente sería el producto de la refundición anacrónica llevada a cabo a finales del siglo XII sobre una materia épica que se venía transmitiendo y refundiendo oralmente a lo largo de todo ese siglo. El anacronismo consiste en la adaptación del poema a la ideología de la Frontera, propiciada por los infanzones y basada en la aspiración de estos nobles de segunda fila a subir dentro del estamento nobiliario y a equipararse a los miembros de la más alta nobleza de los *ricos omnes*. Esta adaptación conserva, junto con significativos rasgos lingüísticos, la trama y el armazón esencial del poema de la primera mitad del siglo XII.

Desde esta perspectiva no tiene mucho sentido plantearse si hubo un autor o dos. En cierto modo, queda corroborada la tesis del *autor-legión*; pero también queda satisfecha la necesidad de un autor que, desde un punto de vista técnico y artístico, sabía muy bien lo que hacía. Desde luego, lo que no parece posible es la identificación del autor con el copista. El poema nos ha llegado en un códice que es producto de una transmi-

---

[15] Véanse «Parentela del *Cid*», en su libro *Primera Cuarentena y tratado general de Literatura*, Barcelona, El Festín de Esopo, 1982, pp. 21-24; «Del *Cantar del Cid* a la *Eneida*: tradiciones épicas en torno al *Poema de Almería*», *Boletín de la Real Academia Española*, 65 (1985), pp. 197-211; y «La poesía de la historia», en *Breve biblioteca de autores españoles*, Barcelona, Seix Barral, 1990, pp. 15-28. Una opinión muy parecida, en J. J. Duggan, *The 'Cantar de mio Cid'. Poetic creation in its economic and social contexts*, Cambridge, Cambridge University Press, 1989, especialmente pp. 143-144.

sión escrita, independiente de la transmisión oral en que se ejecutaba. Las rimas estropeadas por la modernización lingüística o por otros motivos, junto con otros desajustes y fallas, no casan en absoluto ni con un autor culto ni con un autor que crea una épica nueva. En este sentido podemos suponer que, muy probablemente, el manuscrito de Per Abbat nos transmite, no tanto un texto que se ha escrito para ser recitado o ejecutado oralmente, sino la recepción de un texto que se ejecuta en una concreta función juglaresca. Nada nos impide pensar que la escritura de ese texto oral —fundamento imprescindible del espectáculo— se debe a su valor de obra que culmina un género y abre una nueva forma de hacer épica.

2. Geografía, historia y poesía

El realismo y la proximidad a los hechos narrados son características que el neotradicionalismo ha destacado en el CMC. Apenas hay discusión en lo tocante a la geografía del poema. El autor conoce muy bien Burgos, sus alrededores y la región que se extiende por San Esteban de Gormaz hacia Medinaceli y Calatayud. A partir de ahí y hacia Valencia da la impresión de que el conocimiento es de segunda mano. Sin embargo, no hay grandes errores y, alguna vez, parece imposible pensar que el desconocido autor no tuviera una información bastante directa del Levante español. Quien dice, describiendo la subida de la familia del Cid al alcázar valenciano, «El invierno es exido, que el março quiere entrar» (v. 1619), es alguien que conoce muy bien la maravilla del clima de Valencia apenas quince días antes de que se acerque San José.

En donde se ha producido una considerable polémica es en el ámbito de la valoración histórica del poema. Nos parece que se trata de un falso problema, en cierto modo corolario de las tesis sobre la fecha y el autor. Menéndez Pidal, con un profundo conocimiento de las crónicas y de la documentación en general,[16] destacó el valor histórico del CMC, frente a la épica francesa, como decíamos. Pero nunca negó el valor poético de la obra. Poesía e historia van de la mano, como no puede ser menos en un cantar de gesta. Desde luego, el neotradicionalismo pone el énfasis en la historicidad del poema. Y acaso sea este enfoque el que, desde L. Spitzer,[17] ha movido a los que ven en él sólo una obra de arte (que suelen ser los que creen en el autor culto de fecha tardía) a poner un énfasis (por lo menos igual) en su endeble fidelidad a la historia. Ante esta nueva oposición de criterios, quizá lo mejor sea cotejar el Cid histórico y el Cid literario.

Previamente hemos de consignar las fuentes, tanto históricas como literarias, del Cid. Por lo que respecta a las primeras, hay que mencionar, en primer lugar, los 27 diplomas que demuestran la participación de Rodrigo Díaz en las cortes de Sancho II y Alfonso VI, en el período que va de 1065 a 1088. El último que se conserva es de 1098 y se refiere a la dotación de la catedral de Valencia y de su obispo Jerónimo. Después está la *Historia Roderici*, un conjunto de fragmentos documentales en latín compuestos en la primera mitad del siglo XII. Hay también noticias históricas del Cid en las crónicas árabes contemporáneas de Ben Bassam y Ben Alcama y, dentro de la historiografía romance, en la *Crónica General*, *Crónica de Castilla*, *Crónica de Veinte Reyes* y en el *Cronicón de Cardeña*. Las fuentes literarias son el *Carmen Campidoctoris*, el *Poema de Almería*, el romancero viejo de tema cidiano, las *Mocedades de Rodrigo* y, por supuesto, el CMC. El *Carmen* es un poema latino, escrito hacia 1082 ó 1083, de autor probablemente catalán y enemigo del conde de Bar-

---

[16] Su libro, *La España del Cid*, 2 volúmenes, 7ª ed., Madrid, Espasa-Calpe, 1969, escrito en 1929, sigue siendo una referencia imprescindible para este punto.

[17] Véase «Sobre el carácter histórico del *Cantar de mio Cid*» [1948], ahora en *Estilo y estructura en la literatura española*, Barcelona, Editorial Crítica, 1980, pp. 61-80.

celona; cuenta la vida del Cid desde el principio, y destaca el enfrentamiento con el conde García Ordóñez y la derrota de éste en Cabra. El *Poema de Almería* se halla al final de la *Chronica Adefonsi Imperatoris* (escrita entre 1147-1149) y habla de la pareja Roldán-Oliveros y de la pareja española Cid-Álvar Fáñez, atestiguando la existencia de un poema de *Meo Cidi* que se canta (*cantatur*). Debe tenerse en cuenta que el epíteto *Meo Cidi* o *Mio Çid* se le empieza a aplicar al héroe después de la conquista de Valencia en 1094 y que en la pareja Cid-Álvar Fáñez del *Poema de Almería* el segundo aparece como lugarteniente del primero, circunstancia que se encuentra en el CMC, pero no en la documentación histórica. En fin, las *Mocedades* son un poema épico tardío e incompleto que relata los hechos de juventud del héroe.

¿Qué es lo que sabemos del Cid histórico? Que murió en 1099, por lo que es probable que hubiera nacido hacia 1044. Sabemos también que participó activamente en la política de los reinados de Sancho II y Alfonso VI. Primero estuvo al lado de Sancho contra su hermano Alfonso; más tarde sirvió a Alfonso y obtuvo de él importantes honores. En 1074 lo casó con su sobrina Jimena Díaz y fueron garantes del contrato matrimonial los condes García Ordóñez y Pedro Ansúrez; en 1075 declaró sus bienes libres de impuestos reales. También le encomendó importantes asuntos, como la recaudación de las parias del rey de Sevilla en 1079. En esta ocasión Rodrigo Díaz hubo de defender al rey moro de aquella ciudad de los ataques del rey de Granada, que recibía ayuda del conde García Ordóñez, entre otros. El Cid derrotó a los granadinos y aprisionó al Conde y a los otros castellanos en Cabra. Hay una primera acusación contra Rodrigo, pero no prospera y el rey le sigue dispensando su favor.

Sin embargo, en 1081 se da una segunda acusación. Mientras Alfonso VI pacificaba Toledo, el Cid corrió a los moros que habían entrado en Gormaz. Ahora sí va a ser condenado al destierro, que cumple en tierras de Zaragoza y Barcelona hasta 1087. Dos años más tarde es desterrado de nuevo. El Cid había hecho tributario de Alfonso VI al rey de Albarracín, pero llegó tarde a la batalla de Aledo y fue acusado de poner en peligro la vida de su señor. Ahora la pena es más grave: además del destierro, sufre el allanamiento de su casa, la confiscación de sus bienes y la prisión de su familia. Ya no va a ser perdonado, aunque verá la libertad de su mujer y sus hijos.

Los diez últimos años de su vida (1089-1099) los ocupa en la conquista y mantenimiento de Valencia. En 1090 lucha contra el conde de Barcelona y lo encarcela por segunda vez. En 1092 se alía con el rey de Aragón y devasta la Rioja en venganza del ataque a sus territorios valencianos realizado por Alfonso VI ese mismo año. Entre 1092 y 1094 sitia y conquista la ciudad de Valencia. En 1093 había derrotado a un ejército almorávide capitaneado por Yusuf. En 1097 conquista a Almenara y al año siguiente a Murviedro o Sagunto. Ese mismo año, 1098, Jerónimo de Périgord es nombrado obispo de Valencia. En 1099 muere el Cid y dos años más tarde doña Jimena abandona Valencia a los árabes.

En el CMC el Cid literario —que es un infanzón y no, como asegura la *Historia Roderici*, un miembro de la alta nobleza— sufre un único destierro provocado por la maledicencia de los que lo enemistan con el rey por el asunto de las parias sevillanas. El Cid marcha al destierro por los valles del Jalón y del Jiloca. No le interesa mantener las conquistas territoriales (Castejón, Alcocer), sino obtener beneficios económicos de las mismas. En su camino hacia el Este entra en tierras protegidas por el conde de Barcelona; el enfrentamiento es inevitable. El conde es derrotado y encarcelado. En el episodio se alude a otro enfrentamiento anterior (v. 962), en correspondencia con la realidad histórica. A continuación el Cid conquista, primero, Murviedro y las poblaciones cercanas a Valencia y, luego, la capital; establece obispado para el que nombra a don Jerónimo, venido de Francia. Una serie de regalos (cada vez más valiosos) y quizá el creciente poderío militar del Cid han ido predisponiendo al rey Alfonso para el perdón. Antes permite que su mujer y sus hijas se le unan en la flamante heredad de Valencia. (La familia del Cid literario está formada por la esposa Jimena y las hijas, Elvira y Sol, no las históricas María y Cristina; en ningún pasaje del poema se menciona la existencia de un hijo varón.) Un nuevo y decisivo regalo, que sale del botín conseguido tras la derrota del rey de Marruecos a las puertas de Valencia, trae consigo la fijación de unas vistas en Toledo para conceder solemnemente el perdón real y para tratar el casamiento de las hijas del héroe con los infantes de Carrión a petición de éstos. El Cid no se muestra entusiasmado con las bodas, pero deja hacer al rey. Se celebran los casamientos por todo lo alto y, ya en Valencia, muy pronto los infantes de Carrión dan pruebas de indignidad y cobardía. Se sienten agraviados por los hombres del Cid sin motivo alguno y urden una injusta y cruel venganza en sus esposas; la perpetran en el Robledal de Corpes. Cuando el Cid se entera, decide reivindicar su honor familiar en un tribunal de justicia, la corte de Toledo. El rey lo aprueba, lo convoca y se constituye en garante. El Cid demanda a sus yernos y el proceso concluye en unas lides judiciales en las que los hombres del héroe triunfan. Al mismo tiempo, sus hijas se casan con los príncipes herederos de Navarra y Aragón, de modo que «Oy los reyes d'España sos parientes son» (v. 3724).

Si confrontamos el Cid histórico y el literario, hemos de concluir que el segundo se ajusta esencialmente a la historia, aunque con lógicos arreglos. Estos arreglos son esencialmente manipulaciones de los datos históricos y, en menor medida, invenciones de sucesos y personajes no documentados. Las principales manipulaciones de la verdad histórica son las siguientes:

— un solo destierro del Cid literario, frente a dos del histórico;
— el motivo del destierro en el cantar es la retención de las parias, mientras que en la historia —aunque subyacía el

asunto de las parias— es el haber atacado indiscriminadamente a moros amigos (primer destierro) y el no haber sido puntual a la cita del rey (segundo destierro), lo que significa en ambos casos poner en peligro la vida del soberano;
— Álvar Fáñez, lugarteniente del Cid literario, cuando sabemos que en la realidad histórica permaneció en Castilla al servicio del rey durante los destierros de Rodrigo Díaz;
— una sola prisión del conde de Barcelona en el poema, frente a dos en la historia;
— el perdón es posterior a la toma de Valencia en el poema, mientras que es anterior en la historia;
— el poema silencia determinados hechos: los servicios del Cid desterrado al rey moro de Zaragoza, el ataque de Alfonso a la Valencia conquistada por el Cid, la represalia que éste se toma atacando la Rioja, el entierro del Cid en el monasterio de Cardeña.

Además, el cantar se inventa otros hechos y personajes no documentados históricamente:

— el abad de Cardeña, don Sancho, y la acogida que da a la familia del Cid este monasterio;
— el moro Abengalbón;
— la afrenta de Corpes, los infantes de Carrión, las cortes de Toledo y los duelos judiciales de Carrión, esto es, todo el tercer cantar.

Son lógicos estos arreglos en una obra literaria que, aun fundada en personas y sucesos históricos y originada en una tradición en la que la difusión de noticias habría sido un factor importante, busca sobre todo *celebrar* la figura del héroe. Para esta celebración se mueven muchos hilos, pero la mayoría están documentados. Destacan en este sentido los objetivos que mueven la conducta del Cid y sus virtudes. El héroe actúa, principalmente, para restituir el honor y la felicidad a su familia, para ganar dinero mediante la guerra y para conseguir el perdón del rey. Sus virtudes más características son la mesura y la lealtad.

La mesura es una cualidad heroica y retórica, al mismo tiempo, de ascendencia latina y también árabe. El ideal cidiano de mesura se encarna literariamente en el tópico de *sapientia et fortitudo*, es decir, sabiduría y fortaleza, palabra y acción. El Cid es mesurado hablando y actuando: sus palabras siempre se ajustan a razón, medita antes de hablar, consulta y delibera con los hombres de su confianza y, sobre todo, su discurso persuade porque se ajusta a los valores éticos cristianos y queda revalidado por la acción ejemplar (la burla a Raquel y Vidas es un motivo folklórico que tiene un claro sentido episódico). A diferencia de otros héroes épicos el Cid no gusta de la matanza del enemigo: nunca mata por matar («Los moros e las moras vender non los podremos, / que los descabeçemos nada non ganaremos», vv. 619-620). Tampoco conoce la cólera ni la ira desmedidas; sólo en una ocasión, cuando da una patada a la puerta que se le cierra en Burgos (v. 38), actúa con una cierta desmesura. La destreza mental que exhibe en todas sus apariciones, lo mismo que su proverbial prudencia económica, son especificaciones que celebran su mesura.

Su otra gran virtud, la lealtad, está también presente a lo largo de todo el poema. Hay lealtad inquebrantable al rey, del que se proclama continuamente vasallo. Acaso la prueba de fuego de esta virtud social y moral sea el casamiento de las hijas con los de Carrión. El Cid duda entre la lealtad al monarca y la lealtad a su propia familia, pues sospecha que de esos casamientos no vendrá nada bueno. Pero el narrador encuentra una solución de compromiso: el héroe preserva la lealtad al monarca, pero deja claro que es éste y no él quien casa a sus hijas, con lo que la lealtad a la familia queda también salvaguardada.

El Cid posee también otras virtudes, pero pueden considerarse concretas manifestaciones de la mesura y de la lealtad. Así, por ejemplo, la valoración de la conducta sobre la herencia (el ser hijo de sus obras) o la conciencia del honor individual y de grupo, virtudes éstas que algunos han considerado arabismos del CMC. En suma, el Cid literario es una especie de santo laico, un modelo adornado con todas las virtudes morales y sociales. Ello es así porque la épica y la hagiografía (la vida de santos) eran géneros literarios con rasgos compartidos; por ejemplo, la difusión oral y el designio didáctico. Pero el Cid no es un personaje de una pieza. Es un héroe humano, lo podemos mirar a los ojos, está a nuestra altura. Quizá sea su sentido del humor lo que lo hace uno de nosotros, pero mucho mejor que todos nosotros.

Por eso su figura, al mismo tiempo próxima e inalcanzable, puede adaptarse a situaciones muy diferentes. Y esta es una de las mayores originalidades artísticas del poema. El autor ha sabido emplear la técnica del sincretismo: la selección de datos históricos y la concentración de los mismos en el personaje que celebra. Desde esta perspectiva, la historicidad es una técnica poética al servicio de una anacrónica reivindicación de la ideología de la Frontera: reivindicación de la movilidad social dentro de la nobleza, y por tanto valoración del individuo y de sus obras sobre la herencia y el linaje, y reivindicación de la equidad garantizada por la monarquía. La mesura y la lealtad cidianas son encarnaciones de esta ideología. La historicidad del CMC es el elemento de la composición que permite una interpretación política del pasado propuesta desde el presente.[18]

---

[18] Véase D. Catalán, «El *Mio Cid*, nueva lectura de su intencionalidad política», en *Symbolae Ludovico Mitxelenae septuagenario oblatae*, Vitoria, Universidad del País Vasco, vol. II, 1985, pp. 807-819.

3. Temas y estructura

Si reparamos en el argumento del CMC, que hemos resumido en el apartado anterior, notaremos fácilmente que está tejido con dos hilos fundamentales: el exilio del héroe (que da lugar al planteamiento de la relación vasallo-señor) y el matrimonio de sus hijas con los infantes de Carrión (que proyecta las relaciones de la nobleza leonesa y la castellana en el marco del derecho público). A partir de este esquema del argumento, la mayoría de los estudiosos ha aceptado que el tema del CMC es el de la honra recuperada, en una doble vertiente: la honra pública del héroe, recuperada política y militarmente mediante las conquistas guerreras y la honra privada y familiar, recuperada mediante la acción judicial presidida por el rey en la corte de Toledo y mediante los duelos judiciales en la vega de Carrión. El héroe, cumpliendo con fidelidad su designio de mesura, triunfa sucesivamente en el campo de la *fortitudo* (la guerra) y en el de la *sapientia* (el derecho).

La honra es, pues, el tema central del poema. Pero la honra no era otra cosa que hacienda y reputación: tierras, bienes, dinero, buen nombre. Si se perdía algo de eso, se perdía la honra. Y había que recuperarla, ganando precisamente tierras, bienes, dinero, reputación. Es lo que hace el Cid. Desde este punto de vista la honra no sólo es un atributo individual, sino que posee una proyección social y una dimensión jurídica. En consecuencia, los problemas sociales, o político-sociales, y el derecho son otras tantas especificaciones del tema central de la honra.

El mundo social del poema representa la sociedad de la época: está el rey, la alta nobleza o *ricos omnes* —leoneses como los infantes de Carrión y su familia, o castellanos como el conde García Ordóñez—, la nobleza segundona de los infanzones —el propio héroe—, los caballeros-peones o caballeros pardos —es decir, aquellos a los que los méritos de guerra han dado derecho a mantener caballo y armas y, por tanto, a ostentar un cierto poder social en los concejos municipales—; al lado de estos estamentos nucleares cristianos aparecen también los moros y los judíos, aunque de un modo más accesorio. El conflicto social y político que se ejemplifica en el poema es el de la oposición de la rancia nobleza de los *ricos omnes* y la pujanza de los infanzones. Los primeros basan su poder y prerrogativas en las hereditarias posesiones del centro peninsular (Tierra de Campos y la Rioja); los segundos viven en la frontera enfrentados al invasor musulmán y se enriquecen con los bienes muebles y el dinero en metálico que les proporciona el botín de guerra. Como tras la invasión almorávide y la unificación musulmana de al-Andalus el sistema de las parias, que proporcionaba dinero en metálico a la nobleza terrateniente, se ha venido abajo, los infanzones, que poseen ese dinero y otros bienes muebles, se muestran decididos a subir dentro del estamento nobiliario. Este cambio de poder, esta movilidad de la nobleza, están ejemplificados en el poema. El Cid, un infanzón, iguala y supera el poder social de sus antagonistas, los *ricos omnes* de León y de Castilla. Lo más importante es que este ascenso no es sólo producto del valor individual, sino que está sancionado por el derecho público y por el rey, que se hace garante de ese derecho.

De este modo, el tema jurídico se imbrica en el tema social y en el tema de la honra. El héroe alcanza la cumbre de su poder social y político (el emparentamiento con la realeza a través del matrimonio de sus hijas) en un juicio ajustado al derecho público y presidido por el monarca.

Hay otros temas derivados de este entramado que tejen la honra, la sociedad y el derecho. Los temas del matrimonio y de las relaciones señor-vasallo, por un lado; por otro, la guerra como medio de enriquecerse, la adquisición de riquezas materiales como instrumento de movilidad social y la estimación de las obras y del valor personal frente a la herencia y el linaje.

Hemos visto el tema central del poema y sus derivaciones. Veamos ahora cómo se estructura. Hay un acuerdo unánime en distinguir en el CMC una estructura externa y una estructura interna. La primera viene dada por la división del texto en tres cantares. Se trata de una división externa, asegurada por los vv. 1085 y 2076-2077, llamada probablemente a seccionar el texto en tres partes correspondientes a otras tantas sesiones de recitación. Pero no falta quien ha visto en esta división externa una manifestación de diferencias más profundas. Desde un punto de vista argumental podría, en efecto, establecerse alguna diferencia: en el cantar primero se narran las incursiones por el interior de la Península destinadas a encontrar sustento; en el cantar segundo se cuenta la conquista de la heredad de Valencia; en el cantar tercero se refiere la afrenta, preparada desde el comienzo por el episodio del león, y su reparación. Incluso se han visto diferencias formales entre los tres cantares: hay una progresión en su extesión, desde el primero (el más corto) al tercero (el más largo); de modo inverso, el primero contiene más tiradas que el segundo y éste más que el tercero; en fin, algunos hechos lingüísticos hablan de una cierta diferencia: así, el empleo del sintagma 'artículo + posesivo' (del tipo *la mi mugier*) está más igualado en el primero y segundo cantar (25 y 20 por ciento respectivamente) y decrece de modo considerable en el tercero (un 5 por ciento).[19]

Sin embargo, ninguno de estos hechos parece suficiente —ni todos en conjunto— para establecer una estructura tripartita. La verdadera estructuración interna del relato es bipolar, se asienta en los ejes del destierro y de las bodas y presenta una doble curva de bajada y subida: pérdida de la honra pública del héroe desterrado y recuperación-pérdida de la honra familiar y recuperación. Ahora bien, este movimiento sinuoso

---

[19] Véase R. Lapesa, «Sobre el artículo ante posesivo en castellano antiguo», en *Sprache und Geschichte. Festschrift für Harri Meier*, Múnich, 1971, 277-296: especialmente, pp. 279-281.

es progresivo: la segunda pérdida (la del honor familiar) es mayor que la primera (la del honor público del héroe), pero la segunda recuperación (el casamiento con los futuros reyes de Navarra y Aragón) también es mayor que la primera (el perdón real); el héroe y sus hijas siempre recuperan una situación mejor que la que pierden: el Cid señor de Valencia es más que el Cid anterior al destierro; los segundos casamientos de sus hijas son mejores que los primeros.

La técnica del contraste va subrayando continuamente el discurrir de esta línea sinuosa de la estructura interna. En primer lugar, hay un contraste de historicidad: la primera caída-recuperación está fundada en hechos históricamente documentados, aunque tratados con los lógicos arreglos que señalamos en el epígrafe anterior; la segunda caída-recuperación (bodas con los infantes de Carrión, afrenta de Corpes, cortes de Toledo y duelos de Carrión) es ficticia en sus líneas fundamentales, aunque está protagonizada por personajes históricos en su mayoría y en lugares reales. Luego están los contrastes que van jalonando el desarrollo argumental y temático: puertas que se cierran en Burgos y se abren en Cardeña; lealtad del infiel Abengalbón frente a la deslealtad de los cristianos infantes de Carrión; el camino de Castilla a Valencia es para el Cid el camino de la deshonra a la honra, pero para los infantes es el camino de la honra a la deshonra; contraste del Cid y el rey en la primera parte y del Cid y los infantes en la segunda; contrastes continuos en la afrenta del Corpes entre lo que el paisaje hace concebir al oyente y lo que de verdad sucede, etc.

Finalmente, la dualidad estructural se resuelve en unidad gracias a la ligazón establecida entre las dos partes por la técnica épica de la anticipación. En la primera parte (el destierro) ya se anticipan las bodas (v. 282*b*); y en las bodas con los infantes de Carrión se anticipa su final desgraciado y, por tanto, el recurso de la recuperación mediante nuevas bodas mejores. El poema se nos da como un universo cerrado y autosuficiente, como una estructura en la que todos sus elementos se interrelacionan.

4. Composición y estilo

Bajo este epígrafe incluimos el análisis de la forma de la expresión del poema, que comprende el lenguaje métrico, la organización textual (lo que la Retórica llamaba *dispositio*) y el desarrollo expresivo (la *elocutio* de la Retórica). En concreto, vamos a desarrollar los siguientes puntos: 1) la métrica; 2) el sistema formulístico; 3) las técnicas de la composición narrativa (la presencia del narrador, la teatralidad, el humor y la ironía); y 4) la lengua y el estilo épicos. En un último subapartado, consignaremos las posibles fuentes de la composición y el estilo del CMC.

4.1. *La métrica*

El verso del CMC no es, como el de los poemas de clerecía del siglo XIII, «a síllavas cuntadas»; es, por el contrario, un verso irregular en cuanto al número de sílabas, dividido por una pausa o cesura en dos hemistiquios, y con rima asonante. Los versos más frecuentes son, por este orden, los de 14, 15 y 16 sílabas. El hemistiquio, que es la mínima unidad de organización y expresión del discurso épico, no se rige tampoco por una regularidad matemática; los más frecuentes son los de 7, 8 y 6 sílabas; a efectos del cómputo silábico, el hemistiquio funciona como un verso (por eso la importancia de la cesura): si termina en palabra aguda, se cuenta una sílaba más, y si en palabra esdrújula, una menos; el segundo hemistiquio de un verso suele ser más largo que el primero. Los versos predominantes en el CMC, según los hemistiquios, son los que presentan las combinaciones:

7 + 7: *los moros yazen muertos   de bivos pocos veo* (v. 618),
6 + 7: *Moros le reçiben   por la seña ganar* (v. 712), y
7 + 8: *e prendan bendiçiones   e vayamos recabdando* (v. 2226).

No existe el encabalgamiento abrupto; el único ejemplo que se ha señalado —el de los vv. 347-348— resulta discutible; sólo hay, en ocasiones, encabalgamiento suave, como es lógico en un poema que con toda seguridad se difundía oralmente y con bastante probabilidad se compuso oralmente o siguiendo muy de cerca técnicas orales.

La cuestión de la irregularidad métrica es un asunto muy debatido. Se pensó —y todavía alguno lo piensa— que la irregularidad era imputable al que copiaba el poema al dictado del juglar, no a éste como poeta. M. Pidal rechaza esta explicación, entre otras razones, porque habría que suponer al copista «constante y metódicamente inexacto» y porque las Crónicas que prosifican los cantares de gesta, incluido el CMC, apoyan la medida irregular del verso. «Hemos de concluir —dice— que tanto el juglar del siglo XII, como los refundidores del XIII, no fundaban su versificación en el cuento regular de las sílabas en los hemistiquios, sino que seguían un procedimiento amétrico, que sin duda era el popular».[20]

C. Smith[21] cree también que la irregularidad métrica no se puede atribuir al copista, pero la explica como producto de una métrica fundada en el acento, no en el cómputo silábico. Dentro de un sistema acentual, el hemistiquio se configura como una unidad prosódica, constituida por un acento principal y otro u otros secundarios. De este modo el esquema acentual —parecido a los de la métrica latina, o a los de la germánica— es regular, pero el número de sílabas que lo llenan puede va-

---

[20] R. Menéndez Pidal, *Cantar de Mio Cid. Texto, Gramática y Vocabulario*, p. 84.
[21] «La métrica del *Poema de mio Cid*: Nuevas posibilidades». *Nueva Revista de Filología Hispánica*, 28 (1979), pp. 30-56.

riar. Los períodos rítmicos pueden variar también según el ritmo del conjunto de la tirada.

También se ha intentado explicar la irregularidad métrica por la difusión musical de los poemas épicos. Desde este punto de vista —que considera a la música como un sistema formulario superpuesto al de las fórmulas lingüísticas—, lo que llamamos irregularidad métrica parece ser simplemente variabilidad melódica.[22]

El verso épico rima en asonante y de acuerdo con la rima se agrupa en estrofas abiertas que llamamos *tiradas*. Las tiradas del CMC son muy variables en cuanto al número de versos que contienen: la más pequeña es de 3 versos y la más extensa de 190.

La asonancia no es muy variada; tampoco muy regular desde el punto de vista de hoy: a veces encontramos asonantes que tienen sólo en común la vocal acentuada; habitualmente una palabra aguda puede rimar con otra llana acabada en –*e*, pero con la misma vocal acentuada; la pronunciación del diptongo etimológico procedente de la /ŏ/ tónica latina podía no ser la actual [wé], de *fuerte*, sino la más antigua, habitual antes del siglo XIII, [wó], de modo que la forma apocopada escrita *fuert* en el códice debe leerse [fwórt] y no [fwért] en los versos 1330 y 2691, para que rime con *Castejón* y *señor*, en un caso, y con *noch* y *estoz*, en otro. Basándose precisamente en estos hechos —que están documentados en los textos de la época de los orígenes del idioma, antes del siglo XIII—, propuso M. Pidal la fecha del poema en la primera mitad del siglo XII (véase § 1).

El cambio de asonancia, que determina el paso de una tirada a otra, no parece obedecer a principios sólidamente esta-

---

[22] Véase A. Rossell, «Anisosilabismo: ¿Regularidad, Irregularidad o Punto de Vista?». En A. A. Nascimento y C. Almeida Ribeiro (eds.), *Literatura Medieval, II. Actas do IV Congresso de Associaçao Hispânica de Literatura Medieval*, Lisboa: Ediçoes Cosmos, 1993, pp. 131-137.

blecidos y seguidos con coherencia. Por ejemplo, no se descubren razones temáticas para cambiar el asonante. Esto quiere decir que el tema de una tirada puede continuar en la siguiente, o que en el interior de una misma tirada podemos descubrir un límite temático o argumental. Incluso puede haber cambio de tirada en medio de un enunciado de discurso directo: en una tirada se señalan los personajes que hablan y el personaje oyente, y también el principio del discurso, su exordio, es decir, lo más tópico del enunciado; en la tirada siguiente se recoge la parte nueva del discurso, lo que realmente hace que progrese la escena. Es lo que sucede entre las tiradas 101 y 102, donde no nos parece necesario trasladar el v. 1885 a la tirada 102, como hace M. Pidal, a costa de eliminar el adjetivo *natural* para adecuar la rima.

A pesar de que no suele haber motivaciones temáticas en el cambio de rima, se comprueba que muchas veces éste se ve favorecido por razones argumentales (el desarrollo de la historia lo propicia) y por razones demarcativas (cuando el narrador deja un hilo narrativo para tomar otro). En ocasiones, el nuevo asonante da lugar a las tiradas o series gemelas (que son aquellas que repiten el contenido) y a las series paralelas (en las que se narran acciones simultáneas). En fin, también de vez en cuando se produce el encadenamiento de tiradas, sea porque el primer verso de una repite el último de la anterior (ejemplo, la 28 y la 29), o porque el primer verso repite algo que está en la tirada anterior, aunque no sea su último verso (la 15 y la 16), o, finalmente, porque hay parecido entre los versos iniciales de dos tiradas (como entre la 38 y la 40, con independencia de la 39).

4.2. *El sistema formulístico*

En el texto del CMC resulta muy fácil identificar las manifestaciones del sistema formulístico, el cual denota composición oral o, por lo menos, el contacto estrecho de un posible autor culto con la tradición oral. En cualquier caso, lo que parece indudable es que el CMC es una *obra del arte juglaresco*, y lo es, principalmente, por su composición y su estilo formularios.[23]

El sistema formulístico está compuesto por las fórmulas y las expresiones formularias, que son hechos de la expresión, y por los motivos, que son hechos del contenido. Examinemos primero los hechos del plano de la expresión. Una fórmula es un conjunto de palabras iguales que se repiten con un mismo orden sintáctico y con una misma extensión métrica (un verso o un hemistiquio). La expresión o frase formularia es una fórmula en la que se ha cambiado alguna palabra por otra equivalente.

La fórmula es un recurso mnemotécnico que facilita al juglar la composición del poema y su recitación y, al mismo tiempo, es un eficaz expediente para que el público de la recitación identifique temas, motivos y situaciones. Particularmente eficaz en este sentido se muestra la fórmula constituida por dos sinónimos, que tiene una nutrida ejemplificación en el CMC: la iteración sinonímica formularia se vislumbra como el recurso por antonomasia del texto; puede abarcar un hemistiquio (*penssó e comidió*), un verso (*Mucho pesa a los de Teca e a los de Terrer non plaze*, v. 625), dos tiradas gemelas; incluso el conjunto de la obra puede explicarse —y así lo hemos hecho (véase § 3)— como una estructura bipolar iterativa (tema de la honra política y tema de la honra personal y familiar).

P. Zumthor ha definido el formulismo como «redundancia fuertemente funcionalizada y formalmente estilizada».[24] En efecto, podemos distinguir unas fórmulas narrativas y unas fórmulas demarcativas. Las primeras están especializadas en referir los hechos que componen la secuencia del relato y la

---

[23] Véase E. de Chasca, *El arte juglaresco en el «Cantar de mio Cid»*, 2ª ed., Madrid, Gredos, 1972.

[24] *La letra y la voz. De la «literatura» medieval*, Madrid, Cátedra, 1989, p. 241.

secuencia misma, si bien no todos los hechos narrados tienen una expresión formularia; las fórmulas demarcativas sirven esencialmente a la composición: anuncian el discurso directo, señalan el cambio de tema o llaman la atención del auditorio. Las fórmulas, tanto narrativas como demarcativas, desempeñan asimismo una función artística: en primer lugar, facilitan la rima, pero, sobre todo cuando se presentan concentradas, contribuyen a la creación de efectos artísticos generalmente relacionados con la teatralidad, con la visualidad del mundo narrado y con la sobriedad descriptiva.

Entre las fórmulas más utilizadas en el CMC están las de la voz narradora —que analizaremos más adelante (§ 4.3)— y el *epíteto épico*. Epíteto épico es un adjetivo, sintagma preposicional u oración de relativo que expresa una cualidad inherente al sustantivo al que se aplica. El epíteto cumple una función formular: sirve para llenar un hemistiquio. Pero también cumple una función literaria: subraya una cualidad digna de ser celebrada; en el CMC el epíteto se aplica, ante todo, al héroe, pero también a Minaya, a Martín Antolínez, a Jimena, al rey, incluso al caballo del héroe y a la ciudad de Valencia; a quien no se aplica nunca es al antagonista, por ejemplo, a los infantes de Carrión. El rey Alfonso experimenta un cambio a lo largo del texto desde el punto de vista de la celebración épica conferida por el epíteto: mientras que en la primera parte (el destierro) suele aparecer sin epíteto, en la segunda (la afrenta) ocurre lo contrario; hay un cambio de valoración de la figura del rey y una progresiva inclusión de la misma en la esfera de lo celebrado, una progresiva aproximación al plano del Cid. Como un caso particular de la función celebrativa puede considerarse la rememoración del origen humilde del héroe destinado al encumbramiento y al triunfo; esta específica función la cumple en el poema el epíteto *el de Vivar*, aplicado al Cid.

Como decíamos, los motivos son el correlato de las fórmulas en el plano del contenido. Un motivo es una unidad temática que se repite a lo largo del relato, normalmente asociado a una fórmula o a un conjunto de fórmulas. Los principales motivos del CMC son la batalla, el viaje, la alegría y el dolor. Los elementos de un motivo pueden ser muy variados. Por ejemplo, en el motivo 'batalla' encontramos algunos de estos elementos o todos ellos: la descripción general, la carga de lanza, la sucesión natural de la batalla (desde la lanzada a caballo hasta los espadazos pie en tierra), el desfile de los caballeros armados, con especial atención a vestidos y monturas. Algunos motivos del CMC denotan origen árabe (por ejemplo, el cuidado con que se describen vestidos y monturas, que acabamos de mencionar); otros motivos pueden relacionarse con fuentes latinas y con fuentes árabes (por ejemplo, la mesura es cualidad oratoria relacionada con la *gravitas* de los romanos, pero la valoración de la palabra se da también en el mundo árabe; el *locus amoenus* es un tópico latino, pero también puede ser un motivo árabe, etc.).

Los motivos, como las fórmulas, están empleados en el CMC de un modo que trasciende su originaria funcionalidad. Nuestro poema no está compuesto exclusivamente con la técnica de la yuxtaposición de motivos, primero, porque su estructura general es progresiva (los motivos se combinan para conseguir efectos que significan un progreso de la narración); segundo, porque la técnica de la anticipación épica, muy usada por el narrador, implica la integración de los motivos en un plan global (los motivos a veces sirven para anticipar acciones o sucesos que van a tener una función importante: por ejemplo, las espadas Colada y Tizona, entregadas a los infantes y luego reclamadas judicialmente en las cortes de Toledo). En consecuencia, el motivo es un elemento más de la composición sometido al superior designio artístico de la unidad poemática.[25]

---

[25] Compárese lo que escribíamos hacia 1995 con este juicio posterior de Diego Catalán: «El cantor de Rodrigo Díaz de Vivar manejó esa poética tradicional [la poética de la oralidad, de las fórmulas y los motivos] con maestría, no con el automatismo e inmatización con el que [*sic*], según Lord,

4.3. *La técnica de la composición narrativa*

Además del sistema formulístico —que es externo al tema elegido por el autor y a su intencionalidad concreta, aunque se integra en su plan global—, en la técnica de la composición narrativa del poema se observan tres principios estructurales propios, sobre los que se asienta la organización textual: la presencia explícita del narrador, la teatralidad y el humor.

El narrador es un narrador omnisciente que domina en todo momento el relato y su escenificación. Además de esta función principal —contador de una historia objetiva cuyos hilos, todos, están en su mano—, representa a menudo otros dos papeles: el de creador de tensiones dramáticas y el de comentarista de su propia narración.

Lo primero lo consigue proporcionando a su público mayor información que a sus personajes; entonces se produce esa tensión característica entre lo que de una determinada acción o personaje esperan los otros personajes y lo que espera el público. El ejemplo más claro quizá se halle en la despedida de los infantes y sus mujeres antes de emprender camino... a Carrión (para el Cid y su mujer) y a la afrenta de Corpes (para el público que ha oído a los infantes tramar el ultraje).

El comentario de la narración lo realiza el juglar mediante fórmulas propias de la voz narradora y mediante otros procedimientos deícticos y modales apropiados para situar lo dicho en el ámbito de la subjetividad, esto es, en el eje comunicativo «yo-aquí-ahora». Estas fórmulas, frases formularias y procedimientos enunciativos son de dos tipos: a) llamadas de atención al auditorio mediante la segunda persona del plural

---

recurren al «léxico» y «gramática» poéticas [*sic*] los rapsodas repentistas serbo-croatas, ni guiado por el propósito de ganar tiempo para improvisar el verso siguiente» (*La épica española. Nueva documentación y nueva evaluación*, Madrid, Fundación Ramón Menéndez Pidal, 2001, p. 448).

(*odredes lo que ha dicho, sabet, veriedes,* etc.), o mediante el vocativo (*Mala cueta es,* señores,   *aver mingua de pan,* v. 1178), y b) referencias al *yo* del narrador a través de la primera persona pronominal o verbal, en singular o plural (*mas yo vos diré,* v. 2764; *desto que ellos fablaron   nos parte non ayamos,* v. 2539), y por medio de la modalidad exclamativa de la enunciación (*¡Dios, cómmo fue alegre   todo aquel fonssado!,* v. 926), sobre todo. El comentario se realiza sobre lo enunciado (sobre la materia narrada) y sobre la enunciación (sobre el proceso mismo de la narración como discurso), sin que sea fácil delimitar estos dos campos. Comentan principalmente lo enunciado procedimientos como la exclamación, o como el plural exclusivo del tipo *ellos* frente a *nos(otros)* del citado verso 2539; comentan principalmente la enunciación las típicas fórmulas empleadas para marcar la transición narrativa, el paso de una materia a otra.

La narración que este narrador nos entrega es lógicamente una narración lineal, ajustada al elemental principio de poner una cosa detrás de la otra. Ahora bien, esta técnica fundamental presenta dos modalidades: la narración alternativa y la narración doble. La primera se da cuando el juglar cuenta dos historias que tienen lugar simultáneamente en espacios distintos: por ejemplo, lo que hacen en Castilla Minaya y los otros caballeros enviados por el Cid y lo que hace éste en Valencia. En estos casos el narrador suele alternar uno y otro hilo narrativo, anunciando oportunamente la transición por medio de alguna de esas fórmulas que acabamos de ver. La narración doble es también narración de acciones que ocurren simultáneamente en un mismo espacio o narración de un suceso lineal pero en el que se destacan aspectos o partes: la narración de los duelos de Carrión es un buen ejemplo.

Hasta aquí la presencia del narrador. Pasemos al segundo principio estructural del relato, que hemos denominado teatralidad. Teatralidad quiere decir, esencialmente, narración dramatizada y visualizada, texto dialogado y acción. Hay variados modos de conseguir estos efectos; algunos ya los hemos visto, como las series gemelas, las series repetidas y las fórmulas de la voz narradora; pero los recursos propios de la teatralidad son los enunciados de discurso directo, indirecto e indirecto libre, las indicaciones textuales de la dramatización y el recitado y lo que podríamos llamar la economía descriptiva.

En primer lugar, las citas explícitas del discurso de los personajes. Predomina el discurso directo en largos diálogos escénicos. Casi siempre el discurso del personaje citado directamente está construido con una sabia arquitectura persuasiva. Muchas veces falta el verbo de comunicación que introduce el discurso que se reproduce; basta la mera indicación del gesto o del movimiento para hacerlo innecesario; otras veces no hay ni siquiera eso: los discursos se yuxtaponen sin introducción ninguna, y en estos casos serían los recursos de la voz del juglar —el cambio de entonación, el cambio de la voz— los que señalarían el cambio de discurso y de personaje. Pero el discurso citado no se agota con el discurso directo. Hay muchas variedades interesantes de discurso indirecto y no falta el discurso indirecto libre, es decir, la «voz dual» tan característica de la novela moderna, en la que el enunciado que reproduce y el enunciado reproducido se entremezclan produciendo un efecto polifónico de sentido muy variado (discurso colectivo en forma de opinión común, carta, noticia o rumor que va de un lugar a otro, parte de un discurso más complejo, etc.). Efectos muy parecidos se consiguen mediante los enunciados pluriformes,[26] en los que se combinan diversas formas (discurso directo e indirecto, o indirecto libre) para reproducir un mismo enunciado o parlamento.

El texto del CMC contiene a veces indicaciones del gesto o del movimiento que sirven al juglar como acotaciones escéni-

---

[26] Para el alcance de este término y, en general, para el tema del discurso reproducido en su conjunto, véase J. L. Girón Alconchel, *Las formas del discurso referido en el 'Cantar de Mio Cid'*, Anejo 44 del *Boletín de la Real Academia Española*, Madrid, Real Academia Española, 1989.

cas. La descripción de un gesto, un demostrativo que señala a un elemento de contexto de situación (*esto, así*) actúan como recordatorios para que el recitador despliegue los recursos visuales de la mímica juglaresca. Particular eficacia a este respecto muestran las llamadas frases físicas,[27] como *llorar de los ojos*, que, con sólo mencionar la parte del cuerpo o la acción física de un personaje visualizan su movimiento, su estado de ánimo o su posición social o legal.

Decía M. Pidal que el juglar del CMC describe «con una rapidez que pide un oído muy despierto a la poesía»,[28] andadura estilística moderna y rápida le atribuye D. Alonso;[29] selección certera de unos pocos rasgos que convocan inmediatamente la imagen completa del lugar, la persona, el objeto. Apenas hay nombres abstractos, pero los pocos que hay sirven por su entidad significativa para que el oyente pueda imaginarse y ver el complejo mundo de relaciones y ritos sociales del feudalismo.[30] Eso es lo que llamamos economía descriptiva, una afilada herramienta de la visualidad del mundo narrado.

El tercer principio estructural de la composición era el humor y la ironía. La comicidad y el humorismo en el CMC no son sólo una herencia de la epopeya latina; el Cid es un héroe que no renuncia al chiste ni aún en los momentos más graves y tensos, por ejemplo, en las cortes de Toledo, cuando se permite hacer un juego de palabras (v. 3302) con el apellido de su fiel Pero Vermúez (muy verosímilmente pronunciado *Vermúoz*). Lo que quiere decir que el humor no es un hecho episódico en

---

[27] Véase C. Smith y J. Morris, «La fraseología física del lenguaje épico», en C. Smith, *Estudios cidianos*, Madrid, Cupsa, 1977, pp. 219-289.

[28] *La epopeya castellana a través de la literatura española*, Col. «Austral», n° 1561, Madrid, Espasa-Calpe, 1945, p. 77.

[29] «Estilo y creación en el *Poema del Cid*», en *Obras Completas II*, Madrid, Gredos, 1973, pp. 107-143.

[30] Véase Th. Montgomery, «Las palabras abstractas del "Poema del Cid"», *Cahiers de Linguistique Hispanique Médiévale*, 16 (1991), pp. 123-140.

el poema, aunque se presente en forma de episodios que más o menos contrastan con la progresión de la acción épica. María Rosa Lida de Malkiel, que censuraba a Curtius por no haber calibrado bien el alcance del humor en el CMC, dejó clara su función estructural: los «episodios humorísticos enlazan y motivan la acción».[31] Esos episodios son el de los judíos Raquel y Vidas, el del conde de Barcelona y el del león, con la prolongación del miedo de los infantes ante la batalla. El narrador cuida de desvalorar a los antagonistas del héroe, en el campo de batalla (el conde), en los negocios (Raquel y Vidas), en el seno de su propia familia (los infantes de Carrión). El humor es dramático en estos episodios; es decir, se consigue mediante procedimientos teatrales: creación de un personaje dual, que habla al unísono o en eco, chiste lingüístico, etc. Pero la actitud humorística no se ciñe a los episodios cómicos; sazona por aquí y por allá a todo el texto. Es más eficaz el recurso al humor cuanto más serio es el trance; los árabes son a veces los exponentes del sentido del humor. El rey de Marruecos se queja de que el Cid se mete en sus territorios y, además, no se lo agradece nada más que a Jesucristo (v. 1624); otro rey moro, Búcar, contesta con una buena salida a la chanza del Cid, en el momento trágico de la persecución a muerte (vv. 2411-2412). Lo mismo hacen el Cid y Félez Múñoz: en los momentos más graves, cuando se percatan de la afrenta sufrida por doña Elvira y doña Sol, sacan un envidiable sentido del humor. En fin, a veces hay también una ironía en el narrador, que resulta dramática; sucede cuando establece un contraste entre las expectativas del auditorio y de los personajes, en esos casos en que los oyentes saben más que los protagonistas.

---

[31] «Perduración de la literatura antigua en Occidente (A propósito de E. R. Curtius, «Europäische Literatur und lateinisches Mittelalter»), en *La tradición clásica en España*, Barcelona, Ariel, 1975, pp. 271-338; la cita en las pp. 302-303.

4.4. La lengua y el estilo épicos

El desarrollo expresivo de la organización textual y del tema se plasma en una lengua literaria cuyas notas más importantes son el arcaísmo, el impresionismo de los tiempos verbales, el carácter eminentemente asindético de las relaciones sintácticas y la sobria eficacia del lenguaje figurado.

El arcaísmo lingüístico, visto desde el punto de vista de la lengua épica, es una consecuencia de su tradicionalidad (véase § 1). Pero, en cuanto que es un dato objetivo, es también una característica de la lengua literaria. Dejemos ahora los rasgos fonéticos —de los que ya hemos apuntado algo (§ 4.1)— y los rasgos gráficos —el empleo de letras que fueron desechadas en la escritura castellana de la segunda mitad del siglo XIII, como por ejemplo la *l* por *ll*, la *n* por *nn* o *ñ*-; centrémonos en la morfología y la sintaxis. El texto del CMC presenta pruebas de conglomerados pronominales del tipo *nimbla* (ni me la), *did* (dite, te di), que la lengua literaria del siglo XIII abandonará; documenta el doble sistema de posesivos, distintos para el objeto poseído masculino (*so coraçón*) y el femenino (*su alma*), que tampoco pasan del primer cuarto del XIII; no ofrece ejemplos de leísmo de cosa (salvo un caso del *explicit*, v. 3732, que no es texto poemático y puede ser posterior), ni da testimonio de los tiempos compuestos del subjuntivo. Si nos fijamos en la variedad interna del castellano, descubrimos —como en los textos no literarios de la Extremadura castellana anteriores al siglo XIII— arabismos, mozarabismos e incluso algún aragonesismo, aunque, como ha señalado Lapesa, «desde el punto de vista lingüístico nada aconseja pensar que el Cantar se escribiera en Aragón».[32] Todo este material arcaico funciona literariamente

---

[32] «Sobre el *Cantar de Mio Cid*. Crítica de críticas. Cuestiones lingüísticas» [1980], ahora en *Estudios de historia lingüística española*, Madrid, Paraninfo, 1985, 11-31: p. 31.

en el texto como interferencia discursiva, como intertextualidad. La materia de la epopeya es por definición una materia conocida del público por ser una materia tradicional; el arcaísmo lingüístico es la seña de identidad de esa tradicionalidad.[33] Uno de los rasgos más característicos de la lengua del CMC y del estilo épico es la libertad y flexibilidad con que se usan los tiempos verbales. El v. 70 puede servir de ejemplo: *Fabló Martín Antolínez, odredes lo que a dicho*. Se suceden tres acciones: una pasada y acabada (*fabló*), otra futura (*odredes*), una tercera pasada, pero con una continuidad que llega hasta el presente (*a dicho*); y, sin embargo, desde el punto de vista de la lógica temporal del relato, la acción de hablar y la de decir son simultáneas, si no idénticas, y la de oír es inmediatamente posterior, casi simultánea, a la propia enunciación del narrador. El asunto ha merecido la mayor atención de los críticos. Se ha tratado de buscar el motivo de esta flexibilidad que produce un impresionismo lingüístico tan acusado. Se ha dicho que es el afán de variedad expresiva, que es la distinción del discurso del narrador y del discurso del personaje —de hecho, sólo en el primero encontramos tal flexibilidad de la relación temporal—, que es el aspecto y modo de la acción del verbo, que es el número gramatical del sujeto el factor que hace posible la selección de un tiempo u otro, que es la intención celebrativa que se identifica con el perfecto simple, que es la necesidad de distinguir desarrollo y conclusión narrativos, que es el orden narrativo dictado por lo vivencial de la escena más que por la lógica, que es la necesidad de encontrar rimas. Probablemente, sean todos estos factores en

---

[33] El conocimiento de la lengua del *Cantar* se ha enriquecido con las explicaciones que propone F. González Ollé en «Cuestiones cidianas: 1. La falsa terminación *-nt* de algunas terceras personas de plural y otros puntos de morfología verbal. 2. *Casadas* 'servidoras'», en C. Hernández Alonso (coord.), *El Cid, poema e historia. Actas del Congreso Internacional (12-16 de julio, 1999)*, Burgos, Ayuntamiento de Burgos, 2000, pp. 129-150.

conjunto los que expliquen la originalidad del empleo del tiempo verbal.

La sintaxis del CMC se caracteriza sobre todo por el predominio de la yuxtaposición y por un orden de palabras más pendiente del impulso expresivo, de la afectividad, del ritmo y, en general, de los factores pragmáticos que de la secuencia puramente gramatical. Son las manifestaciones de la textualidad oral. No se trata de primitivismo lingüístico, sino de un trabajo —muy calculado a veces— de *escritura del habla* que persigue la obtención de un texto disponible para el recitado y, al mismo tiempo, forjado en la misma oralidad, aunque sin desechar materiales cultos (como las construcciones absolutas de participio y otros elementos de la fraseología, y el abundante léxico jurídico y eclesiástico) o de mayor solemnidad (como el arcaísmo). Este rasgo estilístico es uno de los más originales del Cantar, y obedece a ese estar escrito, no para el pueblo, como la *Chanson de Roland*, sino «desde el punto de vista del pueblo», de acuerdo con la muy ajustada observación de Américo Castro.[34]

El lenguaje figurado es quizá la capa más externa del desarrollo expresivo. Figuras como la metáfora y el símil apenas aparecen en el texto, pero, cuando lo hacen —el caso del símil de *assís' parten unos d'otros commo la uña de la carne*, v. 375—, comunican una intensa emoción. La lítotes y el pleonasmo son figuras relativamente frecuentes, pero no tanto como la sinécdoque y la metonimia. La expresión metonímica, aparte del

---

[34] *España en su historia. Cristianos, moros y judíos*, 2ª ed, Barcelona, Ed. Crítica, 1983, p. 237. Por cierto, creemos que una parte de la crítica reciente del CMC se muestra injusta ignorando a don Américo. Y, sin embargo, sus observaciones están ahí, plenas de talento y precisión. Por ejemplo, el que el CMC esté escrito desde el punto de vista del pueblo no quiere decir para Castro que sea la obra de un juglar inculto; pero compárese este juicio, un tanto exagerado: «None of the poem's stylistic or compositional features, in fact, argues for the hypothesis that they were the product of a poet who composed according to rules accessible only to the educated or who had learned his craft by reading the *auctores*» (J. J. Duggan, *The 'Cantar de mio Cid'*..., p. 145).

poder de cohesión textual que genera, está presente en la organización del pensamiento, en la reproducción de las percepciones y en la expresión de las relaciones sociales.[35] La eficacia de estos recursos se dobla cuando se alían con el epíteto épico (*fardida lança*, por ejemplo). Finalmente, destaca el simbolismo, un recurso creador de imágenes de gran belleza; es importante, sobre todo, el de la barba, el del amanecer, el de las puertas que se abren o se cierran, el del león amansado por la personalidad carismática del héroe, y el simbolismo de los números.

4.5. *Las fuentes artísticas del poema*

Para terminar este largo apartado sobre la composición y el estilo, nos resta explicar de dónde proceden las técnicas, procedimientos expresivos y rasgos estilísticos que hemos ido examinando. Lo vamos a hacer de un modo muy somero, apenas consignando las distintas fuentes. En primer lugar, la épica oral castellana anterior al CMC. De aquí procede el núcleo de la técnica compositiva y del estilo epicojuglaresco: la métrica acentual, el sistema formulístico e incluso los motivos foklóricos a los que nos vamos a referir en segundo lugar. El CMC no es el inicio de un género, sino la culminación de un género. Y si es un producto nuevo dentro de los patrones del género épico, la manifestación de una nueva épica, se debe a la acabada asimilación de la tradición precedente. Luego están las fuentes folklóricas. El episodio de Raquel y Vidas, por ejemplo, parece ser una versión del cuento popular del banquero injusto que pretende engañar y resulta engañado. La afrenta de Corpes tal vez se inspire parcialmente en la parodia de los ritos paganos de la fecundidad o Lupercalia. La atribución de

---

[35] Véase Th. Montgomery, «The *Poema del Cid* and the Potentialities of Metonymy», *Hispanic Review*, 59 (1991), pp. 421-436.

los errores del rey a los malos consejeros y el empleo estructural y estilístico del número tres son otros tantos motivos procedentes del folklore. En tercer lugar, la épica francesa, cuya influencia está marcada únicamente de modo inequívoco por la *Chanson de Roland*. En cuarto lugar, la influencia árabe. De ella hemos hablado ya en diversos lugares de esta introducción. Sólo queda subrayar que no siempre es posible deslindar si un determinado fenómeno temático o expresivo del CMC puede explicarse genéticamente a partir de un concreto modelo árabe o más bien hay que relacionarlo con el arabismo general de la cultura española medieval.[36] Por último, la literatura latina, clásica y medieval. Dentro de la primera se han buscado, en los episodios bélicos del CMC, rastros de autores como Salustio, Frontino y César; y la pesquisa no siempre resulta satisfactoria. Menos discutible parece la influencia de una variada producción latinomedieval: desde la historiografía a la Biblia, pasando por la liturgia, la paraliturgia, las vidas de santos, y los conocimientos retóricos proporcionados directa o indirectamente por la *Rhetorica ad Herennium* y el *De inventione*, dos obritas que están en los cimientos de la visión del mundo en la Edad Media.[37]

5. El *Cantar de Mio Cid* y la épica española

Volvamos al principio para terminar. La obra que acabamos de analizar, de 3730 versos más 5 de *explicit*, es el único poema que nos ha llegado casi completo. Conservamos también

---

[36] Para este asunto véanse F. Marcos Marín, *Poesía narrativa árabe y épica hispánica (Elementos árabes en los orígenes de la épica hispánica)*, Madrid, Gredos, 1971, y A. Galmés de Fuentes, *Épica árabe y épica castellana*, Barcelona, Ariel, 1978.

[37] Véase J. L. Girón Alconchel, «Retórica e intertextualidad en el *Cantar de Mio Cid*», en *Investigaciones Semióticas. III. Retórica y lenguajes (Actas del III Simposio Internacional de la Asociación Española de Semiótica, Madrid, 5-7 de diciembre de 1988)*, Madrid, Universidad Nacional de Educación a Distancia, 1990, Volumen I, pp. 469-476.

un fragmento de 100 versos de un poema sobre *Roncesvalles*. Y otro poema, incompleto igualmente, de 1170 versos, y muy tardío, sobre las *Mocedades de Rodrigo*. Además, poseemos, en una versión incompleta, de hacia 1250, un poema en cuaderna vía de *Fernán González* (al que, sin embargo, no todos los críticos conceden la condición de poema épico), y fragmentos de unos 500 versos conservados en dos crónicas de un poema sobre los *Infantes de Salas*. «Total, cinco cantares de gesta, todos incompletos».[38] Algunos añaden un sexto, pero también muy tardío y muy discutible: el *Poema de Alfonso XI*.

Estos son los restos que nos permiten hablar del «escándalo de los textos perdidos». Pero la pervivencia de la materia, y a menudo de las formas épicas, en las crónicas, el romancero viejo, el teatro del Siglo de Oro y las leyendas modernas nos autorizan a hablar del «milagro de los temas perdurables». En efecto, las crónicas hispanolatinas desde la segunda mitad del siglo XII y luego las crónicas castellanas —desde la *Primera Crónica General* o *Estoria de España* de mediados del XIII, pasando por la *Crónica de 1344*, hasta la *Crónica General de España* de 1541, de Florián de Ocampo— dan testimonio de poemas épicos hoy desconocidos. Esos temas épicos, engastados en un sistema formulístico similar al que hemos visto en el CMC, son los que venimos escuchando, probablemente desde el siglo XIV, en el Romancero Tradicional Oral. Y son los que aparecen en el teatro de Lope, en las leyendas románticas y en algunas narraciones y en alguna película del siglo XX.

La perduración de la materia épica hace posible la reconstrucción de los poemas y de los ciclos poemáticos perdidos.

---

[38] R. Menéndez Pidal, *Reliquias de la poesía épica española*, 2ª ed., Madrid, Seminario M. Pidal-Editorial Gredos, 1980, p. XXIII. Para este tema de la épica en España, véase también Ramón Menéndez Pidal, *La épica medieval española. Desde sus orígenes hasta su disolución en el Romancero*, ed. de Diego Catalán y María del Mar de Bustos, Madrid, Espasa-Calpe, 1992; y ahora, la ya citada obra de Diego Catalán, *La épica española. Nueva documentación y nueva evaluación*.

A. D. Deyermond[39] ha señalado los criterios objetivos que debemos emplear en esa labor de reconocimiento y reconstrucción de textos épicos. Son, en orden de mayor a menor eficacia, los siguientes:

1. La existencia de un fragmento en verso.
2. La afirmación de un cronista.
3. Los versos que se pueden reconstruir a partir de la prosa de una crónica.
4. Una narración cronística que tiene elementos comunes con una tradición épica conocida.
5. Una narración cronística extensa con «un aire épico».
6. Una narración cronística breve con «un aire épico».
7. Una historia que se da independientemente en las crónicas y en el romancero.
8. Una alusión épica en una obra literaria de cualquier otro género.
9. Un texto épico en el que se presumen capas más antiguas (como en el *Poema de Fernán González* o en las *Mocedades de Rodrigo*).
10. Fórmulas y frases formularias en la prosa cronística.
11. Composición por motivos (unidades temáticas correspondientes a las fórmulas) en un relato de una crónica.

Aplicando estos criterios, llegamos al conocimiento de tres ciclos: el del Cid, el carolingio y el de los condes de Castilla. Este último es el más antiguo y el que comprende mayor número de poemas: un *Cantar de Fernán González*, una de cuyas refundiciones es el Poema en cuaderna vía de hacia 1250; *Los siete infantes de Lara*, el poema más antiguo, de hacia el año 1000, del cual se conocen dos versiones distintas; el *Romanz del infant García*, *La condesa traidora*, y el *Cantar de Sancho II* en su primera

---

[39] *El cantar de Mío Cid y la épica...*, pp. 66-69.

versión, porque más tarde fue refundido y adaptado al ciclo del Cid.

El ciclo carolingio es menos seguro, pero lo cierto es que existieron poemas que celebraban las hazañas de Carlomagno (el *Roncesvalles* al que pertenece el fragmento conservado de dos folios y un centenar de versos, el *Mainete*, que narraba los amoríos juveniles del Emperador) y poemas que se mostraban antifranceses y anticarolingios, como el famoso *Bernardo del Carpio*.

Finalmente, el ciclo perdido del Cid cuenta con la segunda versión del *Cantar de Sancho II* y, posiblemente, con un *Cantar de la Jura de Santa Gadea*. Aunque no hay continuidad temática entre este cantar y el CMC —de hecho el motivo de la Jura de Santa Gadea no se tiene en cuenta para explicar el destierro del héroe—, resulta innegable que nuestro poema se relaciona temática y formalmente con los poemas perdidos: el mismo procedimiento formulístico en uno y otros y, a menudo, los mismos hilos argumentales, por ejemplo, la rivalidad castellano-leonesa.

¿En qué época se desarrollan estos ciclos épicos? La cronología es uno de los problemas más difíciles de resolver. M. Pidal creyó que, como la épica castellana continúa en cierto modo los cantos épicos germánicos, sus primeras manifestaciones se remontarían a los godos y concretamente al tema de la pérdida de España y el rey Rodrigo, un tema que ha perdurado en el romancero, en el teatro, en la leyenda, etc. Pero se trata de una conjetura, porque no conocemos ningún poema anterior al año 1000. El poema más antiguo, *Los siete infantes de Lara*, es de los comienzos del siglo XI. M. Pidal[40] supone que en Castilla hubo durante la Edad Media una gran actividad épica, que conoció dos etapas: una de apogeo, entre los siglos XI y XII; otra de decadencia, pero todavía fecunda, entre los siglos XIII y XIV. La diferencia entre esas dos etapas estriba en

---

[40] *La epopeya castellana a través de la literatura...*, p, 16.

dos aspectos que se oponen: la mayor o menor cercanía a los hechos narrados y el mayor o menor grado de intertextualización. Los poemas de la primera etapa «hunden sus raíces en la realidad histórica» y manifiestan un escaso trabajo de intertextualidad con respecto a otros textos épicos; los poemas de la segunda etapa —las *Mocedades de Rodrigo* es el mejor ejemplo— están más alejados de la realidad histórica y, como contrapartida, toman su savia de los poemas viejos a los que quieren servir de glosa, es decir, intertextualizan los cantares de la primera etapa.

¿Dónde situar el CMC? Como decíamos al principio (véase § 1), nuestro poema es, muy probablemente, la culminación de la primera etapa y la apertura de la segunda. Por ese privilegio de ser el gozne de la historia de la épica española —el primer ejemplar de una épica nueva y, al mismo tiempo, punto culminante de la tradición épica anterior—, el CMC se nos ofrece revestido de una gran originalidad: originalidad de los temas, de las formas, incluso de la transmisión textual.

Bibliografía selecta

Alonso, D.: «Estilo y creación en el *Poema del Cid*» [1941], en *Obras Completas II*, Madrid, Gredos, 1973, 107-143. Interpretación estilística en la que destaca la conexión del CMC con la tradición literaria española de realismo psicológico y la modernidad de su andadura estilística.

Bandera Gómez, C.: *El Poema de Mio Cid: poesía, historia, mito*, Madrid, Gredos, 1969. Estudio del mito en el poema, con un estado de la cuestión sobre el tema y especial atención a los episodios del león y de Raquel y Vidas.

Catalán, D.: *La épica española. Nueva documentación y nueva evaluación*, Madrid, Fundación Ramón Menéndez Pidal, 2001. Original, documentada y polemizante revisión y valoración de la historia de la épica española y de sus interpretaciones.

Chalon, L.: *L'histoire et l'épopée castillane du Moyen Age. Le cycle du Cid. Le cycle des comtes de Castille*, París, Champion, 1976. Interesa sobre todo el estudio del ciclo épico del Cid y su testimonio cronístico.

Chasca, E. de: *El arte juglaresco en el «Cantar de mio Cid»*, Madrid, Gredos, 1972, 2ª ed. El más completo estudio del poema como obra de arte oral, con la explicación de su sistema formulítico.

Deyermond, A. D. (ed.): *«Mio Cid» Studies*, London, Tamesis Books Limited, 1977. Conjunto de estudios sobre el Cantar. El primero, del propio editor, Deyermond, es un importante estado de la cuestión, con análisis de la bibliografía entre 1943 y 1973. En los restantes ensayos se pasa revista a los temas críticos más importantes: la fecha, la autoría múltiple, la estructura de la obra, sus fuentes folklóricas, los problemas geográficos que plantea, la oralidad, la singularidad de la obra con respecto a la épica castellana, su finalidad propagandística y sus relaciones con la historiografía latina y castellana.

Deyermond, A. D.: *El cantar de Mío Cid y la épica medieval española*, Barcelona, Sirmio, 1987. Instructiva síntesis de los temas y problemas más importantes de la obra y de su ubicación en la épica española, conservada y perdida.

Duggan, J. J.: *The 'Cantar de mio Cid'. Poetic creation in its economic and social contexts*. Cambridge, Cambridge University Press, 1989. Se analiza el mundo económico (la adquisición de riquezas y la economía de dádivas), los problemas sociales (la herencia y el valor individual), la historia y la geografía del poema, su relación con la épica francesa para terminar proponiendo un modelo de composición en el que la tradición épica cidiana se pone al servicio de la campaña de Alfonso VIII contra los almohades.

Escolar Sobrino, H. *et al.*: *Poema de Mio Cid*, Burgos, Ayuntamiento de Burgos, 1982, 2 vols. El primer volumen contiene la edición facsímil del manuscrito, y el segundo una introducción general (de Hipólito Escolar Sobrino), una introducción a la lengua y una versión moderna del poema (por César Hernández Alonso), un estudio de la paleografía del códice de Mio Cid y la transcripción paleográfica del mismo (por José Manuel Ruiz Asencio), un estudio sobre el Cid histórico (por Gonzalo Martínez Díez), una interpretación histórico-literaria del poema (por José Fradejas Lebrero) y una guía bibliográfica (por Manuel Sánchez Mariana). Todo ello se completa con una serie de dibujos originales de Marceliano Santa María, que constituyen la interpretación artística del poema.

Galmés de Fuentes, A.: *Épica árabe y épica castellana*, Barcelona, Ariel, 1978. Análisis de la influencia temática formal de la épica árabe en la épica castellana y en el CMC de modo particular.

Garci-Gómez, M.: *Dos Autores en el Cantar de Mio Cid. Aplicación de la Informática* (Anejo nº 11 de *Anuario de Estudios Filológicos*), Cáceres, Universidad de Extremadura, 1993. Atendiendo a criterios internos al texto, intenta demostrar que el actual CMC es la yuxtaposición de dos textos pertenecientes a dos autores distintos.

Gilman, S.: *Tiempo y formas temporales en el «Poema del Cid»*, Madrid, Gredos, 1961. Completo análisis del empleo de las formas verbales en el poema y de los factores que determinan dicho uso, entre los que vale la pena destacar el aspecto verbal, el que el sujeto sea singular o plural y la intención de celebrar al héroe épico.

Girón Alconchel, J. L.: *Las formas del discurso referido en el 'Cantar de Mio Cid'*, Madrid, Real Academia Española, 1989 (Anejo 44 del *Boletín de la Real Academia Española*). Análisis detallado de las formas de reproducir el discurso del personaje: discurso directo, indirecto, indirecto libre y discurso narrado en los enunciados uniformes, pluriformes y de diálogo.

Horrent, J.: *Historia y poesía en torno al «Cantar del Cid»*, Barcelona, Ariel, 1973. Conjunto de estudios sobre el Cid histórico, las relaciones de historia y poesía en el tema cidiano, los problemas textuales del CMC, la tradición cidiana en el siglo XII, la localización del poema, la toma de Castejón, la influencia de la *Canción de Roldán* en el poema y la interpretación de la «dominante literaria y moral» de la obra.

Lacarra, Mª E.: *El «Poema de mio Cid». Realidad histórica e ideología*, Madrid, José Porrúa, 1980. Análisis de las instituciones jurídicas (ira regia, botín de guerra, matrimonio, cortes, duelo judicial o «riepto») y de la realidad socio-política del poema, con un capítulo final sobre los problemas de la fecha, autor y versiones de la obra.

Lapesa, R.: «Sobre el *Cantar de Mío Cid*. Crítica de críticas. Cuestiones lingüísticas» [1980], y «Sobre el *Cantar de Mío Cid*. Crítica de críticas. Cuestiones históricas» [1982], ahora en R. Lapesa, *Estudios de historia lingüística española*, Madrid, Paraninfo, 1985, 11-31 y 32-42. En el primer estudio deshace, una por una, las objeciones lingüísticas que Pattison, Ubieto y Pellen opusieron a la fecha y localización del poema propuestas por Menéndez Pidal; en el segundo, desarrolla una importante argumentación histórica que deja sin fundamento hipótesis, como la de Ubieto, a favor de una datación tardía del poema.

López Estrada, F.: *Panorama crítico sobre el «Poema de mio Cid»*, Madrid, Ed. Castalia, 1982. Completísimo estado de la cuestión, con recensión de la bibliografía hasta la fecha de publicación, y síntesis muy ponderada de los problemas de fecha, autor y composición, de la unidad temática y las relaciones de historia y ficción, de los personajes, de la lengua y estilo, y de la perduración de la materia cidiana en las crónicas y en la historia literaria hasta nuestros días.

Magnotta, M.: *Historia y bibliografía de la crítica sobre el Poema de Mío Cid (1750-1971)*, Chapel Hill, University of North Carolina, 1976 (North Carolina Studies in Romance languages and Literatures, nº 145). Magna recensión de la bibliografía cidiana asta 1971.

Menéndez Pidal, R.: *La epopeya castellana a través de la literatura española*, Madrid, Espasa-Calpe, 1945 (Colección «Austral», n° 1561). Ensayo sobre los orígenes de la épica y castellana y sobre la perduración de los más importantes temas y personajes épicos a través de la historiografía, el romancero, el teatro y la literatura moderna.

——: *La España del Cid*, 2 volúmenes, 7ª ed., Madrid, Espasa-Calpe, 1969 [1929]. Obra fundamental para los aspectos históricos del Cid.

——: *Cantar de Mio Cid. Texto, Gramática y Vocabulario*, Madrid, Espasa-Calpe, 1969, 4ª ed. Obra fundamental para el estudio del texto y de la lengua. Contiene una edición paleográfica del poema.

——: *En torno al Poema del Cid*, Barcelona, Edhasa, 1970. Colección póstuma de artículos en los que se pasa revista a asuntos como la doble autoría, la fecha de composición, las fórmulas épicas, la épica en España y Francia, la mitología en el poema, etc.

——: *Reliquias de la poesía épica española*, Madrid, Seminario M. Pidal-Editorial Gredos, 1980, 2ª ed. Obra fundamental para el estudio de la épica española, imprescindible para el conocimiento de los textos perdidos, algunos de los cuales se presentan aquí reconstruidos en la medida en que lo permiten los testimonios cronísticos, el romancero, etc.

——: *La épica medieval española. Desde sus orígenes hasta su disolución en el romancero*, edición de Diego Catalán y María del Mar de Bustos, Madrid, Espasa-Calpe, 1992. Obra póstuma, construida y editada con gran rigor a partir de los apuntes, notas y materiales inéditos del autor. Es el primer volumen de una magna historia de la épica española. Imprescindible.

Salinas, P.: «El *Cantar de Mío Cid* (Poema de la honra)» [1945], y «La vuelta al esposo: ensayo sobre estructura y sensibilidad en el Cantar de mio Cid» [1947], en *Ensayos completos, 3*, Madrid, Taurus, 1983, 11-26 y 27-37. En el primer ensayo determina el tema del poema (la recuperación de la honra) y su estructura (doble recuperación de la honra personal y familiar) con una precisión y finura analítica que han hecho de este trabajo un clásico; en el segundo ensayo, se interpreta el viaje de doña Jimena desde Cardeña a la torre del alcázar valenciano como una clave de la unidad artística del poema.

Smith, C.: *Estudios cidianos*, Madrid, Cupsa, 1977. Conjunto de estudios sobre aspectos estilísticos y temáticos, y sobre indagación de posibles fuentes del CMC. Destaca el escrito en colaboración con J. Morris sobre la fraseología física del lenguaje épico.

Smith, C.: *La creación del Poema de mio Cid*, Barcelona, Ed. Crítica, 1985. Argumentación a favor de la hipótesis de que el CMC fue escrito por un abogado de Burgos llamado Per Abat hacia 1207.

Ubieto Arteta, A.: *El «Cantar de Mio Cid» y algunos problemas históricos*, Valencia, Anubar, 1973. Propuesta de una fecha tardía para el CMC y una localización aragonesa.

Unamuno, M. de: *Gramática y glosario del Poema del Cid*, Madrid, Espasa-Calpe, 1977 [1893]. Libro de interés arqueológico y anecdótico. Unamuno se presentó con esta obra al concurso convocado por la Real Academia Española para establecer el texto, la gramática y el vocabulario del poema; el concurso fue ganado por Menéndez Pidal en 1895 con su *Cantar de Mio Cid. Texto, Gramática y Vocabulario*. Ahora podemos comparar ambas obras.

MONUMENTO AL CID EN BURGOS,
OBRA DE JUAN CRISTÓBAL GONZÁLEZ QUESADA,
INAUGURADO EN 1955.

COMBATE ENTRE EL CID Y MARTÍN GÓMEZ.
MINIATURA DEL SIGLO XIV.
ACADEMIA DE LAS CIENCIAS, LISBOA.

DEBAJO:
FIRMA AUTÓGRAFA DE RUY DÍAZ DE VIVAR,
EN UNA DOTACIÓN A LA CATEDRAL DE VALENCIA (1098).
ARCHIVO DE LA CATEDRAL DE SALAMANCA.

PÁG. SIGUIENTE (DERECHA):
COFRE DEL CID EN LA CATEDRAL DE BURGOS.

COFRE
DE EL
CID

FIDES EST SVBSTANTIA SPERANDARV RERVM
ARGVMENTVM NON APPARENTIVM

ASPECTO DEL ARCO DE SAN MARTÍN HACE UNOS 100 AÑOS. ESTA FUE LA PRINCIPAL SALIDA DE LA CIUDAD DE BURGOS DURANTE LA EDAD MEDIA. CERCA ESTABA LA CASA DEL CID, QUE FUE DERRIBADA POR ORDEN DEL REY AL TIEMPO DE SU DESTIERRO.

DEBAJO, IZQUIERDA: ALFONSO VI DE CASTILLA. MINIATURA EN EL TUMBO A (SIGLO XII). CATEDRAL DE SANTIAGO DE COMPOSTELA

ARRIBA: SOLDADOS CASTELLANOS DE FINALES DEL SIGLO XII.
RELIEVE DEL SEPULCRO DE LOS SANTOS VICENTE, SABINA Y CRISTETA.
IGLESIA DE SAN VICENTE DE ÁVILA.

DEBAJO: BURGOS HACIA 1830.
GRABADO DE ROUARQUE FRÈRES, PARÍS.

Grado al rey del cielo mis fijas vengadas son
agora las ayan quitas heredades de carrion
sin verguença las casare o aq pese o aq no
Andidieron en pleytos los de navarra & de aragon
Ouieron su ajunta con alfonsso el de Leon
fizieron sus casamientos con don eluira & con doña sol
Los primeros fueron grandes mas aq̃stos son mejores
a mayor ondra las casa q̃ lo q̃ primero fue
Ved qual ondra crece al q̃ en buen ora naçio
Quando señoras son sus fijas de navarra & de aragon
Oy los reyes d'espana sos parientes son
A todos alcança ondra por el q̃ en buen ora naçio
Passado es deste sieglo el dia de çinq̃esma
de xp̃o aya perdon
Assi fagamos nos todos justos & pecadores
Estas son las nueuas de myo çid el campeador
en este logar se acaba esta razon
Quien escriuio este libro del dios parayso amen
Per abbat le escriuio en el mes de mayo
en era de mill & .CC XLV. años

Nota previa a la primera edición

Esta edición se basa en la lectura del códice de Per Abat, realizada en dos ediciones facsímiles: *Poema de Mio Cid. Edición facsímil del Códice de Per Abat, conservado en la Biblioteca Nacional*, Madrid, Servicio de Publicaciones del Ministerio de Educación y Ciencia, 1961; y *Poema de Mio Cid*, vol. I, Burgos, Ayuntamiento de Burgos, 1982. Hemos tenido a la vista, al mismo tiempo, las ediciones paleográficas de Menéndez Pidal (*Cantar de Mio Cid. Texto, gramática y vocabulario*) y de Ruiz Asencio (en *Poema de Mio Cid*, Burgos, 1982).

Entre corchetes [] ponemos las interpolaciones y las lecturas que elegimos frente a las del manuscrito, que se recogen en las «Notas textuales». Hemos sido conservadores a la hora de editar el manuscrito, pero, al mismo tiempo, hemos considerado que el verso anisosilábico y, principalmente, el hemistiquio debían ser un criterio determinante en la edición de este texto, lo cual nos ha llevado a enmendar, añadir y suprimir en algunos pocos casos. Sin embargo, porque creemos con M. Pidal que el poema épico vive en variantes, nos hemos limitado básicamente a editar el códice conservado, que representa una de esas posibles variantes.

En cuanto a la grafía, hemos intentado dar una imagen de la grafía alfonsina: respetamos, por tanto, en la medida en que el códice las respeta la -*s*- y -*ss*- para los fonemas alveolares fricativos sonoro y sordo, respectivamente, en posición intervocálica; la *c* y *ç* para el fonema dentoalveolar africado sordo (algo así como [ts], y la *z* para el correlato sonoro [ds]; la *x* para el fonema prepalatal fricativo sordo (como la *ch* andaluza, la *sh* inglesa o la *ch* francesa), y la *j*, *i*, y *g* (seguida de *e,i*) para el correspondiente sonido sonoro (como el de la *g* en el inglés *gentleman* o en el francés *manger*); la *u* y la *v* pueden representar un sonido bilabial fricativo que en la lengua antigua se distinguía sistemáticamente del correspondiente oclusivo, escrito siempre con *b*; la *h*- podía aparecer o no, y nosotros la hemos dejado sólo en las palabras en las que hoy aparece y no la escribimos cuando el manuscrito no la escribe, a no ser, en algún caso de clara ambigüedad, para distinguir la forma verbal *[h]a* de la preposición *a*. En otros casos más esporádicos hemos acudido a las grafías modernas. Señalamos la apócope de vocal -*e* en los pronombres con el signo [']: por ejemplo, *quem'* 'que me' (v. 157).

En nuestra lectura del manuscrito y en la labor de anotación (notas y llamadas de atención) nos ha sido de extraordinaria utilidad la consulta de las ediciones de J. J. de Bustos Tovar (Madrid, 1983), P. M. Cátedra y B. C. Morros (Barcelona, 1985), Mª E. Lacarra (Madrid, 1983), F. Marcos Marín (Madrid, 1985 y 1997), R. Menéndez Pidal (Madrid, 1969, 4ª ed., y Madrid, 1971, 13ª ed., en «Clásicos Castellanos»), I. Michael (Madrid, 1978, 2ª ed.), A. Montaner (Barcelona, 1993) y C. Smith (Madrid, 1977, 3ª ed.).

CANTAR DE MIO CID

[Cantar primero]

1

[*Salida de Vivar*]

De los sos ojos   tan fuertemientre llorando,[1]
tornava la cabeça   y estávalos catando.
Vio puertas abiertas   e uços sin cañados,
alcándaras vázias   sin pieles e sin mantos
e sin falcones   e sin adtores mudados.   5
Sospiró mio Çid,   ca mucho avié grandes cuidados.

---

2 *catando:* mirando.   3 *uços:* puertas. *cañados:* candados.   4 *alcándaras:* perchas para colgar ropa o poner aves de caza.   5 *adtores mudados:* azores mudados, es decir, que habían mudado ya el plumaje y eran, por ello, aves muy apreciadas para la caza.   6 *ca mucho avié grandes cuidados:* porque tenía muy grandes preocupaciones; *aver* significaba en la lengua medieval 'haber' y 'tener' (en el sentido de 'comenzar a tener'); desde finales del siglo XII y hasta bien entrado el XIV las terminaciones del imperfecto de los verbos en *-er* y en *-ir* eran *-ía, -iés, -ié, -iemos, -iedes, ién.*

(1) Aunque el comienzo del poema conservado es de una gran belleza (el Cid llora silenciosamente, forzado a abandonar su casa ya vacía), no podemos dejarnos llevar por lo que puede ser un «error poético» y afirmar tajantemente que el poema comenzaba tal como comienza el manuscrito que lo conserva. Lo cierto es que: a) falta un primer folio del manuscrito; b) que en ese espacio podrían caber hasta unos cincuenta versos; c) que hay pruebas de un comienzo perdido en algunas prosificaciones (*Crónica de Veinte Reyes*, *Crónica de Castilla*, *Crónica Particular del Cid*); incluso la asonancia perceptible en esas prosificaciones ha permitido a Menéndez Pidal reconstruir doce versos que podrían preceder al comienzo actual. Es verdad que el pronombre *los* del v. 2 (*estávalos catando*: los estaba mirando) necesita un antecedente y que, aunque podría tener un referente catafórico (como sucede en otros pasajes del texto: *Ya lo ve el Çid   que del rey non avié graçia*, v. 50), no parece que aquí pueda serlo la enumeración *puertas abiertas, uços sin cañados, alcándaras vázias*; sin embargo, ese antecedente puede estar implícito en la situación comunicativa, sin que se haya mencionado antes ni después, como ocurre en el verso 230: *Si el rey me lo quisiera tomar, a mí non m'incal*, en el que *lo* se refiere a un no nombrado 'lo mío, mis bienes'; en el verso 2 podría referirse a las personas que están presentes en el adiós del héroe a su hogar.

Con todo, de acuerdo con el testimonio de las Crónicas, rastreadas minuciosamente por Menéndez Pidal, podemos reconstruir hipotéticamente la materia narrada en el fragmento perdido. El rey Alfonso VI envía al Cid a Sevilla para cobrar las parias o tributos que el rey moro de aquella ciudad debía pagar al monarca castellano. Pero el Cid se encuentra con que el conde castellano García Ordóñez ha hostigado al rey moro. Éste, al ser tributario del monarca castellano, tiene derecho a que se le ampare. Y eso es lo que hace el Cid, cogiendo prisionero al conde en la ciudad de Cabra. El Cid vuelve a la corte de Alfonso y se encuentra con que sus enemigos políticos lo acusan de haber robado gran parte de los tributos. El rey hace caso a los acusadores. El delito imputado al Cid —la *malfetría*— provoca la *ira regia* y ocasiona el castigo del destierro. El rey da, pues, al Cid un plazo de nueve días para que abandone su reino. Los doce versos prosificados a que aludíamos antes cuentan el final de un discurso del Cid a sus vasallos en el que encomienda a Dios a los que se vayan con él y ase-

Fabló mio Çid   bien e tan mesurado:
«¡Grado a ti, señor   Padre, que estás en alto!
Esto me an buelto   mios enemigos malos.»[2]

---

8 *grado:* ¡gracias!   9 *me an buelto:* han tramado contra mí.

gura que se va sin enfadarse con los que se queden en Castilla; a continuación reproducen el discurso de Alvar Fáñez en el que, hablando en representación de todos los vasallos del Cid (una función que va a ser constante a lo largo del Cantar), proclama la decisión de marchar al destierro con su señor y amigo: *convusco* (con vos) *iremos, Çid*; finalmente, narran estos versos la salida de Vivar camino de Burgos y el abandono de la casa (*sus palaçios*) deshabitada y confiscada:

«e los que conmigo fuéredes   de Dios ayades buen grado,
e los que acá fincáredes   quiérome ir vuestro pagado.»
Entonçes fabló Álvar Fáñez,   su primo cormano:
«convusco iremos, Çid,   por yermos e por poblados,
ca nunca vos falleçeremos   en quanto seamos bivos e sanos,
convusco despenderemos   las mulas e los cavallos
[......................]   e los averes e los paños,
siempre vos serviremos   como leales amigos e vasallos.»
Entonçe otorgaron todos   quanto dixo don Álvaro;
mucho gradesçió mio Çid   quanto allí fue razonado...
Mio Çid movió de Bivar   pora Burgos adeliñado,
assí dexa sus palaçios   yermos e desheredados.

A partir de aquí sigue el texto conservado, y el *los* del v. 2 puede señalar anafóricamente a estos *palaçios* del último verso prosificado. Pero, como hemos apuntado, también puede ser un deíctico de las personas que están allí viendo cómo el héroe marcha al destierro; y, en tal caso, la versión del cantar que copió Per Abat, o quien fuera, podía muy bien empezar tal como se conserva en el manuscrito. En suma, no sabemos con exactitud cómo empezaba el poema, pero sabemos que el comienzo que tenemos es un hermoso comienzo, e incluso el posible comienzo de una de las variantes del poema (véase **40**).

 (2) La primera imagen que el público del Cantar (lector u oyente) percibe es la del Cid que llora *de los ojos* y habla como un héroe: *bien* *e tan mesurado*. Nótese que se crea un ambiente en torno a la imagen de la casa vacía (sin signos de valor: ropa cara, aves de caza) en el que resulta fácil que el público se identifique con el protagonista, caído en desgracia. El Cid ha perdido sus bienes inmuebles como consecuencia del castigo del rey y, por ello, pierde también su posición social, es decir, su «honra». El tema de la obra a partir de aquí va a ser la reconquista de esa honra. El *llorar de los ojos* es un llanto silencioso, sin gritos ni gestos más o menos codificados en la época (como rasgarse las vestiduras o mesarse los cabellos). *Llorar de los ojos* es fórmula épica que normalmente ocupa el primer hemistiquio; pero nótese que aquí está manipulada por el hipérbaton —suponemos que muy reflexivamente— y se extiende por todo el verso. El poeta nos obliga a detenernos en el drama humano del héroe. C. Smith y J. Morris han llamado a sintagmas como *llorar de los ojos* «frases físicas»: son expresiones que apoyan su significado en la mención de una parte del cuerpo que, además, hace posible que el juglar recitador la señale con un oportuno gesto. De este modo el texto ofrece las claves de su propia interpretación y recitación. El espectáculo juglaresco no es algo extraño al texto, sino algo que emana del texto mismo. Nótense, por otra parte, dos recursos estilísticos que se repiten en los vv. 1-5: el paralelismo de los hemistiquios, de modo que el segundo repite la idea del primero o, todo lo más, le añade algún detalle; y el polisíndeton de la preposición *sin*. Ambos recursos tienen como finalidad retardar el tempo narrativo: hacer que el oyente o lector se detengan en lo que se está describiendo y simpaticen con el héroe caído en desgracia. Pero el Cid reacciona con *mesura*, es decir, con gravedad, la virtud cívica que es manifestación de la integración de *sabiduría* y *fortaleza*, las dos formas del comportamiento heroico. Por eso comienza su discurso dando gracias a Dios (*Grado a tí, señor padre*). Éstas son las primeras palabras que oímos de su boca. No hay ironía, sino actitud de resignación cristiana frente a las dificultades y determinación de recobrar la posición perdida. También hay denuncia de la acusación urdida por la alta nobleza contra un representante de la nobleza menor como era el Cid (*Esto me an buolto mios enemigos malos*).

2

[*Interpretación de los agüeros*]

Allí pienssan de aguijar,　allí sueltan las riendas.　　10
A la exida de Bivar　ovieron la corneja diestra,
e entrando a Burgos　oviéronla siniestra.
Meçió mio Çid los ombros　y engrameó la tiesta:
«¡Albricia, Álbar Fáñez,
　　　　　　ca echados somos de tierra!»⁽³⁾

---

10 *aguijar:* picar al caballo para que ande deprisa. *pienssan de aguijar:* se ponen a dar espuela; *penssar de* + *infinitivo* (normalmente, infinitivo de un verbo de movimiento) es perífrasis incoativa, muy usada en la lengua épica. 11 *exida:* salida. 13 *engrameó la tiesta:* sacudió la cabeza. 14 *albricia:* albricias, interjección de alegría.

(3) En esta pequeña serie se nos cuenta la primera jornada del camino del destierro: de Vivar a Burgos. La imagen de los agüeros invoca la fuerza del destino y hace concebir expectativas sobre el desarrollo de la historia que se está empezando a oír o a leer. La *corneja* puede referirse al búho chico o a la corneja negra, ambos pájaros de mal agüero. Aquí parece que hay un agüero favorable a la salida de Vivar (*la corneja diestra*) y otro desfavorable al entrar en Burgos (la corneja vuela por el lado izquierdo). De lo que no cabe dudar es del rechazo de los malos augurios por parte del Cid: lo hace con gestos y palabras (vv. 13 y 14), según era costumbre en el mundo romano. Mediante la palabra, además, pretende cambiar el sentido del augurio: estamos de enhorabuena porque somos desterrados, lo cual será ocasión para que recobremos la honra. Éste parece ser el sentido del v. 14. En esta segunda tirada se nos presenta, como interlocutor del héroe, a Álvar Fáñez Minaya, sobrino del Cid literario (al que en los versos prosificados del principio se le ha llamado *cormano*, es decir, primo hermano). Es un personaje que va a aparecer muchas veces, siempre al lado del Campeador.

3

[En Burgos]

Mio Çid Ruy Díaz   por Burgos entr[ode],⁽⁴⁾   15
en su conpaña   sessaenta pendones;
exiénlo ver   mugieres e varones,   16*b*
burgeses e burgesas   por las finiestras son,
plorando de los ojos,   tanto avién el dolor.
De las sus bocas   todos dizían una razón:
«¡Dios, qué buen vassallo,   si oviesse buen señor!»⁽⁵⁾   20

---

15 *entrode:* entró. 16 *pendones:* banderolas o gallardetes que adornaban las lanzas de los caballeros; aquí es metonimia por caballero.

(4) En esta tirada y en la siguiente, vv. 15-64, se narra la llegada del Cid a Burgos, cifrada en los siguientes momentos: 1) descripción del ambiente en forma de *opinión común* del pueblo de Burgos (vv. 15-20); 2) reproducción del *mandato real* que prohíbe dar acogida al Cid (vv. 21-30); 3) escena de la niña de nueve años y acampada del Cid en la orilla del río, fuera de la ciudad, como los marginados (vv. 31-64).

(5) Los versos de esta tirada (15-20) presentan a los burgueses o mercaderes de la ciudad de Burgos, al tercer estado (burgueses y burguesas, dice el texto con reiteración expresiva y útil para rellenar formulariamente un hemistiquio), cumpliendo una función muy parecida a la que tiene el *coro* en la tragedia griega. Están apartados de la acción (asomados a la ventana) y la comentan. El comentario se sustancia en el v. 20, uno de los que más tinta ha hecho derramar. El sentido más aceptable de dicho verso es '¡qué buen vasallo sería el Cid si tuviera un buen señor, que ahora no tiene porque el rey lo ha castigado con su ira real (*saña* o *ira regis*), pero que ojalá pueda volver a tener pronto y pueda ser el mismo rey Alfonso!'. Es decir, por una parte, hay una velada censura del rey; por otra, se dejan las puertas abiertas para la reconciliación (lo que sucederá al final). El coro, iden-

4

[*Fría acogida de los burgaleses por temor al rey*]

Conbidar le ien de grado,
      mas ninguno non osava:
el rey don Alfonsso tanto avié la grand saña.
Antes de la noche en Burgos dél entró su carta,
con grand recabdo e fuertemientre sellada:
que a mio Çid Ruy Díaz,
      que nadi nol' diessen posada, 25
e aquel que gela diesse sopiesse vera palabra,
que perderié los averes e más los ojos de la cara,
e aún demás los cuerpos e las almas.
Grande duelo avién las yentes cristianas;
ascóndense de mio Çid, ca nol' osan dezir nada.[6] 30

---

21 *conbidar le ien de grado:* le convidarían de buena gana; en la lengua medieval era posible descomponer el condicional (y el futuro), introduciendo un pronombre entre los elementos de la perífrasis originaria, el infinitivo y el auxiliar. 23 *antes de la noche:* la noche anterior. 24 con grandes prevenciones y convenientemente autentificada por el sello del rey. 25 *nol':* no le; el signo ['] significará en el texto la vocal apocopada en los pronombres átonos enclíticos *me, te, se, le*. 26 *gela:* se la; la forma *se* del español moderno, variante de 'le' en las secuencias *se lo, se la* y sus plurales, era *ge* en la lengua antigua: *gelo, gela, gelos, gelas. sopiesse vera palabra:* supiese como cosa cierta.

tificado con la ciudadanía de Burgos, representa el comentario trágico de lo narrado y, al mismo tiempo, la anticipación épica del desenlace. Por eso, el comentario del v. 20 se ha definido previamente como *razón* (v. 19), que quiere decir discurso eficaz, elocuente y verdadero.

(6) La *carta* del v. 23 es un *mandato real*. El mandato real era un escrito oficial (validado por el sello del monarca) en el que se disponía

El Campeador   adeliñó a su posada;
assí commo llegó a la puerta,   fallóla bien çerrada,
por miedo del rey Alfonsso,   que assí lo para[ran],
que si non la quebrantás por fuerça,
        que non gela abriesse[n por] nad[a].

---

31 *Campeador:* batallador, vencedor; es el epíteto que con más frecuencia se aplica al Cid en el *Cantar*, y también se le aplicó en vida; desde finales del siglo XII se confunde con el latino CAMPIDOCTOR, 'oficial instructor', nombre que también se le da al Cid en el *Carmen Campidoctoris*. *adeliñó:* se encaminó. 33 *pararan:* habían dispuesto.   34 *quebrantás:* quebrantase.

algo (en este caso se prohibía alojar al Cid) y se consignaba la pena reservada a los que contravinieran lo dispuesto (en este caso, confiscación de bienes y castigo de ceguerra). Nótese que el contenido de este escrito no se cita en estilo directo, sino en una forma primitiva —pero muy eficaz artísticamente— de estilo indirecto libre. Como sucede frecuentemente en la novela moderna, el estilo indirecto libre sirve aquí para reproducir un *monólogo interior* colectivo ('Lo convidarían de buena gana, pero nadie se atrevía...'). Decía Sartre que el monólogo interior presentaba al lector moderno, no las cosas, sino *la conciencia de las cosas*. Pues bien, aquí hay un buen precedente de esa técnica narrativa que a veces se ha considerado tan novedosa y moderna. El contenido del mandato real se nos presenta, no directamente, como una cosa, sino a través de la conciencia que de él tienen los burgueses de la ciudad. En esa conciencia colectiva percibimos, además del contenido del mandato real, su forma externa, el sello, que quizá sea un anacronismo, pues los primeros sellos conocidos en Castilla son los de Alfonso VII y no se sabe que el rey del Cantar, Alfonso VI, los empleara. Y percibimos también la causa y el efecto del mandato real. La causa es la *grand saña* (v. 22), es decir, la ira real o *ira regis*: el acto jurídico mediante el cual el rey rechaza a un vasallo y lo destierra. Nótese que el adjetivo *grand* permite también entender *saña* como ira personal, es decir, como pecado, con lo cual el sintagma *grand saña* encerraría también una crítica del monarca. En fin, el mandato real tiene un efecto evidente: obliga al destinatario, a los burgueses, a adoptar un comportamiento abstencionista y de temor (v. 30. *ascóndense...*).

Cantar primero

Los de mio Çid   a altas vozes llaman,   35
Los de dentro   non les querién tornar palabra.
Aguijó mio Çid,   a la puerta se llegava,
sacó el pie del estribera,   una ferídal' dava;
non se abre la puerta,   ca bien era çerrada.
Una niña de nuef años   a ojo se parava: 40
«¡Ya Campeador,   en buen ora çinxiestes espada!
El rey lo ha vedado,   anoch dél e[n]tró su carta,
con gran recabdo   e fuertemientre sellada.
Non vos osariemos   abrir nin coger por nada;
si non, perderiemos   los averes e las casas,   45
e demás   los ojos de las caras.
Çid, en el nuestro mal   vos non ganades nada;
mas el Criador vos vala

            con todas sus vertudes santas».
Esto la niña dixo   e tornós' pora su casa.
Ya lo ve el Çid,   que del rey non avié graçia.   50
Partiós' de la puerta,   por Burgos aguijava,
llegó a Santa María,   luego descavalga,
fincó los inojos,   de coraçón rogava.
La oraçión fecha   luego cavalgava;
salió por la puerta   e Arlançón p[as]sava.   55
Cabo essa villa   en la glera posava,
fincava la tienda   e luego descavalgava.

---

38 *estribera:* estribo. *una ferídal' dava:* un golpe le daba.   40 *nuef:* nueve; al apocoparse la *-e*, la consonante final se ensordecía. *a ojo:* delante.   41 *ya:* oh, interjección de origen árabe. *çinxiestes:* (vos) ceñisteis; la segunda persona del plural del perfecto simple terminaba en *-stes* en la lengua medieval.   44 *coger:* acoger.   48 *vala:* valga.   49 *pora:* para.   52 *Santa María:* la Catedral de Burgos. *luego:* inmediatamente, a continuación.   53 *fincó los inojos:* se hincó de rodillas.   55 *Arlançón:* el Arlanzón, el río de Burgos.   56 *cabo:* junto a. *glera:* cascajar o arenal de la orilla de un río.   57 hincaba la tienda y en seguida descabalgaba: el orden de este verso puede indicar que el Cid dirige la ope-

Mio Çid Ruy Díaz,
      el que en buen ora çinxo espada,
posó en la glera   quando nol' coge nadi en casa,
derredor dél   una buena conpaña.   60
Assí posó mio Çid   commo si fuesse en montaña.
Vedada l'an conpra   dentro en Burgos la casa,
de todas cosas   quantas son de vianda;
non le osarién vender   al menos dinarada.(7)

---

ración de plantar la tienda desde el caballo y a continuación desmonta, o bien que el poeta épico anticipa expresivamente la acción que considera más importante en la acampada. 58 *çinxo:* ciñó; la forma del texto es el pretérito fuerte (acentuado en la raíz), directamente derivado del correspondiente perfecto latino; hoy se ha perdido este pretérito de *ceñir*, pero se conservan otros similares, como *dijo, puso, vino, hizo,* etc. 59 *quando:* conjunción con valor causal aquí (='porque'). 62 *vedadal 'an conpra:* le han prohibido la compra; nótese cómo el participio de los tiempos compuestos podía concordar con el objeto directo en la lengua antigua. *Burgos la casa:* la población, la ciudad de Burgos; se trata de una aposición muy frecuente en la lengua de la épica y de los poemas de clerecía. 64 *al menos dinarada:* ni siquiera una dinerada; la dinerada era la cantidad de comestible que se podía comprar con un dinero, y bastaba para la comida diaria de una persona.

(7) Nótese en esta secuencia el contraste entre los guerreros enfurecidos porque no pueden alojarse en la casa en que habitualmente lo hacen y la niña de nueve años (el único personaje del Cantar del que se dice la edad exacta). La patada en la puerta (v. 38) es un acto de desmesura. Es de las pocas veces que el Cid se deja llevar por la cólera. Pero enseguida resulta persuadido por el discurso de la inocencia y de la ternura. La niña habla como un mayor (quizá estemos ante un tópico literario: el del *puer senex*), pero el mayor redime su cólera y recobra su equilibrio heroico al dejarse persuadir por las razones de la niña. Por eso es doblemente celebrado. La niña le dedica el epíteto épico *en buen ora cinxiestes espada* (v. 41), una de las maneras más directas de celebrar al héroe épico (epíteto que el narrador repite un poco más adelante, en el v. 58); pero también el comportamiento del héroe es asimismo celebrativo. El Campeador comprende su soledad,

5

[*Martín Antolínez provee al Cid*]

Martín Antolínez, el burgalés conplido,[8]   65
a mio Çid e a los suyos abástales de pan e de vino;
non lo conpra, ca él se lo avié consigo;
de todo conducho bien los ovo bastidos.
Pagós' mio Çid e los otros que van a so çervicio.

---

65 *conplido:* perfecto, excelente. 66 *abástales:* les provee. 68 *conducho:* provisión de comida. *los ovo bastidos:* los abasteció; en la lengua antigua este pretérito anterior equivalía muchas veces al perfecto simple; nótese cómo el participio del tiempo compuesto concuerda todavía con el objeto directo. 69 *pagós':* se contentó.

---

efecto de su caída en desgracia, y se resigna a acampar fuera de la ciudad.

(8) El Cid necesita de inmediato víveres y dinero para dar los primeros pasos en el destierro. Ese es el eje temático de esta parte del Cantar, el episodio de Raquel y Vidas (vv. 65-233). Ese dinero lo va a obtener de unos prestamistas —probablemente judíos— mediante un engaño, un ardid. Para ello va a contar con la colaboración inestimable de otro de los personajes más importantes del Cantar, el burgalés Martín Antolínez, un personaje de ficción que arriesga sus bienes y su vida por ayudar al Cid (como se señala al principio y fin del episodio: vv. 73-74 y 230), y que se muestra como un diplomático consumado, de una gran astucia, al conseguir de los judíos el préstamo de 600 marcos (una cantidad respetable para la época) y, además, una comisión para él de 30 marcos. Martín Antolínez es vasallo de soldada; por eso el Cid le promete doblarle el sueldo (v. 80). Había también vasallos de criazón, los que se había criado en casa del señor y le prestaban su servicio en virtud de esta relación casi familiar. Martín Antolínez es un vasallo fiel: ayuda a su señor, pese a la prohibi-

Fabló Martín Antolínez, odredes lo que a dicho: 70
«¡Ya Campeador, en buen ora fuestes naçido!
Esta noch y[a]gamos e vay[á]mosnos al matino,
ca acusado seré de lo que vos he servido,
en ira del rey Alfonsso yo seré metido.
Si convusco escapo sano o bivo, 75
aun çerca o tarde el rey querer me ha por amigo;
si non, quanto dexo no lo preçio un figo.»

6

[*Ardid para obtener dinero*]

Fabló mio Çid, el que en buen ora çinxo espada:
«¡Martín Antolínez, sodes ardida lança!
Si yo bivo, doblar vos he la soldada. 80
Espeso é el oro e toda la plata,
bien lo vedes que yo no trayo [nada],

---

70 *odredes:* oiréis. 72 *yagamos:* yazcamos, descansemos. *matino:* madrugada. 75 *convusco:* con vos. 77 *no lo preçio un figo:* no me importa nada, me importa un comino, etc., frase hecha, muy frecuente en la literatura medieval. 79 *ardida lança:* valiente lanza, metonimia por caballero valiente; es epíteto épico. 81 *espeso é:* he gastado.

ción real; el v. 67 indica que *no compra* las provisiones, sino que las tiene en su despensa; de este modo el Cantar deja claro que los burgaleses no desobedecen el mandado del rey. Ahora bien, puede ser que sea el mismo Antolínez el que pretenda que no lo desobedezcan, es decir, el que quiera quedar bien con sus dos señores: el Cid y el Rey. Esta interpretación estaría en consonancia con lo que el mismo personaje dice en el v. 76: está seguro de que tarde o temprano sus relaciones con el rey volverán a ser buenas. Así la figura del monarca resulta preservada de la crítica.

e huebos me serié   pora toda mi compaña;
fer lo he amidos,   de grado non avrié nada.
Con vuestro consejo   bastir quiero dos arcas;   85
inc[h]ámoslas d'arena,   ca bien serán pesadas,
cubiertas de guadalmeçí   e bien enclaveadas.

7

[*Raquel y Vidas*]

Los guadameçís vermejos
                    e los clavos bien dorados.
Por Raquel e Vidas[9]   vayádesme privado:

---

83 *e huebos me serié:* y me sería necesario; *huebos me es* es el resultado directo de la evolución de la frase latina OPUS EST MIHI (me es necesario, necesito), frase que no pasa del español medieval.   84 *fer lo he amidos:* lo haré contra mi voluntad; el adverbio *amidos* era el antónimo de la locución adverbial *de grado* (con gusto, de buena gana). Nótese la estructura antitética del verso.   85 *bastir:* preparar.   87 *guadalmeçí* o *guadameçí* (v. 88): cuero fino adornado con dibujos.   88 *vermejos:* rojos.   89 *vayádesme privado:* idme rápidamente.

(9) Los prestamistas son otros personajes también ficticios: actúan al unísono, como un personaje dual (una especie de prefiguración de los infantes de Carrión), hasta el punto de que en el v. 189 se les llama *don*, como si de una sola persona se tratase. Parece que Raquel y Vidas son dos varones, aunque no falta quien haya pensado en un matrimonio, pero precisamente el *don* delante de Raquel es prueba de que aquí este nombre designa a un varón. La forma *Rachel* podría ser la correspondiente, no al nombre de mujer Raquel, sino al de varón Raguel; así se llama en la Biblia el suegro de Tobías. Vidas también es nombre conocido de varón entre judíos, cristianos y moros. En el Cantar no hay ninguna indicación de que estos comerciantes fueran judíos, pero el público los debió de considerar así, a juzgar por algu-

quando en Burgos me vedaron compra
<pre>   y el rey me a ayrado,   90</pre>
non puedo traer el aver,   ca mucho es pesado,
empeñar gelo he   por lo que fuere guisado;
de noche lo lieven,   que non lo vean cristianos.
Véalo el Criador   con todos los sos santos,
yo más non puedo   e amidos lo fago.»**(10)**   95

---

90 *quando:* puesto que (de nuevo con valor causal: v. 59). 92 *guisado:* justo, razonable. 93 *lieven:* lleven; *lieven* es la forma etimológica (de LVARE): la palatalización de la consonante inicial comienza en estas formas con diptongo y más tarde se extiende a todas las formas del verbo, con lo que se hace regular la conjugación en español moderno.

nas prosificaciones cronísticas del texto que los identifican como judíos. Desempeñan una función humorística y satírica. Encarnan el tema del banquero que intenta engañar y es engañado, un motivo folklórico oriental. En las *Partidas* estaba tipificado un engaño con arcas de arena muy similar al que aquí se nos cuenta. Téngase en cuenta que la usura estaba condenada por la Iglesia. Ahora bien, los judíos no son objeto de burla por su afán de riqueza (rasgo que está en el Cid y los suyos), sino por intentar conseguirla de una forma no heroica, fuera de la actividad guerrera. ¿Sátira antijudía? No hay burla ni contra la religión ni contra las costumbres judías; sólo contra la usura.

(10) El Cid necesita dinero para asegurarse de que su familia va a quedar asistida mientras él marcha al destierro y para pagar a sus hombres. Si necesita dinero, es que no lo tiene, es que no ha robado los tributos. Esta parece ser la función del episodio: dejar clara la inocencia del Cid. En este tema contrasta el *Cantar* con la épica románica, la cual nunca se plantea la financiación de las campañas. El tema principal de este episodio es el ardid. El narrador tiene cuidado de dejar claro que el Cid se ve obligado a conseguir por engaño el préstamo, ya que ha gastado todo el dinero que tenía (v. 81) y no puede obtener más vendiendo, por ejemplo, sus bienes inmuebles, pues los tiene todos confiscados. El mismo Cid se encarga de decir que hace todo eso *amidos* (vv. 84 y 95), es decir, contra su voluntad y a disgusto, obligado por la necesidad. A este respecto, se han propuesto las siguientes interpretaciones para el verso 95: a) el Cid se lamenta de tener que engañar a los usureros; b) el Cid se lamenta de tener que pedir un préstamo con interés, prohibido por la Iglesia; c) el Cid se lamenta de que nadie le dé ayuda y tenga que buscársela de esa forma. Como se ve, no son incompatibles. Por otra parte, el narrador podría jugar con la falsa justificación de que quien roba a un ladrón tiene cien años de perdón. Téngase en cuenta que a quien engaña es a unos usureros —judíos casi con toda seguridad—, y que la usura estaba condenada por la Iglesia. Pero hay una cierta complacencia en ese ardid. Está muy bien planeado por el propio Cid, quien dice a Martín Antolínez la justificación que debe dar a los prestamistas para el empeño: nótese el estilo directo de los vv. 90-94, que reproducen las palabras que el Cid está diciendo a Martín Antolínez que diga a los prestamistas. Y en esa justificación se deja entender que las riquezas atesoradas en las arcas pueden estar en relación con la acusación que ha provocado el destierro, esto es, con los tributos de los que el Cid se habría apropiado indebidamente. De hecho, el mismo Martín Antolínez alude astutamente a esa posibilidad (vv. 110-114). Por otra parte, el v. 126 ha de entenderse como el colmo de la astucia: los prestamistas ven que en el arca hay *aver monedado*, es decir, dinero. Entonces, ¿por qué pide dinero en préstamo el Cid? Parece dar a entender que ese dinero del arca es el de las parias y que lo que está proponiendo el Cid a los prestamistas es una especie de operación de blanqueo. Sin embargo, la necesidad de obtener un préstamo deja claro al lector que el Cid es pobre y que por tanto no es verdad que hubiera robado los tributos. Al final, la comisión de Martín Antolínez es una burla añadida que agrava la ya de por sí grave del ardid de las arcas. Pero también es una exigencia de la astucia del plan, porque la comisión del intermediario es lógica en una operación de la que se esperan buenas ganancias (vv. 172-173).

8

[Búsqueda]

Martín Antolínez   non lo detar[da]va,
por Raquel e Vidas   apriessa demandava.
Passó por Burgos,   al castiello entrava,
por Raquel e Vidas   apriessa demandava.

9

[El trato]

Raquel e Vidas   en uno estavan amos,   100
en cuenta de sus averes,   de los que avién ganados.
Llegó Martín Antolínez   a guisa de menbrado:
«¿Ó sodes, Raquel e Vidas,   los mios amigos caros?
En poridad fablar   querría con amos».
Non lo detardan,   todos tres se apartaron.   105
«Raquel e Vidas,   amos me dat las manos,
que non me descubrades   a moros nin a cristianos;
por siempre vos faré ricos,
                que non seades menguados.

---

98 *castiello:* ciudadela, el centro de la ciudad rodeado de murallas.   100 *en uno:* juntos; *amos:* ambos.   102 *a guisa de menbrado:* como hombre prudente.   103 *Ó sodes:* dónde estáis.   104 *poridad:* secreto.   106 *me dat las manos:* el apretón de manos era una de las formas de realizar el acto de prometer.   108 *menguados:* pobres.

Cantar primero

El Campeador   por las parias fue entrado,
grandes averes priso   e mucho sobejanos,   110
retovo dellos   quanto que fue algo;
por en vino a aquesto   por que fue acusado.
Tiene dos arcas llenas   de oro esmerado.
Ya lo vedes,   que el rey le a ayrado.
Dexado ha heredades   e casas e palaçios.   115
Aquellas non las puede levar,
                si non, seri[é] ventad[o];
el Campeador   dexarlas ha en vuestra mano,
e prestalde de aver   lo que sea guisado.
Prended las arcas   e metedlas en vuestro salvo;
con grand jura   meted ý las fes amos,   120
que non las catedes   en todo aqueste año.»
    Raquel e Vidas   seiénse consejando:
«Nos huebos avemos   en todo de ganar algo.
Bien lo sabemos   que él gañó algo,
quando a tierras de moros entró,
                que grant aver [ha sacado];   125
non duerme sin sospecha   qui aver trae monedado.
Estas arcas   amas las prendamos,
en logar las metamos   que non se[a] ventad[o].
Mas dezidnos del Çid,   ¿de qué será pagado,
o quéganançia nos dará   por todo aqueste año?»   130

---

109 *parias:* tributos en metálico. *fue entrado:* hubo entrado, entró; los verbos intransitivos y reflexivos solían formar sus tiempos compuestos con el auxiliar *ser,* no con *haber* como en la lengua moderna.   110 *priso:* prendió; es el pretérito fuerte, hoy perdido (v. 58). *mucho sobejanos:* muy numerosos, extraordinarios.   111 retuvo de ellos todo lo que era de valor.   112 *por en:* por ello, por tanto (adverbio pronominal).   116 *ventadas:* descubiertas.   118 *prestalde:* prestadle (metátesis frecuente en la lengua medieval).   120 con solemne juramento prometed los dos.   122 *seiénse consejando:* estaban deliberando.   126 *aver...monedado:* dinero en metálico.

Respuso Martín Antolínez   a guisa de menbrado:
«Mio Çid querrá   lo que sea aguisado;
pedir vos a poco   por dexar so aver en salvo.
Acógensele omnes   de todas partes me[n]guados,
a menester   seisçientos marcos.»   135
Dixo Raquel e Vidas: «Dárgelos [hemos] de grado.»
  —«Ya vedes que entra la noch,
                          el Çid es presurado,
huebos avemos   que nos dedes los marcos.»
Dixo Raquel e Vidas: «Non se faze assí el mercado,
sinon primero prendiendo   e después dando.»   140
Dixo Martín Antolínez: «Yo d'esso me pago.
Amos tred   al Campeador contado,
e nos vos ayudaremos,   que assí es aguisado,
por aduzir las arcas   e meterlas en vuestro salvo,
que non lo sepan   moros nin cristianos.»   145
Dixo Raquel e Vidas: «Nos d'esto nos pagamos.
Las arcas aduchas,   prendet seyesçientos marcos.»
  Martín Antolínez   cavalgó privado
con Raquel e Vidas,   de volu[n]tad e de grado.
Non viene a la puent,   ca por el agua a passado,   150
que gelo non ventassen   de Burgos omne nado.
Afévoslos a la tienda   del Campeador contado;
assí commo entraron,   al Çid besáronle las manos.

---

135 El marco no era una moneda acuñada, sino una unidad de peso con la que se medían las monedas en circulación; un marco equivalía a ocho onzas, esto es, unos 230 g de oro o de plata.   139 *el mercado:* el negocio.   142 *amos tred:* venid ambos. *contado:* famoso, renombrado.   144 *aduzir:* traer.   147 *Las arcas aduchas:* una vez traídas las arcas; construcción absoluta de participio, de sabor culto.   151 *omne nado:* nadie.   152 *Afévoslos:* héoslos (ahí los tenéis); *afé* es el adverbio demostrativo de origen árabe hé (ved, he aquí); el referente de *os* es el público del juglar y el de *los* Martín Antolínez y los judíos.

Sonrrisós' mio Çid,   estávalos fablando:
«¡Ya don Raquel e Vidas,   avédesme olbidado!   155
Ya me exco de tierra,   ca del rey so ayrado.
A lo quem' semeja,   de lo mio avredes algo;
mientra que vivades   non seredes menguados.»
Don Raquel e Vidas
              a mio Çid besáronle las manos.
Martín Antolínez   el pleyto a parado,   160
que sobre aquellas arcas
              dar le ien seisçientos marcos,
e bien gelas guardarién   fasta cabo del año;
ca assil' dieran la fe   e gelo avién jurado,
que si antes las catassen,   que fuessen perjurados,
non les diesse mio Çid
              de la ganançia un dinero malo.   165
Dixo Martín Antolínez: «Carguen las arcas privado.
Levaldas, Raquel e Vidas,   ponedlas en vuestro salvo;
yo iré convus[c]o,   que adugamos los marcos,
ca a mover [h]a mio Çid   ante que cante el gallo.»
Al cargar de las arcas   veriedes gozo tanto: 170

---

155 Besar la mano aquí significa saludo respetuoso. Normalmente, son los vasallos los que besan la mano a su señor en reconocimiento del vínculo que les unía. Era costumbre antigua de España, según el testimonio de las *Partidas* de Alfonso X.   156 *me exco:* me marcho; del verbo *exir. del rey so ayrado:* he incurrido en la ira regia (y, por ello, he perdido el favor del rey).   157 *a lo quem' semeja:* por lo que me parece.   160 *el pleyto a parado:* ha cerrado el trato.   164 *perjurados:* perjuros.   165 *ganançia:* interés del capital. *un dinero malo:* un mísero duro, aunque puede referirse también a la mala calidad del dinero (plata de baja ley) acuñado por Alfonso VI y Alfonso VII en Segovia.   167 *levaldas:* llevadlas; nótese la metátetsis ya señalada.   168 *que:* para que. *adugamos:* aduzcamos, traigamos.   169 *a mover [h]a:* tiene que ponerse en marcha; hipérbaton; la perífrasis es *haber a + infinitivo*, equivalente de *haber de/ que + infinitivo*, que han perdurado en español moderno.

non las podién poner en somo
                    maguer eran esforçados.
Grádanse Raquel e Vidas   con averes monedados,
ca mientra que visquiessen   refechos eran amos.

10

[*Se despiden el Cid y Raquel y Vidas*]

Raquel a mio Çid   la manol' [ha besada]:
«¡Ya Campeador,   en buen ora çinxiestes espada!   175
De Castiella vos ides   pora las yentes estrañas.
Assí es vuestra ventura,
             grandes son vuestras gananças,
una piel vermeja,   morisca e ondrada,
Çid, beso vuestra mano   en don que la yo aya.»
—«Plazme», dixo el Çid,   «d'aquí sea mandada.   180
Si vos la aduxier d'allá;
             si non, contalda sobre las arcas.»
En medio del palaçio   tendieron un almoçalla,

---

171 *en somo:* en lo alto, encima. *maguer:* aunque. *esforçados:* forzudos, fuertes. 172 *grádanse:* se alegran. 173 *visquiessen:* viviesen. *refechos:* enriquecidos. 176 *vos ides:* os vais. 177 Tal es vuestra ventura, muy grandes van a ser vuestras ganancias. 178 *piel vermeja:* prenda de vestir de hombres y mujeres indistintamente, de manga corta, que se llevaba sobre el brial (túnica de rica tela que va sobre la camisa y tiene mangas estrechas), hecha de armiño, conejo o piel de oveja, cubierta de seda roja, a veces atada con cordones dorados y de mangas anchas. *ondrada:* excelente, espléndida. 179 pido (*beso vuestra mano*) que yo la obtenga como regalo. Nótese el hipérbaton del segundo hemistiquio. 180 *d'aquí:* desde ahora. *mandada:* prometida. 181 si os la trajera de allá, de mi destierro, (bien); si no, descontadla del valor de las arcas. Cuando en la lengua épica se contraponen dos períodos hipotéticos, es frecuente elidir el elemento adverbial que completa al primero. 182 *palaçio:* sala. *almoçalla:* alfombra.

sobr'ella una sávana   de rançal e muy blanca.
A tod el primer colpe
            trezientos marcos de plata echa[va]n,
notólos don Martino,   sin peso los tomava;   185
los otros trezientos   en oro gelos pagavan.
Çinco escuderos tiene don Martino,
                        a todos los cargava.
Quando esto ovo fecho,   odredes lo que fablava:
«Ya don Raquel e Vidas,
            en vuestras manos son las arcas;
yo, que esto vos gané,   bien mereçía calças.»   190

11

[*Recompensa de Raquel y Vidas a Martín Antolínez*]

Entre Raquel e Vidas   aparte ixieron amos:
«Démosle buen don,   ca él no[s] lo ha buscado.
Martín Antolínez,   un burgalés contado,
vos lo mereçedes,   darvos queremos buen dado,
de que fagades calças   e rica piel e buen manto.   195
Dámosvos en don   a vos treínta marcos;
mereçer no[s] lo hedes,   ca esto es aguisado:
atorgar nos hedes   esto que avemos parado.»
Gradeçiólo don Martino   e reçibió los marcos;

---

183 *rançal:* tela de hilo.   185 *notólos:* los contó. *sin peso:* sin pesarlos; la moneda antigua había que pesarla, además de contarla, pues sus piezas podían ser muy irregulares.   190 *calças:* especie de medias para hombres que llegaban hasta la cintura; se solían dar como regalo por algún servicio; a veces lo que se daba era el dinero para comprarlas, como se sugiere en los vv. 194 195.   194 *dado:* don, regalo.   198 garantizaréis esto que hemos dispuesto, es decir, seréis fiador del pacto.

gradó exir de la posada   e espidiós' de amos.   200
Exido es de Burgos   e Arlançón a passado,
vino pora la tienda   del que en buen ora nasco.
    Reçibiólo el Çid,   abiertos amos los braços:
«¿Venides, Martín Antolínez,   el mio fiel vassallo?
¡Aun vea el día   que de mí ayades algo!»   205
—«Vengo, Campeador,   con todo buen recabdo:
vos seysçientos   e yo treynta he ganados.
Mandad coger la tienda   e vayamos privado,
en san Pero de Cardeña,   ý nos cante el gallo;
veremos vuestra mugier,   menbrada fija dalgo.   210
Mesuraremos la posada   e quitaremos el reinado;
mucho es huebos,   ca çerca viene el plazo.»[11]

---

209 *san Pero de Cardeña:* monasterio de San Pedro de Cardeña, a 8 km al sureste de Burgos. *ý:* allí.   210 *menbrada fija dalgo:* prudente o discreta hidalga. 211 acortaremos la estancia y abandonaremos el reino.   212 es muy necesario, pues el plazo (de los nueve días para salir de Castilla) está a punto de cumplirse.

(11) Ahora que estamos ya al final de episodio conviene que fijemos la atención en algunos aspectos de la técnica narrativa y de la disponibilidad del texto para su recitación juglaresca. 1) *Las fórmulas épicas y las llamadas de atención al auditorio:* Mediante fórmulas como *odredes lo que a dicho* (v. 70) el juglar recitador hace una llamada de atención al público para que participe en el relato. En el v. 170 *veriedes gozo tanto* es otra manifestación de la voz narrativa con la misma función. 2) *Los epítetos épicos:* El epíteto *en buen ora fuestes naçido* (v. 71) es una variante del que hemos visto en el v. 41 y desempeña la misma función celebrativa. ¿Por qué se le aplica a Martín Antolínez el epíteto épico *ardida lança* (v. 79) en este pasaje pacífico y no en otros en los que interviene como guerrero? Este epíteto —que es también una sinécdoque— puede proceder del *Poema de Almería*, y su aplicación en este contexto podría estar sugerida por la intención de ennoblecer épicamente el ardid de las arcas, una especie de los ardides posibles, también empleados en la guerra, por ejemplo en las tomas de Castejón y Alcocer. ¿O será pura ironía? 3) *La teatralidad y comicidad del episodio*: El pasaje tiene un sentido dramático evidente. Pone en juego los apartes escénicos, por ejemplo. Así, en los vv. 123-128 hablan aparte Raquel y Vidas; en el v. 129 vuelven al diálogo con Martín Antolínez. Lo mismo, en el v. 192. No hay indicación explícita de estas transiciones del aparte al diálogo en voz alta, pero sí implícitas (como el imperativo del v. 129 y el vocativo del v. 193). Tampoco hacían falta, porque el buen oficio de un juglar, o de más de uno, en el acto de recitación las podía suplir con creces. El v. 182 supone un brusco cambio de escenario: ahora estamos en la casa de los prestamistas. Pero no hace falta decirlo, ni es necesario suponer que se hayan perdido unos versos. Bastaba la voz, el ademán, el movimiento del recitador. Del mismo modo, poner en imperfecto, en vez de en perfecto simple, y además, en la perífrasis *estar + gerundio*, el verbo de comunicación que introduce un discurso directo sirve para situarnos en medio del discurso reproducido, como si viniéramos ya escuchándolo desde antes, y es recurso que incrementa por ello la teatralidad: es lo que sucede con el *estávalos fablando* del v. 154. Los efectos teatrales están en consonancia con el sentido cómico del episodio. Los recursos de la teatralidad y de la comicidad son los mismos: cambios frecuentes de escena, diálogo rápido, lleno de equívocos e ironía, en el que destaca la astucia y habilidad de Martín Antolínez. 4) *El humorismo y la ironía*: La ironía es un componente esencial del humorismo del episodio. El cambio de tratamiento que supone el *don* del v. 155 es irónico. Antes del préstamo ni Martín Antolínez ni el Cid dan ese tratamiento a los prestamistas; después del préstamo —esto es, del engaño— el Cid se burla llamándoles *don Rachel e Vidas*. Otra manifestación de la ironía puede ser la repetición de *(a)guisado* (vv. 92, 118, 132, 143, 197) para referirse a un negocio desaguisado como es el del episodio. Y, por supuesto, todos los aspectos argumentales del cuento folklórico del banquero que pretende engañar y es engañado (véase **9**).

12

[Despedida y promesa a la Virgen]

 Estas palabras dichas, la tienda es cogida.
Mio Çid e sus conpañas cavalgan tan aína.
La cara del caballo tornó a Santa María,   215
alçó su mano diestra, la cara se santigua:
«A ti lo gradesco, Dios, que çielo e tierra guías;
válanme tus vertudes, gloriosa Santa María.
D'aquí quito Castiella, pues que el rey he en ira;
no sé si entraré ý más en todos los mios días.   220
Vuestra vertud me vala, Gloriosa, en mi exida,
e me ayude [e] me acorra de noch e de día.
Si vos assí lo fiziéredes

     e la ventura me fuere conplida,
mando al vuestro altar buenas donas e ricas;
esto [h]e yo en debdo

     que faga ý cantar mil missas.» 225

---

 213 *la tienda es cogida:* desmontan la tienda. 214 *aína:* deprisa. 218 *válanme:* válganme. *vertudes:* favores celestiales. 219 *quito:* abandono. 221 *exida:* salida, aquí destierro. 222 *acorra:* socorra. 223 *e la ventura me fuere conplida:* y la suerte me fuere perfecta (o sea, favorable). 224 *buenas donas e ricas:* buenas y ricas donaciones; nótese el orden de palabras (adjetivo + sustantivo + *y* adjetivo), extraño a la lengua moderna; se trata del voto conocido como *mandato al altar*, usual en la ápoca del Cid. 225 *debdo:* deber, obligación nacida de promesa.

13

[*Martín Antolínez va a Burgos*]

SpidióS' el caboso   de cuer e de veluntad.
Sueltan las riendas   e pienssan de aguijar.
Dixo Martín Antolínez,   [el burgalés leal]:
«Veré a la mugier   a todo mio solaz,   228*b*
castigar los he   cómmo abrán a far.
Si el rey me lo quisiera tomar,   a mí non m'incal.   230
Antes seré convusco   que el sol quiera rayar.»
Tornavas' Martín Antolínez a Burgos
                          e mio Çid a aguijar
pora San Pero de Cardeña   quanto pudo espolear.

14

[*Llegada del Cid a Cardeña*]

Apriessa cantan los gallos
                       e quieren quebrar albores,[(12)]   235
quando llegó a San Pero   el buen Campeador

---

226 *caboso:* cabal; epíteto épico de los principales personajes. *de cuer:* de corazón. 228 *a todo mio solaz:* muy a mi gusto. 229 les aconsejaré sobre lo que deben hacer. 230 *lo:* se refiere a los bienes de Martín Antolínez, que el rey podría confiscarle. *a mí non m'incal:* a mi no me importa.

(12) Este episodio, que comienza aquí y se extiende hasta el v. 412, se construye sobre el tema religioso principalmente. El Cid deja a su familia encomendada al monasterio de San Pedro de Cardeña y a su

con estos cavalleros   quel' sirven a so sabor.   234
El abbat don Sancho,   cristiano del Criador,
rezava los matines   abuelta de los albores;
ý estava doña Ximena   con çinco dueñas de pro,
rogando a San Pero   e al Criador: 240
«Tú, que a todos guías,
　　　　val' a mio Çid el Campeador.»

---

234 *a so sabor:* con placer.   238 *matines:* maitines, la primera de las siete horas canónicas, entre media noche y el alba.   *abuelta de los albores:* al alborear el día.

abad. Doña Jimena pronuncia una larga oración, una «plegaria épica», pieza estructural que no faltaba en los poemas épicos franceses y que el *Cantar* imita con originalidad, una oración en la que la intención didáctico-religiosa queda patente, y al final el ángel Gabriel se le aparece en sueños al Cid y le garantiza el éxito. Esta aparición es la respuesta de la divinidad a la oración de Jimena en el momento en que su marido cruza la frontera camino del destierro. Las escenas que componen este episodio son de dos tipos: escenas familiares (despedidas, encomienda de la familia al abad...) y escenas de recibimiento de nuevos guerreros (a los que, por supuesto, se les ofrece *cobrar el doble* de lo que pierden (v. 303), es decir, convertir el esfuerzo en ganancia, una motivación constante en la conducta de los hombres del Cid). Hay, pues, dos planos (la familia, la guerra) por los que transita la imaginación del lector-oyente del poema. Los personajes que aquí aparecen son históricos (doña Jimena, Minaya) y de ficción (el abad don Sancho). El ángel Gabriel representa la irrupción del mundo sobrenatural en la narración; pero debe advertirse que este personaje sobrenatural no aparece en el plano de la realidad narrada, sino en el mundo del sueño del protagonista. Tiene la realidad psicológica de los sueños.

15

[*Recibimiento en el monasterio*]

Llamavan a la puerta,   ý sopieron el mandado.
¡Dios, qué alegre fue   el abbat don Sancho!
Con lu[m]bres e con candelas   al corral dieron salto,
con tan grant gozo reçiben
                al que en buen ora nasco.   245
«Gradéscolo a Dios, mio Çid»,
                dixo el abbat don Sancho,
«pues que aquí vos veo,   prendet de mí ospedado».
Dixo el Çid: «Graçias, don abbat,
                e so vuestro pagado;
yo adobaré conducho   pora mí e pora mis vassallos;
mas porque me vo de tierra,
                dovos çinquaenta marcos,   250
si yo algún día visquier,   ser vos han doblados.
Non quiero fazer en el monesterio
                un dinero de daño;
evades aquí pora doña Ximena   dovos çient marcos;
A ella e a sus fijas e a sus dueñas
                sirvádeslas est' año.
Dues fijas dexo niñas   e prendetlas en los braços;   255
aquellas vos acomiendo   a vos, abbat don Sancho;

---

244 *dieron salto:* salieron. 247 *prendet de mí ospedado:* tomad hospedaje de mí, o sea, sed mi huésped. 248 *don abbat:* señor abad. *e so vuestro pagado:* y estoy (quedo) satisfecho de vos, o sea, os lo agradezco. 249 *adobaré conducho:* prepararé comida. 251 si vivo (algún tiempo más), os daré el doble. 252 *un dinero de daño:* perjuicio económico. 253 *evades:* aquí tenéis. *dovos:* os doy. 255 *Dues:* dos.

d'ellas e de mi mugier   fagades todo recabdo.
Si essa despensa vos falleçiere   o vos menguare algo,
bien las abastad,   yo assí vos lo mando;
por un marco que despendades
                    al monesterio daré yo quatro.»   260
Otorgado gelo avié   el abbat de grado.[13]
Afevos doña Ximena
                    con sus fijas do va llegando;
señas dueñas las traen   e adúzenlas [por las manos].
Ant' el Campeador doña Ximena
                    fincó los inojos amos,
llorava de los ojos,   quísol' besar las manos: 265

---

258 si esa provisión de dinero se os acabara u os faltara algo.   259 *abastad:* proveed.   260 *despendades:* gastéis.   263 *señas:* sendas; nótese la sinonimia de los dos hemistiquios.   264 *fincó los inojos amos:* se hincó de rodillas.

(13) La encomienda de la familia del Cid al monasterio de Cardeña concuerda con la hospitalidad que los benedictinos practicaban por mandato de su regla monástica; por otra parte, el monasterio de Cardeña acoge muy bien al Cid y a los suyos, en claro contraste con lo que acaba de pasar en la ciudad de Burgos. Ello supone un cierto desafío a la autoridad del rey por parte de los monjes. ¿Es éste un hecho histórico o inventado? Sabemos que las relaciones del monasterio benedictino de Cardeña con Alfonso VI fueron muy buenas, pero no lo fueron tanto con Alfonso VII, quien pretendió cederlo a la orden de Cluny. ¿Podría el texto del Cantar reflejar esa guerra entre los benedictinos y el rey? En ese caso, ¿podría emplearse este hecho histórico para fechar el texto en la segunda mitad del siglo XII? En lo tocante a la fecha del poema puede haber otro dato interesante en este episodio. El rechazo de doña Jimena de los *mestureros* (v. 267), o sea, de ciertos nobles que medraban con la delación y la calumnia, coincide con el de una disposición de Alfonso IX en las Cortes de León de 1188.

«¡Merçed, Canpeador, en ora buena fuestes nado!
Por malos mestureros de tierra sodes echado.

16

[*Quejas de doña Jimena; esperanzas del Cid*]

«¡Merçed, ya Çid, barba tan complida!
Fem' ante vos yo e vuestras fijas,
iffantes son e de días chicas, 269*b*
con aquestas mis dueñas de quien so yo servida. 270
Yo lo veo, que estades vos en ida
e nos de vos partir nos hemos en vida.
¡Dadnos consejo, por amor de Santa María!»
 Enclinó las manos la barba vellida,
a las sus fijas en braço[s] las prendía, 275
llególas al coraçón, ca mucho las quería.
Llora de los ojos, tan fuerte mientre sospira:
«Ya doña Ximena, la mi mugier tan complida,
commo a la mi alma yo tanto vos quería.

---

266 *en ora buena fuestes nado:* en buena hora nacisteis; variante del epíteto épico del v. 71. 267 *mestureros:* cizañeros, delatores; se dedicaban a explotar las pasiones del monarca y constituían un peligro para la seguridad personal de los súbditos. 269 *Fem':* heme. 272 *partir nos hemos:* nos separaremos, con el sentido originario de nos tenemos que separar. 274 *vellida:* bella. *Barba vellida* es epíteto del Cid; en los siglos XI y XII los laicos solían llevar melena y barba, mientras que los clérigos iban afeitados y tonsurados; la *barba* es sinécdoque que señala la madurez y sabiduría y también la virilidad y la honra de una persona, como en el v. 268; compárese la expresión actual «por barba» (*Tocamos a mil euros por barba*, etc.). 279 *quería:* imperfecto con valor de presente, quiero; motivado por la rima y por la libertad con que se usan los tiempos verbales en la épica y en el Romancero.

Ya lo vedes, que partir nos emos en vida, 280
yo iré e vos fincaredes remanida.
Plega a Dios e a Santa María
que aún con mis manos case estas mis fijas, 282*b*
o que dé ventura y algunos días vida,
e vos, mugier ondrada, de mí seades servida.»

17

[*Aumentan los hombres del Cid*]

Grand yantar le fazen al buen Campeador. 285
Tañen las campanas en San Pero a clamor.
Por Castiella oyendo van los pregones,
commo se va de tierra mio Çid el Campeador;
unos dexan casas e otros onores.
En aqués día a la puent de Arla[n]çón 290
çiento quinze cavalleros todos juntados son;
todos demandan por mio Çid el Campeador;
Martín Antolínez con ellos' cojó.
Vanse pora San Pero
　　　　do está el que en buen punto naçió.

---

281 *fincaredes remanida:* quedaréis; pleonasmo, porque *fincar* y *remanir* significaban lo mismo, quedar. 282 *Plega:* plazca. 283 o que me dé suerte y algún tiempo de vida. Verso de difícil interpretación: no todos los editores acentúan el *dé*; Bello lee «e que de ventura algunos días viva» (citado por M. Pidal). 289 *onores:* heredades, posesiones concedidas por el rey; se oponen en el texto a *casas*, las posesiones propias. 293 *con ellos' cojó:* con ellos se juntó. Nótese cómo las dos /s/ —la de *ellos* y la de *se*— se funden en una.

18

[Despedida y vasallaje]

Quando lo sopo   mio Çid el de Bivar, 295
quel' creçe conpaña,   por que más valdrá,
apriessa cavalga,   reçebirlos sale;
[dont los ovo a ojo],   tornós a sonrisar.
Lléganle todos,   la manol' van besar. 298b
    Fabló mio Çid   de toda voluntad:
«Yo ruego a Dios   e al Padre spirital, 300
vos, que por mí dexades   casas e heredades,
enantes que yo muera,   algún bien vos pueda far:
lo que perdedes   doblado vos lo cobrar.»
Plogo a mio Çid   porque creçió en la yantar,
plogo a los otros omnes todos
                    quantos con él están. 305
    Los seys días de plazo   passados los han,
tres han por troçir,   sepades que non más.
Mandó el rey   a mio Çid aguardar,
que, si después del plazo
            en su tierral' pudies tomar,
por oro nin por plata   non podrié escapar. 310
El día es exido,   la noch querié entrar,

---

296 *más valdrá:* tendrá más honor y prestigio, precisamente porque tiene más gentes a su mando. 298 *dont:* cuando. 304 *la yantar:* la comida. En las expediciones la comida corría a cargo del señor; por tanto, 'le crece la comida' quiere decir lo mismo que 'le aumentan los partidarios'. 307 *troçir:* pasar. 308 mandó el rey que vigilaran al Cid. 311 *la noch querié entrar:* la noche estaba a punto de entrar. Nótese la perífrasis *querer + infinitivo* para señalar la inminencia de una acción (estar apunto de + infinitivo); lo más frecuente es que el sujeto sea de cosa o un nombre de acontecimientos atmosféricos.

a sos cavalleros   mandólos todos juntar:
«Oíd, varones,   non vos caya en pesar;
poco aver trayo,   dar vos quiero vuestra part.
Sed membrados   commo lo devedes far: 315
a la mañana,   quando los gallos cantarán,
non vos tardedes,   mandedes ensellar;
en San Pero a matines   tandrá el buen abbat,
la missa nos dirá,   esta será de Santa Trinidad.
La missa dicha,   penssemos de cavalgar, 320
ca el plazo viene açerca,   mucho avemos de andar.»
Cuemo lo mandó mio Çid,   assí lo han todos a far.
Passando va la noch,   viniendo la man;
a los mediados gallos   pie[n]ssan de [ensellar].
Tañen a matines   a una priessa tan grand; 325
mio Çid e su mugier   a la eglesia van.
Echós' doña Ximena   en los grados delant'el altar,
rogando al Criador   quanto ella mejor sabe,
que a mio Çid el Campeador
                          que Dios le curiás de mal:
"Ya Señor glorioso,   Padre que en çielo estás, 330
fezist çielo e tierra,   el terçero el mar;

---

313 *caya:* caiga. 314 *trayo:* traigo. 315 Sed prudentes, como lo debéis ser, es decir, actuad como las personas prudentes que debéis ser. 316 cuando los gallos canten. Nótese cómo en la lengua del *Cantar* se emplea el futuro de indicativo en oraciones subordinadas que en el español moderno llevan subjuntivo. 317 *mandedes:* mandéis; subjuntivo con valor de imperativo (mandad). 318 *tandrá:* tañerá. 319 Los guerreros de la época tenían especial devoción a la misa de la Santa Trinidad, en la que se pedía auxilio contra la adversidad; en las *Siete Partidas* se recomienda a los sacerdotes que digan la misa que corresponde al día y no otra distinta, «así como de Trenidad o de Sancti Spiritus o algunas otras». Debió de ser, pues, una misa muy popular entre gentes de armas. 322 *Cuemo:* como. 324 *a los mediados gallos:* a las tres de la madrugada. 329 *le curiás:* le guardase.

fezist estrellas e luna   y el sol pora escalentar;
prisist encarnaçión   en Santa María Madre,
en Belleem apareçist,   commo fue tu veluntad;
pastores te glorificaron,   ovieron [t]e a laudare,   335
tres reyes de Arabia   te vinieron adorar,
Melchior   e Gaspar e Baltasar,
oro e tus e mirra te ofreçieron,
                        commo fue tu veluntad;
[salveste] a Jonás   quando cayó en la mar,
salvest a Daniel   con los leones en la mala cárçel,   340
salvest dentro en Roma   al señor San Sebastián,
salvest a Santa Susanna   del falso criminal;
por tierra andidiste treynta y dos años,
                        Señor spiritual,
mostrando los miraclos,   por en avemos qué fablar:
del agua fezist vino   e de la piedra pan,   345
resuçitest a Lázaro,   ca fue tu voluntad;
a los judíos te dexeste prender;
                        do dizen Monte Calvarie
pusiéronte en cruz   por nombre en Golgotá;
dos ladrones contigo,   éstos de señas partes,
el uno es en paraíso,   ca el otro non entró allá;   350
estando en la cruz,   vertud fezist muy grant:

---

335 *laudare:* alabar; es latinismo.   338 *tus:* incienso.   341 *Sebastián:* Sebastián, mártir en Roma hacia el año 288; nótese el salto cronológico al ponerlo con personajes del Viejo Testamento.   344 *por en avemos qué fablar:* tenemos que hablar de ellos (de los milagros).   347 *a los judíos te dexeste prender:* te dejaste prender por los judíos.   Nótese el complemento agente *a los judíos,* resto del ablativo agente latino con la preposición AB o A.   349 *éstos de señas partes:* uno a cada lado.

Longinos era çiego,   que nu[n]quas vio alguandre,
diot' con la lança en el costado,
                          dont yxió la sangre,
corrió por el astil ayuso,   las manos se ovo de untar,
alçólas arriba,   llególas a la faz,   355
abrió sos ojos,   cató a todas partes,
en tí crovo al ora,   por end es salvo de mal;
en el monumento   resuçitest [...................],
fust a los infiernos,   commo fue tu voluntad;
quebranteste las puertas
                          e saqueste los santos padres.   360
Tú eres rey de los reyes   e de tod el mundo padre,
a tí adoro e creo   de toda voluntad,
e ruego a San Peydro   que me ayude a rogar
por mio Çid el Campeador,
                          que Dios le curie de mal.
Quando oy nos partimos,   en vida nos faz juntar."   365
  La oraçión fecha,   la missa acabada la han,
salieron de la eglesia,   ya quieren cavalgar.
El Çid a doña Ximena   ívala abraçar;
doña Ximena al Çid   la manol' va besar,
llorando de los ojos,   que non sabe qué se far.   370
E él a las niñas   tornólas a catar:
«A Dios vos acomiendo, fijas,   e al Padre Spirital;
agora nos partimos,   Dios sabe el ajuntar.»

---

  352 *que nu[n]quas vio alguandre:* que nunca vio jamás.   La forma *nunquas*, con
/-s/ adverbial, como la de «ante*s*», «mientra*s*», etc., está documentada en otros
textos medievales, como el *Auto de los Reyes Magos* y el *Libro de Alexandre*.   353
dont yxió: de donde salió.   354 *ayuso:* abajo.   357 *crovo al ora:* creyó entonces;
crovo era el pretérito fuerte de *creer*.   358 Una tradición medieval que recoge
el texto sitúa la resurrección en el mismo sepulcro (*monumento*), antes del descenso a los infiernos.

Llorando de los ojos,   que non viestes atal,
assís' parten unos d'otros
                 commo la uña de la carne.   375
  Mio Çid con los sos vassallos
                 penssó de cavalgar,
a todos esperando,   la cabeça tornando va.
A tan grand sabor   fabló Minaya Álbar Fáñez:
«Çid, ¿dó son vuestros esfuerços?
               ¡En buen ora nasquiestes de madre!
Pensemos de ir nuestra vía,   esto sea de vagar.   380
Aun todos estos duelos   en gozo se tornarán;
Dios que nos dio las almas,   consejo nos dará.»
  Al abbat don Sancho   tornan de castigar,
commo sirva a doña Ximena   e a la[s] fijas que ha,
e a todas sus dueñas   que con ellas están;   385
bien sepa el abbat
                 que buen galardón d'ello prendrá.
Tornado es don Sancho,   e fabló Álbar Fáñez:
«Si viéredes yentes venir   por connusco ir, abbat,
dezildes que prendan el rastro
                 e pie[n]ssen de andar,
ca en yermo o en poblado
                 podernos han alcançar.»   390
  Soltaron las riendas,   pie[n]ssan de andar;
çerca viene el plazo   por el reyno quitar.
Vino mio Çid yazer   a Spinaz de Can;
grandes yentes se le acojen
                 essa noch de todas partes.   395

---

379 *nasquiestes:* naciste, también pretérito fuerte.   380 *esto sea de vagar:* dejémonos de esto.   388 *connusco:* con nosotros.   393 *Spinaz de Can:* lugar al sur de Silos, hoy desconocido, aunque nombrado en un documento de Alfonso VIII de 1189.

Otro día mañana   pienssa de cavalgar. 394
Ixiendos' va de tierra   el Campeador leal, 396
de siniestro Sant Estevan,   una buena çipdad,
de diestro Alilón las torres   que moros las han,
passó por Alcobiella   que de Castiella fin es ya;
la calçada de Quinea   ívala traspassar, 400
sobre Navas de Palos   el Duero va pasar,
a la Figueruela   mio Çid iva posar.
Vánssele acogiendo   yentes de todas partes.

19

[*Sueño del Cid*]

Ý se echava mio Çid   después que çenado fue,
un sueñol' priso dulçe,   tan bien se adurmió. 405
El ángel Gabriel   a él vino en sueño:
«Cavalgad, Çid,   el buen Campeador,
ca nunqua en tan buen punto   cavalgó varón;
mientra que visquiéredes   bien se fará lo to.»
Quando despertó el Çid,   la cara se santigó; 410

---

397 *de siniestro Sant Estevan:* a la izquierda, San Esteban de Gormaz (actual provincia de Soria). 398 *de diestro Alilón las torres:* a la derecha Las Torres de Alilón, lugar que se ha relacionado con Ayllón y con Atienza, sin que haya acuerdo. 399 *Alcobiella:* Alcubilla del Marqués (Soria). 400 *la calçada de Quinea:* calzada romana de Osma a Tiermes. 401 *Navas de Palos:* Navapalos (Soria), a 8 kilómetros de Alcubilla. 402 *Figueruela:* lugar hoy desconocido. 405 *un sueñol' priso dulçe:* le invadió un dulce sueño. 409 *lo to:* lo tuyo, tus cosas.

sinava la cara,   a Dios se acomendó,
mucho era pagado   del sueño que soñó.⁽¹⁴⁾

---

411 *sinava:* se persignaba. 412 Nótese que este verso no rima con la tirada en que se encuentra ni con la siguiente. M. Pidal rehace el texto para restablecer la asonancia; preferimos conservar el orden de los versos en el manuscrito.

~~~~~~

(14) Leído todo el episodio, fijemos ahora nuestra atención en el estilo y la composición. Hay que señalar, en primer lugar, los recursos genuinamente épicos: la exclamación del juglar-narrador que matiza afectivamente su propio relato (v. 243); la apelación al auditorio (vv. 307 y 374); el imperfecto desrealizador con valor de presente (el *quería* del v. 279); la técnica de la anticipación épica, empleada en el v. 282*b* para aludir a uno de los temas más importantes de la obra; la descripción de gestos rituales que permiten al juglar teatralizar su recitación (así, la mención de las acciones de arrodillarse y besar la mano del señor en señal de fidelidad y vasallaje en los vv. 264-265 y 298*b*, o en el v. 411 el gesto de persignarse para indicar admiración o extrañeza); el epíteto épico (nótese, por ejemplo, el *leal* del v. 396, que subraya la injusticia del destierro); las fórmulas épicas (por ejemplo, el *llorar de los ojos,* que aparece más de una vez). También en la recitación dramatizada del juglar cobran sentido otros hechos, como la técnica visualizadora consistente en la mención de topónimos sucesivos para significar el avance de un ejército o de un jinete; en los vv. 391-403 el juglar cuenta con esta técnica el viaje del Cid desde Cardeña hasta el Duero, al tiempo que señala cómo se le van uniendo nuevos guerreros. Los gestos de la dramatización, a derecha e izquierda, serían imprescindibles para garantizar no sólo el espectáculo, sino la comunicación con un público seguramente dispuesto en semicírculo. En este contexto de situación no tiene mucho sentido rebajar el realismo geográfico del CMC porque se diga que San Esteban queda a la izquierda (v. 397) cuando en realidad está a la derecha; lo que pasa es que la izquierda y la derecha no son las del mapa ni las del camino real, sino las del escenario juglaresco: el narrador no se mueve a través de la geografía; es la geografía la que se mueve ante el recitador. En segundo lugar, los recursos líricos. Nótese la aliteración del v. 286: el sonido de las campanas queda evocado por las consonantes (*tañ... camp... sanp... clam...*) y, al mismo tiempo, este sonido marca la transición brusca de la narración de lo privado a la de lo público. En la narración hay momentos de fuerte emotividad, conseguidos mediante eficaces figuras retóricas. El *apriessa cantan los gallos* del v. 235 personifica a esos animales, que participan de las mismas sensaciones de los protagonistas; de ese modo el paisaje queda ligado a la acción que en él ocurre, un procedimiento expresivo muy frecuente en el cantar. Nótese, también, la expresividad del símil del v. 375, *commo la uña de la carne*, en el que la sensación del dolor físico describe el dolor psicológico. La escasa frecuencia del símil en el CMC hace a éste más expresivo; por lo demás, la imagen no aparece documentada en la literatura de los siglos XII y XIII, aunque debió de ser popular. Y, por último, la intertextualización de estilos y registros existentes en la vida social. Un texto literario como éste no es el producto de un momento de inspiración, sino el resultado de un trabajo sobre otros textos anteriores y contemporáneos. La peculiaridad del texto épico tradicional, producto de un *autor legión*, es condición y causa de intertextualidad. Los vv. 250-253 muy bien podrían reflejar el estilo de las encomiendas y contratos similares, en los que se estipulaba el cuidado y protección de familiares a cambio de la promesa de dejar al monasterio las heredades de la familia, cuando murieran los últimos miembros, o a cambio de ciertos bienes muebles o pago en especie, si la familia no poseía bienes inmuebles, o a cambio de una determinada cantidad de dinero, si la familia era de hidalgos, que es el caso del Cid. El v. 310 podría aludir a la ley visigótica, según la cual la *ira regis* daba lugar a una pena que no podía ser pecuniaria (una multa), sino pena de muerte. La intertextualidad, sea como cita implícita o explícita (estilo directo, indirecto, indirecto libre), proporciona al relato dramatismo, realismo y calado social.

20

[El último día de plazo]

  Otro día mañana   pienssan de cavalgar;
es' día a de plazo,   sepades que non más.
A la sierra de Miedes   ellos ivan posar.   415

21

[Recuento antes de partir]

  Aún era de día,   non era puesto el sol,
mandó ver sus yentes   mio Çid el Campeador:
sin las peonadas   e omnes valientes que son,
notó trezientas lanças   que todas tienen pendones.

22

[El Cid deja Castilla]

  «Temprano dat çevada,   ¡sí el Criador vos salve!   420
El qui quisiere comer;   e qui no cavalgue.

---

413 *Otro día mañana:* a la mañana siguiente.   414 *es' día a de plazo:* ese día tiene de plazo, o sea, le queda sólo un día del plazo.   415 *la sierra de Miedes:* entre las provincias de Guadalajara y Soria.   417 *ver:* pasar revista.   418 *sin los de a pie, valientes como son.   419 *notó:* contó. *lanças:* caballeros (sinécdoque); las lanzas de los caballeros podían llevar o no pendones; cuando los llevaban, como en el texto, el caballero tenía a su servicio un determinado número de escuderos y cobraba doble soldada.   420: *sí:* así.   421 El que quiera comer, (que coma); y el que no, que cabalgue.   Véase la nota al v. 181.

Passaremos la sierra   que fiera es e grand,
la tierra del rey Alfonsso
                 esta noch la podemos quitar.
Después, qui nos buscare   fallar nos podrá.»
 De noch passan la sierra,   vinida es la man,   425
e por la loma ayuso   pienssan de andar.
En medio d'una montaña   maravillosa e grand
fizo mio Çid posar   e çevada dar.
Díxoles a todos   commo querié trasnochar;
vassallos tan buenos   por coraçón lo an,   430
mandado de so señor   todo lo han a far.
Ante que anochesca   pienssan de cavalgar;
por tal lo faze mio Çid   que no [l]o ventasse nadi.
Andidieron de noch,   que vagar non se dan.
O dizen Castejón,   el que es sobre Fenares,[15]   435
mio Çid se echó en çelada   con aquellos que él trae.

---

423 *quitar:* dejar. 425 *la man:* la mañana. 427 *montaña:* bosque. 429 *trasnochar:* marchar durante la noche. 430 *por coraçón lo an:* asienten gustosos. 431 lo que manda su señor todo lo han de hacer. 433 *que no [l]o ventasse nadi:* para que no lo descubriese nadie. 434 *que vagar non se dan:* porque no se conceden descanso. 435 *O:* donde. Castejón de Henares (Guadalajara). 436 *se echó en çelada:* tendió una emboscada.

(15) En el v. 413 comienza una nueva parte. El Cid, ya en el destierro, con una fuerza cinco veces superior a la que tenía al salir de Burgos (compárense las cifras de los versos 419 y 16) empieza a reconquistar su honra luchando contra los moros, venciéndolos y obteniendo de su victoria un botín con el que puede obsequiar al rey y ganar su favor. Éste va a ser el tema principal de las tres campañas que se cuentan sucesivamente: la toma de Castejón (vv. 413-556), la de Alcocer (557-622) y la batalla campal contra Fáriz y Galve (623-850).

23

[*Toma de Castejón*]

Toda la noche   yaze [Mio Çid] en çelada,
commo los consejava   Álbar Fáñez Minaya:
«¡Ya Çid,   en buen ora çinxiestes espada!
Vos con çiento   de aquesta nuestra conpaña,   440
pues que a Castejón   sacaremos a çelada...»⁽¹⁶⁾
«Vos con los dozientos   id vos en algara;
allá vaya Álbar Á[l]barez,
                e Álbar Salvadórez sin falla,
e Galín Garçía,   una fardida lança,   443*b*
cavalleros buenos   que aconpañen a Minaya.
Aosadas corred,   que por miedo non dexedes nada,   445
Fita ayuso   e por Guadalfajara,
fata Alcalá   lleguen las algaras,   446*b*
e bien acojan   todas las gananças,
que por miedo de los moros   non dexen nada.
E yo con lo[s] çiento   aquí fincaré en la çaga,
terné yo Castejón   don abremos grand enpara.   450

---

438 *Minaya:* título de origen vasco (*mi anai* 'mi hermano'), exclusivo de Álvar Fáñez en el poema.   441 después de que saquemos a (los de) Castejón a una emboscada.   442 *algara:* acción de guerra consistente en que parte de los caballeros de un ejército se internaba en territorio enemigo para saquearlo; la algara aquí descrita es de manual: se ajusta a la descripción de este tipo de acciones en el *Libro de los Estados*.   443b *fardida:* véase v. 79.   445 *aosadas:* osadamente.   446b *fata:* hasta.   449 *çaga:* zaga, retaguardia.   450 'mantendré yo Castejón en donde obtendremos gran protección'.   Nótese en este verso

(16) Hay una laguna en el manuscrito. El discurso de Minaya queda interrumpido. El v. 442 ya es discurso del Cid ordenando la algara.

Si cueta vos fuere   alguna al algara,
fazedme mandado   muy privado a la çaga;
d'aqueste acorro   fablará toda España.»⁽¹⁷⁾
Nonbrados son   los que irán en el algara,
e los que con mio Çid   ficarán en la çaga.   455
  Ya quiebran los albores   e vinié la mañana,
ixié el sol,   ¡Dios, qué fermoso apuntava!
En Castejón   todos se levantavan,
abren las puertas,   de fuera salto davan,
por ver sus lavores   e todas sus heredades.   460
Todos son exidos,   las puertas abiertas an dexadas
con pocas de gentes   que en Castejón fincar[a]n.
Las yentes de fuera   todas son derramadas.
El Campeador   salió de la çelada,
[en derredor] corrié   a Castejón sin falla.   464*b*
Moros e moras   aviénlos de ganançia,   465
e essos gañados   quantos en derredor andan.
Mio Çid don Rodrigo   a la puerta adeliñava;

---

la oposición significativa que distinguía en español medieval a *tener* y *(h)aber*: el primero significaba 'tener durablemente, mantener', y de ahí, el sentido concreto de 'defender' en este contexto; el segundo quería decir 'empezar a tener, obtener'.   451 *cueta:* apuro.   461 *an dexadas:* han dejado; en español medieval era frecuente que el participio de los tiempos compuestos concordara con el objeto directo en género y número, sobre todo, si este objeto se hallaba antepuesto al verbo, como aquí ocurre.

(17) Quizá esta *España* sea la España musulmana, pero la palabra *España* de los versos 3271 y 3724 designa sin ninguna duda la España cristiana. Acaso también en el v. 1591 España signifique toda la Península. Lo seguro es que ya en la primera obra de nuestra literatura hay una idea de España como supranación. En los distintos reinos peninsulares, sean cristianos o moros, existía la noción de pertenencia a una unidad superior, España.

los que la tienen,   quando vieron la rebata,
ovieron miedo   e fue dese[n]parada.
Mio Çid Ruy Díaz   por las puertas entrava,   470
en mano trae   desnuda el espada,
quinze moros matava   de los que alcançava.
Gañó a Castejón   e el oro e la plata.
Sos cavalleros   llegan con la ganançia,
déxanla a mio Çid,   todo esto non preçia[n] nada.   475
  Afevos los dozientos   [e] tres en el algara,
e sin dubda corren,   [toda la tierra preavan];
fasta Alcalá   llegó la seña de Minaya;   477b
e desí arriba   tórnanse con la ganançia,
Fenares arriba   e por Guadalfajara.
Tanto traen   las grandes gana[n]çias,   480
muchos gañados   de ovejas e de vacas
e de ropas   e de otras riquizas largas.   481b
Derecha viene   la seña de Minaya;
non osa ninguno   dar salto a la çaga.
Con aqueste aver   tórnanse essa conpaña;
fellos en Castejón,   o el Campeador estava.   485
El castiello dexó en so poder,
                    el Campeador cavalga,
saliólos reçebir   con esta su mesnada,

---

468 *rebata:* ataque repentino.   469 *fue dese[n]parada:* quedó sin defensa.
471 *el espada:* la espada; la forma *el* del artículo se usaba en español medieval
delante de todo sustantivo femenino que comenzara por vocal, y no sólo delante de los que empiezan por *á-* tónica como en español moderno.   477 *corren:* atacan. *preavun:* saqueaban.   477b *seña:* estandarte.   478 *desí:* de allí.
481 *gañados:* ganancias, «lo ganado», además de «el ganado»; ambas sustantivaciones son etimológicamente neutras y de ahí su sentido colectivo.   481b
largas: abundantes.   483 *dar salto:* atacar.   484 *tornanse:* concuerda *ad sensum*
con el colectivo *conpaña*.   485 *fellos:* helos. *o:* donde.   487 *mesnada:* conjunto
de caballeros vasallos de un señor; aquí, probablemente, se refiere a una parte de ese conjunto, los vasallos de su casa, sus íntimos.

los braços abiertos   reçibe a Minaya:
«¿Venides, Álbar Fáñez,   una fardida lança?
Do yo vos enbiás   bien avría tal esperança.   490
Esso con esto sea ajuntado,
                  [e de toda la ganançia]
dovos la quinta,   si la quisiéredes, Minaya.»

24

[*Actitud de Minaya ante el botín*]

—«Mucho vos lo gradesco,   Campeador contado.
D'aquesta quinta   que me avedes man[da]do,
pagarse ía d'ella   Alfonsso el castellano.   495
Yo vos la suelt[o]   e avello quitado.
A Dios lo prometo,   a aquel que está en alto:
fata que yo me pague sobre   mio buen cavallo,
lidiando   con moros en el campo,
que empleye la lança   e al espada meta mano,   500
e por el cobdo ayuso   la sangre destellando,[18]

---

490 Dondequiera que os enviase, tendría una esperanza igual (de triunfo). 491 *Esso* señala al botín de Castejón y *esto*, al de la algara. 492 *la quinta:* la quinta parte del botín. 493 *contado:* famoso, ilustre; es epíteto del Cid; véase v. 502. 495 *pagarse ía d'ella:* se contentaría con ella. 496 Yo os lo devuelvo y tomadlo libremente. *avello:* habedlo, con el sentido de 'tenedlo, tomadlo'; en la lengua antigua era frecuente la asimilación de las consonantes /dl/ a /ll/ en los imperativos. 500 *que:* depende de *fata* en el v. 498; o sea, hasta que no me satisfaga... y hasta que no emplee...

(18) Este pasaje de la toma de Castejón deja ver algunos recursos estilísticos importantes. Además de la apelación al público (v. 414) y del empleo de los demostrativos con un valor deíctico que permite la

ante Ruy Díaz,   el lidiador contado,
non prendré de vos quanto vale un dinero malo.
Pues que por mí ganaredes
                          quesquier que sea d'algo,
todo lo otro   afelo en vuestra mano.»   505

25

[*Reparto de ganancias*]

Estas ganançias   allí eran juntadas.
Comidiós' mio Çid,
           el que en buen ora [cinxo espada],

504-505 Después de que gracias a mí ganéis algo que sea de valor (aceptaré un aparte; entre tanto) el resto (o sea, la quinta) ahí la tenéis, en vuestra mano. Se trata de la elipsis épica que ya hemos visto en otros pasajes. 507 *Comidiós'*: se dio cuenta.

mímica del recitador (vv. 491 y 505), encontramos el tópico literario del descampado fiero y amenazante (vv. 422 y 427). En la exclamación del narrador del v. 457 se aúnan la poesía y el tecnicismo bélico, porque la hermosura y la emoción del amanecer es el modo como la naturaleza acompaña a la primera hazaña del héroe en el destierro, pero también el arte de la guerra de la época prescribe atacar al amanecer. Por último, nótese cómo la descripción se hace dramática cuando se pone en boca de un personaje. La solemne declaración de Minaya incluye, al mismo tiempo, la descripción de detalles importantes en las luchas de la época (vv. 500-501): se pelea primero con la lanza y, cuando ésta se quiebra, se saca la espada. En el combate con la espada el soldado alcanza la mayor honra cuando la sangre del enemigo le llega al codo, después de haber chorreado por la acanaladura que las espadas tenían en el centro de la hoja, desde la punta a la empuñadura.

[e]l rey Alfonsso   que llegarién sus compañas,
quel' buscarié mal   con todas sus mesnadas.
Mandó partir   tod aquest[a ganancia],   510
sos quiñoneros   que gelos diessen por carta.
Sos cavalleros   ý an arribança,
a cada uno dellos   caen çien marcos de plata,
e a los peones   la meatad sin falla;
toda la quinta   a mio Çid fincava.   515
Aquí non lo pued[e] vender   nin dar en presentaja;
nin cativos nin cativas
                    non quiso traer en su conpaña.
Fabló con los de Castejón,
                    y envió a Fita y a Guadalfajara,
esta quinta   por quánto serié comprada,
aun de lo que diessen
                    que oviessen grand ganançia.[19]   520

---

508 que llegarían las tropas del rey Alfonso. Esta oración está subordinada al *comidiós'* del verso anterior; hay alteración del orden de palabras —muy frecuente en el español medieval— consistente en que un complemento de la oración subordinada (*el rey Alfonsso*) se lleva a la oración principal y se coloca delante de la conjunción *que*; hay, además, anacoluto —también frecuente en el *Cantar*—, porque el complemento adelantado no lleva la preposición correspondiente. 511 *quiñoneros:* repartidores del botín. *gelos:* se los (véase v. 26); el pronombre *los* se refiere no a quiñoneros, sino quiñones ('partes'). 512 *arribança:* buena fortuna. 514 *meatad:* mitad. 515: la quinta parte le correspondía a mío Cid. 516 *presentaja:* regalo. 519-520 estos versos reproducen en estilo indirecto libre el resumen de la negociación del Cid con los moros de Castejón, Hita y Guadalajara.

(19) A diferencia de la épica francesa (en la que el claro sentido de cruzada conduce normalmente a la conversión forzada del moro vencido), el trato del Cid con los moros refleja el mudejarismo de finales del siglo XII, en la línea del *Fuero de Teruel*, adoptado para constituir diversas comunidades mudéjares en Aragón, Cuenca y Castilla.

Asmaron los moros   tres mill marcos de plata.
Plogo a mio Çid   d'aquesta presentaja.
A terçer día   dados fueron sin falla.
Asmó mio Çid   con toda su conpaña
que en el castiello   non ý avrié morada,   525
e que serié retenedor,   mas non ý avrié agua.
«Moros en paz,   ca escripta es la carta,
buscar nos ie el rey Alfonsso   con toda su mesnada.
Quitar quiero Castejón,   ¡oid, escuelas e Minaya!

26

[*El Cid se aleja del rey Alfonso*]

«Lo que yo dixier   non lo tengades a mal: 530
en Castejón   non podriemos fincar;
çerca es el rey Alfonsso   e buscar nos verná.
Mas el castiello   non lo quiero hermar;
çiento moros e çiento moras   quiero las quitar,
por que lo pris d'ellos   que de mí non digan mal.   535

---

521 *Asmaron:* estimaron.   522 *presentaja:* aquí, oferta, lo que ofrecían pagar.
526 *serié retenedor:* retendría (el castillo).   529 *escuelas:* séquito de un señor.
532 *verná:* vendrá.   533 *hermar:* asolar.   534 *quitar:* libertar.   535 *pris:* tomé.

Las autoridades cristianas garantizaban a los árabes vencidos su seguridad personal, sus posesiones agrícolas, sus instituciones, religión y costumbres. Por otra parte, nótese el estilo indirecto libre de los vv. 518-520, forma muy novelizadora de reproducir la propuesta del Cid a los moros, porque concita la imaginación del auditorio. Pero esa imaginación es dirigida hacia el fondo social e histórico del relato, hacia el mudejarismo.

Todos sodes pagados   e ninguno por pagar.
Cras a la mañana   pensemos de cavalgar,
con Alfonsso mio señor   non querría lidiar.»[20]
Lo que dixo el Çid   a todos los otros plaz.
Del castiello que prisieron   todos ricos se parten;   540
los moros e las moras   bendiziéndol' están.

---

537 *Cras a la mañana:* mañana temprano.

(20) Hay quienes ven en esta afirmación una prueba de lealtad al monarca, porque pudiendo pelear con su rey (según *Partidas*, IV, 25.10) el Cid no quiere hacerlo. Pero otros ven en este verso una prueba de prudencia y de cálculo menos heroico, porque el *Fuero Viejo* (anterior a las *Partidas*) no permite al vasallo pelear contra su señor en ninguna circunstancia. No creo que haya oposición insalvable entre lealtad y prudencia. El Cid posee las dos virtudes, y evita luchar contra su rey a toda costa. Por eso hay que admitir la enmienda que hizo A. Bello al v. 508: en el manuscrito se lee *al rey* (lo que permite entender que el Cid puede hostigar al rey Alfonso), pero es mejor leer —con un anacoluto aceptable en el lenguaje épico— *el rey* (lo que da a entender que el Cid teme prudentemente que el rey y su ejército lo derroten). Esta interpretación salva las notas de lealtad y prudencia del Campeador y, además, está apoyada por datos del propio texto: el sentido de probabilidad del condicional del v. 508 indica temor de ser atacado por el rey más que propósito de atacarle; y el discurso directo de los vv. 527-538 deja claro que el Cid teme un ataque del rey y quiere evitarlo a toda costa. La lealtad al monarca queda siempre garantizada. Antes (v. 492) el Cid ha ofrecido *la quinta* parte del botín a Minaya. Esta «quinta» o «quinto» puede entenderse de dos maneras: el quinto real (al rey siempre le corresponde la quinta parte de lo ganado en guerra) o la parte (entre la quinta y la séptima) del botín que, según algunos Fueros, obtienen los que participan en una algara. Aquí parece que se trata de la «quinta real», por lo que conjetura Minaya de la alegría que se llevaría el rey obteniéndola (v. 495). Pero no hay deslealtad. El Cid, desterrado, podía adjudicarse la quinta real o dársela a Minaya, mostrando así su autonomía legal.

Vansse Fenares arriba quanto pueden andar,
troçen las Alcarrias e ivan adelant,
por las Cuevas d'Anquita ellos passando van,
passaron las aguas, entraron al campo de Toranz,   545
por essas tierras ayuso quanto pueden andar.
Entre Fariza e Çetina mio Çid iva albergar.
Grandes son las ganaçias
             que priso por la tierra do va.
Non lo saben los moros el ardiment que an.
Otro día moviós' mio Çid el de Bivar,   550
e passó a Alfama, la foz ayuso va,
passó a Bovierca e a Teca que es adelant,
e sobre Alcoçer[21] mio Çid iva posar,
en un otero redondo, fuerte e grand;
açerca corre Salón, agua nol' puedent vedar   555
Mio Çid don Rodrigo Alcoçer cueda ganar.

---

543 *troçen:* cruzan.   544 Las Cuevas de Anguita, en la provincia de Guadalajara.   545 *passaron las aguas:* avanzaron por diversos parajes; probable fórmula de origen francés para resumir un itinerario (v. 1826), aunque en las proximidades de Campo Taranz hay lagunas y charcas. *campo de Toranz:* Campo Taranz, entre las provincias de Guadalajara y Soria.   547 *Fariza, Çetina:* Ariza, Cetina, pueblos de Zaragoza.   549 *ardiment:* ardid.   551 *passó a Alfama:* pasó por Alhama de Aragón (Zaragoza).   552 *Bovierca, Teca:* Bubierca, Ateca, pueblos de Zaragoza.   553 *Alcoçer:* lugar hoy desconocido.   555 *Salón:* Jalón. *agua nol' puedent vedar:* no lo pueden dejar sin agua de allí; *puedent* es la haplología (supresión de una sílaba o sonido idénticos a los de la palabra siguiente) de *pueden ent* y *ent* < *ende* < lat. INDE, adverbio pronominal.   556 *cueda:* piensa.

(21) Hay que ser muy cautos a la hora de valorar el contenido histórico del CMC. Durante mucho tiempo se había pensado que el episodio de Alcocer era ficticio, porque no había rastros de Alcocer. Pero recientes descubrimientos arqueológicos han identificado un pequeño emplazamiento musulmán de finales del siglo XI a 4 km al Este de

27

[*Sitio de Alcocer*]

Bien puebla el otero, firme prende las posadas,
los unos contra la sierra e los otros contra la agua.
El buen Canpeador,
　　　　　　　que en buen ora çinxo espada,
derredor del otero, bien çerca del agua, 560
a todos sos varones mandó fazer una cárcava,
que de día nin de noch non les diessen arrebata,
que sopiessen que mio Çid allí avié fincança.

28

[*La fama del Cid crece*]

Por todas essas tierras ivan los mandados,
que el Campeador mio Çid allí avié poblado, 565

---

561 *cárcava:* foso. 562 *arrebata:* ataque repentino, como *rebata* (véase v. 468). 563 *allí avié fincança:* se había asentado allí.

Ateca, en un paraje ahora denominado La Mora Encantada. Muy cerca hay un cerro, que desde el siglo XVI se llama Otero del Cid, en donde quedan restos de un campamento cristiano, de finales del siglo XI o de principios del XII: ése puede ser, por tanto, el *otero redondo* del v. 554. No hay prueba documental de Alcocer ni de su toma por parte del Cid, pero los restos arqueológicos hablan con elocuencia. Sin embargo, realidad y ficción van de la mano: los restos arqueológicos sugieren que el castillo histórico debió de ser más pequeño y de menor importancia estratégica que el Alcocer literario.

venido es a moros,   exido es de cristianos;
en la su vezindad   non se treven ganar tanto.
Ag[u]ardando se va mio Çid
                    con todos sus vassallos;
el castiello de Alcoçer   en paria va entrando.

29

[*Toma de Alcocer*]

Los de Alcoçer a mio Çid   yal' dan parias   570
e los de Teca   e los de Ter[rer] la casa;
a los de Calatauth,   sabet, ma[l] les pesava.
Allí yogo mio Çid   complidas quinze semmanas.
    Quando vio mio Çid
                    que Alcoçer non se le dava,[(22)]
él fizo un art   e non lo detardava: 575
dexa una tienda fita   e las otras levava,

---

567 *non se treven... tanto:* ni siquiera se atreven a... *ganar:* cultivar el campo y apacentar el ganado.   568 *Aguardadndo se va:* se va poniendo en guardia.   569 *en paria va entrando:* ya paga tributo.   571 Terrer está a 6 km de Calatayud en el valle del Jalón.   573 *yogo:* permaneció.   575 *art:* ardid.   576 *fita:* plantada.

(22) Si los de Alcocer pagaban parias (v. 569), no tenían por qué rendirse. El Cid debía protegerlos. Pero puede que dejaran de pagarlas y entonces el Cid les pusiera cerco. El pasaje es elíptico y por ello puede ser oscuro. El tema de la relación con los moros es crucial en todas estas campañas del Cid, como ya vimos en **(19)**. Ahora encontramos nuevas modulaciones: no se gana nada matando a los moros (vv. 619-620); es mejor servirse de ellos para obtener ganancias (v. 673); incluso hay que tratarlos con benevolencia (vv. 801-802). Con

cojó[s'] Salón ayuso, la su seña alçada,
las lorigas vestidas e çintas las espadas,
a guisa de menbrado, por sacarlos a çelada.
Veiénlo los de Alcoçer, ¡Dios, cómmo se alabavan! 580
«Fallido [h]a a mio Çid el pan e la çevada.
Las otras abés lieva, una tienda a dexada.
De guisa va mio Çid
          commo si escapasse de arrancada;
demos salto a él e feremos grant ganançia,
antes quel' prendan los de Ter[rer la casa], 585
si non, non nos darán dent nada; 585b
la paria qu'él a presa tornar nos la ha doblada.»
Salieron de Alcoçer a una priessa much extraña.
Mio Çid, quando los vio fuera,
          cogiós' commo de arrancada.
Cojós' Salón ayuso, con los sos abuelta [anda].
Dizen los de Alcoçer: «¡Ya se nos va la ganançia!» 590

---

578 *lorigas:* la loriga era una especie de túnica de mallas tejidas, que cubría del cuello a las rodillas; en tiempos del Cid todavía sería de cuero, pero más tarde se hicieron de metal. *çintas:* ceñidas. 582 *abés:* a duras penas. 585b *dent:* de ella (de la ganancia). 588 *cogiós' commo de arrancada:* se fue como si huyera. 589 *abuelta:* juntamente.

estos argumentos se ha intentado demostrar que Per Abat actualiza la canción de gesta francesa en España con el tema de que la guerra contra los moros es fuente de botín para los cristianos. Pero, aun admitiendo que esto fuera así, no queda probado que Per Abat se invente el CMC y la épica castellana. Pudo actualizar, sí, pero la épica tradicional castellana de transmisión oral y no necesariamente la épica francesa, o sólo la épica francesa. Per Abat —o quien sea el que con ese nombre escribe— sería así un eslabón más en la cadena de refundiciones.

Los grandes e los chicos   fuera salto [davan],
al sabor del prender   de lo ál non pienssan nada,
abiertas dexan las puertas
                       que ninguno non las guarda.**(23)**
El buen Campeador   la su cara tornava,
vio que entr'ellos y el castiello
                       mucho avié grant plaça;   595
mandó tornar la seña,   apriessa espoloneavan.
«¡Firidlos, cavalleros,   todos sines dubdança;
con la merced del Criador   nuestra es la ganançia!»
Bueltos son con ellos   por medio de la laña.
¡Dios, qué bueno es el gozo   por aquesta mañana!   600
Mio Çid e Álbar Fáñez   adelant aguijavan;
tienen buenos cavallos,   sabet, a su guisa les andan;
entr'ellos y el castiello   en essora entravan.
Los vassallos de mio Çid   sin piedad les davan,
en un ora e un poco de logar
                       trezientos moros matan.   605

---

592 *lo ál:* otra cosa.   595 *grant plaça:* gran distancia.   599 *Bueltos son:* pelean. *laña:* llanura, landa.   603 *en essora:* entonces.   605 *en un ora e un poco de logar:* en poco más de una hora.

(23) El Cid había dejado una tienda plantada (*fita*) para dar la impresión de una huida precipitada (v. 576). Y los de Alcocer han caído en la trampa, víctimas de su jactancia (v. 580), irreflexión (dejan las puertas abiertas) y codicia (vv. 581-586). Hay un paralelo con los judíos Raquel y Vidas. Piensan engañar al que los está engañando y quieren sacar partido sin esfuerzo, los judíos con la usura y los de Alcocer pretendiendo aprovecharse de una huida que ellos no han provocado. El emplear ardides (v. 575) y mañas (v. 610) pertenece al entendimiento de la guerra como una ciencia, como sucede a partir de mediados del siglo XII.

Dando grandes alaridos los que están en la çelada,
dexando van los delant, por el castiello se tornavan,
las espadas desnudas, a la puerta se paravan.
Luego llegavan los sos, ca fecha es el arrancada.
Mio Çid gañó a Alcoçer, sabet, por esta maña. 610

30

[*El Cid se asienta en Alcocer*]

Vino Pero Vermúez,[24]
                que la seña tiene en mano,
metióla en somo en todo lo más alto.

---

606 *los que están en la çelada:* los que han caído en la trampa, esto es, los moros. 607 Los de la vanguardia (*los delant*) van abandonado la lucha y se dirigen al castillo. 609 *los sos:* el resto de los suyos, el cuerpo principal del ejército cristiano, los que se habían quedado en el campo luchando con los moros y ahora llegan al interior del castillo en donde ya están el Cid y los de la vanguardia. *arrancada:* derrota. 612 *en somo:* encima.

(24) Hubo varios personajes históricos contemporáneos del Cid que se llamaron Pedro Bermúdez, pero no nos consta el parentesco de ninguno de ellos con Rodrigo Díaz. El del poema es su sobrino carnal. En el ejército del Cid Pero Vermúez es el abanderado o alférez, hecho que puede reflejar la importancia concedida a este cargo en la organización militar cristiana que se lleva a cabo a mediados del siglo XII. Literariamente Pero Vermúez es un personaje muy original: es el único que lleva a cabo una hazaña individual (vv. 704 y ss.) y resulta entrañable su saber callar (Pero Mudo le va a llamar su tío en el v. 3302, jugando con su apellido), aunque también sabe hablar (véase **79**).

Fabló mio Çid Ruy Díaz,
   el que en buen ora fue nado:
«Grado a Dios del çielo   e a todos los sos santos,
ya mejoraremos posadas   a dueños e a cavallos.   615

31

[Disposiciones para la vida en Alcocer]

¡Oíd a mí, Álbar Fáñez   e todos los cavalleros!
En este castiello   grand aver avemos preso,
los moros yazen muertos,   de bivos pocos veo.
Los moros e las moras   vender non los podremos,
que los descabeçemos   nada non ganaremos;   620
cojámoslos de dentro,   ca el señorío tenemos,
posaremos en sus casas   e d'ellos nos serviremos.»

32

[El rey de Valencia quiere reconquistar Alcocer]

Mio Çid con esta ganançia   en Alcoçer está;[25]
fizo enbiar por la tienda   que dexara allá.

---

615 *posadas:* albergues. 617 *preso:* prendido, tomado. 620 *que:* aunque.
621 *cojámoslos de dentro:* acojámoslos, dejémosles entrar. 624 *dexara:* había dejado.

(25) En los vv. 629-850 se narra la primera batalla campal del *Cantar*. Tema épico por excelencia, tópico en la épica francesa, se prestaba mejor que ningún otro al lucimiento del juglar recitador. De

Mucho pesa a los de Teca
        e a los de Ter[rer] non plaze, 625
e a los de Calatayuth, [sabet, pesando va].
Al rey de Valençia enbiaron con mensaje,
que a uno que dizién mio Çid Ruy Díaz de Bivar[26]
«airólo el rey Alfonsso, de tierra echado lo ha,
vino posar sobre Alcoçer, en un tan fuerte logar; 630
sacólos a çelada, el castiello ganado a;
si non das consejo, a Teca e a Ter[rer] perderás,
perderás Calatayuth, que non puede escapar,
ribera de Salón toda irá a mal,
assí ferá lo de Siloca, que es del otra part.» 635
  Quando lo oyó el rey Tamín,[27]
                por cuer le pesó mal:
«Tres reyes veo de moros derredor de mí estar,
non lo detardedes, los dos id pora allá,

---

629 *airólo:* lo castigó con la «ira regia». 632 *consejo:* remedio. 634 *Salón:* Jalón. 635 *Siloca:* Jiloca. 636 *cuer:* corazón. 638 *los dos:* dos (de los tres).

hecho estamos ante uno de los episodios más elaborados literariamente del poema.

(26) Nótese el cambio, sin solución de continuidad, sin ningún tipo de anuncio, del estilo indirecto (v. 628) al estilo directo (v. 629 y ss.). Se consigue un efecto muy brillante: viajamos con la palabra, con el mensaje, desde su origen (los moros de Ateca, Terrer y Calatayud) a su destinatario (el rey moro de Valencia).

(27) El rey Tamín es personaje ficticio, como casi todos los musulmanes del poema, como los emires o generales (*reyes* en el poema) Fáriz y Galve (v. 654), aunque éstos son literariamente verosímiles, porque sus nombres podían evocar los de otros generales árabes históricos. La antroponimia árabe es bien conocida en la épica castellana, lo que no se puede decir de la épica francesa. Con todo, Fáriz y Galve están caracterizados como un solo personaje en el v. 769: *Arran-*

tres mill moros levedes   con armas de lidiar;
con los de la frontera   que vos ayudarán,   640
prendétmelo a vida,   aduzídmelo deland;
por que se me entró en mi tierra
                         derecho me avrá a dar.»
  Tres mill moros cavalgan   e pienssan de andar,
ellos vinieron a la noch   en Sogorve posar.
Otro día mañana   pienssan de cavalgar,   645
vinieron a la noch   a Çelfa posar.
Por los de la frontera   pienssan de enviar;
non lo detienen,   vienen de todas partes.
Ixieron de Çelfa,   la que dizen de Canal,
andidieron todo'l día,   que vagar non se dan,   650
vinieron essa noche   en Calatayu[t]h posar.
Por todas essas tierras   los pregones dan;
gentes se ajuntaron   sobejanas de grandes
con aquestos dos reyes   que dizen Fáriz e Gálve;
al bueno de mio Çid   en Alcoçer le van çercar.   655

---

640 *los de la frontera:* las tropas de guarnición en la frontera. 641 *a vida:* con vida. 642 *derecho:* reparación debida a un agravio. 644 *Sogorve:* Segorbe, actual provincia de Castellón, situada en la calzada romana que iba de Sagunto a Calatayud. 646 *Çelfa:* Cella (Teruel), hoy en la carretera de Valencia a Zaragoza. 653 *sobejanas de grandes:* extraordinariamente numerosas.

cado es el rey Fáriz e Galve, lo mismo que Raquel y Vidas (vv. 136 y 155). El narrador toma partido por sus protagonistas y se enfrenta a sus antagonistas; una de las formas de este enfrentamiento consiste en crear personajes duales, reducidos a una falsa unidad, despersonalizados, ridiculizados en su conducta unitaria.

33

[Cercan al Cid]

Fincaron las tiendas   e prendend las posadas,
creçen estos virtos,   ca yentes son sobejanas.
Las arrobdas,   que los moros sacan,
de día e de noch   enbueltos andan en armas;
muchas son las arrobdas   e grande es el almofalla.   660
A los de mio Çid   ya les tuellen el agua.
Mesnadas de mio Çid   exir querién a la batalla,
el que en buen ora nasco   firme gelo vedava.
Toviérongela en çerca   complidas tres semanas.

34

[El Cid prepara la batalla]

A cabo de tres semanas,   la quarta querié entrar   665
mio Çid con los sos   tornós' a acordar:
«El agua nos an vedada,   exir nos ha el pan,
que nos queramos ir de nonch
                              no nos lo consintrán;
grandes son los poderes   por con ellos lidiar;

---

656 *prendend* = *prenden ent:* prenden (de allí); véase 555.   657 *virtos:* ejército (es latinismo bíblico).   658 *arrobdas:* centinelas.   660 *almofalla:* ejército acampado.   661: *tuellen:* cortan.   664 *Toviérongela en çerca:* se la tuvieron cercada.   666 *acordar:* consultar.   667 *exir nos ha:* nos faltará.   668 *que:* aunque.   669 *los poderes:* las fuerzas.

dezidme, cavalleros, cómmo vos plaze de far.» 670
Primero fabló Minaya,[28] un cavallero de prestar:
«De Castiella la gentil exidos somos acá,
si con moros non lidiáremos, no nos darán del pan.
Bien somos nos seysçientos, algunos ay de más;
en el no[m]bre del Criador, que non passe por ál: 675
vayámoslos ferir en aquel día de cras.»
Dixo el Campeador: «A mi guisa fablastes;
ondrástesvos, Minaya, ca aver vos lo iedes de far.»
 Todos los moros e las moras
        de fuera los manda echar,
que non sopiesse ninguno esta su poridad. 680

---

676 *aquel día de cras:* el día de mañana; véase el v. 537. 677 *A mi guisa:* A mi gusto. 678 *ca aver vos lo iedes de far:* porque os los habrías de hacer (literalmente); esto es, como era de esperar que os honrarais.

(28) De los personajes del bando cristiano destaca Minaya, el estratega del Cid. Propone aquí un ataque por sorpresa (v. 676), pero también argumenta persuasivamente a favor de la lucha contra el moro como medio de ganarse la vida en el destierro (v. 673). Minaya es, en fin, el segundo del Cid, quien lo llama «el mio diestro braço» (vv. 753, 810), con una fórmula que parece indicar una directa influencia de la *Chanson de Roland* en el CMC. A diferencia de lo que ocurre con los personajes árabes, la mayoría de los personajes cristianos son históricos. De los nueve que se enumeran en los vv. 734-741 (de acuerdo con las exigencias del género épico en la descripción de batallas) siete existieron en la realidad. Martín Antolínez (v. 736) y Félez Muñoz (v. 741) son los únicos que no se asoman a la documentación histórica contemporánea de los hechos narrados. Para Martín Antolínez véase lo dicho en **(0)**. Félez Muñoz en el poema es sobrino del Cid y va a tener un papel destacado en el rescate de sus primas en el robledo de Corpes.

El día e la noche   piénssanse de adobar.
Otro día mañana   el sol querié apuntar,
armado es mio Çid   con quantos que él ha;
fablava mio Çid   commo odredes contar:
«Todos iscamos fuera,   que nadi non raste,   685
sinon dos peones solos   por la puerta guardar;(29)
si nos muriéremos en canpo,
                en castiello nos entrarán,

---

682 *querié apuntar:* estaba a punto de salir; *querer* + *infinitivo* constituía una perífrasis incoativa, con el sentido de acción inminente.   683 *armado es:* se ha armado, se ha puesto la armadura.   685 *iscamos:* salgamos, subjuntivo del verbo *exir*.

(29) El CMC es un texto de transmisión oral, un texto que vive en variantes. A ello se debe, en gran medida, el que nos encontremos en el único manuscrito que lo conserva lagunas, fallos en la rima y en el número de sílabas (siempre variable, pero ajustado a un patrón), ausencia de algún hemistiquio y en general diversas deturpaciones. Pero texto oral no significa texto mal construido. La cohesión textual, una de las condiciones esenciales de la textualidad, está siempre presente y de un modo especial en este episodio de la batalla de Fáriz y Galve. La cohesión textual se manifiesta de diversos modos. Uno de ellos es la cohesión léxica y fraseológica, conseguida mediante la antonimia, la sinonimia, la reiteración, etc. Hay antonimia en este verso 686 (el Cid deja a dos soldados de a pie para guardar la puerta) y el 593; en los vv. 801-802 (manda que los moros entren en el castillo de Alcocer y que reciban alguna riqueza del botín) y los vv. 679-680 (manda que los moros salgan del castillo para que no sepan el secreto con el que va a atacar a Fáriz y Galve), y entre el v. 822 y el 225 (el Cid cumple el voto de las mil misas a la catedral de Burgos). El v. 746 es sinónimo (con Minaya como sujeto) del 500. Lo mismo el v. 781 y el 501: en el primero Minaya cumple lo que prometió en el segundo (ya lleva la sangre chorreándole por el codo); la fórmula épica hace más perceptible la sinonimia. En fin, el mismo precio se reitera en las ventas de Castejón (v. 521) y de Alcocer (v. 845).

Cantar primero 135

si vençiéremos la batalla, creçremos en rictad.
E vos, Pero Vermúez, la mi seña tomad;
commo sodes muy bueno, tener la edes sin ar[t]h; 690
mas non aguijedes con ella
      si yo non vos lo mandar.»
Al Çid besó la mano, la seña va tomar.
Abrieron las puertas, fuera un salto dan;
viéronlo los arrobdas de los moros,
      al almofalla se van tornar.
¡Qué priessa va en los moros! e tornáronse a armar; 695
ante roído de atamores la tierra querié quebrar;
veriedes armarse moros, apriessa entrar en az.
De parte de los moros dos señas ha cabdales,
e fizieron dos azes [................]
E [los] pe[nd]ones mezclados,
      ¿qui los podrié contar?[30] 699*b*

---

688 *rictad:* riqueza. 690 *sin arth:* sin engaño, o sea, lealmente. 691 *mandar:* mandare (futuro de subjuntivo), con apócope de /-e/. 696 *ante roído:* con el ruido. *atamores:* atabales o tambores, instrumentos que no podían faltar en el ejército musulmán y que servían para marcar el paso en la marcha, para transmitir órdenes en la batalla y para sembrar el miedo entre el enemigo. 697 *az:* fila de caballeros en formación. 698 *señas...cabdales:* banderas de caudillos o generales.

(30) El v. 699 y 699*b* es un solo verso en el manuscrito y está al comienzo de un folio. M. Pidal enmienda el códice, eliminando la primera parte del verso, *e fizieron dos azes*, y sustituyendo *peones* por *pendones*, con apoyo de la Primera Crónica General y, en menor medida, de la Crónica Particular del Cid. Pero la corrección de M. Pidal, aun siendo verosímil, no explica la eliminación del hemistiquio *e fizieron dos azes*. Además, implica que la batalla es sólo batalla de la caballería, una reducción que han hecho luego suya otros editores modernos.

Es verdad que la descripción de la batalla selecciona sólo los aspectos tópicos de la lucha de los caballeros, pero no es menos verdad que las ganancias de la batalla se reparten entre los *peones* y los *encavalgados* (v. 806), lo mismo que las obtenidas de la venta de Alcocer a los moros (v. 848). No tendría sentido pensar que el Cid había luchado contra Fáriz y Galve sólo con la caballería; es más, en el v. 686 se nos dice que, cuando el Cid sale a la lid campal, sólo deja dos *peones* para guardar la puerta, lo que quiere decir que el resto de la infantería también salió a pelear en campo abierto. La lectura del manuscrito tal como está, que es lo que hacen otros editores, como I. Michael, tampoco es muy convincente, primero porque no corrige la evidente deturpación del verso y luego porque aplica *azes* a la infantería (*dos azes de peones*), cuando generalmente en el poema *az* es fila o tropa de caballeros tendidos en línea de batalla.

Por tanto, proponemos dividir el verso del manuscrito, a todas luces hipermétrico, en dos versos: uno incompleto (sólo un hemistiquio), que hace sentido con el anterior (la caballería árabe forma dos hazes, cada una con su bandera), y otro que se refiere a la infantería, a los *peones mezclados*, es decir, los que vienen desde Valencia y los de la frontera, peones de los que no vale la pena hablar, primero porque son muchos (*¿qui los podrié contar?*), segundo porque, al contrario de los caballeros, no son literariamente relevantes en la descripción de la batalla.

Desde una perspectiva lingüística la corrección se puede justificar con facilidad: el v. 699*b De peones mezclados, ¿qui los podrié contar?* presenta, en la oración interrogativa, la anteposición del complemento directo de *contar* (una construcción partitiva), en paralelo con otros versos del CMC (v. 1311: *Demandó por Alfonsso, dó lo podrié fallar*). Desde el punto de vista de la técnica juglaresca, el verso sirve para excluir la descripción de los *peones* en la batalla, para decir que no se va a hablar de ellos. Compárese a este respecto el v. 918: *non son en cuenta, sabet, las peonadas*, con el mismo sentido y siguiendo, además, a otro verso en que se habla de los caballeros.

Las azes de los moros   yas' mueven adelant,   700
por a mio Çid e a los sos   a manos los tomar.
«Quedas sed, me[s]nadas,   aquí en este logar,
non derranche ninguno,   fata que yo lo mande.»
Aquel Pero Vermúez   non lo pudo endurar,
la seña tiene en mano,   conpeçó de espolonar;   705
«El Criador vos vala,   ¡Çid Campeador leal!
Vo meter la vuestra seña   en aquella mayor az;
los que el debdo avedes
                    veremos cómmo la acorr[a]des.»
Dixo el Campeador: «¡Non sea, por caridad!»
Respuso Pero Vermúez: «Non rastará por ál.»   710
Espolonó el cavallo,   e metió' en el mayor az.
Moros le reçiben   por la seña ganar,
danle grandes colpes,   mas nol' pueden falssar.
Dixo el Campeador: «¡Valelde, por caridad!»

35

[*Comienza el ataque*]

Enbraçan los escudos   delant los coraçones,[31]   715
abaxan las lanças   abue[l]tas de los pendones,

---

703 *non derranche ninguno:* que nadie se salga de la fila. 704 *endurar:* sufrir. 708: los que le debéis vasallaje (*aver el debdo*), a ver qué vais a hacer para socorrerla (a la bandera). 713 *falssar:* romper o atravesar un arma defensiva.

(31) La descripción de la batalla campal comienza propiamente aquí y contiene las tres partes canónicas: la carga lanza en ristre y la carga de vuelta —la *tornada* del v. 725— (vv. 715-725), la panorámi-

enclinaron las caras   de suso de los arzones,
ívanlos ferir   de fuertes coraçones.
A grandes vozes llama
                   el que en buen ora [nació]:
«¡Feridlos, cavalleros,   por amor de[l Criador]!   720
¡Yo so Ruy Díaz, el Çid,   de Bivar Campeador!»
Todos fieren en el az   do está Pero Vermúez.
Trezientas lanças son,   todas tienen pendones;
seños moros mataron,   todos de seños colpes;
a la tornada que fazen   otros tantos [muertos] son.   725

---

721 El grito de guerra sirve para animar a los combatientes y para orientarlos en la batalla.

ca del combate (vv. 726-743) y la lucha individual —de Minaya, del Cid y de Martín Antolínez— con el tajo de la espada (vv. 744-777).

La táctica que se describe en el poema es reflejo de las coetáneas: el ejército se dividía en dos cuerpos (*azes*), uno mayor y otro menor; el enemigo atacaba al menor, pero luego era cercado por el mayor y derrotado. Así vencieron los almohades a los cristianos en la batalla de Alarcos en 1195. Sin embargo, parece que Pero Vermúez se sabe la lección y ataca directamente al *mayor az* (v. 711), con lo cual deshace la táctica enemiga y pone el fundamento de la victoria segura.

También es reflejo de la historia la poca importancia que en esta batalla tienen la infantería y las armas de largo alcance (flechas, ballestas), condenadas por el Papa Inocencio II en 1139, aunque está fuera de toda duda la presencia de los *peones*, que reciben su parte del botín al final.

36

[La batalla]

Veriedes tantas lanças   premer e alçar,
tanta adágara   foradar e passar,
tanta loriga falssa[r]   [e] desmanchar,
tantos pendones blancos   salir vermejos en sangre,
tantos buenos cavallos   sin sos dueños andar.   730
Los moros llaman: «¡Mafómat!»
         e los cristianos: «¡Santi Yagüe!»
Caién en un poco de lugar
         moros muertos mill e trezientos ya.

37

[Los caballeros del Cid]

¡Quál lidia bien   sobre exorado arzón
Mio Çid Ruy Díaz   el buen lidiador;
Minaya Álbar Fáñez,   que Çorita mandó,   735
Martín Antolínez,   el burgalés de pro,
Muño Gustioz,   que so criado fue,
Martín Muñoz,   el que mandó a Mont Mayor,
Álbar Álbarez   e Álbar Salvadórez,

---

726 *premer:* bajar.   727 *adágara:* escudo de cuero.   728 *desmanchar:* desmallar, romper las mallas.   731 *llaman.* exclaman.   733 *exorado:* dorado.   737 *que so criado fue:* que se había criado con él, o sea, que era miembro de su casa o vasallo de criazón.

Galín Garçía,   el bueno de Aragón,   740
Félez Muñoz,   so sobrino del Campeador!
Desí adelante,   quantos que ý son,
acorren la seña   e a mio Çid el Campeador.

38

[*El Cid ayuda a Minaya*]

  A Minaya Álbar Fáñez   matáronle el cavallo,
bien lo acorren   mesnadas de cristianos.   745
La lança a quebrada,   al espada metió mano,
maguer de pie   buenos colpes va dando.
Violo mio Çid   Ruy Díaz el castellano,
acostós' a un aguazil   que tenié buen cavallo,
diol' tal espadada   con el so diestro braço,   750
cortól' por la çintura,   el medio echó en campo.
A Minaya Álbar Fáñez   íval' dar el cavallo:
«¡Cavalgad, Minaya,   vos sodes el mio diestro braço!
Oy en este día   de vos abré grand bando;
firme[s] son los moros,   aún nos' van del campo.»   755
Cavalgó Minaya,   el espada en la mano,
por estas fuerças   fuertemientre lidiando.
A los que alcança   valos delibrando.
Mio Çid Ruy Díaz,   el que en buen ora nasco,
al rey Fáriz   tres colpes le avié dado;   760
los dos le fallen,   y el únol' ha tomado,

---

749 *acostós' a un aguazil:* se acercó a un visir, a un general de los moros.
754 *bando:* apoyo.   758 *delibrando:* despachando, matando.   761 *fallen:* fallan;
es indicativo de *fallir*.

por la loriga ayuso   la sangre destella[n]do;
bolvió la rienda   por írsele del campo.
Por aquel colpe   rancado es el fonssado.

39

[*Huida de los moros*]

Martín Antolínez   un colpe dio a Galve,   765
las carbonclas del yelmo   echógelas aparte,
cortól' el yelmo,   que llegó a la carne;
sabet, el otro   non gel' osó esperar.
Arrancado es   el rey Fáriz e Galve.
¡Tan buen día   por la cristiandad,   770
ca fuyen los moros   de la part!
Los de mio Çid   firiendo en alcaz,
el rey Fáriz   en Ter[rer] se fue entrar,
e a Galve   nol' cogieron allá;
para Calatayu[t]h   quanto puede se va.   775
El Campeador   íval' en alcaz,
fata Calatayu[t]h   duró el segudar.

---

764 *rancado es el fonssado:* ha sido derrotado el ejército. 766: *carbonclas:* rubíes o carbunclos (latín «carboncillos») que adornaban el yelmo. 768 *el otro:* el segundo golpe. *non gel' osó esperar:* no osó esperárselo. 769 *Arrancado es:* Ha sido derrotado. 772 *alcaz:* alcance, persecución del fugitivo. 777 *el segudar:* el perseguir, la persecución.

40

[*Reparto del botín; regalos al rey*]

A Minaya Álbar Fáñez   bien l'anda el cavallo,
d'aquestos moros   mató treinta e cuatro;
espada tajador,   sangriento trae el braço,   780
por el cobdo ayuso   la sangre destellando.
Dize Minaya: «Agora so pagado,
que a Castiella irán   buenos mandados,
que mio Çid Ruy Díaz   lid campal a [arrancado].»
Tantos moros yazen muertos
                           que pocos bivos a dexados,   785
ca en alcaz sin dubda   les fueron dando.
Yas' tornan   los del que en buen ora nasco.
Andava mio Çid   sobre so buen cavallo,
la cofia fronzida,   ¡Dios, cómmo es bien barbado!
Almófar a cuestas,   la espada en la mano.   790
Vio los sos   cómmos' van allegando:
«Grado a Dios,   aquel que está en alto,
quando tal batalla   avemos arrancado.»
Esta albergada
                  los de mio Çid luego la an robado
de escudos e de armas   e de otros averes largos;   795

---

780 *tajador:* cortante; espada es femenino, pero los adjetivos en /-or/ son invariables en la lengua del *Cantar*.   789 *cofia:* gorra de tela bajo la cual se recogía el pelo antes de cubrirse la acabeza con el almófar.   790 *Almófar:* capucha que tenía la loriga para cubrir la cabeza y el cuello del guerrero. El llevar la cofia fruncida, el almófar sobre los hombros y la barba al descubierto son señales de que la lucha ha terminado victoriosamente.   794 *albergada:* campamento.

de los moriscos,   quando son llegados,
fallaron   quinientos e diez cavallos.   796*b*
Grand alegreya va   entre essos cristianos,
más de quinze de los sos   menos non fallaron.
Traen oro e plata   que non saben recabdo;
con aquesta ganançia
               refechos son todos essos cristianos.   800
A sos castiellos a los moros   dentro los an tornados,
mandó mio Çid   aun que les diessen algo.
Grant a el gozo   mio Çid con todos sos vassallos.
Dio a partir estos dineros   e estos averes largos;
en la su quinta   al Çid caen çient cavallos.
¡Dios, qué bien pagó   a todos sus vassallos,   805
a los peones   e a los encavalgados!
Bien lo aguisa   el que en buen ora nasco,
quantos él trae   todos son pagados.

   «¡Oíd, Minaya,   sodes mio diestro braço!   810
D'aquesta riqueza   que el Criador nos a dado
a vuestra guisa   prended con vuestra mano.
Enbiar vos quiero   a Castiella con mandado
desta batalla   que avemos arrancad[o];
al rey Alfonsso,   que me a ayrado,   815
quierol' enbiar   en don treinta cavallos,
todos con siellas   e muy bien enfrenados,
señas espadas   de los arzones colga[ndo].»
Dixo Minaya Álbar Fáñez:
               «Esto faré yo de grado.»

---

798 a más de quince de los suyos no echaron de menos (literalmente).

41

[*El Cid manda el dinero de las misas*]

—«Evades aquí   oro e plata [fina],   820
una uesa llena,   que nada nol' mingua;
en Santa María de Burgos   quitedes mill missas;
lo que romaneçiere
                  daldo a mi mugier y a mis fijas,
que rueguen por mí   las noches e los días;⁽³²⁾
si les yo visquier,   serán dueñas ricas.»   825

---

821 *uesa* (huesa): bota alta, que podía servir ocasionalmente para transportar monedas o joyas. *llena:* llena. 822 *quitedes:* paguéis, subjuntivo con valor de imperativo (pagad). 823 *romaneçiere:* sobrare. 825 *visquier:* viviere.

(32) Estamos al final del episodio y conviene, como otras veces, reparar en las más importantes figuras y recursos del estilo épico. En este verso 824 encontramos la muy conocida fórmula épica *Las noches e los días* cuyo significado es 'siempre', pero hay más: *Tan buen día* (v. 770), *por la loriga ayuso la sangre destellando* (762), que es variante de *por el cobdo ayuso la sangre destellando* (781), etc. El epíteto épico es un rasgo muy notable. Lo encontramos en *Castiella la gentil* (vv. 672 y 829), en donde *gentil* es noble o bella. El epíteto *el castellano* en *Ruy Díaz el castellano* (v. 748), además de épico, es histórico, porque es sobrenombre dado a Rodrigo Díaz en dos documentos asturianos de 1075. La hipérbole épica es otro recurso del género. La hay en el v. 696 (el ruido de los tambores puede provocar un terremoto) y, desde luego, en el número de cristianos muertos en la batalla: sólo quince (v. 798) de entre unos seiscientos, a pesar de que se habían enfrentado a más de tres mil árabes (vv. 639-640). Los números tienen generalmente un valor simbólico en el CMC, pero aquí sirven para dar expresión concreta a la hipérbole épica. El golpe que corta por la cintura al enemigo (v. 751) es motivo épico y puede ser también hipérbole, aunque

42

[*Preparativos del viaje*]

Minaya Álbar Fáñez   desto es pagado;
por ir con él   omnes son contados.   826*b*

Agora davan çebada,   ya la noch era entrada,
mio Çid Ruy Díaz   con los sos se acordava:

43

[*Últimos encargos del Cid*]

«¿Ides vos, Minaya,   a Castiella la gentil?
A nuestros amigos   bien les podedes dezir: 830

---

827 *era entrada:* había entrado.

M. Pidal lo cree posible en la realidad. La enumeración de los guerreros principales, como en los vv. 733-743, es asimismo recurso típico de la épica medieval. Los tiempos verbales en la épica y en el Romancero se rigen por unas normas mucho más vivas y menos lógicas que las de la lengua moderna. Mediante el tiempo verbal el narrador épico podía poner en el primer plano de la atención del lector o en un plano panorámico las acciones, con una libertad incomparablemente mayor que la del narrador moderno, que escribe para ser leído en silencio. El juego de planos que se consigue con el tiempo verbal es muy parecido al creado por el lenguaje cinematográfico (que imita el lenguaje natural, por cierto). Un buen ejemplo, en los vv. 695 y 715-725. Por último, repárese en otro recurso que ya conocemos muy bien: la apelación del narrador al público oyente, que encontramos en los vv. 684, 697, etc.

Dios nos valió e vençiemos la lid.
A la tornada, si nos falláredes aquí;
si non, do sopiéredes que somos, indos conseguir.
Por lanças e por espadas avemos de guarir,
si non, en esta tierra angosta
                     non podriemos bivir.» 835

44

[Venta de Alcocer]

  Ya es aguisado mañanas' fue Minaya,
e el Campeador [fincó ý] con su mesnada.
La tierra es angosta e sobejana de mala.
Todos los días a mio Çid aguardavan
moros de las fronteras e unas yentes extrañas; 840
sanó el rey Fáriz, con él se consejavan.
Entre los de Teca e los de Ter[rer] la casa,
e los de Calatayut, que es más ondrada,
así lo an asmado e metudo en carta:
vendido les a Alcoçer
                     por tres mill marcos de plata. 845

---

832 Nótese la elipsis propia del estilo épico que ya hemos visto: vv. 181, 421 y 504-505. 834 *guarir:* mantenernos. 836 *mañanas' fue:* por la mañana se fue. 837 y el Campeador (se quedó allí) con su ejército. 839 *aguardavan:* vigilaban. 844 *metudo en carta:* puesto por escrito.

45

[*Celebración de la riqueza*]

Mio Çid Ruy Díaz a Alcoçer [ha] ven[d]ido;
¡qué bien pagó a sus vassallos mismos!
A cavalleros e a peones fechos los ha ricos,
en todos los sos non fallariedes un mesquino.
Qui a buen señor sirve, siempre bive en deliçio.[(33)] 850

46

[*Pena de los habitantes de Alcocer*]

Quando mio Çid el castiello quiso quitar,
moros e moras tomáronse a quexar:

---

849 *mesquino:* pobre.   852 *tomáronse a quexar:* comenzaron a quejarse.

(33) Este verso es un proverbio que se encuentra con diversas variantes en la literatura posterior al *Cantar*. «Quien a buen señor sirve, buen galardón alcanza», «Quien a buen señor sirve, ese vive en bienandanza», etc. Aquí el proverbio cumple una triple función. En primer lugar, comenta el final del episodio (la batalla campal contra Fáriz y Galve). En segundo lugar, señala la solución de continuidad dentro del todo unitario en que se halla dicho episodio: las campañas contra los moros, desde el comienzo del destierro hasta el enfrentamiento con el conde de Barcelona. Por último, es también una referencia a uno de los temas importantes del poema: el Cid es un buen señor, pero no tiene buen señor. Por lo demás, el cierre del episodio viene marcado también por el hecho de que los vv. 846-850 constituyen una serie gemela, que repite el final de la tirada anterior y expone un comentario sobre la acción.

«¿Vaste, mio Çid?
    ¡Nuestras oraçiones váyante delante!
Nos pagados fincamos,   señor, de la tu part.»
Quando quitó a Alcoçer   mio Çid el de Bivar,   855
moros e moras   compeçaron de llorar.
Alçó su seña,   el Campeador se va,
passó Salón ayuso,   aguijó cabadelant,
al exir de Salón   mucho ovo buenas aves.
Plogo a los de Terrer   e a los de Calatayut más,   860
pesó a los de Alcoçer,   ca pro les fazié grant.
Aguijó mio Çid,   ivas' cabadelant,
ý fincó en un poyo   que es sobre Mont Real;
alto es el poyo,   maravilloso e grant;
non teme guerra,   sabet, a nulla part.   865
Metió en paria   a Daroca enantes,
desí a Molina,   que es del otra part,
la terçera Teruel,   que estava delant;
en su mano tenié   a Çelfa la de Canal.

47

[*El rey acepta los regalos del Cid y perdona a Minaya*]

Mio Çid Ruy Díaz   de Dios aya su graçia.[34]   870
Ido es a Castiella   Álbar Fáñez Minaya,

---

858 *cabadelant:* hacia adelante.   859 *buenas aves:* buenos agüeros.   863 *poyo:* cerro. Monreal del Campo (Teruel).   866 *enantes:* primero.   867 *desí:* luego. Molina de Aragón (Guadalajara).

(34) Desde el v. 851 al 955 se extiende este episodio en el que se narran dos historias: la tercera campaña del Cid y la embajada de Mi-

treynta cavallos   al rey los enpresentava;
violos el rey,   fermoso sonrrisava:
«¿Quin los dio éstos,   sí vos vala Dios, Minaya?»
—«Mio Çid Ruy Díaz,
          que en buen ora çinxo espada;   875
vençió dos reyes de moros   en aquesta batalla,
sobejana es,   señor, la su ganançia.
A vos, rey ondrado,   enbía esta presentaja;
bésavos los pies   e las manos amas
quel' ay[a]des merçed,   sí el Criador vos vala.»   880
Dixo el rey: «Mucho es mañana,
omne ayrado,   que de señor non ha graçia,
por acogello   a cabo de tres semmanas.

---

874 *Quin:* sintagma que es producto de la amalgama de *qui* (quien) y de la forma apocopada de *me,* de modo que *quin* = quien me. *sí:* así, ojalá. 881 *Mucho es mañana:* Es muy pronto. 882 Todo este verso es el complemento directo de *acoger,* anticipado porque el sintagma *omne ayrado* (hombre castigado por la ira regia) es un contenido esencial en esta primera parte del poema. 883 *tres semmanas:* es número simbólico; de acuerdo con la cronología del poema —también simbólica— debían de haber pasado unos cinco meses desde que el Cid empezó su destierro.

naya a Castilla con el regalo de los treinta caballos. Son dos acciones que tienen lugar al mismo tiempo, pero que se narran alternativamente y de un modo lineal. Este verso 870 sirve precisamente al juglar para pasar de una a otra. Hasta aquí ha estado contando de un modo bastante resumido la campaña del Cid. Como las dos anteriores (la campaña del Henares y la del Jalón), ésta tercera (por tierras del Bajo Aragón) tiene también como objetivo el dinero y los tributos (parias), no la reconquista de tierras. En este verso 870 el narrador se despide del Cid —con una fórmula de despedida real que crea la ilusión de que el personaje se aleja del escenario de la recitación juglaresca—, y pasa a contarnos la embajada de Minaya.

Mas después que de moros fue,
          prendo esta presentaja;
aun me plaze de mio Çid   que fizo tal ganançia.   885
Sobr'esto todo,   a vos quito, Minaya,
honores e tierras   avellas condonadas,⁽³⁵⁾

---

884 *después que:* puesto que. 886 *quito:* perdono. 887 *avellas condonadas:* tenedlas devueltas; quiere decir que el rey le devuelve las tierras que le había confiscado.

(35) El objeto de la embajada es ofrecer al rey Alfonso un precioso y costoso regalo: treinta caballos perfectamente equipados con los instrumentos del caballero (la silla, el freno, la espada). Esto, además de bonito, era caro. Se ha calculado que este regalo le pudo costar al Cid más de tres mil marcos de plata, es decir, más de lo que los moros le habían dado por Alcocer o por Castejón.

El Cid es, pues, generoso. Pero su generosidad no es tanto una virtud moral cuanto ciudadana y política. La generosidad exhibida le permite mostrar su categoría social y establecer relaciones sociales de variada índole. Por supuesto, le permite acercarse al rey y pedir el perdón, que no consigue todavía para él, pero sí para Minaya, a quien el rey devuelve los antes confiscados beneficios de concesión real, temporales o vitalicios, pero no hereditarios (*honores*) y las posesiones hereditarias (*tierras*), esto es, toda clase de posesiones (vv. 886-887). El regalo consigue también que la ira real y la inherente confiscación de bienes no se aplique ya a los que desde ese momento se quieran ir con el Cid (v. 893).

Por otro lado, la actitud del Cid y de sus hombres sigue siendo de una gran lealtad. En el *señor natural* del v. 895 (puesto en boca de Minaya, pero compartido por todos) hay una referencia a la doctrina y práctica jurídica de la segunda mitad del siglo XII, según la cual las relaciones de pertenencia a un príncipe o rey y a una tierra (la noción de vasallo natural o súbdito) van ganando terreno a las relaciones personales del antiguo vasallaje. Esta doctrina se va consolidando a medida que se consolidan las fronteras y surge la idea de pertenencia a una tierra regida por un príncipe. Minaya o el Cid han podido dejar de ser vasallos de Alfonso por el castigo de la *ira regis*, pero no por eso Alfonso deja de ser su *señor natural*.

id e venid,   d'aquí vos do mi graçia;
mas del Çid Campeador,   yo non vos digo nada.
Sobre aquesto todo,   dezir vos quiero, Minaya: 890

48

[El rey permite a sus vasallos unirse al Cid]

de todo mio reyno   los que lo quisieren far,
buenos e valientes   pora mio Çid huyar,
suéltoles los cuerpos   e quítoles las heredades.»
Besóle las manos   Minaya Álbar Fáñez:
«Grado e graçia, rey,   commo a señor natural;   895
esto feches agora,   ál feredes adelant.»

49

[El Cid levanta el campamento; Minaya con nuevos refuerzos]

—«Id por Castiella   e déxenvos andar, Minaya;
si[n] nulla dubda   id a mio Çid buscar ganançia.»

Quiérovos dezir
             del que en buen ora çinxo espada:[36]
aquel poyo   en él priso posada;   900

---

892 *huyar:* ayudar, variante de *uviar*.   893 les dejo ir libremente y les perdono (la confiscación) de sus bienes.   896 *feches:* hacéis.   898 *si[n] nulla dubda:* sin ningún temor.

(36) Hasta este verso 899 ha durado la narración de la embajada de Minaya; ahora, con una directa apelación al auditorio (*Quiérovos de-*

mientra que sea el pueblo de moros
              e de la yente cristiana,
el Poyo de mio Çid   asíl' dirán por carta.
Estando allí,   mucha tierra preava,
el [val] de río Martín   todo lo metió en paria.
A Saragoça   sus nuevas legavan,   905
non plaze a los moros,   firme mientre les pesava.

---

902 *por carta:* por escrito.   903 *preava:* saqueaba.

zir), el narrador vuelve a las acciones del Cid, y a partir de los vv. 915-916 el regreso de Minaya reduce a una sola la acción narrada. A diferencia de los hechos del Cid narrados en discurso indirecto y de un modo sumario, la embajada de Minaya es un pasaje dramatizado en el que predomina el discurso directo. Pero sólo en una ocasión se introduce el parlamento del personaje con el verbo *decir* (v. 881); en los demás casos, se acude a la descripción del gesto (la sonrisa en el v. 873, el beso de la mano en el v. 894) o simplemente se suceden los discursos sin ningún aviso externo del personaje que habla (vv. 875 y 897). Quiere decir que el juglar o los juglares —porque podía darse una recitación a varias voces— confiaban a los tonos o cambios de la voz y a la mímica lo que el narrador rehusaba indicar en una precisa acotación escénica. El texto épico contiene en sí mismo las pautas de su recitación y representación. Un verbo como *sonreír* delante de las palabras de un personaje es ya un indicio del tipo de discurso que se reproduce (un discurso de estilo familiar o poco elevado). La descripción del gesto de besar las manos indica discurso de súplica o de gratitud, porque besar las manos —y a veces los pies— es también un reconocimiento del vasallaje. Por eso el v. 879 (*bésavos los pies e las manos amas*) quiere decir que 'el Cid os suplica humildemente', pero puede querer decir también que 'se declara vuestro vasallo'. Tanto en el CMC como en la épica francesa el beso en la boca es gesto de amistad; y en los ojos, de amistad íntima (v. 921). Todas estas «frases físicas» (véase **2**) son apoyos para el recitador y factores textuales de la dramatización.

Cantar primero 153

Allí sovo mio Çid conplidas quinze semanas;
quando vio el caboso que se tardava Minaya,
con todas sus yentes fizo una trasnochada;
dexó el Poyo, todo lo desenparava, 910
allén de Teruel don Rodrigo passava,
en el pinar de Tévar Roy Díaz posava;
todas essas tierras todas las preava,
a Saragoça metuda l'a en paria.
   Quando esto fecho ovo,
                         a cabo de tres semanas, 915
de Castiella venido es Minaya,
dozientos con él, que todos çiñen espada;
non son en cuenta, sabet, las peonadas.
Quando vio mio Çid asomar a Minaya,
el cavallo corriendo, valo abraçar sin falla, 920
besóle la boca e los ojos de la cara.
Todo gelo dize, que nol' encubre nada.
El Campeador fermoso sonrrisava:
«Grado a Dios e a las sus vertudes santas;
mientra vos visquiéredes,
                         bien me irá a mí, Minaya.» 925

50

[*Alegría por las noticias que trae Minaya*]

¡Dios, cómmo fue alegre todo aquel fonssado,
que Minaya Álbar Fáñez assí era llegado,

---

907 *sovo:* pretérito antiguo de *ser*, aquí con el valor de estuvo. 909 *trasnochada:* marcha nocturna.

diziéndoles saludes   de primos e de hermanos,
e de sus compañas,   aquellas que avien dexado!

51

[*Alegría del Cid*]

¡Dios, cómmo es alegre   la barba vellida, 930
que Álbar Fáñez   pagó las mill missas,
e quel' dixo saludes   de su mugier e de sus fijas!
¡Dios, cómmo fue el Çid pagado
　　　　　　　　　　　e fizo grant alegría!
«Ya Álbar Fáñez,   bivades muchos días.»⁽³⁷⁾

52

[*Correrías del Cid*]

Non lo tardó   el que en buen ora nasco, 935
tierras d'Alcañ[i]z   negras las va parando,
e a derredor   todo lo va preando.
Al terçer día,   don ixo, ý es tornado.

---

928 *diziéndoles saludes:* trayéndoles noticias.　936 *negras las va parando:* las va quemando y arrasando.　938 *don ixo ý es tornado:* literalmente, de donde salió allí ha vuelto.

(37) Los vv. 930-934 constituyen una serie gemela que continúa la tirada anterior. El efecto que se consigue es el de un coro que comenta la narración desde dentro del relato. La serie gemela, además, reitera el comentario, como un sucederse de voces que coinciden en el mismo tema y en el mismo tono.

53

[*Descontento de los moros*]

Ya va el mandado   por las tierras todas,
pesando va   a los de Monçón e a los de Huesca;   940
porque dan parias   plaze a los de Saragoça,
de mio Çid Ruy Díaz
                que non temién ninguna fonta.

54

[*El Cid entra en tierras del conde de Barcelona*]

Con estas ganançias
                a la posada tornando se van,
todos son alegres,   ganançias traen grandes;
plogo a mio Çid,   e mucho a Álbar Fáñez.   945
Sonrrisós' el caboso,   que non lo pudo endurar:
«Ya cavalleros,   dezir vos he la verdad:
qui en un logar mora siempre,
                lo so puede menguar;[38]

---

942 *fonta:* ultraje, afrenta.

(38) Este v. 948 parece un proverbio. Desde un punto de vista estilístico este apartado del poema termina, pues, como el anterior (véase **33**). Pero nótense, además, otros hechos de estilo: en este mismo verso hay un anacoluto muy típico de la lengua del CMC, lo mismo que el hipérbaton, muy notable, de los vv. 881-883, en los que la an-

cras a la mañana   penssemos de cavalgar,
dexat estas posadas   e iremos adelant.»   950
Estonçes se mudó el Çid   al puerto de Alucat;
dent corre mio Çid   a Huesa e a Mont Alván;
en aquessa corrida   diez días ovieron a morar.
Fueron los mandados   a todas partes,
que el salido de Castiella   así los trae tan mal.   955

55

[*El conde de Barcelona amenaza*]

Los mandados son idos   a [las] partes todas;
llegaron las nuevas   al conde de Barçilona,⁽³⁹⁾
que mio Çid Ruy Díaz   quel' corrié la tierra toda;
ovo grand pesar   e tóvos'lo a grand fonta.

---

951 *Alucat:* topónimo no localizado con seguridad; se han propuesto los actuales Gallocanta (Zaragoza) y Olocau del Rey (Castellón).   952 Los actuales Huesa y Montalbán en la provincia de Teruel.

ticipación del importantísimo sintagma *omne ayrado* crea un orden de palabras más determinado por la vivencia de específicos valores que por la lógica. Aludiendo a hechos como éstos, decía Américo Castro que la gramática del CMC era una «gramática axiológica». En fin, repárese en otros rasgos ya más conocidos. La identificación del juglar con su personaje del v. 876 (*aquesta batalla* señala al campo mostrativo del juglar y de su público, aunque está puesto en boca de Minaya), el tópico descriptivo del v. 864, que ya vimos en los vv. 422 y 427, y la musicalidad del v. 869, que es el último de la tirada.

(39) El último episodio del primer cantar es la batalla contra el conde de Barcelona, un episodio histórico incluso en algunos detalles secundarios. El Cid de la realidad derrotó en Morella al conde Berenguer Ramón II el Fraticida (el conde *don Remont Verenguel* del poema) y en la batalla histórica, lo mismo que en la literaria, los catalanes ocupaban un terreno más alto que el Cid. Pero lo que interesa al narrador no es la batalla, sino su resultado y, antes, la contraposición de los dos personajes. El conde de Barcelona se nos presenta como un fanfarrón (*follón*), un defecto que se opone a la virtud de la mesura. En él las palabras no se corresponden con las obras; por eso su discurso es *una vanidat*. En cambio, el Cid actúa como el héroe prudente que se adorna con las virtudes de la sabiduría y de la fortaleza (*sapientia et fortitudo*); su palabra y su actuación corren en el mismo sentido. La argumentación del Cid en los versos 992-994 se basa en el contraste entre belleza y eficacia por lo que respecta al calzado y a la silla de montar. Los catalanes usan *calzas* (calzado elegante, pero inútil en la lucha) y los castellanos *huesas* (calzado tosco, pero eficaz para la pelea). Por eso en el v. 1023 el conde va a lamentar haber sido derrotado por unos *malcalçados*. Del mismo modo, se oponen las sillas *coçeras* y las *gallegas*. También en los vv. 997 y 1007 se alude a la poca seguridad de las primeras. En fin, en este contraste de caracteres no falta el humor irónico, con una importante clave en la contraposición *castellano* / *franco* ('catalán'), por un lado, y el doble sentido de *franco* ('catalán' y 'generoso'), por otro, que se dan en los vv. 1067 y 1068. En cuanto al resultado de la batalla, interesa la huelga de hambre del conde. Se han propuesto diversas explicaciones, pero parece que lo que lleva al conde a no probar bocado es la desesperación que le produce una derrota humillante, mucho más que el orgullo desmesurado, la avaricia o la propia astucia que sería hacer la huelga para obtener la libertad. Con esta victoria sobre un príncipe independiente el Cid se equipara al rey Alfonso y anuncia su futuro esplendor como señor de Valencia.

56

[*Intercambio de mensajes*]

El conde es muy follón   e dixo una vanidat: 960
«Grandes tuertos me tiene   mio Çid el de Bivar.
Dentro en mi cort   tuerto me tovo grand:
firiom' el sobrino   e non lo enmendó más;
agora correm' las tierras   que en mi enpara están;
non lo desafié   nil' torné el amistad,   965
mas quando él me lo busca,
                    ir gelo he yo demandar.»
Grandes son los poderes
                    e apriessa llegandos' van,
entre moros e cristianos,
                    gentes se le allegan grandes;
adeliñan tras mio Çid   el bueno de Bivar,
tres días e dos noches   penssaron de andar,   970
alcançaron a mio Çid   en Tévar e el pinar;
así viene esforçado el conde,
                    que a manos se le cuidó tomar.

---

960 *follón:* fanfarrón; lo contrario de «mesurado». *vanidat:* palabra vana, discurso sin fundamento.   961 *tuertos:* ofensas.   964 *que en mi enpara están:* que están bajo mi protección; se refiere al reino taifa de Lérida, que era protectorado del conde de Barcelona.   965 *nil' torné enemistad:* ni le devolví hostilidad.   Pero M. Pidal enmienda el manuscrito y lee «torné el amistad», porque *tornar el amistad a alguien* era en el siglo XII fórmula del desafío para romper el pacto de amistad.   966 *quando él me lo busca:* si me provoca.   971 *en Tévar e el pinar:* en el pinar de Tévar; es un uso singular de la lengua del *CMC* unir los dos sustantivos de una aposición o construcción equivalente mediante la conjunción copulativa *e*.   972 el Conde viene con tanta gente que pensó hacerlo prisionero (al Cid).

Mio Çid don Rodrigo   trae ganançia grand,
diçe de una sierra   e llegava a un val.
Del conde don Remont   venido l'es mensaje;   975
mio Çid, quando lo oyó,   enbió pora allá:
«Digades al conde   non lo tenga a mal,
de lo so non lievo nada,   déxem' ir en paz.»
Respuso el conde: «¡Esto non será verdad!
Lo de antes e de agora   todom' lo pechará;   980
sabrá el salido   a quién vino desondrar.»
Tornós' el mandadero   quanto pudo más.
Essora lo connosçe   mio Çid el de Bivar
que a menos de batalla   nos' pueden den quitar.

57

[Arenga del Cid]

«Ya cavalleros,   apart fazed la ganançia;   985
apriessa vos guarnid   e metedos en las armas;
el conde don Remont   dar nos ha grant batalla,
de moros e de cristianos   gentes trae sobejanas,
a menos de batalla   non nos dexarié por nada.
Pues adelant irán tras nos,   aquí sea la batalla;   990
apretad los cavallos,   e bistades las armas.

---

973 el gran botín es exceso de carga y causa de la lentitud y de que el conde lo alcance.   974 *diçe:* desciende; en español medieval se distinguían *deçir* (descender) y *dezir* (decir).   980 *pechará:* pagará.   982 *quanto pudo más:* lo más deprisa que pudo.   981 *a menos de:* sin.   *den* = *de en(de)·* de allí; véase 555.   985 *apart fazed la ganançia:* poned aparte el botín (que llevaban consigo los hombres del Cid).   986 *vos guarnid:* armaos.

Ellos vienen cuesta yuso,   e todos trahen calças;
elas siellas coçeras   e las çinchas amojadas;
nos cavalgaremos siellas gallegas,
       e huesas sobre calças;
çiento cavalleros
     devemos vençer aquellas mesnadas.   995
Antes que ellos lleguen a llano,
      presentémosles las lanças;
por uno que firgades,   tres siellas irán vázias.
Verá Remont Verenguel   tras quién vino en alcança
oy en este pinar de Tévar   por tollerme la ganaçia.»

58

[*El Cid vence al conde*]

 Todos son adobados
     quando mio Çid esto ovo fablado;   1000
las armas avién presas   e sedién sobre los cavallos.
Vieron la cuesta yuso   la fuerça de los francos;
al fondón de la cuesta,   çerca es de[l] llano,
mandólos ferir mio Çid,
      el que en buen ora nasco;
esto fazen los sos   de voluntad e de grado;   1005
los pendones e las lanças
     tan bien las van enpleando,

---

 992 *yuso:* abajo, como *ayuso* en el v. 354.   993 *siellas coçeras:* probablemente, sillas para correr, poco seguras en el combate. *amojadas:* probablemente, aflojadas.   994 *huesas:* botas altas.   997 *firgades:* hiráis.   999 *toller:* quitar.   1002 *los francos:* los catalanes.

a los unos firiendo   e a los otros derrocando.
Vençido [h]a esta batalla
                    el que en buen [ora] nasco;
al conde don Remont   a presón le [h]a tomado.

59

[*Prisión del conde que no quiere comer*]

Ý gañó a Colada
            que más vale de mill marcos de plata.   1010
ý vençió esta batalla   por o ondró su barba,
prísolo al conde,   pora su tie[nd]a lo levava;
a sos creenderos   guardar lo mandava.
De fuera de la tienda   un salto dava,
de todas partes   los sos se ajunta[va]n;   1015
plogo a mio Çid,   ca grandes son las ganançias.
A mio Çid don Rodrigo   grant cozinal' adobavan;
el conde don Remont   non gelo preçia nada;
adúzenle los comeres,   delant gelos paravan,
él non lo quiere comer,   a todos los sosañava: 1020
«Non combré un bocado,
                    por quanto ha en toda España,
antes perderé el cuerpo   e dexaré el alma,
pues que tales malcalçados
                    me vençieron de batalla.»

1013 *creenderos:* los vasallos criados en la casa del señor; véase v. 737.
1017 *cozina:* comida.   1020 *sosañava:* desairaba.

60

[El Cid quiere convencer al conde]

Mio Çid Ruy Díaz   odredes lo que dixo:
«Comed, conde, deste pan   e beved deste vino.   1025
Si lo que digo fiziéredes,   saldredes de cativo;
si non, en todos vuestros días
                 non veredes cristianismo.»

61

[El conde persiste en su negativa]

—«Comede, don Rodrigo,
               e penssedes de folgar,
que yo dexar me [é] morir,
               que non quiero [yantar].»
Fasta terçer día   nol' pueden acordar;   1030
ellos partiendo   estas gananças grandes,
nol' pueden fazer   comer un muesso de pan.

1027 *cristianismo:* la gente, lo mismo que *cristianos* en el v. 1033*b* (con el sentido de no veréis a nadie).   1028 *penssedes de folgar:* estad tranquilo.

62

[*El Cid libera al conde*]

Dixo mio Çid: «Comed, conde, algo,
ca si non comedes, non veredes cristianos; 1033*b*
e si vos comiéredes don yo sea pagado,
a vos, [el conde], e [a] dos fijos dalgo 1035
quitar vos he los cuerpos e darvos é de mano.» 1035*b*
Quando esto oyó el conde, yas' iva alegrando:
«Si lo fiziéredes, Çid, lo que avedes fablado,
tanto quanto yo biva, seré dent maravillado.»
—«Pues comed, conde,
 e quando fuéredes yantado,
a vos e a otros dos dar vos he de mano. 1040
Mas quanto avedes perdido e yo gané en canpo,
sabed, non vos daré a vos un dinero malo; 1042
ca huebos me lo he e pora estos mios vassallos 1044
que conmigo andan lazrados. 1045
Prendiendo de vos e de otros
 ir nos hemos pagando;
abremos esta vida
 mientra ploguiere al Padre Santo,
commo que ira a de rey e de tierra es echado.»
 Alegre es el conde e pidió agua a las manos,
e tiénengelo delant e diérongelo privado. 1050

1034 *don yo sea pagado:* de lo cual quede contento, o sea, a mi satisfacción.
1035*b*: os dejaré libres. 1045 *lazrados:* maltratados (por la adversidad). 1048 *commo que:* como el que.

Con los cavalleros   que el Çid le avié dados
comiendo va el conde   ¡Dios, qué de buen grado!
Sobr'él sedié   el que en buen ora nasco:
«Si bien non comedes, conde,   don yo sea pagado,
aquí feremos la morada,
                            no nos partiremos amos.»   1055
Aquí dixo el conde: «De voluntad e de grado.»
Con estos dos cavalleros   apriessa va yantando;
pagado es mio Çid,   que lo está aguardando,
porque el conde don Remont
                            tan bien bolvié las manos.
—«Si vos ploguiere, mio Çid,
                            de ir somos guisados;   1060
mandadnos dar las bestias
                            e cavalg[a]remos privado;
del día que fue conde
                            non yanté tan de buen grado,
el sabor que de[n]d é   non será olbidado.»
  Danle tres palafrés   muy bien ensellados
e buenas vestiduras   de pelliçones e de mantos.   1065
El conde don Remont   entre los dos es entrado.
Fata cabo la albergada   escurriólos el Castellano:
«Ya vos ides, conde,   a guisa de muy franco,
en grado vos lo tengo   lo que me avedes dexado.
Si vos viniere emiente   que quisiéredes vengallo,   1070
si me viniéredes buscar,   fallarme podredes;

1053 *sobr'el sedié:* estaba junto a él, dominándolo. 1058 *aguardando:* observando. 1059 *bolvie:* movía, se refiere a la rapidez con que comía. 1064 *palafrés:* caballos de paseo. 1067 *escurriólos:* los acompañó. 1068 *franco:* libre y catalán, doble sentido que queda subrayado por la proximidad de *el Castellano,* del v. 1067. 1070 *vos viniere emiente:* se os ocurriera.

e si non, mandedes buscar;   o me dexaredes
de lo vuestro,   o de lo mío levaredes algo.»
—«Folguedes ya, mio Çid,   sodes en vuestro salvo.
Pagado vos he   por todo aqueste año;   1075
de venirvos buscar   sol non será penssado.»

63

[El conde de Barcelona se va con temor]

Aguijava el conde   e penssava de andar,
tornando va la cabeça   e catandos' atrás;[40]
miendo iva aviendo   que mio Çid se repintrá,
lo que non ferié el caboso
                    por quanto en el mundo ha,   1080
una deslea[l]tança   ca non la fizo alguandre.
Hido es el conde,   tornós' el de Bivar,
juntós' con sus mesnadas,   conpeçós' de [a]leg[r]ar
de la ganançia que han fecha   maravillosa e grand:
tan ricos son los sos   que non saben qué se an.   1086

1076 *sol non:* ni siquiera.

(40) Nótese que este verso contiene la repetición de las palabras con las que empieza el poema en la versión de Per Abat y que, por tanto, esa repetición actúa como cohesión léxica del texto. A la vista de esto se impone considerar nuevamente el acierto del «error poético» que ha dado lugar al actual comienzo del poema (véase **1**).

[Cantar segundo]

64

[Primeras conquistas en tierras de Levante]

Aquís' conpieça la gesta	
de Mio Çid el de Bivar.[41]	1085
Poblado ha Mio Çid el puerto de Alucant,	1087
dexado a Saragoça e las tierras d['a]cá	
e dexado a Huesa e las tierras de Mont Alván.	
Contra la mar salada conpeçó de guerrear,	1090
a orient exe el sol e tornós' a essa part.	

1087 *Alucant:* probablemente Olocau del Rey, próximo a Morella, en la provincia de Castellón; en cambio, el *Alucad* del v. 1108 parece ser Olocau de Carraixet, cercano a Liria y a Sagunto, en la provincia de Valencia. 1090 *Contra la mar salada:* en dirección al mar, a la costa; nótese el epíteto *mar salada*.

(41) Comienza aquí el segundo cantar del poema épico. No es probable que *gesta* (v. 1085) signifique 'cantar', como pensó Milá i Fontanals; seguramente, vale 'hazaña' y, por antonomasia, la conquista de Valencia, que es de lo que ahora se va a tratar. Con este sentido, el v. 1085 tiene una clara función de apertura.

Myo Çid gañó a Xérica   e a Onda e Almenar,
tierras de Borriana   todas conquistas las ha.

1092-1093 Los actuales Jérica, Onda, Almenara y Burriana, en la provincia de Castellón. 1093 *conquistas las ha:* las ha conquistado; nótese el antiguo participio irregular y su concordancia con el complemento directo.

El episodio de la conquista de Valencia se extiende desde este verso 1085 hasta el 1235. La táctica de asedio de ciudades en los siglos XII y XIII conocía tres fases que el narrador sigue al pie de la letra: primero, se conquistaban los castillos y fortalezas que garantizaban la defensa de la ciudad: Jérica, Onda, Almenara, Burriana, Sagunto (vv. 1085-1156); luego, se saqueaban y devastaban los alrededores que abastecían a la ciudad: el Puig o *Çebolla*, Cullera, Játiva, Denia, *Peña Cadiella* en la sierra de Benicadell (vv. 1157-1169); finalmente, la ciudad, cercada y hambrienta, sucumbía (vv. 1170-1220). El episodio se completa con el frustrado intento de reconquista del rey de Sevilla, que resulta derrotado, una aventura sin ningún fundamento histórico, con la que se consolida el dominio del Cid sobre Valencia (vv. 1221-1235). Este rey de Sevilla era, probablemente, el emir o gobernador almorávide de la ciudad, que en la época del Cid histórico pertenecía al reino de Marruecos; por eso no es necesariamente un error del copista el que se le llame un poco después *Aquel rey de Marruecos* (v. 1230).

En la realidad histórica las cosas habían sucedido de otro modo. El Cid histórico no tuvo, al parecer, intención de conquistar Valencia. Quiso más bien establecer un protectorado sobre toda la región, desde la desembocadura del Ebro a Denia. Para ello conquistó determinadas fortalezas (Morella, Burriana, Liria) que le permitían el control de toda la zona. Únicamente cuando el peligro almorávide acechaba, se decidió el Cid a tomar la ciudad de Valencia.

La base de este apartado es, pues, histórica, pero recreada con libertad artística. En el plan del narrador la conquista de Valencia es el punto culminante de una gradación, y está precedida por las conquistas de lugares menores. Sin duda la libertad artística se fundamenta también en un escaso y deficiente conocimiento, por parte del juglar, de la geografía levantina, que había permanecido y permanecería durante mucho tiempo bajo la dominación musulmana.

65

[*Toma de Murviedro (Sagunto)*]

Ayudól' el Criador,   el Señor que es en çielo.
Él con todo esto   priso a Murviedro;   1095
ya v[e]ie Mio Çid   que Dios le iva valiendo.
Dentro en Valençia   non es poco el miedo.

66

[*Los moros de Valencia cercan al Cid. Arenga de éste*]

Pesa a los de Valençia,   sabet, non les plaze;
prisieron so consejo   quel' viniessen çercar.
Trasnocharon de noch,   al alva de la man   1100
açerca de Murviedro   tornan tiendas a fincar.
Violo Mio Çid,   tomós' a maravillar:
«¡Grado a ti,   Padre spirital!   1102*b*
En sus tierras somos   e fémosles todo mal,
bevemos so vino   e comemos el so pan;
si nos çercar vienen,   con derecho lo fazen.   1105
A menos de lid   aquesto nos' partirá;
vayan los mandados
                    por los que nos deven ayudar,

1095 *Murviedro:* Sagunto (Valencia). 1100 Nótese la doble redundancia. 1102 *tomós' a maravillar:* perífrasis ingresiva, literalmente, comenzó a maravillarse, pero aquí ese significado es enfático: se maravilló. 1102b *spirital:* espiritual. 1107 *por los que nos deven ayudar:* las guarniciones que había dejado en aquellos lugares.

los unos a Xérica   e los otros a Alucad,
desí a Onda   e los otros a Almenar,
los de Borriana   luego vengan acá;   1110
conpeçaremos   aquesta lid campal,
yo fío por Dios   que en nuestro pro eñadrán.»
   Al terçer día   todos juntad[o s'an],
el que en buen ora nasco   compeçó de fablar:
«¡Oíd, mesnadas,   sí el Criador vos salve!   1115
Después que nos partiemos
                    de la linpia cristiandad,
—non fue a nuestro grado
                    ni nos non pudiemos más—
grado a Dios,   lo nuestro fue adelant.
Los de Valençia   çercados nos han;
si en estas tierras   quisiéremos durar,   1120
firme mientre   son éstos a escarmentar.

67

[Concluye la arenga: decisión de contraatacar]

   Passe la noche   e venga la mañana,
aparejados me sed   a cavallos e armas;
iremos ver   aquella su almofalla.
Commo omnes exidos   [a] tierra estraña,   1125
allí pareçrá   el que mereçe la soldada.»

1112 *en nuestro pro eñadrán* (los moros enemigos con los que vamos a luchar): aumentarán nuestro provecho.   1126 *pareçrá:* se verá.

68

[Minaya propone el plan de la batalla. Victoria del Cid]

Oíd qué dixo   Minaya Albar Fáñez:
«Campeador,   fagamos lo que a vos plaze.
A mí dedes çient cavalleros,
                    que non vos pido más;
vos con los otros   firádeslos delant.   1130
Bien los ferredes,   que dubda non ý avrá;
yo con los çiento   entraré del otra part,
commo fío por Dios,
                    el campo nuestro será.»[42]
Commo ge lo a dicho,
                    al Campeador mucho plaze.
Mañana era   e piénsanse de armar,   1135
quis cada uno d'ellos   bien sabe lo que ha de far.
Con los alvores   Mio Cid ferirlos va:
«¡En el nombre del Criador
                    e del apóstol Santi Yagüe,
feridlos, cavalleros,   d'amor e de voluntad,
ca yo so Ruy Díaz,   mio Çid el de Bivar!»   1140

1130-1131 *firades, ferredes:* segundas personas plurales del presente de subjuntivo y del futuro de indicativo del verbo *herir*.   1136 *quis cada uno:* cada uno.

(42) La táctica que propone Minaya —atacar con el grueso por el frente y con una unidad más pequeña por la retaguardia o los flancos— es la que, propuesta por el mismo personaje, se ha empleado ya en la batalla contra Fáriz y Galve —véanse **(28)** y **(31)**—, y se volverá a emplear más adelante.

Tanta cuerda de tienda ý veriedes quebrar,
arrancarse las estacas e [acostarse los tendales].
Moros son muchos, ya quieren reconbrar.
Del otra part entróles Álbar Fáñez;
maguer les pesa, oviéronse a dar e a arrancar. 1145
Grand es el gozo que va por es' logar;
dos reyes de moros mataron en es' alcaz,
fata Valençia duró el segudar.
Grandes son lasganançias
                        que Mio Çid fechas ha.
Prisieron Çebolla e quanto que es ý adelant. 1150
De pies de cavallo los ques' pudieron escapar.
Robavan el campo e piénsanse de tornar.
Entravan a Murviedro
                        con estas ganançias que traen.
Las nuevas de mio Çid, sabet, sonando van,
miedo an en Valençia que non saben qué se far. 1155
Sonando van sus nuevas alent parte del mar.⁽⁴³⁾

1142 *acostarse:* inclinarse, ladearse. *tendales:* postes que sujetaban las tiendas. 1143 *reconbrar:* rehacerse. 1145 *oviéronse a dar e a arrancar:* tuvieron que entregarse (unos) y darse a la huida (otros). 1151 *De pies de cavallo:* a uña de caballo, a galope tendido. Nótese la elipsis épica: los que pudieron escapar lo hicieron a galope tendido. 1156 *alent parte del mar:* allende el mar; se refiere al Norte de África.

(43) Los editores suelen modificar el orden de los vv. 1144-1156, con el fin de alcanzar lo que sería una secuencia lógica de los hechos: roto el cerco a Sagunto (*Murviedro*), se da la batalla campal, de la que los pocos que pueden escapar lo hacen a galope tendido (*de pies de cavallo* v. 1151), luego tiene lugar la toma del Puig (*Prisieron Çebolla* v. 1150), más tarde la llegada hasta las puertas de Valencia persiguiendo a los *dos reyes de moros* del v. 1147 y, por fin, la vuelta a la base de Sagunto (v. 1153). Algunos editores admiten que la toma del Puig po-

69

[Correrías del Cid por el sur de Valencia]

Alegre era el Çid   e todas sus compañas,
que Dios le ayudara   e fiziera esta arrancada.
Davan sus corredores   e fazien las trasnochadas,
llegan a Gujera   e llegan a Xátiva,   1160
aún más ayusso,   a De[ni]a la casa;
cabo del mar, tierra de moros   firme la quebranta.
Ganaron Peña Cadiella,   las exidas e las entradas.

1159 *Davan sus corredores:* enviaban a los soldados encargados de hacer las correrías y saqueos. 1160 *Gujera:* Cullera. 1161 *ayusso:* abajo. *Denia la casa:* la ciudad de Denia. 1162 *cabo del mar:* junto al mar. 1163 *Peña Cadiella:* la actual sierra de Benicadell. *las exidas e las entradas:* la totalidad de una tierra; frase con resonancia de lenguaje notarial.

dría haberse realizado, no al ir hacia Valencia, sino al regresar a Sagunto. Pero que los hechos pudieran haber sucedido así —de hecho no fue así como ocurrieron en la historia— no quiere decir que el juglar hubiera de contarlos de esa manera. Por eso hemos preferido el orden de los versos del manuscrito, un orden perfectamente posible desde el punto de vista de un relato panorámico y con focalización alternativa de diversos episodios. Este cierto desorden (desde luego, con respecto a una lógica muy discutible) está, además, en consonancia con el desconocimiento de la geografía de la región.

70

[*Los moros alarmados*]

Quando el Çid Campeador   ovo Peña Cadiella,
ma[l] les pesa en Xátiva   e dentro en Gujera,   1165
non es con recabdo   el dolor de Valençia.

71

[*Conquista de toda la región*]

En tierra de moros   prendiendo e ganando
e durmiendo los días   e las noches tranochando,
en ganar aquellas villas   mio Çid duró tres años.

72

[*El Cid cerca a Valencia. Pregón de guerra*]

A los de Valençia escarmentados los han,   1170
non osan fueras exir   nin con él se ajuntar;
tajávales las huertas   e fazíales grand mal,
en cada uno destos años   mio Çid les tollió el pan.
Mal se aquexan los de Valençia
                         que non sabent qués' far,
de ninguna part que sea   non les vinié pan;   1175

1166 *non es con recabdo:* lítotes, no es con medida, o sea, es incalculable, extraordinario. 1172 *tajávales.* talábales. 1173 *les tollió el pan:* les taló la cosecha. 1174 *sabent* = *saben ent*, como 555 y 656.

nin da co[n]ssejo padre a fijo,   nin fijo a padre,
nin amigo a amigo   nos' pueden consolar.
Mala cueta es, señores,   aver mingua de pan,
fijos e mugieres   verlo[s] murir de fanbre.
Delante veyén so duelo,   non se pueden huviar,   1180
por el rey de Marruecos   ovieron a enbiar;
con el de los Montes Claros   avié guerra tan grand,
non les dixo co[n]sejo   nin los vino huviar.
  Sópolo Mio Çid,   de coraçón le plaz,
salió de Murviedro   una noch [a] trasnocha[r],   1185
amaneçió a mio Çid   en tierras de Mon Real.
Por Aragón e por Navarra   pregón mandó echar,
a tierras de Castiella   enbió sus menssajes:
Quien quiere perder cueta   e venir a ritad,
viniesse a mio Çid   que a sabor de cavalgar;   1190
çercar quiere a Valençia   pora cristianos la dar:

73

[*Repetición del pregón*]

  «Quien quiere ir comigo   çercar a Valençia,
—todos vengan de grado,
                            ninguno non ha premia—,
tres días le speraré   en Canal de Çelfa.»

1176 *conssejo:* remedio, auxilio.   1178 *cueta.* desgracia.   *mingua.* falta.
1182 *el de los Montes Claros:* el rey de los Montes Claros, región al Sur de la Cordillera del Atlas; hay una alusión anacrónica a la continua guerra que mantuvieron a partir de 1120 los almorávides del Norte del Atlas (*el rey de Marruecos*) y los almohades del Sur de la misma Cordillera (*el de los Montes Claros*).   1186 *Mon Real:* Monreal del Campo (Teruel).   1189 *ritad:* riqueza.   1193 *premia:* coacción.   1194 *Canal de Çelfa:* Cella (Teruel), otras veces llamada *Çelfa la del Canal.*

74

[*Cae Valencia*]

Esto dixo Mio Çid,   [el bueno de Bivar].   1195
Tornavas' a Murviedro   ca él [ganada se la a].
Andidieron los pregones,   sabet, a todas partes,
al sabor de la ganançia   non lo quiere[n] detardar,
grandes yentes se le acojen
                        de la buena cristiandad;
creçiendo va riqueza   a mio Çid el de Bivar;   1200
quando vio mio Çid las gentes juntadas,
                        conpeçós' de pagar.
Mio Çid don Rodrigo   non lo quiso detardar,
adeliñó pora Valençia   e sobrellas' va echar,
bien la çerca mio Çid,   que non ý avía art,
viédales exir   e viédales entrar.   1205
Sonando van sus nuevas   todas a todas partes;
más le vienen a mio Çid,   sabet, que nos' le van.
Metióla en plazo,   si les viniessen huviar.
Nueve meses complidos,   sabet, sobr'ella yaz,
quando vino el dezeno   oviérongela a dar.   1210
    Grandes son los gozos   que van por es' logar,
quando Mio Çid gañó a Valençia
                        e entró en la çibdad.

1204 *que non ý avía art:* sin ningún ardid (a diferencia de los cercos de Castejón y Alcocer).   1205 *viédales:* les impide.   1207 *más:* más hombres.   1208 les dio un plazo para que se buscasen ayuda; era costumbre de la época dar un plazo semejante a los sitiados cuando ya estaban a punto de rendirse para que se convencieran de que no tenían otra salida.

Los que fueron de pie cavalleros se fazen;
el oro e la plata ¿quién vos lo podrie contar?
Todos eran ricos, quantos que allí ha.   1215
Mio Çid don Rodrigo la quinta mandó tomar,
en el aver monedado treynta mill marcos le caen,
e los otros averes ¿quién los podrié contar?
Alegre era el Campeador con todos los que ha,
quando su seña cabdal
            sedié en somo del alcáçer.[44]   1220

1217 *aver monedado:* dinero en metálico.   1220 *sedié en somo:* estaba en lo más alto.

(44) Hay dos imágenes espléndidas en el cerco y rendición de Valencia. Esta última (la bandera del Cid ondeando en lo más alto del alcázar valenciano), con la que se cierra el episodio, y la descripción de la hambruna, con la que se abre el relato de la caída de la ciudad (vv. 1175-1179). Obsérvense los elementos que hacen dramática la situación de los moros cercados y, sobre todo, la llamada de atención al auditorio en el v. 1178. Hay que tener en cuenta que en algunas crónicas se hacen descripciones del hambre que están muy próximas a ésta, y que el público medieval podía hacerse una idea más exacta de lo que supone no comer que el público contemporáneo.

    Hay también en este fragmento dos aspectos en los que debemos reparar. En primer lugar, la diferencia técnica de la toma de Valencia en comparación con las de Castejón y Alcocer. No es verdad que se conceda menos importancia a la conquista militar de Valencia. Es que es una conquista distinta. Para empezar, se narra por extenso en sus tres fases, como hemos dicho en **(41)**; pero, además, el Cid concibe Valencia como una heredad familiar, consideración que no se puede aplicar a las anteriores conquistas.

    En segundo lugar, se discute si al Cid le interesa la conquista de Valencia por motivos económicos (el tema de la guerra contra el moro como botín) o por el ideal religioso de la Reconquista. Ambos fines no tienen por qué ser incompatibles. Valencia ofrece la posibilidad

75

[*El rey de Sevilla pretende recuperar Valencia*]

Ya folgava mio Çid   con todas sus conpañas;
[a] aquel rey de Sevilla   el mandado llegava,
que presa es Valençia,   que non ge la enparan;
vino los ver   con treynta mill de armas.
Aprés de la uerta   ovieron la batalla,   1225
arrancólos mio Çid,   el de la luenga barba.
Fata dentro en Xátiva   duró el arrancada,
en el passar de Xúcar   ý veriedes barata,
moros en a[r]ruenço   amidos bever agua.

1221 *folgava:* descansaba.   1224 *ver:* atacar.   1225 *Aprés de:* cerca de.   1227 *el arrancada:* la persecución.   1228 *barata:* barullo.   1229: moros nadando contracorriente tragan agua a su pesar (o sea, se ahogan); *arruenço* es un hápax.

de un ascenso social impensable en Castilla: el Cid, que es un infanzón —un noble de segunda categoría— llega a dominar un amplio territorio, como los grandes nobles de Castilla; y, como se nos dice en el verso 1213, cualquier peón se puede hacer «caballero pardo», es decir, puede, sin ser hidalgo, mantener un caballo y armas, con lo que, además de ciertas prerrogativas y de tener derecho a una mayor parte en el botín de guerra, queda exento de tributos mientras viva, aunque no puede legar en herencia esta situación social a sus sucesores. Valencia ofrece también la oportunidad de ganar dinero en metálico (v. 1217), y ganarlo en gran cantidad: nótese cómo se dice esto por rodeo en el verso 1234 (si a los de a pie les tocan cien marcos, imagínense lo que ganará un caballero). Pero ninguna de esas dos circunstancias hace que desaparezca la motivación político-religiosa de la lucha contra el Islam: además de lo que se dice en los versos 1191 y 1199, en seguida vamos a ver que una de las primeras medidas, tras la conquista, es crear la sede episcopal.

Cantar segundo 179

Aquel rey de Marruecos   con tres colpes escapa.   1230
Tornado es mio Çid   con toda esta ganançia.
Buena fue la de Valençia   quando ganaron la casa,
más mucho fue provechosa,   sabet, esta arrancada:
a todos los menores   cayeron çient marcos de plata.
Las nuevas del cavallero   ya vedes dó llegavan.   1235

76

[*La promesa de la barba intonsa. Primeras medidas de gobierno*]

Grand alegría es   entre todos essos cristianos
con mio Çid Ruy Díaz,   el que en buen ora nasco.[45]

1232 *la casa:* la ciudad.   1234 *los menores:* los peones; éstos reciben el doble que en Castejón, y son muchos más; nótese el progreso.

(45) Podemos distinguir un segundo apartado (vv. 1236-1307) con un argumento unitario: la organización civil y religiosa de la Valencia recién conquistada. En él vemos al Cid ejerciendo de buen administrador civil y religioso.

Como administrador civil, ha de resolver el principal problema social que se planteaba en las repoblaciones: la huida de los pobladores con el abandono de las obligaciones militares de la defensa. Para ello establece un censo exacto de la población (v. 1264) y extrema las medidas legales. El poblador era un agricultor y ganadero y, si era necesario, un soldado, de a pie o caballero, según sus posibilidades económicas; debía permanecer en las tierras que le habían tocado y en el vasallaje a su señor, al menos durante un año. Transcurrido ese plazo, podía romper legalmente el vínculo de vasallaje, pero según la fórmula legal establecida a que se alude en el verso 1252*b*: despidiéndose del señor y besándole la mano. Para los desertores las penas eran muy duras: perdían el dinero y eran ahorcados (v. 1254). Todo

Yal' creçe la barba   e vale allongando;
dixo mio Çid   de la su boca atanto:
«Por amor de rey Alfonso
                que de tierra me a echado»   1240
nin entrarié en ella tigera,
                ni un pelo non avrié tajado,
e que fablassen desto   moros e cristianos.⁽⁴⁶⁾

~~~

este mundo social que refleja el poema se corresponde con idénticas situaciones reales tipificadas en algunos *Fueros* de finales del siglo XII, como los de Teruel y Cuenca.

Como administrador religioso, el Cid crea el obispado de Valencia y lo otorga a Jerónimo de Périgord. El hecho es histórico, pero el poema ignora que en Valencia ya había un obispo mozárabe durante la dominación musulmana. Lo que el Rodrigo Díaz histórico hace es restaurar el obispado valenciano en 1098. En cualquier caso, la creación del obispado en el poema refleja la importancia que, a partir de la reconquista de Toledo en 1085, cobra el clero secular a costa de los monjes: las parroquias y los obispados se convierten en decisivos factores de la Reconquista, organizando la repoblación, dotando la empresa guerrera de contenido ideológico y manteniendo alta la moral de la gente.

Además, en este episodio vuelve a aparecer el tema del regalo al rey (esta vez de cien caballos) y la renovación del vasallaje (v. 1275; véase **35**). Podría parecer contradictorio que el Cid, por un lado, actúe como un príncipe independiente —ejerciendo el privilegio real de proponer obispo— y, por otro, bese la mano al rey en señal de vasallaje. No hay contradicción. El Cid no pretende el amparo del rey, sino que se restaure el orden natural, es decir, su vinculación con el monarca. Desde este punto de vista, nombrar obispo es una demostración de poder encaminada a obtener el perdón real.

(46) Obsérvese la originalidad de mezclar el discurso directo (v. 1240) y el discurso indirecto (vv. 1241-1242), sin anunciar esta mezcla, yuxtaponiendo simplemente un enunciado literal del Cid y otro del narrador en el que se resume el resto de lo dicho por el Cid. El efecto es que escuchamos muy nítidamente, en virtud del discurso di-

Mio Çid don Rodrigo
                     en Valençia está folgando,
con él Minaya Álbar Fáñez
                     que nos' le parte de so braço.
Los que exieron de tierra   de ritad son abondados,   1245
a todos les dio en Valençia
                     [el que en buen ora nasco]
casas y heredades   de que son pagados;   1246b
el amor de mio Çid   ya lo ivan provando.
Los que fueron después   todos son pagados;
véelo mio Çid,
                     que con los averes que avién tomados,
que sis' pudiessen ir,   fer lo ien de grado.   1250
Esto mandó mio Çid,   Minaya lo ovo conssejado:
que ningún omne de los sos
                     [que con él ganaron algo]
ques' le non spidiés,   o nol' besás la mano,   1252b

1244 *que nos' le parte de so braço:* que no se le aparta de su lado. 1252b *ques' le non spidiés, o nol' besás la mano:* que no se le despidiese y no le besase la mano; la conjunción *o* posee aquí valor copulativo; el vasallo, después de un año de servicio a su señor, podía romper legalmente el vínculo de vasallaje, precisamente con la fórmula de la despedida y el besamanos.

recto, el comienzo de esta promesa o voto del Cid (los motivos: su amor al rey, la pena por el destierro), mientras que lo que sigue (la seguridad en el crecimiento de su honra, paralelo al de su barba), reproducido en discurso indirecto, nos llega como a través de una voz que se fuera alejando. Esta original construcción sirve también para crear una escena en *flash-back*, porque la promesa no la hace el Cid en este momento del relato, sino mucho antes, probablemente al salir de Castilla. No hay nada casual: el motivo de la barba larga se había anunciado en el verso 1226.

sil' pudiessen prender   o fuesse alcançado,
tomássenle el aver   e pusiéssenle en un palo.
Afévos todo aquesto   puesto en buen recabdo;   1255
con Minaya Álbar Fáñez   él se va conseja[ndo]:
«Si vos quisiéredes, Minaya,   quiero saber recabdo
de los que son aquí   e comigo ganaron algo;
meter los he en escripto,   e todos sean contados,
que si algunos' furtare   o menos le fallar[o],   1260
el aver me avrá a tornar [a] aquestos mios vassallos   1260b
que curian a Valençia   e andan arrobdando.»
Allí dixo Minaya: «Consejo es aguisado.»

77

[*Recuento de la gente. Nuevo regalo para el rey*]

Mandólos venir a la corth   e a todos los juntar,
quando los falló,   por cuenta fízolos nonbrar:
tres mill e seys çientos avié   mio Çid el de Bivar;   1265
alégras'le el coraçón   e tornós' a sonrrisar:
«¡Grado a Dios, Minaya,   e a Santa María madre!
Con más pocos ixiemos   de la casa de Bivar.
Agora avemos riquiza,   más avremos adelant.
  Si a vos ploguiere, Minaya,
                              e non vos caya en pesar,   1270

1254 *pusiéssenle en un palo:* lo ahorcasen.   1257 *saber recabdo:* saber el número.   1258 *algo:* riqueza.   1259 *meter los he en escripto:* haré una lista, un censo.   1260 que si alguno se escapare y lo echare en falta; *fallaro* es una forma que existió antiguamente junto a *fallare* (hallare) y aquí es necesaria para la rima.   1261 *andan arrobdando:* van en patrulla.   1263 *corth:* sala grande.   1268 *Con más pocos:* con muchos menos.

enbiarvos quiero a Castiella,
                           do avemos heredades,
al rey Alfonsso   mio señor natural;
destas mis gananças,   que avemos fechas acá,
darle quiero çient cavallos   e vos ídgelos levar;
desí por mí besalde la mano   e firme ge lo rogad   1275
por mi mugier e mis fijas, [..............]
si fuere su merçed,   quen' las dexe sacar.
Enbiaré por ellas,   e vos sabed el mensage:
la mugier de mio Çid   e sus fijas las iffantes
de guisa irán por ellas   que a grand ondra vernán   1280
a estas tierras estrañas   que nos pudiemos ganar.»
Essora dixo Minaya: «De buena voluntad.»
    Pues esto an fablado,   piénssanse de adobar.
Ciento omnes le dio   mio Çid a Álbar Fáñez
por servirle en la carrer[a] [..............]   1284b
E mandó mill marcos de plata   a San Pero levar   1285
e que los diesse   a don Sancho el abbat.

78

[Don Jerónimo en Valencia]

    En estas nuevas   todos se alegrando,
de parte de orient   vino un coronado;

1271: Se refiere a las heredades de los que se unen al Cid después del permiso real en los versos 891-893, los cuales no pierden sus bienes inmuebles en Castilla; *avemos* es, pues, un plural inclusivo.   1277 *quen'*: que me.   1279 *iffantes*: niñas.   1279-1280: Nótese el anacoluto: de tal manera irán por la mujer de mío Cid y por sus hijas las niñas que vendrán con todo honor.   1282 *Essora*: entonces.   1288 *de parte de orient*: del Este (visto desde Castilla). *coronado*: clérigo.

el obispo don Jerónimo   so nombre es llamado.[47]
Bien entendido es de letras   e mucho acordado,   1290
de pie e de cavallo   mucho era arreziado.

1291 *arreziado:* esforzado, valiente.

(47) El obispo don Jerónimo es un personaje histórico. Jerónimo de Périgord fue un cluniacense que vino a España con Bernardo de Sédirac, el primer arzobispo de la Toledo reconquistada en 1085. Urbano II lo nombró obispo de Valencia en 1098. Cuando los almorávides reconquistaron la ciudad del Turia en 1102, Jerónimo fue nombrado obispo de Salamanca y Zamora, diócesis en donde desempeñó su tarea pastoral hasta su muerte, hacia 1120. Está enterrado en la catedral Vieja de Salamanca. Por otro lado, la figura del obispo guerrero, que don Jerónimo encarna en el poema, se dio también en la realidad.

Ahora bien, el poema no sigue fielmente la historia, como ya sabemos, y como no podía ser menos. Don Jerónimo en la realidad histórica no llegó a Valencia siendo ya obispo, sino como cluniacense. La restauración del obispado de Valencia tampoco fue inmediata a la conquista, como se dice en el poema: Valencia cae en 1094 y hasta 1098 no hay obispo. Por otro lado, Jerónimo representa el tópico literario de *sapientia et fortitudo*, esto es, de sabiduría y fortaleza, de letras y armas. Aunque asentado en la realidad de ciertos obispos guerreros, el tópico literario en los textos épicos deja ver más la cara del guerrero que la del sabio. El obispo de Valencia es en esto como Turpín, el arzobispo de Reims, en la *Chanson de Roland*. Ambos dan la absolución general antes de la batalla y ambos obtienen el privilegio de recibir las primeras heridas, o sea, atacar los primeros. Además, en el poema castellano Jerónimo encarna el ideal religioso de la Reconquista: morir en el campo de batalla significaba el Paraíso, por eso nunca será llorada una muerte semejante (v. 1295). En fin, Jerónimo va a ser a partir de ahora uno de los personajes importantes del *Cantar*: va a escoltar a la familia del Cid desde Molina a Valencia, va a decir la misa de la reconciliación con el rey, va a casar a las hijas del Cid y va a testificar en las cortes a favor de su señor.

Las provezas de mio Çid   andávalas demandando,
sospirando el obispo ques' viesse
                         con moros en el campo:
que sis' fartás lidiando   e firiendo con sus manos,
a los días del sieglo   non le llorassen cristianos.   1295
Quando lo oyó mio Çid,   de aquesto fue pagado:
«¡Oíd, Minaya Álbar Fáñez,
                         por Aquel que está en alto!
Quando Dios prestar nos quiere,
                         nos bien ge lo gradescamos:
en tierras de Valençia   fer quiero obispado,
e dárgelo a este   buen cristiano;   1300
vos, quando ides a Castiella,
                         levaredes buenos mandados.»

79

[*Don Jerónimo nombrado obispo*]

  Plogo a Álbar Fáñez   de lo que dixo don Rodrigo.
A este don Jerónimo   yal' otorgan por obispo;
diéronle en Valençia   o bien puede estar rico.
¡Dios, qué alegre era   tod[o] cristianismo,   1305
que en tierras de Valençia   señor avié obispo!
Alegre fue Minaya   e spidiós' e vinos'.

1292 *provezas:* proezas.   1295 *a los días del sieglo:* en todos los días del mundo, o sea, nunca.   1304 *o:* en donde.

80

[Viaje de Minaya a Castilla]

Tierras de Valencia   remanidas en paz,
adeliñó pora Castiella   Minaya Álbar Fáñez.[48]
Dexarévos las posadas,   non las quiero contar.   1310
Demandó por Alfonso,   dó lo podrié fallar.
Fuera el rey a San Fagunt   aún poco ha,

1308 Pacificadas las tierras de Valencia. 1312 *San Fagunt:* Sahagún (León).

(48) Comienza aquí otro nuevo y largo episodio: el perdón del rey al Cid y la reunión de la familia en la nueva heredad de Valencia (vv. 1308-1621). Lo que se narra en estos más de trescientos versos se articula en cinco apartados, según el personaje a través del cual se focaliza la narración: 1) Minaya (vv. 1308-1452); 2) los mensajeros de Minaya al Cid y del Cid a Minaya y su familia (vv. 1453-1494); 3) de nuevo Minaya, la familia del Cid y los mensajeros, que marchan a Valencia (vv. 1495-1559); 4) el Cid, que recibe solemnemente a su familia en Valencia (vv. 1560-1609); 5) el Cid, su mujer y sus hijas contemplando Valencia desde lo alto del alcázar (vv. 1610-1621).

El narrador interviene en el relato mediante fórmulas específicas para marcar la transición de un apartado a otro: los versos 1308 y 1453 cumplen esta función. En las otras ocasiones se vale simplemente de la mención del personaje que da unidad al apartado: Minaya (v. 1495), Mio Çid (v. 1560), mio Çid con ellas [con su mujer y sus hijas] (1610). Al final reaparece el narrador con otra fórmula de transición, junto con el anuncio del argumento del nuevo episodio (vv. 1620-1621).

La materia narrada se estructura en escenas, unas más sumarias y resumidas, otras más teatrales y solemnes. Nótese, por ejemplo, la economía (sólo ocho versos) con que se narra el viaje de Minaya a

tornós' a Carrión,   ý lo podrie fallar.
Alegre fue de aquesto   Minaya Álbar Fáñez,
con esta present[a]ja   adeliñó pora allá.   1315

81

[Minaya saluda al rey]

De missa era exido   essora el rey Alfonso,
afé Minaya Álbar Fáñez   do llega tan apuesto;
fincó sos inojos   ante tod el pueblo,

1313 Carrión de los Condes (Palencia), casa solariega de los Vanigómez.
1317 *tan apuesto:* tan oportunamente.

Castilla y la búsqueda del rey hasta que lo encuentra en Carrión. Para conseguir este dinamismo el juglar emplea fórmulas de resumen, como la del v. 1310, y un procedimiento muy «moderno» para reproducir el discurso del personaje: el discurso indirecto libre de los vv. 1311-1315. En cambio, las escenas teatrales se arman sobre el pivote del discurso directo. Los parlamentos sobre temas jurídicos aumentan la teatralidad. Y la descripción de distintos gestos en la introducción de los parlamentos proporcionaba la nota de color y relieve, la visualización del mundo narrado (así, la sonrisa y el beso en los hombros como saludo del moro Abengalbón en los vv. 1518-1519, una costumbre documentada en otras obras medievales, como el *Libro de Alexandre*, y viva todavía en el mundo árabe). Un buen juglar podía lucirse en la ejecución de estas escenas. Si en vez de uno había dos, y parece que los hubo en determinadas sesiones, la representación podía acercarse al genuino espectáculo teatral. Anótense los distintos gestos que se describen en la introducción de todos los parlamentos reproducidos en discurso directo en este episodio. (Los alumnos pueden intentar rememorar ese viejo espectáculo juglaresco.)

a los pies del rey Alfonso   cayó con grand duelo,
besávale las manos   e fabló tan apuesto: 1320

82

[Discurso de Minaya. El rey perdona al Cid]

«¡Merçed, señor Alfonsso,   por amor del Criador!
Besávavos las manos   mio Çid lidiador,
los pies e las manos,   commo a tan buen señor,
que l'ayades merçed,   ¡sí vos vala el Criador!
Echástesle de tierra,   non ha la vuestra amor;   1325
maguer en tierra agena   él bien faze lo so:
ganada a Xérica   e a Onda por nombre,
priso a Almenar   e a Murviedro que es miyor,
assí fizo Çebolla   e adelant Castejón,
e Peña Cadiella,   que es una peña fuert;   1330
con aquestas todas   de Valençia es señor,
obispo fizo de su mano   el buen Campeador,
e fizo çinco lides campales   e todas las arrancó.
Grandes son las ganançias   quel' dio el Criador,
févos aquí las señas,   verdad vos digo yo: 1335
çient cavallos   gruessos e corredores,
de siellas e de frenos   todos guarnidos son,
bésavos las manos   que los prendades vos;
razonas' por vuestro vassallo
                       e a vos tiene por señor.»

1322-1323 Os rogaba con mucha humildad que...; se trata de fórmulas estereotipadas de la súplica.   1329 *Castejón:* Castellón de la Plana.   1339 *razonas' por:* se tiene por.

Alçó la mano diestra, el rey se santigó: 1340
«De tan fieras ganançias
        commo a fechas el Campeador
¡sí me vala Sant Esidro!, plazme de coraçón,
e plázem' de las nuevas que faze el Campeador;
reçibo estos cavallos quem' enbía de don.»
Maguer plogo al rey,
        mucho pesó a Garçi Ordóñez: 1345
«Semeja que en tierra de moros non a bivo omne,
quando assí faze a su guisa el Çid Campeador.»
Dixo el rey al conde: «Dexad essa razón,
que en todas guisas mijor me sirve que vos.»
Fablava Minaya ý a guisa de varón: 1350
«Merçed vos pide el Çid, si vos cayesse en sabor,
por su mugier doña Ximena
        e sus fijas amas a dos:
saldrién del monesterio do elle las dexó,
e irién pora Valençia al buen Campeador.»
Essora dixo el rey: «Plazme de coraçón; 1355
yo les mandaré dar conducho
        mientra que por mi tierra fueren,
de fonta e de mal curial[l]as e de desonor;
quando en cabo de mi tierra
        aquestas dueñas fueren,
catad cómmo las sirvades vos e el Campeador.

1341 *fieras:* extraordinarias. 1342 *Sant Esidro:* San Isidoro, santo al que el rey Alfonso VI tuvo gran devoción, acaso porque sus restos fueron trasladados desde Sevilla a León en el reinado de su padre Fernando I. 1343 *nuevas:* hazañas. 1347 y 1349 Nótese el contraste expresado por la repetición de la palabra *guisa*, puesta en boca del conde y del rey: actúa a su modo/de cualquier modo mejor me sirve que vos. 1356 (y mandaré) que las cuiden de ultraje, de mal y de deshonor.

¡Oídme, escuelas e toda la mi cort! 1360
Non quiero que nada pierda el Campeador;
a todas las escuelas que a él dizen señor
por que los deseredé, todo ge lo suelto yo;
sírvanle[s] sus her[e]dades
      do fuere el Campeador,
atrégoles los cuerpos de mal e de ocasión, 1365
por tal fago aquesto que sirvan a so señor.»
Minaya Álbar Fáñez las manos le besó.
Sonrrisós' el rrey, tan vellido fabló:
«Los que quisieren ir se[r]vir al Campeador
de mí sean quitos e vayan a la graçia del Criador. 1370
Más ganaremos en esto que en otra desonor.»
 Aquí entraron en fabla los iffantes de Carrión:
«Mucho creçen las nuevas
      de mio Çid el Campeador,
bien casariemos con sus fijas pora huebos de pro;
non la osariemos acometer nos esta razón, 1375
mio Çid es de Bivar
      e nos de los condes de Carrión.»
Non lo dizen a nadi, e fincó esta razón.
 Minaya Álbar Fáñez al buen rey se espidió.
—«¿Ya vos ides, Minaya?
      ¡Id a la graçia del Criador!

1362 *escuelas:* los que componían el séquito del rey. 1363 *deseredé:* les quité sus bienes. *suelto:* perdono la confiscación de sus bienes; véase v. 893. 1365 tomo a mi cargo su defensa de males y daños (*ocasión:* daño grave); estas expresiones y las de los versos inmediatamente anteriores son tecnicismos y fórmulas del lenguaje jurídico de la época. 1368 *tan vellido:* tan hermosamente. 1370 *quitos:* libres. 1374 *pora huebos de pro:* para nuestro provecho.

Levedes un portero, tengo que vos avrá pro; 1380
si leváredes las dueñas, sírvanlas a su sabor,
fata dentro en Medina
            denles quanto huebos les fuer,
desí adelant piense dellas el Campeador.»
Espidiós' Minaya e vasse de la cort.[49]

1380 *portero:* oficial del Palacio del Rey, que actuaba en su nombre en distintos actos sociales: por ejemplo, acompañando a los huéspedes, como aquí. 1382 *Medina:* Medinaceli (Soria). 1383 *piense dellas:* se ocupe de ellas.

(49) Dádivas quebrantan peñas. El nuevo regalo, cien caballos, y la noticia de las victorias del Cid y de su buena gestión, civil y religiosa, hacen que el rey perdone a su vasallo. A este respecto nótense los hechos que destaca Minaya: el haber puesto obispo (v. 1332) y la victoria en las *çinco lides campales* (v. 1333).

En realidad, el Cid había ganado sólo dos batallas campales desde la última vez que Minaya vino con un regalo para el rey. M. Pidal pensó que estas cinco pueden ser una confusión de numerales en el manuscrito (al interpretar II como U), pero en las prosificaciones de las crónicas se habla también de cinco batallas. Deyermond piensa que se trata de un uso tópico del número cinco. Montaner cree que pueden ser cinco las batallas, si a las cuatro unánimemente reconocidas (la de Fáriz y Galve, la del conde de Barcelona, la de Murviedro y la del rey de Sevilla) se añade la previa a la toma de Alcocer, que también fue a campo abierto. Creo que esta interpretación es acertada. Sólo hay que añadir que el juglar habla por boca de Minaya para su auditorio, y recuerda esas cinco grandes lides que hasta ahora se han narrado. Este hablar del narrador por boca del personaje no es nada nuevo: lo hemos visto ya, por ejemplo, en el v. 876, cuando el juglar emplea el demostrativo que conviene a su situación comunicativa y no a la de su personaje (véase **38**).

El que el rey permita que la familia del Cid se reúna con él es ya una forma de perdonarle, pues el castigo de la *ira regis* llevaba implícita la pérdida de la patria potestad.

83

[*El viaje de vuelta a Valencia. Una escolta sale de Valencia*]

| Los iffantes de Carrión [....................] | 1385 |
| dando ivan conpaña a Minaya Álbar Fáñez: | 1385*b* |

Junto a este tema esencial han ido apareciendo algunos personajes antagonistas: el conde García Ordóñez, que muestra la envidia y el despecho (vv. 1346-1347), y los infantes de Carrión, la cara de la codicia y de la soberbia de una alta nobleza de León contrapuesta a la nobleza, menos rancia, de Castilla. Obsérvense los comportamientos. Sobre todo, en el caso de los infantes, que actúan como un personaje unitario y hablan en aparte escénico (v. 1377), lo mismo que los judíos Raquel y Vidas. Son estrategias de la caricatura y del humorismo del narrador.

El conde García Ordóñez es un personaje histórico bien conocido: en 1074 figura como alférez del nuevo rey Alfonso VI y ese mismo año es fiador del Cid cuando éste señala arras a doña Jimena (curiosamente junto con Pedro Ansúrez, el conde de Carrión, que más tarde será también enemigo del Campeador); en 1076 Alfonso nombra a García gobernador de Nájera y lo casa con su prima Urraca, la hija del rey de Navarra. Pero en 1080 es derrotado por el Cid en Cabra, y ahí tienen comienzo la enemistad y el odio que vemos en el *Cantar*. Los infantes de Carrión también son personajes históricos: pertenecientes a la poderosísima familia de los Vanigómez, fueron sobrinos del conde de Carrión y jefe de esta familia, Pedro Ansúrez; pero no es histórico el matrimonio con las hijas del Cid ni tenemos documentación de que fueran tan viles como en el poema. La réplica del rey al conde García Ordóñez —improbable en la realidad histórica, dada la buenísima relación de ambos— nos habla elocuentemente del nuevo rumbo que toman las relaciones del monarca y el Cid, y es una manifestación del tema importantísimo de la rivalidad de la alta nobleza (los *ricos omnes*) y los infanzones.

«En todo sodes pro, en esto assí lo fagades:
saludadnos   a mio Çid el de Bivar,
somos en so pro   quanto lo podemos far;
el Çid que bien nos quiera   nada non perderá.»
Respuso Minaya: «Esto non me á por qué pesar.»   1390
   Ido es Minaya,   tórnanse los iffantes.
Adeliñó pora San Pero   o las dueñas están,
tan grand fue el gozo   quandol' vieron assomar.
Deçido es Minaya,   a san Pero va rogar,
quando acabó la oraçión,
                      a las dueñas se [va tornar]:   1395
«Omíllom', doña Ximena,   Dios vos curie de mal,
assí faga a vuestras fijas   amas [a dos las infantes].
Salúdavos mio Çid   allá onde elle está;
sano lo dexé   e con tan grand rictad.
El rey por su merçed   sueltas me vos ha,   1400
por levaros a Valençia   que avemos por heredad.
Si vos viesse el Çid   sanas e sin mal,
todo serié alegre,   que non avrié ningún pesar.»
Dixo doña Ximena: «¡El Criador lo mande!»
Dio tres cavalleros   Minaya Álbar Fáñez,   1405
enviólos a mio Çid,   a Valençia do está:
«Dezid al Canpeador,   que Dios le curie de mal,
que su mugier e sus fijas   el rey sueltas me las ha,
mientra que fuéremos por sus tierras
                      conducho nos mandó dar.
De aquestos quinze días,
                si Dios nos curiare de mal,   1410

1386 en todo sois excelente, sedlo en esto también. 1394 *Deçido:* desmontado.   1410 *De aquestos quinze días:* de aquí a quince días; parece que era el tiempo que se tardaba en aquella época en ir de Burgos a Valencia.

seremos [ý] yo e su mugier   e sus fijas que él a
«y todas las dueñas con ellas,
                    quantas buenas ellas han.»
Idos son los cavalleros   e dello penssarán,
remaneçió en San Pero   Minaya Álbar Fáñez.
Veriedes cavalleros   venir de todas partes,   1415
irse quiere[n] a Valençia   a Mio Çid el de Bivar.
Que les toviesse pro   rogavan a Álbar Fáñez;
diziendo esto Mianaya: «Esto feré de veluntad.»
Sessaenta e çinco cavalleros   acreçídol' han,
e él se tenié çiento   que aduxiera d'allá;   1420
por ir con estas dueñas   buena conpaña se faze.

Los quinientos marcos   dio Minaya al abbat,[50]
de los otros quinientos   dezir vos he qué faze:

---

(50) Algunos críticos han visto en este verso y en el siguiente un fallo de la narración, pues en los vv. 1285-1286 se decía claramente que el Cid dio a Minaya 1.000 marcos de plata para que los llevase a San Pedro de Cardeña y los diese al abad don Sancho. Pero creemos que no hay ningún fallo, porque el Cid da ese dinero para el viaje y se entiende que Minaya los debe dar al abad, si no los ha gastado, o debe dar la parte que no haya gastado. Véase lo que se dice antes, en los vv. 1278-1281: el Cid no sabe que el rey va a permitir, tan pronto, que su familia se reúna con él, por eso le manda decir con Minaya que, cuando lo permita, irá por su familia una comitiva como corresponde a su honor. Teniendo esto en cuenta, es fácil comprender que Minaya, una vez que el rey ha adelantado el permiso para que doña Jimena y sus hijas puedan viajar a Valencia, decida gastarse la mitad del dinero que lleva (500 marcos) para darle a este viaje la solemnidad que el Campeador querría. No hay, pues, ningún fallo. Minaya actúa con iniciativa, pero interpretando fielmente los deseos y disposiciones de su señor. Por eso tampoco tiene que darle luego ninguna explicación. Se ha limitado a actuar como se esperaba de él. La cohesión léxica que se establece entre el «*a grand ondra vernán*» del

Minaya a doña Ximina   e a sus fijas que ha,
e a las otras dueñas   que las sirven delant,   1425
el bueno de Minaya   pensólas de adobar
de los mejores guarnimientos
                     que en Burgos pudo fallar,
palafrés e mulas,   que non parescan mal.
Quando estas dueñas   adobadas las han,
el bueno de Minaya   penssar quiere de cavalgar;   1430
afévos Raquel e Vidas   a los pies le caen:
«¡Merçed, Minaya,   cavallero de prestar!
Desfechos nos ha el Çid,   sabet, si no nos val;
soltariemos la ganançia,   que nos diesse el cabdal.»

1433 *Desfechos nos ha:* nos ha arruinado.   1434 le perdonaríamos los intereses, si nos devolviese el capital.

v. 1280 y el «*pensólas de adobar*» (v. 1426) y el «*adobadas las han*» (v. 1429) —sinonimia y repetición— no es un hecho casual, y permite la interpretación que proponemos. La refuerzan, además los vv. 1511-1512, en que se habla apreciativamente (por medio de la interrogativa subordinada con valor exclamativo) del buen sentido de Minaya y del modo solemne y maravilloso como trae a las damas (mediante el *cuemo* exclamativo que establece cohesión con el *de guisa* del v. 1280).

El abad de Cardeña hace un ruego (v. 1444) que el Cid y doña Jimena cumplieron en la realidad histórica, aunque también hicieron donaciones a otros monasterios, como el de Santo Domingo de Silos.

Vuelven a aparecer los prestamistas de Burgos, los judíos Raquel y Vidas. Si se tiene en cuenta la primera vez que salieron, indican el progreso del Cid desde la ruina a la riqueza. A pesar de que se ha discutido mucho si el Cid paga o no paga su deuda a los judíos, ésta es una cuestión no relevante, puesto que la función de los judíos es humorística. Basta con la promesa de pagar, hecha por Minaya en nombre del Cid, para que se cierre adecuadamente la intervención de estos personajes. Además, en otros casos también se hace una promesa y ya no se vuelve a hablar más del asunto (véase **55**).

—«Yo lo veré con el Çid, si Dios me lieva allá.   1435
Por lo que avedes fecho   buen cosiment ý avrá.»
Dixo Raquel e Vidas: «¡El Criador lo mande!
Si non, dexaremos Burgos,   ir lo hemos buscar.»
 Ido es pora San Pero   Minaya Álbar Fáñez,
muchas yentes se le acogen,   penssó de cavalgar,   1440
grand duelo es   al partir del abbat:
«¡Sí vos vala el Criador,   Minaya Álbar Fáñez!
Por mí al Campeador   las manos le besad,
aqueste monesterio   no lo quiera olbidar;
todos los días del sieglo   en levarlo adelant   1445
el Çid   siempre valdrá más.»
Respuso Minaya: «Fer lo he de veluntad.»
Yas' espiden   e pienssan de cavalgar,
el portero con ellos   que los ha de aguardar;
por la tierra del rey   mucho conducho les dan.   1450
De San Pero fasta Medina   en çinco días van;
félos en Medina   las dueñas e Álbar Fáñez.
 Dirévos de los cavalleros
                              que levaron el menssaje:
al ora que lo sopo   mio Çid el de Bivar,
plógol' de coraçón   e tornós' a alegrar;   1455
de la su boca   conpeçó de fablar:
«Qui buen mandadero enbía,   tal deve sperar.
Tú, Muño Gustioz,   e Pero Vermúez delant,
e Martín Antolínez,   un burgalés leal,
el obispo don Jerónimo,   coronado de prestar,   1460
cavalguedes con çiento
                              guisados pora huebos de lidiar;

1436 *cosiment:* favor, merced.   1449 *aguardar:* guardar, atender.

por Santa María   vos vayades passar,
vayades a Molina   que iaze más adelant,
tiénela Ave[n]galvón,   mio amigo es de paz,
con otros çiento cavalleros   bien vos conssigrá;   1465
id pora Medina   quanto lo pudiéredes far,
mi mugier e mis fijas   con Minaya Álbar Fáñez,
assí commo a mí dixieron,   ý los podredes fallar;
con grand ondra   aduzídmelas delant.
E yo fincaré en Valençia,
      que mucho costádom' ha;   1470
grand locura seríe   si la desenparás;
yo fincaré en Valençia   ca la tengo por heredad.»
 Esto era dicho,   pienssan de cavalgar,
e quanto que pueden   non fincan de andar.
Troçieron a Santa María
      e vinieron albergar a Fron[chales],   1475
e el otro día vinieron   a Molina posar.
El moro Ave[n]galvón,[51]
      quando sopo el menssaje,
saliólos reçebir   con grant gozo que faze:

1462 *Santa María:* Santa María de Albarracín, hoy sólo Albarracín (Teruel).
1463 Molina   de Aragón (Guadalajara).   1465 *conssigrá:* acompañará.
1475 *Troçieron:* pasaron.   *Fronchales:* Bronchales (Teruel).

(51) El moro Abengalbón es un personaje con leve fundamento histórico, pero de gran importancia literaria en el *Cantar*. Amigo y vasallo del Cid, representa un papel casi de familiar en este episodio. El rey se ha hecho cargo de la familia del héroe hasta el límite de su reino, Medinaceli (aunque este pueblo de Soria estuvo bajo dominación musulmana hasta que en 1104 —cinco años después de la muerte del Cid— lo conquistó Alfonso VI). Desde aquí toca al Cid cuidar de sus damas y del séquito. El tramo desde Medinaceli a Molina de Aragón

«¿Venides, los vassallos   de mio amigo natural?
A mí non me pesa,   sabet, mucho me plaze.»   1480
Fabló Muño Gustioz,   non speró a nadi:
«Mio Çid vos saludava,   e mandólo recabdar,
co[n] çiento cavalleros   que privádol' acorrades;
su mugier e sus fijas   en Medina están;
que vayades por ellas,   adugádesgelas acá,   1485
e fata en Valençia   dellas non vos partades.»
Dixo Ave[n]galvón: «Fer lo he de veluntad.»
Essa noch   conducho les dio grand,
a la mañana   pienssan de cavalgar;
çiéntol' pidieron,   mas él con dozientos va.   1490
Passan las montañas,   que son fieras e grandes,
passaron   Mata de Toranz
de tal guisa   que ningún miedo non han,   1492b
por el val de Arbux[uel]o   pienssan a deprunar,
e en Medina   todo el recabdo está.
Envió dos cavalleros Minaya
                    que sopiesse[n] la verdad;   1495

1483 *que privádol' acorrades:* que le ayudéis rápidamente.   1492 *Mata de Toranz:* hoy Campo Taranz (Guadalajara).   1493 *Arbuxuelo:* Arbujuelo, afluente del Jalón. *deprunar:* bajar una cuesta.   1494 *recabdo:* cuidado, prevención. 1495 *que sopiessen la verdad:* para que se enteraran de quiénes eran los que venían.

es de la competencia de Abengalbón. Si el portero de Alfonso VI no permitió que Minaya pagara nada hasta Medinaceli, ahora es el moro Abengalbón el que extrema la hospitalidad hasta el detalle del herraje de las cabalgaduras (v. 1553). Este personaje nos hace recordar los moros nobles y leales del *Romancero* y del *Abencerraje*. Más adelante seguirá desempeñando una importante función al lado del héroe y de su familia.

Cantar segundo

esto non detard[an],   ca de coraçón lo han;
el uno fincó con ellos
              e el otro tornó a Álbar Fáñez:
«Virtos del Campeador   a nos vienen buscar;
afévos aquí Pero Vermúez [delant]
e Muño Gustioz,   que vos quieren sin hart,   1499*b*
e Martín Antolínez,   el burgalés natural,   1500
e el obispo don Jerónimo   coranado leal,
e el alcáyaz Ave[n]galvón
              con sus fuerças que trahe,
por sabor de mio Çid   de grand óndral' dar;
todos vienen en uno,   agora llegarán.»
Essora dixo Minaya: «Vay[a]mos cavalgar.»   1505
Esso fue apriessa fecho,   que nos' quieren detardar.
Bien salieron den çiento   que non pareçen mal,
en buenos cavallos   a cuberturas de çendales
e petrales a cascaueles,
              e escudos a los cuellos [traen],
e en las manos lanças   que pendones traen,   1510
que sopiessen los otros
              de qué seso era Álbar Fáñez
o cuemo saliera de Castiella
              con estas dueñas que trahe.
  Los que ivan mesurando   e llegando delant
luego toman armas   e tómanse a deportar;
por çerca de Salón   tan grandes gozos van.   1515

1498 *virtos:* ejército; véase n. 657. 1499b *sin hart:* literalmente, sin engaño, o sea, fielmente. 1502 *alcáyaz:* alcaide. 1508 *çendales:* ricas telas de seda. *e escudos a los cuellos:* los caballeros solían llevar los escudos colgando del cuello y se los ponían al brazo (*embrazaban*) en los ataques. 1509 *a petrales e a cascaueles:* jaeces con cascabeles. 1512 *cuemo:* como. 1513 *mesurando:* explorando. 1514 *deportar:* solazarse, divertirse (de este verbo se deriva el sustantivo *deporte*).

Don llegan los otros,   a Minaya se van homillar.
Quando llegó Ave[n]galvón,   dont a ojo [lo] ha,
sonrrisándose de la boca   hívalo abraçar,
en el ombro lo saluda,   ca tal es su husaje:
«¡Tan buen día convusco,   Minaya Álbar Fáñez!   1520
Traedes estas dueñas   por o valdremos más,
mugier del Çid lidiador   e sus fijas naturales;
ondrar vos hemos todos,   ca tal es la su auze,
maguer que mal le queramos,
                          non ge lo podremos f[a]r,
en paz o en guerra   de lo nuestro abrá: 1525
múchol' tengo por torpe
                 qui non conosce la verdad.»

84

[*Descanso en Medinaceli y continuación del viaje*]

Sorrisós' de la boca Albar Fánez Minaya:
«¡Y[a] Ave[n]galvón,   amígol' sodes sin falla!
Si Dios me llegare al Cid   e lo vea con el alma,
desto que avedes fecho   vos non perderedes nada.   1530
Vayamos posar,   ca la çena es adobada.»
Dixo Avengalvón: «Plazme d'esta presentaja;
antes deste te[r]çer día   vos la daré doblada.»
Entraron en Medina,   sirvíalos Minaya,
todos fueron alegres   del çerviçio que tomar[a]n,   1535

1516 *Don* y 1517 *dont:* cuando.   1519 *husaje:* costumbre, uso.   1521 *por o:* por las que.   1523 *auze:* suerte.   1528 *Ya:* interjección de vocativo, de origen árabe; véase n. 41.   1535 *çerviçio:* agasajo.

el portero del rey   quitar lo mandava;
ondrado es mio Çid   en Valençia do estava
de tan grand conducho
                commo en Medínal' sacar[a]n;
el rey lo pagó todo,   e quito se va Minaya.
Passada es la noche,   venida es la mañana,   1540
oída es la missa,   e luego cavalgavan.
Salieron de Medina,   e Salón passavan,
Arbuxuelo arriba   privado aguijavan,
el campo de Torançio   luégol' atravessavan,
vinieron a Molina,   la que Ave[n]galvón mandava.   1545
El obispo don Jerónimo,   buen cristiano sin falla,
las noches e los días   las dueñas aguarda[va];
e buen cavallo en diestro   que va ante sus armas.
Entre él e Álbar Fáñez   ivan a una compaña.
Entrados son a Molina,   buena e rica casa;   1550
el moro Ave[n]galvón   bien los sirvié sin falla,
de quanto que quisieron   non ovieron falla,
aun las ferraduras   quitárgelas mandava;
a Minaya e a las dueñas
                ¡Dios, cómmo las ondrava!
Otro día mañana   luego cavalgavan,   1555
fata en Valençia   sirvíalos sin falla;
lo so despendié el moro,
                que del[l]os non tomava nada.

1536 *quitar lo mandava:* lo pagaba. 1539 *e quito se va:* se va sin tener que pagar. 1547 *aguardava:* cuidaba. 1548 *cavallo en diestro:* caballo de combate (distinto del que se usaba para viajar). *que va ante sus armas:* el caballo de combate marchaba delante de las armas del obispo (que irían cargadas en una mula); como se ve, el obispo iba preparado para luchar en cualquier momento. 1557 *lo so despendié:* gastaba lo suyo, su direro, los invitaba.

Con estas alegrías e nuevas tan ondradas
aprés son de Valençia a tres leguas contadas.

85

[*El Cid envía a doscientos caballeros para el recibimiento*]

A Mio Çid, el que en buen ora nasco, 1560
dentro a Valençia liévanle el mandado.
Alegre fue Mio Çid, que nunqua más nin tanto,
ca de lo que más amava yal' viene el mandado.
Dozi[en]tos cavalleros mandó exir privado,
que reçiban a Mianaya e a las dueñas fijas dalgo. 1565
Él sedié en Valençia curiando e guardando,
ca bien sabe que Álbar Fáñez trahe todo recabdo.

86

[*El Cid monta a Babieca ante su familia y todos entran en Valencia*]

Afévos todos aquestos reçiben a Minaya
e a las dueñas e a las niñas e a las otras conpañas.
Mandó mio Çid a los que ha en su casa 1570
que guardassen el alcáçar e las otras torres altas
e todas las puertas e las exidas e las entradas,
e aduxiéssenle a Bavieca: poco avié quel' ganara,

1562 *que nunqua más nin tanto*: como nunca.

aún non sabié mio Çid,
    el que en buen ora çinxo espada,
si serié corredor   o si abrié buena parada;   1575
a la puerta de Valençia,   do en so salvo [estava],
delante su mugier e de sus fijas
    querié tener las armas.
Reçebidas las dueñas   a una grant ondrança,
el obispo don Jerónimo   adelant se entrava,
ý dexava el cavallo,   pora la capiella adeliñava;   1580
con quantos que él puede,
    que con oras se acordar[a]n,
sobrepelliças vestidas   e con cruzes de plata,
reçibir salién las dueñas   y al bueno de Minaya.
El que en buen ora nasco   non lo detardava:
ensiéllanle a Bavieca,   cuberturas le echavan,   1585
mio Çid salió sobrél   e armas de fuste tomava,
vistiós' el sobregonel;   luenga trahe la barba;
fizo una corrida,   ésta fue tan estraña.
Por nombre el cavallo   Bavieca cavalga.
Quando ovo corrido,   todos se maravillavan;   1590
des' día se preçió Bavieca
    en quant grant fue España.
En cabo del cosso   mio Çid desca[va]lgava,
adeliñó a su mugier   e a sus fijas amas;

1577 *tener las armas:* hacer una exhibición de su destreza con las armas (para celebrar la llegada de sus mujeres).   1581 *que con oras se acordaran:* hemistiquio de interpretación dudosa, puede querer decir: que se habían juntado para rezar las horas canónicas (interpretación de Bello), o bien que se habían preparado con tiempo (anotación de Menéndez Pidal).   1582 *sobrepelliças:* sobrepelliz.   1586 *armas de fuste:* armas de madera para la exhibición.   1587 *sobregonel:* gonela o túnica de piel o de seda, generalmente sin mangas, que se utilizaban para correr con *armas de fuste*.   1592 *En cabo del cosso:* al final de la carrera.

quando lo vio doña Ximena,   a pies se le echava:
«¡Merçed, Campeador,
                        en buen ora cinxiestes espada!   1595
Sacada me avedes   de muchas verguenças malas;
aféme aquí, señor,   [yo e vuestras fijas amas],
con Dios e convusco   buenas son e criadas.»
A la madre e a las fijas   bien las abraçava,
del gozo que avién   de los sos ojos lloravan.   1600
   Todas las sus mesnadas
                        en grant dele[y]t estavan,
armas [tenién] e tablados [quebrantavan].
Oíd lo que dixo
                el que en buen ora [çinxo espada]:
«Vos, [doña Ximena],   querida mugier e ondrada,
e amas mis fijas,   mi coraçón e mi alma,   1605
entrad comigo   en Valençia la casa,
en esta heredad   que vos yo he ganada.»
Madre e fijas   las manos le besavan.
A tan grand ondra   ellas a Valençia entravan.

87

[*Valencia contemplada desde el alcázar*]

Adeliñó mio Çid   con ellas al alcáç[e]r,   1610
allá las subié   en el más alto logar.
Ojos vellidos   catan a todas partes,

1602 Se trata de las fiestas de celebración: el tablado era un armazón de madera que se colocaba alto y que los caballeros tenían que alcanzar y romper con sus lanzas; estos ejercicios servían de entrenamiento y diversión.

miran Valençia   cómmo yaze la çibdad,
e del otra parte   a ojo han el mar,
miran la huerta,   espessa es e grand,   1615
alçan las manos   pora Dios rogar,
desta ganançia   cómmo es buena e grand.
 Mio Çid e sus compañas
                  tan a grand sabor están.
El ivierno es exido,   que el março quiere entrar.⁽⁵²⁾

~~~

(52) Es muy claro el contraste entre la brevedad con que se narró el viaje desde Valencia a Castilla (véase **48**) y el detenimiento con que se nos ha contado el viaje desde Castilla a Valencia. Como señala P. Salinas, en esta «vuelta de Jimena» cada etapa viajera se corresponde con una gradación del sentimiento, hasta culminar en el triunfo de la contemplación de Valencia desde lo alto del alcázar.

Ahora se cierra el recibimiento de doña Jimena y de sus hijas con las notas de alegría primaveral de los vv. 1618-1619 (en marzo ya ha terminado el invierno en Valencia: cuesta trabajo pensar que el narrador no haya estado nunca en esta ciudad). Ha sido toda una ceremonia en la que solemnidad y afectividad han corrido de la mano: primero, la embajada de los doscientos caballeros; luego la exhibición montando a Babieca (un caballo veloz y de rápida parada, dos cualidades imprescindibles en la buena cabalgadura de guerra); más tarde la ceremonia religiosa, preparada por un solícito don Jerónimo que había dejado el cortejo de doña Jimena y se había adelantado a entrar en Valencia con ese fin; finalmente la entrada y la contemplación de la hermosura y la riqueza de la huerta valenciana, quizá desde lo alto de la actual Torre de Serranos. Es la ceremonia de un triunfo anunciado.

El tema de la honra reconquistada está muy presente: de forma simbólica en la mención de la barba larga (v. 1587; véase **46**); de forma explícita en las palabras de doña Jimena (v. 1596), que pueden tener un trasfondo histórico, ya que Alfonso VI apresó a la Jimena histórica y a sus hijos en el segundo destierro del Cid en 1089; y, todavía, se alude al tema de la honra de forma metonímica en la mención de la riqueza que atesora la heredad de Valencia (v. 1617).

Dezir vos quiero nuevas   de allent partes del mar,   1620
de aquel rey Yúcef   que en Marruecos está.

~~~

En todo este episodio que ahora concluye hemos podido comprobar la eficacia expresiva de algunos recursos estilísticos. En primer lugar, el juego de los tiempos verbales. Obsérvese cómo se combina el imperfecto y el presente en esta última escena de la contemplación de Valencia (vv. 1611-1617): el imperfecto durativo crea el marco en que tiene lugar la percepción de los personajes, reproducida en presente. En la vistosa escena de la cabalgada de Babieca (vv. 1584-1591) no es necesario cambiar el orden de los versos del manuscrito, como se ha hecho de varios modos; basta pensar que *vistiós'* puede valer 'se ha vestido' (como en otros pasajes) y que indica la anterioridad de la acción de ver con respecto a la de montar en Babieca, con lo que se consigue el efecto del movimiento ante los oyentes: éstos ven primero al caballo y luego reparan en la ropa del jinete. El juego del presente, del imperfecto y del perfecto simple, crea esta combinación de perspectivas. Tampoco hay que cambiar de lugar el v. 1589: el presente describe dramáticamente la percepción del auditorio, y la cesura métrica destaca la ironía del nombre Babieca, un derivado acaso de «baba» o de «bobo» que identifica a uno de los caballos más preciados de toda España, como se dice a continuación.

En segundo lugar, hay que reparar en determinadas figuras. La lítotes está muy presente en todo el episodio: véanse los vv. 1403, 1428, 1480, 1499*b*, 1507, 1528, 1551. La sinécdoque sirve para poner de relieve la humanidad del héroe (*mi coraçón e mi alma*, v. 1605) y para destacar —según el gusto trovadoresco— un rasgo espiritual de la belleza (*ojos vellidos*, v. 1612). Junto a estos recursos, hay otros característicamente épicos: el pleonasmo de *sonrrisós' de la boca* (v. 1527) y la anticipación épica de hechos que van a tener una importancia decisiva, como la afrenta de Corpes en el v. 1357 o, en el v. 1374, lo que va a ser la segunda trama principal del *Cantar*: el casamiento de los infantes de Carrión con las hijas del Cid.

88

[*El rey de Marruecos viene a recuperar Valencia*]

Pesól' al rey de Marruecos[53]
                de mio Çid don Rodrigo:
«Que en mis heredades   fuertemie[n]tre es metido,
e él non ge lo gradeçe   sinon a Jesu Cristo.»
Aquel rey de Marruecos   ajuntava sus virtos;   1625

---

(53) Desde este verso 1622 hasta el 1820 se narra la batalla en que el Cid vence al rey Yúcef, personaje histórico, probablemente el único personaje musulmán histórico en todo el *Cantar*. En efecto, se trata de Yúsuf ben Texufin (1059-1106), primer emperador de los almorávides, que quiso reconquistar Valencia. No vino en persona, como se dice en el poema, sino que envió a su sobrino Mohámed ben Ayixa, que fue derrotado por el Cid hacia 1095.

La composición de este episodio incluye un elemento nuevo: la guerra en presencia de las mujeres de la familia. Acaso este elemento argumental provenga de la épica germánica o de la épica árabe, o de ambas al mismo tiempo; acaso sea un tributo a la literatura cortés, pues la cortesía, que incluía la presencia activa de la dama, era una fuerza social que no podía faltar en la corte de un señor como el de Valencia. Sea cual sea la fuente, lo cierto es que el poeta emplea aquí este elemento de la composición para que sirva de marco a la exposición del tema de la guerra como trabajo del caballero y, más aún, como trabajo que es fuente de satisfacción y placer (v. 1639). El pelear contra los moros es el origen del patrimonio familiar y de la honra, de modo que la dimensión heroica del protagonista aparece inherentemente unida a su dimensión familiar (véanse los vv. 1634, 1641-1650, 1748-1755). Por eso no cabe el miedo ni la alarma de doña Jimena ante la inminencia de la batalla (v. 1646), un motivo que encontramos también en la épica francesa y en algunos relatos de las Cruzadas. El entendimiento de la guerra como *modus vivendi* no entra en contradicción con el ideal religioso de la Reconquista (véase **44**), presente de un modo especial en este episodio por ser el enemigo el musulmán venido de allende el mar, es decir, el almorávide norteafricano.

En cuanto a la narración de la batalla, destacaremos algunos hechos:

1. Una vez más es Minaya quien propone la táctica (vv. 1694-1697), que es la misma de otros combates (véanse, por ejemplo, los vv. 1129-1132).
2. La desproporción entre el número de combatientes árabes y el de cristianos es una hipérbole destinada a engrandecer la victoria de los segundos.
3. El honor de dar los primeros golpes (o recibir las primeras heridas) en la batalla, que solicita el obispo don Jerónimo, era una costumbre muy documentada en la literatura medieval: *Chanson de Roland*, *Libro de Alexandre*, *Vida de San Millán* de Berceo.
4. Otro motivo tópico en la descripción de la batalla es la imagen de los caballos corriendo desenfrenados después del combate (v. 1778), tópico que volverá en el verso 2406.
5. Finalmente, nótese un detalle. Al Cid se le escapa vivo el rey Yúcef. El Cid siempre vence, pero no siempre remata a su enemigo, que a veces logra escapar. Hechos como éste subrayan la dimensión humana del héroe y, por otra parte, dan variedad y verosimilitud a las soluciones de los combates, dentro de la esperada y natural victoria del protagonista.

La batalla proporciona la ganancia esperada para la familia, pero también para la Iglesia y para el rey. El Cid concede el diezmo al obispo, un hecho anacrónico en la época del Cid histórico, pues este tributo eclesiástico no se documenta en la Península Ibérica hasta mediados del siglo XII. Por otra parte, tras la batalla el Cid dispone un nuevo regalo para el rey, pero obsérvese que ahora no es un regalo sólo para pedir un favor, sino para agradecer otro ya concedido (vv. 1811-1812). En la figura humana del héroe quedan acentuados los rasgos humanos más admirables.

con çinquaenta vezes mill de armas,
                        todos fueron conplidos,
entraron sobre mar,   en las barcas son metidos,
van buscar a Valençia   a mio Çid don Rodrigo.
Arribado an las naves,   fuera eran exidos.

89

[*Las fuerzas almorávides acampan frente a la ciudad*]

Llegaron a Valençia,
                    la que mio Çid a conquista,   1630
fincaron las tiendas   e posan las yentes descreídas.
Estas nuevas   a mio Çid eran venidas.

90

[*Alegría del Cid y temor de Jimena ante la batalla*]

«¡Grado al Criador   e a[l] Padre espirital!
Todo el bien que yo he,   todo lo tengo delant:
con afán gané a Valençia,   e ela por heredad,   1635
a menos de muert   no la puedo dexar;
grado al Criador   e a Santa María madre,
mis fijas e mi mugier   que las tengo acá.
Venídom' es deliçio   de tierras d'allent mar,
entraré en las armas,   non lo podré dexar;   1640

1630 *a conquista:* ha conquistada, con el participio del tiempo compuesto concordando con el complemento directo (español moderno: ha conquistado). 1632 *eran venidas:* habían venido.   1639 *deliçio:* regalo.

mis fijas e mi mugier   verme an lidiar;
en estas tierras agenas
            verán las moradas cómmo se fazen,
afarto verán por los ojos   cómmo se gana el pan.»
    Su mugier e sus fijas   subiólas al alcáç[e]r,
alçavan los ojos,   tiendas vieron finca[r]:   1645
«¿Qué 's esto, Çid?   ¡sí el Criador vos salve!»
—«¡Ya mugier ondrada,   non ayades pesar!
Riqueza es que nos acreçe   maravillosa e grand;
á poco que viniestes,   presend vos quieren dar:
por casar son vuestras fijas,   adúzenvos axuvar.»   1650
—«A vos grado, Çid,   e al Padre spirital.»
—«Mugier, sed en este palaçio,
            e si quisiéredes, en el alcáç[e]r;
non ayades pavor   porque me veades lidiar,
con la merçed de Dios   e de Santa María madre,
créçem' el coraçón   porque estades delant;   1655
con Dios aquesta lid   yo la he de arrancar.»

91

[El Cid promete la victoria]

    Fincadas son las tiendas   e pareçen los alvores,
a una grand priessa   tañién los atamores;
alegravas' mio Çid e dixo: «¡Tan buen día es oy!»

    1642 *verán las moradas cómmo se fazen:* verán cómo se vive.   1643 *afarto:* sobradamente.   1649 *presend:* presente.   1650 *axuvar:* ajuar, dote.   1652 mujer, si queréis, quedaos en esta sala, en el alcázar (la conjunción *e* tiene aquí valor apositivo).   1657 *pareçen:* se muestran.   1658 *tañién los atamores:* tocaban los tambores.

Miedo a su mugier e quiérel' quebrar el coraçón, 1660
assí fazié a las dueñas e a sus fijas amas a dos:
del día que nasquieran non vieran tal tremor.
Prisos' a la barba el buen Çid Campeador:
«Non ayades miedo, ca todo es vuestra pro;
antes d'estos quinze días,
        si ploguiere a[l] Criador, 1665
[................] aquellos atamores
a vos los pondrán delant e veredes quáles son, 1666b
desí an a ser del obispo don Jerónimo,
colgar los han en Santa María
        madre del Criador.»
Vocaçión es que fizo el Çid Campeador.
Alegre[s] son las dueñas,
        perdiendo van el pavor. 1670
Los moros de Marruecos cavalgan a vigor,
por las huertas adentro e[n]t[r]an sines pavór.

92

[Primera escaramuza]

Violo el atalaya e tanxo el esquila;
prestas son las mesnadas de las yentes cristianas,
adóbanse de coraçón e dan salto de la villa. 1675
Dos' fallan con los moros cometiénlos tan aína,
sácanlos de las huertas mucho a fea guisa;
quinientos mataron dellos conplidos en es día.

1664 *vuestra pro:* en provecho vuestro. 1666b *quáles son:* cómo son.
1667 *desí an a ser:* después serán. 1669 *Vocaçión:* promesa. 1672 *sines:* sin.
1673 *tanxo:* tañó, tocó. 1676 *Dos' fallan:* donde se encuentran. *aína:* aprisa.

93

[*Plan de batalla*]

Bien fata las tiendas dura aqueste alcaz,
mucho avién fecho, [piénssanse de tornar]. 1680
Álbar Salvadórez preso fincó allá.
Tornados son a mio Çid los que comién so pan;
él se lo vio con los ojos, cuéntangelo delant,
alegre es mio Çid por quanto fecho han:
«¡Oídme, cavalleros, non rastará por ál! 1685
Oy es día bueno e mejor será cras:
por la mañana prieta todos armados seades,
el obispo do[n] Jerónimo soltura nos dará, 1689
dezir nos ha la missa e penssad de cavalgar; 1688
ir los hemos ferir [en aquel día de cras] 1690
en el nombre del Criador e del apóstol Santi Yagüe. 1690b
Más vale que nos los vezcamos,
     que ellos cojan el pan».
Essora dixieron todos: «D'amor e de voluntad.»
Fablava Minaya, non lo quiso detardar:
«Pues esso queredes, Çid, a mí mandedes ál,
dadme çiento e treinta cavalleros
     pora huebos de lidiar, 1695
quando vos los fuéredes ferir,
     entraré yo del otra part;
o de amas o del una Dios nos valdrá.»
Essora dixo el Çid: «De buena voluntad.»

1685 *rastará:* quedará.   1687 *mañana prieta:* mañana oscura, antes de amanecer.   1689 *soltura:* absolución.

94

[El obispo pide empezar el ataque]

  Es' día es salido   e la noch es entrada,
nos' detardan de adobasse   essas yentes cristianas. 1700
A los mediados gallos,   antes de la mañana,
el obispo don Jerónimo   la missa les cantava;
la missa dicha,   grant sultura les dava:
«El que aquí muriere   lidiando de cara,
préndol' yo los pecados,   e Dios le abrá el alma. 1705
A vos, Çid don Rodrigo,
              en buen ora çinxiestes espada,
yo vos canté la missa   por aquesta mañana;
pídovos un[a] don[a]   e seam' presentad[a]:
las feridas primeras   que las aya yo otorgadas.»
Dixo el Campeador:
              «Desaquí vos sean mandadas.» 1710

95

[Victoria del Cid]

  Por las torres de Va[le]nçia
              salidos son todos armados,
mio Çid a los sos vassallos   tan bien los acordando.
Dexan a las puertas   omnes de grant recabdo.

    1700 *adobasse:* adobarse, prepararse.   1701 *A los mediados gallos:* a las tres de la madrugada; véase n. 324.

Dio salto mio Çid   en Bavieca, el so cavallo;
de todas guarnizones   muy bien es adobado.   1715
La seña sacan fuera,   de Valençia dieron salto,
quatro mill menos treinta
                     con Mio Çid van a cabo,
a los çinquaenta mill   vanlos ferir de grado;
Álvar Álvarez e Álbar Fáñez
                     entráronles del otro cabo.   1719-20
Plogo al Criador   e [ovieron de arrancarlos].
  Mio Çid enpleó la lança,   al espada metió mano,
atantos mata de moros   que non fueron contados,
por el cobdo ayuso   la sangre destellando.
Al rey Yúçef   tres colpes le ovo dados,   1725
saliós'le de so l'espada
                     ca muchol' andido el cavallo,
metiós'le en Gujera,   un castiello palaçiano;
mio Çid el de Bivar   fasta allí llegó en alca[nço],
con otros quel' consiguen   de sus buenos vassallos.
Desd' allí se tornó   el que en buen ora nasco,   1730
mucho era alegre   de lo que an caçado.
Allí preçió a Bavieca   de la cabeça fasta a cabo.
Toda esta ganançia   en su mano a rastado.
Los cinquaenta mill por cuenta   fuero[n] notados:
non escaparon   más de çiento e quatro.   1735
Mesnadas de mio Çid   robado an el canpo,
entre oro e plata   fallaron tres mill marcos,
[de] las otras ganançias   non avía recabdo.
Alegre era mio Çid   e todos sos vassallos,

1726 *saliós'le de sol' espada:* se le escabulló de debajo de la espada. *andido:* anduvo. 1727 *palaçiano:* excelente. 1729 *quel' consiguen:* que le siguen juntamente, acompañándolo. 1732 *de la cabeça fasta cabo:* de cabo a rabo.

que Dios les ovo merçed   que vençieron el campo.   1740
Quando al rey de Marruecos   assí lo an arrancado,
dexó [a] Álbar Fáñez   por saber todo recabdo;
con çient cavalleros   a Valençia es entrado;
fronzida trahe la cara,   que era desarmado,
assí entró sobre Bavieca,   el espada en la mano.   1745
  Reçibienlo las dueñas   que lo están esperando;
mio Çid fincó antellas,   tovo la rienda al cavallo:
«A vos me omillo, dueñas,
                           grant prez vos he gañado:
vos teniendo Valençia,   e yo vençí el campo;
esto Dios se lo quiso   con todos los sos santos,   1750
quando en vuestra venida
                           tal ganançia nos an dad[o].
¿Vedes el espada sangrienta   e sudiento el cavallo?
Con tal cum esto   se vençen moros del campo.
Rogand al Criador   que vos biva algunt año,
entraredes en prez,   e besarán vuestras manos.»   1755
Esto dixo mio Çid,   diçiendo del cavallo.
Quandol' vieron de pie,   que era descavalgado,
las dueñas e las fijas   e la mugier que vale algo
delant el Campeador   los inojos fincaron:
«Somos en vuestra merçed,
                           e ¡bivades muchos años!»   1760
  En buelta con él   entraron al palaçio,
e ivan posar con él   en unos preçiosos escaños.

1744 Se refiere a las arrugas que le quedan en la cara después de quitarse el yelmo y el almófar. 1748 *prez:* honor, renombre. 1752 *sudiento:* sudoroso. 1753 *Con tal cum esto:* de esta manera. 1754 *Rogand:* rogando. 1756 *diçiendo:* bajando; véase n. 974. 1762 *posar:* sentarse. *escaños:* bancos de madera con respaldo.

«Hya mugier d[o]ña Ximena,
　　　　　　　¿nom' lo aviedes rogado?
Estas dueñas que aduxiestes,
　　　　　　　que vos sirven tanto,
quiero las casar　con de aquestos mios vassallos;　1765
a cada una dellas　doles dozientos marcos,
que lo sepan en Castiella　a quién sirvieron tanto.
Lo de vuestras fijas　venir se a más por espaçio.»
Levantáronse todas　e besáronle las manos,
grant fue el alegría　que fue por el palaçio.　1770
Commo lo dixo el Çid,　assí lo han acabado.

　Minaya Álbar Fáñez　fuera era en el campo,
con todas estas yentes　escriviendo e contando;
entre tiendas e armas　e vestidos preçiados
tanto fallan desto　que [mucho es sobejano].　1775
Quiero vos dezir　lo que es más granado:
non pudieron ellos saber la cuenta
　　　　　　　de todos los cavallos,
que andan arriados　e non ha qui tomallos;
los moros de las tierras　ganado se an ? algo;
maguer de todo esto,　[a]l Campeador contado　1780
de los buenos e otorgados　cayéronle mill cavallos;
quando a mio Çid　cayeron tantos,
los otros bien pueden　fincar pagados.　1782*b*
¡Tanta tienda preçiada　e tanto tendal obrado
que a ganado mio Çid　con todos sus vassallos!

1776 *granado:* importante.　1778*:* que andan con arreos y no hay quien los coja, o sea, la imagen de la desbandada de los caballos sin jinete después de la batalla.　1779*: los moros de las tierras:* los que vivían en las tierras de labranza en donde había tenido lugar la batalla.

La tienda del rey de Marruecos,
                          que de las otras es cabo,   1785
dos tendales la sufren,   con oro son labrados;
mandó mio Çid Ruy Díaz,
                          [el que en buen ora nasco],
que fita soviesse la tienda
                          e non la tolliesse dent cristiano:
«Tal tienda commo ésta,
                          que de Marruecos [ha] passad[o],
«enbiarla quiero   a Alfonso el castellano»,   1790
que croviesse s[u]s nuevas
                          de mio Çid que avié algo.⁽⁵⁴⁾
Con aquestas riquezas tantas
                          a Valençia son entrados.
El obispo don Jerónimo,   caboso coronado,
quando es farto de lidiar   con amas las sus manos,
non tiene en cuenta   los moros que ha matados;   1795
lo que cayé a él   mucho era sobejano;
mio Çid don Rodrigo,   el que en buen ora nasco,
de toda la su quinta   el diezmo l'a mandado.

1785 *que de las otras es cabo:* que sobresale de las demás. 1788 *que fita soviesse:* que permaneciese en pie. 1791 *croviesse:* creyese.

(54) De nuevo volvemos a encontrar el paso del discurso directo al indirecto, y del indirecto al directo (1819b-1820), con el valor ya señalado de destacar partes dentro de un mismo discurso (véase **46**), pero, además, vemos la eficacia dramática de introducir el discurso directo, no con un verbo de comunicación, sino con la descripción de un gesto ritual, como cogerse la barba (v. 1663) o parar el caballo (v. 1747); estas indicaciones servían de acotación escénica y de estímulo al recitador. Por otra parte, en el diálogo de doña Jimena y el Cid,

96

[El Cid envía un nuevo presente al rey]

Alegres son por Valençia   las yentes cristianas,
tantos avién de averes,   de cavallos e de armas;   1800
alegre es doña Ximena   e sus fijas amas,
e todas las otras dueñas   que[s'] tienen por casadas.
El bueno de mio Çid   non lo tardó por nada:
«¿Dó sodes, caboso?   Venid acá, Minaya;
de lo que a vos cayó
       vos non gradeçedes[55] nada;   1805

1802 *casadas:* servidoras; no es participio de *casar,* sino derivado de *casa* mediante el sufijo *-ada.*

~~~~~~

ni siquiera el gesto es necesario para distinguir los parlamentos de una y otro (v. 1647). El histrionismo del juglar, o de los juglares, suplía con creces el léxico y la sintaxis.

Obsérvese también la asombrosa capacidad del autor para la descripción económica y eficaz. El tema literario de la descripción de la tienda (vv. 1785-1786), que ocupa decenas de versos en otras obras medievales (*Libro de Alexandre,* estrofas 2539-2595; *Libro de Buen Amor,* estrofas 1266-1301), se condensa aquí en un solo verso, el 1786, que recoge los dos motivos típicos: los postes de metal precioso, con labores de pedrería. Eso sí, el verso 1783 ya había adelantado estas notas esenciales. Del mismo modo, el desembarco del ejército almorávide (vv. 1625-1629) se ha resuelto en cinco versos gracias a la yuxtaposición; la selección de un solo rasgo —*quiérel' quebrar el coraçón* (v. 1660)— sirve para que el oyente se pueda representar la escena del temor de doña Jimena con toda intensidad; en un solo verso (1722) se resume el desarrollo de una batalla de la época mediante el sencillo procedimiento de nombrar sucesivamente la lanza y la espada (véase **18**); en fin, en virtud de la selección de dos rasgos muy certeros se nos da la cumplida imagen del héroe después de la batalla (vv. 1744-1745).

(55) Nótese que este verbo *gradesçer* había aparecido al principio del episodio, en el v. 1624; la reiteración léxica proporciona cohesión al apartado, al tiempo que establece un eficaz contraste entre los sujetos y las situaciones: el Cid sólo da gracias Jesucristo, según el moro, y Minaya, según el Cid, a nadie tiene que agradecer lo ganado en buena lid, porque no se lo han regalado. Hay humor irónico en el primer caso y celebración épica en el segundo. También la doble repetición de *fincaron las tiendas* (v. 1631) y *Fincadas son las tiendas* (v. 1657) sirve de marco para la escena del temor de Jimena, una especie de paréntesis familiar dentro de la narración de los preparativos de la batalla. El humor y la ironía no faltan. Además del v. 1624, ya señalado, hay que anotar el saludo humorístico del v. 1749. Otras figuras retóricas que realzan eficazmente la expresión son la metonimia del v. 1655, que subraya la síntesis de heroísmo y afectividad humana característica del Cid, y la hipérbole del v. 1662, que pone de relieve el temor de las damas. A su vez, estos dos versos dibujan el contraste de actitudes ante la lucha de Jimena y el Cid.

Los recursos propios del género juglaresco son muy evidentes en este episodio. Fijémonos en un par de aspectos de la expresión formularia: *los que comién so pan* (v. 1682) es una fórmula épica que ha pasado a la lengua general, con el significado genuino de 'sus vasallos'; la fórmula alude al mundo social en el que la guerra es el modo de ganarse la vida y aquí, como en otros pasajes, subraya la importancia del señorío de Valencia, ostentado por el Campeador. La fórmula *por el cobdo ayuso la sangre destellando* (v. 1724) se emplea ahora para describir al Cid en plena batalla. La anticipación épica en *besarán vuestras manos* (v. 1755) anuncia el porvenir de gran nobleza para la familia del héroe y en *Lo de vuestras fijas* (v. 1768), el asunto del matrimonio, una importante trama argumental. El hemistiquio como unidad de organización del discurso épico da lugar a expresivas alteraciones del orden de palabras que se aprovechan para destacar determinadas significaciones, como ocurre en los vv. 1648 y 1709. En fin, la aposición épica del v. 1630, que pone énfasis en el derecho de conquista, y el pleonasmo épico del v. 1794 son también importantes recursos del género épico-juglaresco. A ellos habría que añadir esa especie de estilo elíptico que, a veces, se ha interpretado como olvido: no sólo en el episodio de los judíos se hace una

desta mi quinta,   dígovos sin falla,
prended lo que quisiéredes,   lo otro remanga.
E cras ha la mañana   ir vos hedes sin falla
con cavallos desta quinta   que yo he ganada,
con siellas e con frenos   e con señas espadas;   1810
por amor de mi mugier   e de mis fijas amas,
«orque assí las enbió   dond ellas son pagadas,
estos dozientos cavallos   irán en presentajas,
que non diga mal el rey Alfonso
                       del que Valençia manda.»
Mandó a Pero Vermúez   que fuesse con Minaya.   1815
Otro día mañana   privado cavalgavan,
e dozientos omnes   lievan en su conpaña,
con saludes del Çid   que las manos le besava:
desta lid   que ha arrancada
dozientos cavallos   le enbiava en presentaja,   1819b
«e servir lo he sienpre
                       mientra que oviesse el alma».   1820

97

[*Viaje de Minaya*]

   Salidos son de Valençia   e piensan de andar,
talesganançias traen   que son a aguardar.

1807 *remanga:* quede.   1812 porque las ha enviado a donde están tan a gusto.   1822 *que son a aguardar:* que hay que custodiar.

promesa cuyo cumplimiento no se indica luego (véase **50**); también en este episodio el Cid dice que va a enviar la tienda al rey Alfonso (v. 1790) y ya nunca más se vuelve a hablar del asunto.

Andan los días e las noches   [que vagar non se dan]
e passada han la sierra,   que las otras tierras parte.
Por el rey don Alfonso   tómanse a preguntar.⁽⁵⁶⁾   1825

~~~~~~

(56) Ha comenzado en esta tirada un nuevo episodio (vv. 1821-1984) en el que el rey, sin duda ablandado por las reiteradas pruebas de fidelidad del Cid y por su tercer regalo, anuncia, por fin, que lo va a perdonar (v. 1899). La petición de los infantes de Carrión de casar con las hijas del héroe da un nuevo sesgo al argumento y permite la anticipación épica de lo que va a ser la afrenta de Corpes en la reticente respuesta de Minaya al rey (v. 1909) y en el disgusto del héroe ante la perspectiva de las bodas (v. 1939). Reaparecen motivos ya conocidos: la envidia y el despecho del conde García Ordóñez (vv. 1861-1865) ante la creciente fortuna del Cid y el creciente amor del rey Alfonso (véase **49**) y el tratamiento humorístico del conde y de los infantes hablando en aparte escénico (vv. 1860 y 1880). El episodio se cierra con la narración de los preparativos de las *vistas* (vv. 1965-1984), unas reuniones oficiales más importantes que las *juntas* y menos que las *cortes*. El relato se articula en escenas de gran vistosidad y dramatismo, obra de los recursos ya conocidos de la técnica juglaresca: descripción de gestos rituales, como el santiguarse que expresa admiración y conjura un peligro (v. 1840); manifestación de la actitud de agradecimiento ante una noticia no grata (v. 1933), que recuerda la de los vv. 8-9 (véase **2**) y anticipa la de los vv. 2830-2831; discurso directo sin marco introductorio, hasta el punto de que a veces no hay indicación exacta de quién es el personaje que habla (v. 1943), junto al discurso directo con verbo introductor en inciso (v. 1949), construcción infrecuente en el *Cantar*; hipérbaton impuesto por el hemistiquio épico (v. 1848). La importancia de la escena épica queda subrayada por el hecho de que ya no se describen —sólo se indican someramente— los viajes de Valencia a Castilla (1823-1824) o de Castilla a Valencia (v. 1915). Sólo al final, cuando se narran los preparativos para las vistas, desaparece el discurso directo y se deja oír la voz del narrador.

98

[*En Valladolid*]

Passando van las sierras e los montes e las aguas,
llegan a Valladolid do el rey Alfonso estava;
enviávale mandado Pero Vermúez e Minaya,
que mandasse reçebir a esta conpaña;
mio Çid el de Valençia enbía su presentaja.　　　1830

99

[*El rey recibe el presente. Envidia de García Ordóñez*]

Alegre fue el rey, non viestes atanto,
mandó cavalgar apriessa todos sos fijos dalgo,
ý en los primeros el rey fuera dio salto,
a ver estos mensajes del que en buen ora nasco.
Los ifantes de Carrión, sabet, ý s'açertaron,　　　1835
[e] el conde don Garçía, so enemigo malo.
A los unos plaze e a los otros va pesando.
A ojo lo[s] avién los del que en buen ora nasco,
cuédanse que es almofalla,
　　　　　　　　　　ca non vienen con mandado;
el rey don Alfonso seíse santiguando.　　　1840
Minaya e Per Vermúez adelante son llegados,
firiéronse a tierra, deçendieron de los cavallos,

1835 *ý s' açertaron:* allí se hallaron presentes. 1838 *A ojo los avién:* los tenían delante. 1839 *cuédanse:* temen. *almofalla:* ejército. *mandado:* aviso. 1842 *firiéronse a tierra:* se apearon.

antel rey Alfonso,   los inojos fincados,
besan la tierra   e los pies amos:
«¡Merçed, rey Alfonso,   sodes tan ondrado!   1845
Por mio Çid el Campeador
                  todo esto vos besamos,
a vos llama por señor
                  e tienes' por vuestro vassallo,
mucho preçia la ondra   el Çid que l'avedes dado.
Pocos días ha, rey,   que una lid a arrancado:
a aquel rey de Marruecos,   Yúcef por nombrado,   1850
con çinquaenta mill   arrancólos del campo.
Las gana[do]s que fizo   mucho son sobejan[o]s,
ricos son venidos   todos los sos vassallos,
e embíavos dozientos cavallos,
                  e bésavos las manos.»
Dixo el rey don Alfonso: «Reçíbolos de grado;   1855
gradéscolo a mio Çid   que tal don me ha enbiado;
aún vea ora   que de mí sea pagado.»
Esto plogo a muchos   e besáronle las manos.
  Pesó al conde don Garçía,   e mal era irado;
con diez de sus parientes   aparte davan salto: 1860
«¡Maravilla es del Çid   que su ondra creçe tanto!
En la ondra que él ha   nos seremos abiltados;
por tan biltadamientre   vençer reyes del campo,
commo si los fallasse muertos   aduzirse los cavallos,
por esto que él faze   nos abremos enbargo.»   1865

  1862 *abiltados:* humillados.   1863 *biltadamientre:* vilmente.   1064 *aduzirse:* traerse.   1865 *enbargo:* menoscabo.

100

[El rey honra a los hombres del Cid]

  Fabló el rey don Alfonso e dixo esta razón:
«Grado al Criador
          e al señor Sant Esidro el de León,
estos dozientos cavallos quem' enbía mio Çid.
Mio reyno adelant mejor me podrá servir.
A vos, Minaya Álbar Fáñez,
              e a Pero Vermúez aquí,   1870
mándovos los cuerpos
            ondradamientre servir e vestir
e guarnirvos de todas armas,
            commo vos dixiéredes aquí,
que bien parescades ante Ruy Díaz Mio Çid;
dovos tres cavallos e prendedlos aquí.
Assí commo semeja e la veluntad me lo diz,   1875
todas estas nuevas a bien abrán de venir.»

101

[Proyecto de boda de los infantes de Carrión]

  Besáronle las manos y entraron a posar;
bien los mandó servir de quanto huebos han.

1869 *Mio reyno adelant:* en lo que me queda de reinado. 1874 el rey les da tres caballos a cada uno: el corcel o caballo de guerra, el palafrén o caballo de paseo y el caballo de diestro o de carga, la cuadra completa de un caballero.

De los iffantes de Carrión   yo vos quiero contar,
fablando en su consejo,   aviendo su poridad: 1880
«Las nuevas del Çid   mucho van adelant,
demandemos sus fijas   pora con ellas casar;
creçremos en nuestra ondra   e iremos adelant.»
Vinién al rey Alfonso   con esta poridad:
«¡Merçed vos pidimos
     commo a rey e señor natural!   1885

102

[Solicitud de casamiento y fijación de las vistas]

Con vuestro consejo   lo queremos fer nos,
que nos demandedes   fijas del Campeador;
casar queremos con ellas
     a su ondra y a nuestra pro.»
Una grant ora   el rey pensó e comidió:[57]
«Yo eché de tierra   al buen Campeador,   1890
e faziendo yo a él mal,   e él a mí grand pro,
del casamiento   non sé sis' abrá sabor;
mas pues vos lo queredes,   entremos en la razón.»

1880 *poridad:* secreto, véase 104 y 1884.   1892 el casamiento no sé si será de su agrado (del Cid).

(57) Este verso es una fórmula épica, que significa la admirable mesura, el hábito patriarcal de callarse y meditar antes de pronunciarse sobre un tema importante que se presenta como mala noticia. Introduce el discurso del rey en este verso y en el 2953. También introduce el discurso del Cid un par de veces: en el v. 1932, en este mismo episodio, y en el 2828. La fórmula garantiza, por tanto, de cohesión léxica y equipara las figuras oratorias del rey y del Cid.

A Minaya Álbar Fáñez　e a Pero Vermúez
el rey don Alfonsso　essora los llamó,　　　　　　1895
a una quadra　elle los apartó:
«Oídme, Minaya　e vos, Per Vermúez
sírvem' mio Çid　el Campeador,
él lo mereçe　e de mí abrá perdón;
viniéssem' a vistas,　si oviesse dent sabor.　　　1899*b*
Otros mandados ha　en esta mi cort:　　　　　　1900
Diego e Ferrando,　los iffantes de Carrión,
sabor han de casar　con sus fijas amas a dos.
Sed buenos mensageros　e ruégovoslo yo
que ge lo digades　al buen Campeador:
abrá ý ondra　e creçrá en onor,　　　　　　　　　1905
por conssagrar　con los iffantes de Carrión.»
Fabló Minaya　e plogo a Per Vermúez:
«Rogar gelo emos　lo que dezides vos;
después faga el Çid　lo que oviere sabor.»
— «Dezid a Ruy Díaz,
　　　　　　　　el que en buen ora na[ció],　1910
quel' iré a vistas　do fuere aguisado,
do él dixiere,　ý sea el mojón.
Andarle quiero　a mio Çid en toda pro.»
Espidiense al rey,　con esto tornados son,
van pora Valençia　ellos e todos los sos.　　　　1915
　Quando lo sopo　el buen Campeador,
apriessa cavalga,　a reçebirlos salió;
sonrrisós' mio Çid　e bien los abraçó:

1896 *quadra:* sala.　1899*b* que me venga a las vistas si quiere.　1900 *mandados:* novedades, mensajes.　1905 *onor:* patrimonio.　1906 *conssagrar:* emparentar con la relación de suegro a yerno.　1912 *mojón:* lugar neutral prefijado para una entrevista.

«¿Venides, Minaya   e vos, Pero Vermúez?
En pocas tierras   a tales dos varones.   1920
¿Cómmo son las saludes   de Alfonso mio señor,
si es pagado   o reçibió el don?»
Dixo Minaya: «D'alma e de coraçón
es pagado,   e davos su amor.»
Dixo mio Çid: «¡Grado al Criador!»   1925
Esto diziendo,   conpieçan la razón,
lo quel' rogava   Alfonsso el de León⁽⁵⁸⁾
de dar sus fijas   a los ifantes de Carrión,
quel' connosçié ý ondra   e creç[r]ié en onor,
que ge lo conssejava   d'alma e de coraçón.   1930
Quando lo oyó mio Çid   el buen Campeador,
una grand ora   penssó e comidió:

1924 *davos su amor:* os restaura en el favor real.

(58) Este epíteto, *el de León*, identifica al rey con el bando leonés, lo mismo que antes, en el v. 1790, otro epíteto, *el castellano*, lo identifica con el bando del Cid. Pero nótese que estas identificaciones contradictorias están puestas en boca de los personajes. Son los hombres del Cid los que dicen *el de León*, en un parlamento reproducido resumidamente por medio del discurso indirecto libre (vv. 1926-1930); *el castellano* lo dijo el Cid en un parlamento en discurso directo. Parece que el narrador se comporta con una cierta imparcialidad artística: pone las sospechas de que el rey está a favor de los infantes en las mentes y en los labios de los hombres del Campeador; en cambio, nos presenta al héroe con plena confianza en su señor, aun sabiendo el poder que tienen los infantes en la corte (v. 1938). En cualquier caso, la figura del rey se nos presenta con una complejidad humana y social muy realista: por una parte, accede a los ruegos de los infantes y casa las hijas del Cid, aunque sospecha que el casamiento no va a gustar en Valencia (v. 1892); por otra, perdona al Cid y le concede el privilegio de fijar el lugar de las vistas (v. 1949).

«Esto gradesco   a Cristus el mio señor.
Echado fu de tierra,   [h]e tollida la onor,
con grand afán   gané lo que he yo.   1935
A Dios lo gradesco   que del rey he su [amor],
e pídenme mis fijas   pora los ifantes de Carrión.
Ellos son mucho urgullosos   e an part en la cort,
deste casamiento   non avría sabor,
mas pues lo conseja   el que más vale que nos,   1940
fablemos en ello,   en la poridad seamos nos.
Afé Dios del çielo   que nos acuerde en lo mijor.»
— «Con todo esto,   a vos dixo Alfonsso
que vos vernié a vistas   do oviéssedes sabor;
querer vos ye ver   e darvos su amor,   1945
acordar vos yedes después   a todo lo mejor.»
Essora dixo el Çid: «Plazme de coraçón.»
—«Estas vistas   ó las ayades vos»,
dixo Minaya,   «vos sed sabidor.»
—«Non era maravilla   si quisiesse el rey Alfonsso,   1950
fasta do lo fallássemos   buscarlo iremos nos,
por darle grand ondra   commo a rey [e señor].
Mas lo que él quisiere,   esso queramos nos.
Sobre Tajo,   que es una agua [muy fuert],
ayamos vistas   quando lo quiere mio señor.»   1955
   Escrivién cartas,   bien las selló,
con dos cavalleros   luego las enbió:
«Lo que el rey quisiere,   esso ferá el Campeador.»

 1934 *he tollida la onor:* tengo confiscado el patrimonio.   1945 *querer vos ye:* os querría; condicional perifrástico, como *acordar vos yedes:* os acordaríais del verso siguiente.   1948-49 Sabed dónde vais a tener las vistas; es decir, Minaya le comunica al Cid que el rey le ha concedido el privilegio de fijar el lugar de la entrevista.   1955 *quando:* ya que, puesto que (causal).

103

[La corte se prepara para las vistas]

Al rey ondrado   delant le echaron las cartas;
quando las vio,   de coraçón se paga: 1960
«Saludadme a mio Çid,
        el que en buen ora çinxo espada,
sean las vistas   destas tres semanas;
s[i] yo bivo so,   allí iré sin falla.»
Non lo detardan,   a mio Çid se tornavan.
   Della part e della   pora la[s] vistas se adobavan;   1965
¿quién vio por Castiella   tanta mula preçiada,
e tanto palafré   que bien anda,
cavallos gruessos   e corredores sin falla,
tanto buen pendón   meter en buenas astas,
escudos boclados   con oro e con plata,   1970
mantos e pielles   e buenos çendales d'A[n]dria?
Conduchos largos   el rey enbiar mandava
a las aguas de Tajo,   o las vistas son aparejadas.
Con el rey   atantas buenas conpañas.
Los iffantes de Carrió[n]   mucho alegres andan,   1975
lo uno adebdan   e lo otro pagavan;
commo ellos tenién,   creçer les ía la gana[n]çia,
quantos quisiessen   averes d'oro o de plata.

1965 *Della part e della:* de una y otra parte.   1970 *boclados:* con blocas, o sea las guarniciones de metal del centro del escudo.   1971 *Andria:* Andros, isla de las Cícladas en el mar Egeo, famosa por sus ricas telas de seda o cendales (véase 1509).   1975-78 Los infantes están contentos y gastan alegremente dejando a deber (*adebdan*) unas cosas y pagando sólo otras, porque creían (*commo ellos tenien*) que con el casamiento les aumentaría el capital en metálico.

El rey don Alfonsso   apriessa cavalgava,
cuendes e podestades   e muy grandes mesnadas.⁽⁵⁹⁾   1980
Los ifantes de Carrión   lievan grandes conpañas.
Con el rey van leoneses   e mesnadas galizianas,
non son en cuenta,   sabet, las castellanas.
Sueltan las riendas,   a las vistas se van adeliñadas.

(59) Había una nobleza alta, los *ricos omnes*, formada por *condes* y *podestades*, y una nobleza menor, los *infanzones*. El nombre *fijo dalgo* (hidalgo) se aplicaba a unos y otros. El *conde* gobernaba un territorio por delegación del rey, con poderes militares, judiciales y económicos; las *podestades* eran también ricos hombres que gobernaban territorios menos importantes que los condados. Los hijos de los ricos hombres eran *infantes*. En todo este episodio es importante la situación social de la nobleza con anterioridad a la Reconquista del valle del Guadalquivir. La alta nobleza —los ricos hombres— era la propietaria de la tierra en el interior; los infanzones se establecían en la *frontera*. Pero los territorios del interior se habían despoblado considerablemente desde mediados del siglo XII, porque los campesinos preferían establecerse en la frontera, en donde las posibilidades de mejora económica y social eran mayores gracias al botín de guerra. En conclusión: la alta nobleza tenía tierras (origen de la honra), pero no dinero en metálico; los infanzones, en cambio, podían disponer de fuertes sumas de dinero, aunque sus posesiones fueran menores y de menor calidad. Por eso los infantes de Carrión quieren casarse con las hijas del Cid y por eso plantean —con un más que sospechoso secreto (vv. 1880-1883)— las conveniencias del matrimonio, que dará honra al Cid y a sus hijas, por emparentar con ricos hombres, y a ellos y a su maltrecha economía, dinero contante y sonante, que también aumentará su honra.

104

[*Las vistas de Toledo*]

Dentro en Valençia   mio Çid el Campeador[60]   1985
non lo detarda,   pora las vistas se adobó.
Tanta gruessa mula   e tanto palafré de sazón,
tanta buena arma   e tanto buen cavallo corredor,

1987 *de sazón:* excelente.

(60) Desde este verso 1985 hasta el 2204 se narran las vistas de Toledo, con el perdón del rey y el casamiento de las hijas del Cid. Es una narración dramatizada en la que el diálogo en discurso directo es el recurso esencial. Primero el Cid parte de Valencia no sin antes haber dictado disposiciones para que la ciudad y la familia queden protegidas. Luego llega a las vistas. El primer día es recibido por el rey, que se le ha adelantado, y recibe su perdón mediante las fórmulas apropiadas de los vv. 2034-2035. El segundo día el Cid ofrece un banquete a los asistentes. El tercer y último día el rey pide al Cid sus hijas para los infantes de Carrión; el Cid se resiste a entregarlas por sí mismo y pide al monarca que nombre un representante o *manero*; finalmente, el Cid ofrece al soberano un regalo de despedida. Acaban las vistas y el episodio concluye con la despedida de los que van a Valencia a las bodas y con la narración sumaria del viaje de vuelta. La noche de la llegada a Valencia el Cid explica a su mujer y a sus hijas cómo se ha concertado el casamiento, aunque en ningún momento nombra expresamente a los novios, los infantes de Carrión.

En este episodio la figura del héroe concentra tres aspectos importantes. En primer lugar, la premonición de que el casamiento de sus hijas con los infantes de Carrión puede salir mal, lo que enlaza el final de este segundo cantar con el tercero. En segundo lugar, la generosidad del héroe triunfante. En tercer lugar, la equiparación del Cid con el rey, con ventaja para el primero.

tanta buena capa e mantos e pelliçones;
chicos e grandes vestidos son de colores. 1990
Minaya Álbar Fáñez e aquel Pero Vermúez,
Martín Muñoz [el que mandó a Mont Mayor]
e Martín Antolínez, el burgalés de pro, 1992*b*

~~~~~~

El Cid repite una y otra vez que no es él quien casa a sus hijas, sino el rey. No quiere casarlas con los de Carrión; incluso pone excusas pueriles, como la poca edad (v. 2083), cuando antes ya había planeado casarlas por su cuenta (vv. 1650 y 1768). Las pone en manos del rey delegando en él toda responsabilidad (v. 2088). Reitera esta idea, como un estribillo en el v. 2110, 2134, 2199 y 2204. Pide *manero* o representante legal (v. 2133), pero antes ha pedido a la Virgen casarlas con sus propias manos (v. 282*b*). Su poca confianza en el matrimonio se deja ver también en la fórmula irónica con que contesta al saludo y ofrecimiento que le hacen los infantes de Carrión (v. 2055). Y el mismo efecto se manifiesta en el v. 2126: pidiéndole a Dios un buen galardón para sí mismo, el Cid irónicamente anticipa la atribución al rey de la responsabilidad de lo que va a pasar con el casamiento de sus hijas; si —como hacen M. Pidal, C. Smith, Montaner y otros— se enmienda el manuscrito sustituyendo el original *dém(e)* por *devos*, se pierde la expresión de la irónica desconfianza en el matrimonio recién concertado. Cuando manda a Pedro Bermúdez y a Muño Gustioz vigilar a los infantes (vv. 2168-2171), está manifestando también su desconfianza. De este sentimiento parece participar así mismo el rey, en cuya intensa manifestación de esperanza de que todo salga bien (v. 2155) se percibe el temor de que todo puede salir mal.

El héroe triunfante se muestra generoso y espléndido en sus regalos: el v. 2117 ejemplifica la largueza como carácter admirable del héroe épico y de la cortesía caballeresca.

La buena estrella del Campeador sube; a su luz palidece la figura del propio rey: el v. 2165 es simbólico en este sentido. Pero ya en el v. 1990 el poeta indica que el Cid tiene recursos económicos para vestir de colores a todo el mundo: la ropa de color era cara y, como gala, era señal de calidad y prosperidad.

el obispo don Jerónimo,   coranado mejor,
Álvar Álvarez   e Alvar Sa[l]vadórez,⁽⁶¹⁾
Muño Gustioz,   el cavallero de pro,   1995
Galind Garçíaz,   el que fue de Aragón:
éstos se adoban   por ir con el Campeador,
e todos los otros   que ý son.
Álvar Salvadórez
              e Galind Garcíaz el de Aragón,
a aquestos dos   mandó el Campeador   2000
que curien a Valençia   d'alma e de coraçón   2000b
e todos los [otros]   que en poder dessos fossen.
Las puertas del alcáçar,   [mio Çid lo mandó]
que non se abriessen   de día nin de noch;   2002b
dentro es su mugier   e sus fijas amas a dos,

2000b *curien:* cuiden.

(61) De nuevo nos encontramos con Álvar Salvadórez, que había quedado preso del enemigo en la batalla contra Yúcef (v. 1681). Fijémonos también en otros personajes que aparecen ahora. Álvar Díaz (v. 2042) es personaje histórico, señor de Oca y cuñado de García Ordóñez. Las hijas del Cid forman un personaje dual, como los infantes de Carrión o los judíos de Burgos: también hablan a coro (v. 2195), pero sin el enfoque irónico de aquellos otros personajes. El Cid histórico tuvo dos hijas, pero no se llamaban Elvira y Sol (v. 2075), sino Cristina y María. Sin embargo, el nombre María se asocia con frecuencia en los diplomas al sobrenombre Sol, lo que pudo suceder con Cristina-Elvira. El Cid tuvo también un hijo, Diego, que según las crónicas navarras murió en la batalla de Consuegra (1097), y del que no se habla en el poema. Asur González (v. 2172) es personaje no documentado históricamente; es el hermano mayor de los infantes de Carrión; es un lengua sin manos, un charlatán cuyas palabras no se corresponden con sus obras, contrapunto de Pedro Bermúdez, como se verá en las Cortes de Toledo (vv. 3373-3381).

en que tiene su alma e su coraçón,
e otras dueñas que las sirven a su sabor; 2005
recabdado ha, commo tan buen varón,
que del alcáçar una salir non puede
fata ques' torne el que en buen ora na[çi]ó.
  Salién de Valençia, aguijan [a espolón].
Tantos cavallos en diestro, gruessos e corredores, 2010
mio Çid se los gañara,
              que non ge los dieran en don.
Yas' va pora las vistas que con el rey paró.
  De un día es llegado antes el rey don Alfonsso.
Quando vieron que vinié el buen Campeador,
reçebirlo salen con tan grand onor. 2015
Don lo ovo a ojo el que en buen ora na[çi]ó,
a todos los sos estar los mandó,
si non a estos cavalleros que querié de coraçón.
Con unos quinze a tierras' firió;
commo lo comidía el que en buen ora nació, 2020
los inojos e las manos en tierra los fincó,
las yerbas del campo a dientes las tomó,⁽⁶²⁾

  2006 *recabdado ha:* ha dispuesto. 2007 *una...non:* ninguna. 2009 *aguijan a espolón:* dan de espuela, pican con ella. 2010 *cavallos en diestro:* caballos de combate; véase 1548. 2020 *comidía:* pensaba.

(62) En todo este episodio es manifiesta la capacidad del narrador para conseguir la visualidad del mundo narrado. La indicación de los gestos rituales y solemnes es un buen procedimiento, como ya sabemos. En estos versos 2021-2022 vemos al Cid postrándose y arrancando la hierba con los dientes, según costumbre indoeuropea, en señal de humildad y sumisión. Este gesto de humildad significa que el héroe ocupa una posición social adecuada respecto al monarca a partir de ese momento. En los versos 2039-2040 el beso en la mano es

llorando de los ojos,   tanto avié el gozo mayor;
assí sabe dar omildança   a Alfonsso so señor.
De aquesta guisa   a los pies le cayó;   2025
tan grand pesar ovo   el rey don Alfonsso:
«Levantados en pie,   ya Çid Campeador,
besad las manos,   ca los pies no;
si esto non feches,   non avredes mi amor.»
Hinojos fitos   sedié el Campeador: 2030
«Merçed vos pido a vos,   mio natural señor,
assí estando,   dédesme vuestra amor,
que lo oyan [todos]   quantos aquí son.»   2032*b*
Dixo el rey: «Esto feré   d'alma e de coraçón;
aquí vos perdono   e dovos mi amor,
[e] en todo mio reyno   parte desde oy.»   2035
Fabló Mio Çid   e dixo [esta razón]:
«¡Merçed! Yo lo reçibo,   Alfonsso mio señor;   2036*b*
gradéscolo a Dios del çielo   e después a vos,
e a estas mesnadas   que están a derredor.»
Hinojos fitos   las manos le besó,
levós' en pie   e en la bocal' saludó.   2040
Todos los demás   desto avién sabor;
pesó a Álvar Díaz   e a Garci Ordóñez.

2029 *feches:* hacéis. 2030 *Hinojos fitos:* de rodillas. 2032 *dédesme:* que me deis; subjuntivo con valor de imperativo, dadme.

señal de vasallaje y el beso en la boca, señal de paz y amistad. El narrador demuestra conocer muy bien los usos feudales, muy vistosos en esta escena del vasallaje del Cid. En el v. 2059 la barba, símbolo de la honra, ha crecido ante la admiración de todos. Otro hecho simbólico es el intercambio de las espadas del Cid y de los infantes, que significa parentesco (v. 2093).

Fabló mio Çid e dixo esta razón:
«Esto gradesco al [padre] Criador, 2043*b*
quando he la graçia de don Alfonsso mio señor;
valerme [h]a Dios de día e de noch. 2045
Fuéssedes mi huésped, si vos ploguiesse, señor.»
Dixo el rey: «Non es aguisado oy,
vos agora llegastes e nos viniemos anoch;
mio huésped seredes, Çid Campeador,
e cras feremos lo que ploguiere a vos.» 2050
Besóle la mano, mio Çid lo otorgó.
Essora se le omillan los iffantes de Carrión:
«Omillámosnos, Çid, en buen ora nasquiestes vos!
En quanto podemos andamos en vuestro pro.»
Respuso mio Çid: «¡Assí lo mande el Criador!» 2055
Mio Çid Ruy Díaz, que en ora buena na[çi]ó,
en aquel día del rey so huésped fue;
non se puede fartar dél, tantol' querié de coraçón;
catandol' sedié la barba, que tan aínal' creçi[ó].
Maravíllanse de mio Çid quantos que ý son. 2060
 Es' día es passado, e entrada es la noch.
Otro día mañana claro salié el sol,
el Campeador a los sos lo mandó
que adobassen cozina pora quantos que ý son.
De tal guisa los paga mio Çid el Campeador, 2065
todos eran alegres e acuerdan en una razón:
passado avié tres años, no comieran mejor.
 Al otro día mañana, assí commo salió el sol,
el obispo don Jerónimo la missa cantó.

2061 *Es' día:* el día, artículo; el artículo procede del demostrativo, y hay en la lengua antigua demostrativos —como este *es(e)*— que ya son artículos.

Al salir de la missa   todos iuntados son;   2070
non lo tardó el rey,   la razón conpeçó:
«¡Oídme, las escuelas,   cuendes e ifançones!
Cometer quiero un ruego
                        a mio Çid el Campeador;
assí lo mande Cristus   que sea a so pro.
Vuestras fijas vos pido,   don Elvira e doña Sol,   2075
que las dedes por mugieres
                        a los ifantes de Carrión.
Semejiam' el casamiento
                        ondrado e con grant pro,
ellos vos las piden   e mándovoslo yo.
Della e della parte,   quantos que aquí son,
los míos e los vuestros   que sean rogadores;   2080
¡dándoslas, mio Çid,   sí vos vala el Criador!»
—«Non abría fijas de casar»,
                        respuso el Campeador,
ca non han grant hedad   e de días pequeñas son.
De grandes nuevas son   los ifantes de Carrión,
perteneçen pora mis fijas   e aun pora mejores.   2085
Yo las engendré amas   e criásteslas vos,
entre yo y ellas   en vuestra merçed somos nos;
aféllas en vuestra mano   don Elvira e doña Sol,
dadlas a qui quisiéredes vos,   ca yo pagado so.»
—«Graçias», dixo el rey,
                        «a vos e a tod esta cort.»   2090

2073 *Cometer:* proponer.   2080 *rogador:* el que solemnemente pide en matrimonio a la novia, sustituyendo al mismo novio o a un familiar de éste.   2081 *dándoslas:* dánoslas.   2082 No tendría hijas para casar (si no me las pidiérais vos); de nuevo la elipsis épica.   2084 *nuevas:* fama, renombre.   2085 *perteneçen pora:* convienen a.

Luego se levantaron   los iffantes de Carrión,
ban besar las manos   al que en ora buena naçió;
camearon las espadas   ant el rey don Alfonsso.
Fabló el rey don Alfonsso   commo tan buen señor:
«Graçias, Çid, commo tan bueno,
      e primero al Criador, 2095
quem' dades vuestras fijas
      pora los ifantes de Carrión.
Daquí las prendo por mis manos
      don Elvira e doña Sol,
e dolas por veladas   a los ifantes de Carrión.
Yo las caso a vuestras fijas   con vuestro amor,
al Criador plega   que ayades ende sabor. 2100
Afellos en vuestras manos   los ifantes de Carrión,
ellos vayan convusco,   ca d'aquén me torno yo.
Trezientos marcos de plata   en ayuda les do yo,
que metan en sus bodas   o do quisiéredes vos;
pues fueren en vuestro poder
      en Valençia la mayor, 2105
«os yernos e las fijas   todos vuestros fijos son:
lo que vos ploguiere,   dellos fet, Campeador.»
Mio Çid ge los reçibe,   las manos le besó:
«Mucho vos lo gradesco,   commo a rey e a señor.
Vos casades mis fijas   ca non ge las do yo.» 2110
 Las palabras son puestas   [............]
que otro día mañana quando sali[ess]e el sol,
ques' tornasse cada uno   don salidos son. 2112*b*

 2093 *camearon las espadas:* cambiaron las espadas, como señal de parentesco. 2098 *dolas por veladas:* las doy por mujeres legítimas. 2099 *amor:* consentimiento. 2100 *plega:* plazca. 2102 *d'aquén:* desde aquí. 2105 *pues fueren:* después de que estuvieren. 2107 *fet:* haced.

Aquís' metió en nuevas   mio Çid el Campeador;
tanta gruessa mula   e tanto palafré de sazón,
tantas buenas vestiduras   que d'alfaya son,   2116
conpeçó mio Çid a dar
              a quien quiere prender so don;   2115
cada uno lo que pide,   nadi nol' dize de no.   2117
Mio Çid de los cavallos   sessaenta dio en don.
Todos son pagados de las vistas,
              quantos que ý son;
partirse quieren,   que entrada era la noch.   2120
El rey a los ifantes   a las manos les tomó,
metiólos en poder   de mio Çid el Campeador:
«Evad aquí vuestros fijos,
              quando vuestros yernos son;
de oy más, sabed   qué fer dellos, Campeador.»
—«Gradéscolo, rey,   e prendo vuestro don;   2125
Dios que está en çielo
              dem' dent buen galardón.»

105

[El Cid no quiere entregar personalmente a sus hijas]

«Yo vos pido merçed   a vos, rey natural: 2131
pues que casades mis fijas,   assí commo a vos plaz,
dad manero a qui las dé,   quando vos las tomades;
non ge las daré yo con mi mano,
              nin de[n]d non se alabarán.»

2113 *Aquís' metió en nuevas:* hizo cosa señalada. 2116 *d'alfaya:* de valor. 2126 *dem' dent:* me dé por ello. 2133 *manero:* representante; de nuevo el Cid no quiere responsabilizarse del casamiento de sus hijas.

Respondió el rey: «Afé aquí Álbar Fáñez; 2135
prendellas con vuestras manos
     e daldas a los ifantes,
assí commo yo las prendo daquent,
     commo si fosse delant,
sed padrino dell[a]s a tod el velar;
quando vos juntáredes comigo,
     quem' digades la verdat.»
Dixo Álbar Fáñez: «Señor, afé que me plaz.» 2140

106

[El Cid ofrece al rey un regalo de despedida]

 Tod esto es puesto, sabed, en grant recabdo.
«Ya rey don Alfonsso, señor tan ondrado,
destas vistas que oviemos, de mí tomedes algo.
Tráyovos veínte palafrés, éstos bien adobados,
e treínta cavallos corredores,
     éstos bien enssellados; 2145
tomad aquesto e beso vuestras manos.»
Dixo el rey don Alfonsso:
     «Mucho me avedes enbargado.
Reçibo este don que me avedes mandado;
plega al Criador con todos los sos santos,
este plazer quem' feches
     que bien sea galardonado. 2150

 2137 *commo si fosse delant:* como si yo estuviese allí. 2138 *el velar:* ceremonia de las velaciones: la boda.

Mio Çid Ruy Díaz,   mucho me avedes ondrado,
de vos bien so servido   e tengon' por pagado;
aún bivo seyendo,   de mí ayades algo.
A Dios vos acomiendo,   destas vistas me parto.
¡Afé Dios del çielo
                que lo ponga en buen [recabdo]!»   2155

107

[Regreso a Valencia con los que van a las bodas]

Sobrel so cavallo Bavieca   mio Çid salto d[io]:   2127
«Aquí lo digo   ante mio señor el rey Alfonsso:
qui quiere ir a las bodas   o reçebir mi don,
daquend vaya comigo,   cuedo que l'avrá pro.»   2130
  Ya s'espidió mio Çid   de so señor Alfonsso,   2156
non quiere quel' escurra,   dessí luegol' quitó.
Veriedes cavalleros,   que bien andantes son,
besar las manos,   espedirse de rey Alfonsso:
«Merçed vos sea   e fazednos este perdón: 2160
iremos en poder de mio Çid
                a Valençia la mayor;
seremos a las bodas   de los ifantes de Carrión
e de las fijas de mio Çid,
                de don Elvira e doña Sol.»
Esto plogo al rey   e a todos los soltó;
la conpaña del Çid creçe   e la del rey mengó,   2165
grandes son las yentes   que van con el Canpeador.

2152 *tengon'*: téngome.   2153 ojalá que tengáis algo de mí, si tengo vida.
2158 *bien andantes:* afortunados.

Adeliñan pora Valençia,
     la que en buen punto ganó.
E a don Fernando e a don Diego
     aguardarlos mandó
a Pero Vermúez   e Muño Gustioz
(en casa de mio Çid   non a dos mejores),   2170
que sopiessen s[u]s mañas
     de los ifantes de Carrión.
E va ý Assur Gonçález,   que era bullidor,
que es largo de lengua,
     mas en lo ál non es tan pro.
Grant ondra les dan   a los ifantes de Carrión.
Afélos en Valençia,   la que mio Çid gañó;   2175
quando a ella assomaron,   los gozos son mayores.
Dixo mio Çid a don Pero   e a Muño Gustioz:
«Dadles un reyal   a los ifantes de Carrión,
vos con ellos sed,   que assí vos lo mando yo.
Quando viniere la mañana,   que apuntare el sol,   2180
verán a sus esposas,   a don Elvira e a doña Sol.»

108

[*El Cid anuncia a doña Jimena los casamientos*]

Todos essa noch   fueron a sus posadas,
mio Çid el Campeador   al alcáçar entrava;
reçibiólo doña Ximena   e sus fijas amas:
«¡Venides, Campeador,
     en buena ora çinxiestes espada!   2185

2171 *mañas:* costumbres.   2172 *bullidor:* bullanguero.   2178 *reyal:* albergue.

¡Muchos días vos veamos
                    con los ojos de las caras!»
—«¡Grado al Criador,   vengo, mugier ondrada!
Yernos vos adugo   de que avremos ondrança;
¡gradídmelo, mis fijas,   ca bien vos he casadas!»
　　Besáronle las manos   la mugier e las fijas amas   2190
e todas las dueñas   que las sirven [sin falla]:

109

[*Doña Jimena y sus hijas aceptan los casamientos*]

—«¡Grado al Criador
                    e a vos, Çid, barba vellida!
Todo lo que vos feches   es de buena guisa.
Non serán menguadas   en todos vuestros días.»
—«Quando vos nos casáredes,
                    bien seremos ricas.»   2195

110

[*El Cid dice a sus hijas que es el rey quien las casa*]

—«Mugier doña Ximena,   ¡grado al Criador!
A vos digo, mis fijas,   don Elvira e doña Sol:
deste vu[e]stro casamiento   creçremos en onor;
mas bien sabet verdad   que non lo levanté yo:
pedidas vos ha e rogadas   el mio señor Alfonsso,   2200

2188 *adugo:* aduzco, traigo.   2189 *gradídmelo,* agradecédmelo.

atan firmemientre   e de todo coraçón
que yo nulla cosa   nol' sope dezir de no.
Metívos en sus manos,   fijas amas a dos;
bien me lo creades
      que él vos casa, ca non yo.»[63]

---

(63) La cohesión léxica ha sido muy importante en todo este episodio. Este v. 2204 culmina la reiteración del rechazo, por parte del Cid, de la responsabilidad de los casamientos de sus hijas. Es un motivo que se ha venido manifestando, mediante la repetición de una misma palabra o por medio de un sinónimo, en los vv. 2110, 2134, 2199 y ahora en el 2204. La antítesis en este mismo verso refuerza el efecto: el Cid no es el que casa a sus hijas, sino el rey. Está servido el argumento del tercer cantar. Hay repetición de los desposorios en los vv. 2121-2126: la cohesión léxica que se consigue subraya igualmente que es el rey el que casa a las hijas del Cid, y no el Cid. Pero la cohesión léxica está al servicio de otros aspectos temáticos. La repetición de mulas, palafrenes y caballos corredores equipara al Cid (vv. 1987-1990) con el rey (1966-1968). La cohesión léxica desborda los límites del episodio y lo conecta con otros apartados de la obra. En el v. 2011 ganar caballos y no recibirlos regalados es contraste antonímico con los continuos regalos de caballos que ha recibido el rey del Cid: es un contraste que celebra las proezas del Cid frente al monarca. El *buen señor* del v. 2094 contrasta con el del v. 20 (véase **5** y **33**) y reitera el del v. 1323 (en boca de Minaya). El contraste entre pedir *manero* para casar a sus hijas (v. 2133) y rogar a la Virgen que las pueda casar con sus propias manos (v. 282b) deja abiertas las puertas a otras bodas, lo cual pone de manifiesto la unidad de todo el poema, la interrelación de sus tres cantares. En fin, la reiteración sinonímica es pleonasmo épico en el v. 2180.

111

[*Las bodas*]

Penssaron de adobar essora el palaçio,⁽⁶⁴⁾ 2205
por el suelo e suso tan bien encortinado,
tanta pórpola e tanto xámed
 e tanto paño preciado.

2206 cubriendo con tapices los muros y el suelo; era costumbre oriental, no cristiana, cubrir el suelo de tapices o alfombras; después de las Cruzadas esa costumbre se va extendiendo por Occidente. 2207 *pórpola:* tela de púrpura. *xámed:* tela de seda.

(64) Esta última tirada es también el último episodio del cantar segundo: las bodas (vv. 2205-2277). La estructura del relato es de un claro carácter lineal: 1) Preparación del escenario de las bodas. 2) La ceremonia civil. 3) La ceremonia religiosa. 4) Celebración y torneos durante quince días. 5) Despedida de los invitados. 6) *Y fueron felices* en Valencia durante casi dos años. 7) Despedida del juglar.

Como se ve, el hecho argumental más importante es la celebración de las bodas. Hay una general atmósfera de alegría que, sin embargo, queda enmarcada por la conocida reticencia del Cid y por los presagios de tristeza. Nótese que el tono brusco del Cid, rozando la descortesía, en el v. 2220 demuestra, una vez más, que no es partidario de estas bodas; al final, en el v. 2275, la probable alusión al rey y el mismo ruego de que el casamiento sea motivo de satisfacción constituyen un presagio de la afrenta de Corpes. Dentro de estos límites nada favorables se narra una boda de personas importantes de la época. Era un tema literario, a juzgar por las coincidencias con la narración de la boda de Alejandro Magno en el *Libro de Alexandre* (vv. 1961*ab*), boda que también dura quince días «conplidos» con sus torneos diarios. El escenario debía mostrar la solemnidad del acontecimiento: de ahí el detalle de los tapices que cuelgan de las paredes y

Sabor abriedes de ser   e de comer en el palaçio.
Todos sus cavalleros   apriessa son juntados.
Por los iffantes de Carrión   essora enbiaron,   2210
cavalgan los iffantes,   adelant adeliñavan al palaçio,
con buenas vestiduras   e fuertemientre adobados,
de pie e a sabor,   ¡Dios, qué quedos entraron!
Reçibiólos mio Çid   con todos sus vassallos;
a él e a su mugier   delant se le omillaron,   2215
e ivan posar   en un preçioso escaño.
Todos los de mio Çid   tan bien son acordados,
están parando mientes   al que en buen ora nasco.
  El Campeador   en pie es levantado:
«Pues que a fazer lo avemos,
            ¿por qué lo imos tardando?   2220

2213 entraron a pie con tal comedimiento que daba gusto verlos (*a sabor*).
2220 *imos:* vamos.

de las alfombras que adornan el suelo (v. 2206), una costumbre oriental esta de las alfombras que se había ido generalizando en Europa después de las Cruzadas. La boda constaba de dos ceremonias: una civil, previa, consistente en la entrega de la novia (vv. 2225-2226), y otra religiosa, las bendiciones o sacramento del matrimonio (v. 2240). Después venía la fiesta, que podía durar varias semanas —quince días aquí— y en la que eran imprescindibles los torneos y juegos de armas (vv. 2241-2250), ocasión para el lucimiento de los caballeros. En efecto, los infantes de Carrión muestran que son consumados jinetes. (Pero esta habilidad para montar va a contrastar con su cobardía al comienzo del cantar tercero.) El reflejo de la realidad social de las bodas de los *ricos omnes* se completa en el poema con la aportación de los vasallos. Los vasallos solían contribuir a los gastos de las bodas de la familia de su señor; en el *Cantar de Mio Cid* lo hacen dando regalos a los invitados (v. 2258-2259). En contraste con la descripción realista de las bodas, nótese que no se nos dice qué infante se casa con qué hija ni se precisa la edad de ninguno de los contrayentes.

¡Venit acá, Álbar Fáñez, el que yo quiero e amo!
Afé amas mis fijas, métolas en vuestra mano;
sabedes que al rey assí ge lo he mandado,
no lo quiero fallir por nada de quanto ay parado;
a los ifantes de Carrión dadlas con vuestra mano,   2225
e prendan bendiçiones e vayamos recabdando.»
Estoz dixo Minaya: «Esto faré yo de grado.»
Levántanse derechas e metiógelas en mano.
A los ifantes de Carrión Minaya va fablando:
«Afévos delant Minaya, amos sodes hermanos,   2230
por mano del rey Alfonsso,
  que a mí lo ovo mandado,
dovos estas dueñas, amas son fijas dalgo,
que las tomássedes por mugieres
  a ondra e a recabdo.»
Amos las reçiben d'amor e de grado,
a mio Çid e a su mugier van besar la mano.   2235
  Quando ovieron aquesto fecho,
  salieron del palaçio,
pora Santa María apriessa adeliñnando;
el obispo don Jerónimo vistiós' tan privado,
a la puerta de la eclegia sediéllos sperando;
dioles bendictiones, la missa a cantado.   2240
  Al salir de la ecclegia cavalgaron tan privado,
a la glera de Valençia fuera dieron salto;
¡Dios, qué bien tovieron armas
  el Çid e sus vassallos!

2223 *mandado:* prometido. 2224 *fallir:* dejar de cumplir. 2233 *a ondra e a recabdo:* honrada y legítimamente, o sea, de acuerdo con el documento legal del casamiento (*recabdo*). 2239 los estaba esperando a la puerta de la iglesia.

Tres cavallos cameó   el que en buen ora nasco.
Mio Çid de lo que veyé   mucho era pagado: 2245
los ifantes de Carrión   bien an cavalgado.⁽⁶⁵⁾
Tórnanse con las dueñas,   a Valençia an entrado;
ricas fueron las bodas   en el alcáçar ondrado,
e al otro día fizo Mio Çid   fincar siete tablados:
antes que entrassen a yantar
                           todos los quebrantaron. 2250
Quinze días conplidos   en las bodas duraron,
çerca de los quinze días   yas' van los fijos dalgo.
Mio Çid don Rodrigo,   el que en buen ora nasco,
entre palafrés e mulas   e corredores cavallos,
en bestias sines ál   ciento son mandados; 2255
mantos e pelliçones   e otros vestidos largos;
non fueron en cuenta   los averes monedados.
Los vassallos de mio Çid   assí son acordados,
cada uno por sí   sos dones avién dados.
Qui aver quiere prender   bien era abastado; 2260

2244 Cambió tres veces de caballo, bien porque el torneo fue muy duro, bien porque fue uno de aquellos en los que era preceptivo quebrar tres lanzas.   2245 *veye:* veía.   2255 *sines ál:* sin (contar) otras cosas.   *mandados:* regalados.

(65) Es la primera y única vez que se elogia a los infantes, en concreto por su habilidad para montar a caballo. Todo esto agrada al Campeador (v. 2245) y es, seguramente, el principio de la confianza y el afecto. Pero no se trata de un detalle sin importancia argumental: el afecto, que también es compartido por todos los hombres del Cid (v. 2272), va a hacer verosímil el que los infantes partan con sus mujeres hacia Castilla y se produzca la afrenta de Corpes. Por lo demás, el Cid vuelve a mostrar la generosidad característica del héroe épico en la celebración de las bodas (v. 2255).

ricos tornan a Castiella
                los que a las bodas llegaron.
Ya s'ivan partiendo   aquestos ospedados,
espidiendos' de Ruy Díaz,
                el que en buen ora nasco,
e a todas las dueñas   e a los fijos dalgo;
por pagados se parten
                de mio Çid e de sus vassallos.   2265
Grant bien dizen dellos,   ca será aguisado.
Mucho eran alegres   Diego e Ferrando;
estos fueron fijos   del conde don Gonçalo.⁽⁶⁶⁾

   Venidos son a Castiella   aquestos ospedados,
el Çid e sos yernos   en Valençia son rastados.   2270
Ý moran los ifantes   bien cerca de dos años,
los amores que les fazen   mucho eran sobejanos.
Alegre era el Çid   e todos sus vassallos.
¡Plega a Santa María   e al Padre santo
ques' pague des' casamiento
                mio Çid o el que lo ovo [a] algo!   2275
   Las coplas deste cantar   aquís' van acabando.
El Criador vos vala   con todos los sos santos.⁽⁶⁷⁾

2272 el afecto que les demuestran era extraordinario. 2276 *copla:* tirada, serie de versos con la misma asonancia. *cantar:* cada una de las partes extensas de que se compone la narración de los poemas épicos cantados por los juglares.

(66) El conde don Gonzalo es el padre de los infantes de Carrión en el poema. Se trata de un personaje del que tenemos documentación histórica: Gonzalo Ansúrez, hijo del conde Asur Díaz. En la realidad no fue conde de Carrión, sino sobrino del conde Gómez Díaz.

   (67) Este verso es una fórmula juglaresca de despedida; indica el final de una parte de la recitación juglaresca, no el final de la narración. De hecho, el ruego de que los casamientos produzcan satisfacción al Cid, al rey y, en general, al auditorio (vv. 2274-2275) deja en suspenso el hilo narrativo y anuncia que las bodas no son el final de esta historia. De este modo queda asegurada la unidad de todo el poema y se prepara la continuación con la afrenta de Corpes y el enfrentamiento entre la nobleza leonesa y la castellana. Por otra parte, las fórmulas y usos juglarescos han aparecido desde el principio del episodio. Nótese el valor ponderativo de *tanto* como típico rasgo épico en el v. 2207 y, en el v. 2208, la apelación al auditorio para hacerlo partícipe de la fastuosidad de las bodas y para intensificar el efecto de la descripción.

[Cantar tercero]

112

[Se escapa el león. Cobardía de los infantes]

En Valençia seý mio Çid con todos [los sos],
con él amos sus yernos los ifantes de Carrión.⁽⁶⁸⁾
Yaziés' en un escaño, durmié el Campeador,   2280
mala sobrevienta, sabed, que les cuntió:
saliós' de la red e desatós' el león.
En grant miedo se vieron por medio de la cort;
enbraçan los mantos los del Campeador
e çercan el escaño e fincan sobre so señor.   2285

2278 *seý:* estaba; forma apocopada de *seyé, seía,* del verbo *seer.* 2280 *Yazies':* estaba echado. *escaño:* asiento grande y con patas que lo elevan sobre el suelo y permiten que se esconda el infante. 2281 *sobrevienta:* sobresalto. *cuntió:* aconteció. 2282 *red:* jaula. 2283 *cort:* sala. 2285 *sobre:* alrededor de.

(68) El primer episodio de este tercer cantar (vv. 2278-2542) nos presenta un calculado contraste entre la cobardía e indignidad de los infantes de Carrión y el heroísmo y generosidad del Cid. Lo que se pretende es preparar el segundo episodio: la afrenta que los infantes

251

cometerán con las hijas del Cid en un salvaje acto de venganza privada, una acción que va a incrementar la vileza de sus autores y va a dar paso a los otros dos episodios del cantar: las cortes de Toledo y los duelos de Carrión. Las cuatro partes del tercer y último cantar son, pues, lógica y cronológicamente consecuentes, con una clara disposición lineal. En este sentido, el narrador tiene buen cuidado de señalar que los infantes se consideran injuriados (*enbaídos*, v. 2309) y de anticipar lo que será su cruel e injusta venganza al sugerir el punzante resentimiento que los atormenta (v. 2310).

El contraste mencionado se construye sobre dos hechos: la anécdota del león y la batalla contra Búcar.

El Cid está durmiendo y se escapa el león de su jaula (v. 2282). Esta anécdota nos presenta al héroe como un gran señor: era costumbre de la época que reyes, nobles y grandes eclesiásticos tuvieran fieras en sus palacios para adorno y recreo. Pero, además, el episodio del león sirve para mostrar la cobardía y egoísmo de los infantes, que huyen abandonando a su suegro y señor. En contraste, los hombres del Cid lo protegen y, tomando precauciones ante un posible cuerpo a cuerpo con la fiera, usan los mantos como escudos (v. 2284). El miedo, en cambio, rompe la pareja que forman los infantes habitualmente. Hasta ahora habían actuado como un personaje dual. Ahora se desentiende el uno del otro y huye cada uno por su lado (vv. 2286-2288). Algo parecido sucederá en la batalla contra Búcar, aunque al final del episodio el comentario despectivo del narrador (*veramientre son hermanos*, v. 2538) señala que su actuación al unísono es segura siempre que se confabulan contra el héroe, sea para aprovecharse de su riqueza o para vengarse de sus hijas. En contraste con la huida vergonzosa de los infantes, el Cid humilla al león con un comportamiento en cuya extraordinaria lentitud se refleja una mesura y gravedad heroicas: se levanta sin prisa, apoyando primero el codo (v. 2296); ni siquiera se preocupa de *embrazar el manto* (como han hecho sus hombres); simplemente lo *trae al cuello* (v. 2297), como se llevaba el escudo cuando no había combate.

En la batalla contra Búcar se da también el mismo contraste. Ante los ejércitos enemigos el Cid ve una nueva ocasión para incrementar su riqueza (v. 2316), pero los infantes lamentan el no haber calculado antes la posible pérdida (v. 2320), sin atender a la obligación de defender Valencia. El Cid, en cambio, acude a socorrer al obispo don Jerónimo rodeado de enemigos (vv. 2392-2395). La idea de contraste emana en ocasiones de la disposición de los hechos: hay contraste entre el punto de vista del personaje y el del oyente en el v. 2343, porque el Cid no sabe que su yerno Fernando ha huido de la batalla, pero sí lo sabe el público; y hay un muy claro paralelismo antitético en esa huida de Fernando ante un guerrero árabe y la huida de Búcar ante el Cid (vv. 2409-2411).

Además, los yernos del Cid son presentados como unos cobardes por el narrador. Se dan por muertos antes del combate y ven a sus mujeres ya viudas (v. 2323). Suspiran por Carrión (vv. 2289, 2322), el solar que desearían cambiar por la batalla (v. 2327). Aunque la laguna existente en el manuscrito (véase **70**) no nos lo deja ver a las claras, es seguro que el infante Fernando huye de la batalla, acción gravísima que le podía haber acarreado la acusación de traidor, la pérdida del estado de nobleza y la confiscación de sus bienes. Más tarde, en las cortes de Toledo, Pedro Bermúdez lo va a acusar de este *menos valer*. El mismo Pedro Bermúdez señala indirectamente la cobardía de los infantes cuando rehúsa seguir cuidando de ellos (vv. 2355-2360).

A pesar de esta presentación negativa de los infantes, su cobardía en la batalla contra Búcar no siempre está clara. La ambigüedad puede estar favorecida por la laguna del manuscrito, pero es irreducible. No nos explicamos muy bien cómo los de Carrión piden las primeras heridas en la batalla y luego son objeto de mofa por parte de los hombres del Cid. La actitud del héroe también es ambigua cuando quiere dispensarlos de la batalla ateniéndose a la disposición legal que permitía a los recién casados librarse del combate durante el primer año de matrimonio (vv. 2333-2335)... Pero cuando Búcar viene a cercar Valencia, los infantes llevan ya casados dos años. Por el contrario, el Cid elogia sinceramente la valentía de sus yernos, como demuestra el que dé gracias a Dios por haber peleado junto a ellos satisfactoriamente (vv. 2477-2481), pero los infantes se toman ese elogio como una burla irónica (v. 2464).

Ferrán Gonçález [...............................]
non vio allí dós' alçasse,
                 nin cámara abierta nin torre,   2286*b*
metiós' so 'l escaño,   tanto ovo el pavor.
Diego Gonçález   por la puerta salió,
diziendo de la boca: «¡Non veré Carrión!»
Tras una viga lagar   metiós' con grant pavor;   2290
el manto e el brial   todo suzio lo sacó.
En esto despertó   el que en buen ora naçió;
vio çercado el escaño   de sus buenos varones:
«¿Qué 's esto, mesnadas,   o qué queredes vos?»
—«Ya señor ondrado,   rebata nos dio el león.»   2295
Mio Çid fincó el cobdo,   en pie se levantó,
el manto trae al cuello,   e adeliñó pora' león;
el león, quando lo vio,   assí envergonçó,
ante mio Çid la cabeça   premió e el rostro fincó.
Mio Çid don Rodrigo   al cuello lo tomó,   2300
e liévalo adestrando,   en la red le metió.
A maravilla lo han   quantos que ý son,
e tornáronse al palaçio   pora la cort.

  Mio Çid por sos yernos   demandó e no los falló,
maguer los están llamando,
                 ninguno non responde.   2305
Quando los fallaron,   assí vinieron sin color;
non viestes tal juego   commo iva por la cort;
mandólo vedar   mio Çid el Campeador.

   2286b *dós' alçasse:* dónde se retirase o escondiese.   2290 *viga lagar:* viga —una pieza del lagar— con la que se prensa la uva.   2291 *brial:* túnica; véase 178.   2295 *rebata:* susto.   2299 *premió:* bajó.   2301 *adestrando:* conduciéndolo con la mano, guiándolo.   2307 *juego:* broma.

Muchos' tovieron por enbaídos
                    los ifantes de Carrión,
fiera cosa les pesa d'esto que les cuntió.   2310

113

[El rey Búcar pone sitio a Valencia]

Ellos en esto estando,   don avién grant pesar,
fuerças de Marruecos   Valençia vienen çercar;
cinquaenta mill tiendas   fincadas ha de las cabdales;
aqueste era el rey Búcar,⁽⁶⁹⁾ sil' oviestes contar.

114

[El miedo de los ifantes a la batalla]

Alegravas' el Çid   e todos sus varones,   2315
que les creçe la ganançia,   grado al Criador.
Mas, sabed, de cuer les pesa
                    a los ifantes de Carrión;
ca veyén tantas tiendas de moros
                    de que non avié[n] sabor.

2309 *enbaídos:* ofendidos. 2311 *don:* de lo cual. 2313 *cabdales:* grandes.
2314 *oviestes:* oísteis, probable dialectalismo. 2317 *de cuer:* de corazón.

(69) Búcar es un personaje con base histórica, aunque ninguno de los generales árabes que pretendieron recuperar Valencia se llamó así ni murió en una batalla con el Cid. Jiménez de Rada, el Toledano, menciona en su crónica latina el cerco de Valencia y da el nombre de Búcar al caudillo musulmán.

Amos hermanos   apart salidos son:
«Catamos la ganançia   e la pérdida no;   2320
ya en esta batalla   a entrar abremos nos;
esto es aguisado   por non ver Carrión,
bibdas remandrán   fijas del Campeador.»
Oyó la poridad   aquel Muño Gustioz,
vino con estas nuevas
              a mio Çid Ruy Díaz el Campeador: 2325
«Evades qué pavor han vuestros yernos,
                      tan osados [son],
por entrar en batalla   desean Carrión.
Idlos conortar,   sí vos vala el Criador,
que sean en paz   e non ayan ý raçión.
Nos convusco la vençremos,
                  e valer nos ha el Criador.»   2330
Mio Çid don Rodrigo   sonrrisando salió:
«Dios vos salve, yernos,   ifantes de Carrión,
en braços tenedes mis fijas
                  tan blancas commo el sol.
Yo desseo lides   e vos a Carrión;
en Valençia folgad   a todo vuestro sabor,   2335
ca d'aquellos moros   yo so sabidor;
arrancar me los trevo
            con la merçed del Criador.»[70]
[..]

2327 *por:* en lugar de, en vez de. 2328 *conortar:* tranquilizar. 2329 *e non ayan ý raçión:* y no tomen parte allí, en la batalla. 2336 pues con aquellos moros yo me las arreglaré. 2337 *arrancar me los trevo:* me atrevo a vencerlos.

(70) Después de este verso falta un folio en el manuscrito, lo que significa una laguna en el texto de unos cincuenta versos. Menéndez

115

[Cobardía del infante Fernando]

aún vea el ora   que vos meresca dos tanto.»
En una conpaña   tornados son amos.
Assí lo otorga don Pero   cuemo se alaba Ferrando.   2340
Plogo a mio Çid   e a todos sos vassallos:
«Aún, si Dios quisiere   e el Padre que está en alto,
amos los mios yernos   buenos serán en ca[m]po.»
   Esto van diziendo   e las yentes se allegando,
en la hueste de los moros   los atamores sonando;   2345
a marav[i]lla lo avién   muchos d'essos cristianos,
ca nunqua lo vieran,   ca nuevos son llegados.

Pidal la suplió con el relato de la *Crónica de Veinte Reyes*. En resumen, los infantes rechazan la invitación a quedarse con sus mujeres y piden las primeras heridas en la batalla. Fernando va a acometer a un guerrero árabe, pero presa del miedo vuelve las riendas y huye. Pedro Bermúdez acude en su ayuda: mata al enemigo y entrega su caballo al infante para que pueda atribuirse la victoria, al tiempo que le asegura que guardará el secreto. Fernando agradece a Pedro Bermúdez su acción y su promesa en un discurso que concluye con el ya conservado v. 2338, deseando que se le presente una ocasión en que pueda devolverle el favor doblado. El relato extractado coincide punto por punto con el que hace el mismo Pedro Bermúdez en las cortes de Toledo (vv. 3316-3326). El problema textual hace aún más llamativa la cuestión de por qué y cómo pasan los infantes de no querer luchar a pedir los primeros golpes. Tal vez la propuesta del Cid de eximirlos de la batalla les pareciera un insulto y, llevados de su soberbia y fanfarronería, pidieran las primeras heridas. Lo que explicaría la inmediata cobardía de Fernando, ya en el campo de batalla.

Más se maravillan   entre Diego e Ferrando,
por la su voluntad   non serién allí llegados.
Oíd lo que fabló   el que en buen ora nasco: 2350
«¡Ala, Pero Vermúez,   el mio sobrino caro!
Cúriesme a [don] Diego
                  e cúriesme a don Fernando,
mios yernos amos a dos,   la cosa que mucho amo,
ca los moros, con Dios,   non fincarán en canpo.»

116

[*Pedro Bermúdez, Minaya y el obispo don Jerónimo se preparan para la batalla*]

—«Yo vos digo, Çid,   por toda caridad,   2355
que oy los ifantes   a mí por amo non abrán;
cúrielos qui quier,   ca d'ellos poco m'incal.
Yo con los míos   ferir quiero delant,
vos con los vuestros
                  firme mientre a la çaga tengades;
si cueta fuere,   bien me podredes huviar.»   2360
   Aquí llegó   Minaya Álbar Fáñez:
«¡Oíd, ya Çid,   Canpeador leal!   2361*b*
Esta batalla   el Criador la ferá,
e vos tan dinno   que con él avedes part.

2352 *Cúriesme:* que me cuides; subjuntivo con valor de imperativo, cuídame.   2356 *amo:* ayo, tutor.   2357 *qui quier:* quien quiera.   *poco m'incal:* poco me importa.   2360 *cueta:* apuro.   *huviar:* ayudar.

Mandadno' los ferir   de qual part vos semeiar,
el debdo que á cada uno   a conplir será.   2365
Verlo hemos con Dios   e con la vuestra auze.»
Dixo Mio Çid: «Ayamos más de vagar.»
Afevos el obispo don Jerónimo
                    muy bien armado [está],
paravas' delant al Campeador,
                    siempre con la buen auze:
«Oy vos dix la missa   de Santa Trinidade.   2370
Por esso salí de mi tierra   e vin vos buscar,
por sabor que avía   de algún moro matar;
mi orden e mis manos   querría las ondrar,
e a estas feridas   yo quiero ir delant.
Pendón trayo a cor[ç]as   e armas de señal,   2375
si ploguiesse a Dios   querríalas ensayar,
mio coraçón   que pudiesse folgar,
e vos, mio Çid,   de mí más vos pagar.
Si este amor non' feches,
                    yo de vos me quiero quitar.»
Essora dixo mio Çid:
                    «Lo que vos queredes plazme.   2380
Afé los moros a ojo,   idlos ensayar.
Nos d'aquent veremos   cómmo lidia el abbat.»

2364 Mandadnos que los ataquemos por la parte que os pareciere.
2365 la obligación que tiene cada uno habrá de cumplirse.   2366 *auze:* suerte.   2367 *Ayamos más de vagar:* tengamos más tranquilidad.   2375 La caracterización de don Jerónimo como un franco queda subrayada por el hecho de llevar escudo de armas (*señal*), una costumbre que se difundió antes en Francia que en los reinos peninsulares; además, el escudo es de corzas, y corzos o ciervos eran los animales que solían usarse en los blasones familiares o personales.   2379 *amor non' feches:* favor no me hacéis.

117

[*Valentía del obispo don Jerónimo y derrota del enemigo*]

  El obispo don Jerónimo   priso a espolonada
e ívalos ferir   a cabo del albergada.
Por la su ventura   e Dios quel' amava   2385
a los primeros colpes
                     dos moros matava de la lança;
el astil a quebrado   e metió mano al espada.
Ensayavas' el obispo,   ¡Dios, qué bien lidiava!
Dos mató con lança   e cinco con el espada.
Los moros son muchos,   derredor le çercavan,   2390
dávanle grandes colpes,   mas nol' falsan las armas.
  El que en buen ora nasco   los ojos le fincava,
enbraçó el escudo   e abaxó el asta,
aguijó a Bavieca,   el cavallo que bien anda,
ívalos ferir   de coraçón e de alma.   2395
En las azes primeras   el Campeador entrava,
abatió a siete   e a quatro matava.
Plogo a Dios,   aquesta fue el arrancada.
Mio Çid con los suyos   cae en alcança;
veriedes quebrar tantas cuerdas
                     e arrancarse las estacas   2400
e acostarse los tendales,   con huebras eran tantas.
Los de mio Çid a los de Búcar
                     de las tiendas los sacan.

   2383 *priso a espolonada:* se adelantó.   2384 *a cabo del albergada:* junto al campamento.   2391 *nol' falsan las armas:* no le traspasan las armas (defensivas, o sea el escudo, la loriga o el yelmo).   2398 *el arrancada:* la victoria.   2399 *alcança:* persecución.   2401 *con huebras eran tantas:* tantos adornos tenían.

118

[El Cid mata a Búcar y gana la espada Tizón]

　　Sácanlos de las tiendas,　　cáenlos en alcaz;
tanto braço con loriga　　veriedes caer apart,
tantas cabeças con yelmos　　que por el campo caen,　　2405
cavallos sin dueños　　salir a todas partes.
Siete migeros conplidos　　duró el segudar.
Mio Çid al rey Búcar　　cayól' en alcaz:
«¡Acá torna, Búcar!　　Venist d'alent mar,
ver te as con el Çid,　　el de la barba grant,　　2410
saludar nos hemos amos,　　e tajaremos amista[d].»
Respuso Búcar al Çid:
　　　　　　　　　«¡Cofonda Dios tal amistad!
Espada desnuda tienes　　e veot' aguijar;
assí commo semeja,　　en mí la quieres ensayar;
mas si el cavallo non estropieça
　　　　　　　　　　o comigo non [cae],　　2415
non te juntarás comigo　　fata dentro en la mar.»
Aquí respuso Mio Çid:　　«¡Esto non será verdad!»
　　Buen cavallo tiene Búcar　　e grandes saltos faz,
mas Bavieca el de mio Çid　　alcançándolo va.
Alcançólo el Çid a Búcar　　a tres braças del mar,　　2420
arriba alçó Colada,　　un grant colpe dádol' ha,
las carbonclas del yelmo　　tollidas gela[s] ha,

　2407 *migeros:* millas.　*el segudar:* la persecución; véase 777.　2422 *carbonclas:* adornos del yelmo; véase 766.

cortól' el yelmo e, librado todo lo ál,
fata la çintura el espada llegado ha.
Mató a Búcar, al rey de allén mar, 2425
e ganó a Tizón que mill marcos d'oro val.
Vençió la batalla maravillosa e grant.
Aquís' ondró mio Çid e quantos con él [están].

119

[*Botín de la batalla. Los infantes se toman a mal los elogios*]

Con estas gananças yas' ivan tornando;
sabet, todos de firme robavan el campo. 2430
A las tiendas eran llegados
          do estava el que en buen ora nasco. 2431-32
Mio Çid Ruy Díaz, el Campeador contado,
con dos espadas que él preçiava algo
por la matança vinía tan privado, 2435
la cara fronzida e almófar soltado,
cofia sobre los pelos fronzida d'ella yaquanto.
Algo vie mio Çid de lo que era pagado,
alçó sos ojos, est[a]va adelant catando,
e vio venir a Diego e a Fernando; 2440
amos son fijos del conde don Go[n]çalo.
Alegrós' mio Çid, fermoso sonrrisando:
«¿Venides, mios yernos, mios fijos sodes amos!

2426 *Tizón:* la espada Tizona, nombre que probablemente significó ardiente. 2437 *yaquanto:* algo.

Sé que de lidiar   bien sodes pagados;
a Carrión de vos   irán buenos mandados,   2445
cómmo al rey Búcar   avemos arrancado.
Commo yo fío por Dios   y en todos los sos santos,
desta arrancada   nos iremos pagados.»
   Minaya Álbar Fáñez   essora es llegado,
el escudo trae al cuello   e todo espad[ad]o;   2450
de los colpes de las lanças   non avié recabdo;
aquellos que ge los dieran   non ge lo avién logrado.
Por el cobdo ayuso   la sangre destellando;
de veinte arriba   ha moros matado.
De todas partes   sos vassallos van llegando: 2455
«Grado a Dios   e al Padre que está en alto,
e a vos, Çid,   que en buen ora fuestes nado.
Matastes a Búcar   e arrancamos el canpo.
Todos estos bienes
            de vos son e de vuestros vassallos.
E vuestros yernos   aquí son ensayados,   2460
fartos de lidiar   con moros en el campo.»
Dixo Mio Çid: «Yo desto so pagado;
quando agora son buenos,
            adelant serán preçiados.»
Por bien lo dixo el Çid,
            mas ellos lo tovieron a [escarnio].

2450 *espadado:* marcado por los golpes de la espada. 2452 *logrado:* acertado. 2460 *son ensayados:* se han esforzado. 2463 *quando:* si (valor condicional).

119b

[*Alegría del Cid*]

Todas las ganançias a Valençia son llegadas;[71] 2465
alegre es mio Çid con todas sus conpañas,
que a la raçión caye seys çientos marcos de plata.

119c

[*Alegría de los infantes*]

Los yernos de mio Çid quando este aver tomaron
desta arrancada, que lo tenién en so salvo,
cuidaron que en sus días
                              nunqua serién minguados. 2470
Fueron en Valençia muy bien arreados,
conduchos a sazones,
                        buenas pieles e buenos mantos.
Mucho son alegres mio Çid e sus vassallos.

2470 *cuidaron:* pensaron. *minguados:* pobres. 2472 *conduchos a sazones:* alimentos muy buenos.

(71) El cambio de asonancia es una buena razón para aceptar la subdivisión de esta tirada 119 y la consiguiente enumeración (119b y 119c), según propuesta de C. Smith que siguen también otros editores.

120

[*Satisfacción del Cid por sus victorias y sus yernos*]

Grant fue el día   [por] la cort del Campeador,
después que esta batalla vençieron
                            e al rey Búcar mató;   2475
alçó la mano,   a la barba se tomó:
«Grado a Cristus,   que del mundo es señor,
quando veo   lo que avía sabor,
que lidiaran comigo en campo
                            mios yernos amos a dos;
mandados buenos irán   dellos a Carrión,   2480
commo son ondrados
                            e aver [n]os [han] grant pro.»

121

[*Reparto del botín*]

Sobeianas son las ganançias
                            que todos an ganad[o];
lo uno es nuestro,   lo otro han en salvo.[72]

2482 *las ganancias que... an ganado*: que han ganado; nótese la concordancia del participio del tiempo compuesto con el complemento directo, sobre todo si éste iba antepuesto.

(72) Estos dos versos (2482-2483) no son discurso directo, pero narran la continuación del discurso directo del final de la tirada ante-

Mandó mio Çid,   el que en buen ora nasco,
desta batalla   que han arrancado   2485
que todos prisiessen   so derecho contado,
e la su quinta   non fuesse olbidado.
Assí lo fazen todos,   ca eran acordados.
Cayéronle en quinta al Çid   seys çientos cavallos,
e otras azémilas   e camellos largos,   2490
tantos son de muchos   que non serién contados.

122

[El Cid en lo más alto de su gloria]

Todas estas ganançias   fizo el Canpeador:
«¡Grado a Dios   que del mundo es señor!
Antes fu minguado,   agora rico so,
que he aver e tierra   e oro e onor,   2495
e son mios yernos   ifantes de Carrión.
Arranco las lides   commo plaze al Criador,
moros e cristianos   de mí han grant pavor.
Allá dentro en Marruecos,   o las mezquitas son,
que abrá[n] de mí salto   quiçab alguna noch   2500

2486 *so derecho contado:* lo que corresponde a cada uno exactamente. 2487 Nótese la falta de concordancia, que propicia la asonancia. 2490 *largos:* abundantes. 2491 *tantos son de muchos:* tantísimos son. 2500 *salto:* asalto.

rior. Estamos ante una narración *focalizada* del discurso del Cid: el narrador adopta el punto de vista de su personaje sin sacar a éste a escena. Lo cual explica el *nuestro* del v. 2483: una parte del botín es nuestra (es decir, del Cid y de sus vasallos); la otra está en poder de los infantes de Carrión.

Cantar tercero

ellos lo temen,   ca non lo pie[n]sso yo.
No los iré buscar,   en Valençia seré yo,
ellos me darán parias,   con ayuda del Criador,
que paguen a mí   o a qui yo ovier sabor.»
 Grandes son los gozos en Valençia
  con mio Çid el Canpeado[r]   2505
de todas sus conpañas   e de todos [los sos];
grandes son los gozos   de sus yernos amos a dos:
daquesta arrancada   que lidiaron de coraçón
valía de çinco mill marcos   ganaron amos a dos;
muchos' tienen por ricos   los ifantes de Carrión;   2510
ellos con los otros   vinieron a la cort.
Aquí está con mio Çid   el obispo don Jerónimo,
el bueno de Álbar Fáñez,   cavallero lidiador,
e otros muchos   que crió el Campeador;
quando entraron   los ifantes de Carrión,   2515
reçibiólos Minaya   por mio Çid el Campeador:
«Acá venid, cuñados,   que más valemos por vos.»
Assí commo llegaron,   pagós' el Campeador:
«Evades aquí, yernos,   la mi mugier de pro
e amas la[s] mis fijas,   don Elvira e doña Sol;   2520
bien vos abraçen   e sírvanvos de coraçón.
Grado a Santa María,
  madre del Nuestro Señor Dios,   2524
destos [v]uestros casamientos   vos abredes honor.   2525
Buenos mandados irán   a tierras de Carrión.»

2501 *ca:* pero.   2504 *a qui yo ovier sabor:* a quien yo quiera.   2506 *los sos:* los suyos.   2509 Los infantes ganan más de cuatro veces más que los otros caballeros.   2517 *cuñados:* parientes.

123

[Vanidad de los infantes y burlas]

A estas palabras fabló [ifant Ferrando]:
«Grado al Criador e a vos, Çid ondrado,
tantos avemos de averes que no son contados;
por vos avemos ondra e avemos lidiado; 2530
Vençiemos moros en campo e matamos 2522
a aquel rey Búcar, traydor provado. 2523
Pensad de lo otro,
               que lo nuestro tenémoslo en salvo.» 2531
Vassallos de mio Çid seyense sonrrisando:
quien lidiara mejor o quien fuera en alcanço;
mas non fallavan í a Diego ni a Ferrando.
Por aquestos juegos que ivan levantando, 2535
e las noches e los días tan mal los escarmentando,
tan mal se consejaron estos iffantes amos.
Amos salieron apart, veramientre son hermanos;
desto que ellos fablaron nos parte non ayamos:[73]
«Vayamos pora Carrión, aquí mucho detardamos. 2540
Los averes que tenemos grandes son e sobejanos,
desper no lo podremos
               mientra que visquiéremos [amos].

2533-34 no encontraban a Diego ni a Fernando ni entre los que habían luchado mejor ni entre los que se habían destacado en la persecución. 2536 *escarmentando:* escarneciendo. 2542 *despender:* gastar. *visquiéremos:* viviéremos.

(73) Los recursos típicos del arte juglaresco son muy eficaces en este episodio. Así, las fórmulas apelativas que sirven para estrechar el contacto entre el narrador y su público, como el *nos parte non ayamos* de este v. 2539, al final del episodio, y el *sil' oviestes contar* del v. 2314, al principio. Otros recursos formularios resaltan en las descripciones de la batalla. La descripción impresionista de los vv. 2404-2406 (los cuerpos despedazados, los caballos huyendo a la deriva, sin jinetes) es un tópico —muy documentado también en la épica francesa— que sirve para celebrar al héroe épico. Pero la batalla contra Búcar no tiene planos generales, como otras batallas del *Cantar*; está descrita desde el punto de vista de los principales participantes (el Cid, el obispo don Jerónimo). Para ello el juglar saca partido de las fórmulas épicas destinadas a describir los gestos y movimientos anteriores a la galopada y al ataque, como en los vv. 2392-2395. En fin, otro recurso juglaresco es la *deixis ad oculos*, o señalamiento al contexto de situación, que permite el gesto del recitador. Esta posibilidad la ofrece el adverbio *assí* del v. 2298. El *assí envergonçó* requiere que el juglar realice un ademán que permita al público ver cómo el león se retira y encoge humildemente. El adverbio *assí* es como la acotación escénica de un texto dramático.

Si el contraste entre el comportamiento de los infantes y el del Cid es una línea temática fundamental en este episodio (véase **68**), no tiene nada de extraño que la ironía, expresión humorística de discursos que contrastan, sea un recurso determinante. Hay ironía en las palabras de Muño Gustioz: los infantes son tan valientes que ante la inminencia del combate no piensan más que en Carrión (v. 2327); es probablemente irónico el *lidiar de coraçón* (o sea, fervorosamente) que el narrador atribuye a los infantes; y hay doble sentido irónico en el *tajar* del v. 2411 (trabar amistad y dar un golpe con la espada): Búcar capta la ironía (v. 2412). El humorismo y la ironía de la escena se acentúan con el tuteo del Cid a Búcar (vv. 2409-2410), un tratamiento reservado entonces sólo a los inferiores.

Otras figuras retóricas son menos importantes y no están asociadas necesariamente a un empleo culto de la Retórica. Pueden explicarse con más facilidad por su conexión con la textualidad oral de la sintaxis, como el hipérbaton del v. 2313, o por el mero *saber expresivo* del juglar, es decir, por su competencia comunicativa, como la lítotes del

124

[*Los infantes planean su venganza*]

—Pidamos nuestras mugieres
 al Çid Campeador,⁽⁷⁴⁾
digamos que las llevaremos a tierras de Carrión,
enseñar las hemos dó las heredades son. 2545
Sacar las hemos de Valençia,
 de poder del Campeador;

2545 *heredades:* bienes inmuebles entregados por los infantes a sus mujeres en concepto de arras.

v. 2318. El símil, aunque es figura rara en el *Cantar* —como observa I. Michael—, pondera en el v. 2333 la cualidad física de la blancura en la mujer, uno de los rasgos más estables e importantes en las descripciones medievales de la belleza femenina.

Por último, destaquemos que la cohesión del episodio está siempre garantizada. Además de la repetición de palabras (vv. 2386 y 2389, 2402 y 2403), una eficaz forma de la cohesión léxica, la conjunción de las distintas partes del texto se manifiesta, no sólo en las ya mencionadas relaciones de consecuencia lógica y cronológica de los distintos episodios de este tercer cantar (véase **68**), sino también en la relación de causalidad que se establece entre este episodio y lo narrado anteriormente en el segundo cantar: así, Muño Gustioz *oyó la poridad* (v. 2324) porque el Cid antes le había ordenado vigilar a los infantes para conocer sus costumbres.

(74) El episodio que comienza en este v. 2543 y llega al v. 2984 narra la afrenta de Corpes. Es como un pequeño drama en tres actos. En el planteamiento vemos la vileza de los infantes de Carrión urdiendo la venganza privada, fingiendo hipócritamente en la despedida y tramando con dolo la muerte del moro Abengalbón (vv. 2543-2688). En el acto central o nudo presenciamos, estupefactos, la afrenta

después en la carrera feremos nuestro sabor,
ante que nos retrayan lo que cuntió del león.
Nos de natura somos de condes de Carrión.
Averes levaremos grandes que valen grant valor; 2550
escarniremos las fijas del Canpeador.
—D'aquestos averes sienpre seremos ricos omnes,
podremos casar con fijas
 de reyes o de enperadores,(75)
ca de natura somos de condes de Carrión.

2547 *carrera:* camino. *nuestro sabor:* lo que nos dé la gana. 2548 *retrayan:* reprochen públicamente, acusen. 2549 *natura:* linaje. 2551 *escarniremos:* escarneceremos.

en el robledo de Corpes, para pasar de inmediato, en un ambiente de emoción intensa, a la salvación de doña Elvira y doña Sol por su primo Félez Muñoz y al regreso desde San Esteban de Gormaz al hogar de Valencia (vv. 2689-2897). En el desenlace el Cid pide justicia al rey y éste convoca corte en Toledo para dar satisfacción a la demanda (vv. 2898-2984).

Casi no hay solución de continuidad entre este episodio y el anterior, en el que ya se había empezado a maquinar la venganza privada que ahora se va a realizar. Los infantes de Carrión continúan ese discurso ya iniciado. Pero nótese que el cambio de asonancia del v. 2543 inaugura una nueva etapa en el camino de perversión de esos personajes. La venganza se ha ido rumiando en sucesivas jornadas. El episodio anterior terminaba con la mera decisión de marchar a Carrión. Ahora se concreta el plan: la excusa es llevar a Carrión a sus mujeres para enseñarles las arras que les corresponden por matrimonio. Antes hemos oído una voz dual; ahora vamos a oír una voz en eco con un claro sentido de caricatura: primero habla un infante (vv. 2543-2551) y luego el otro repite lo mismo (vv. 2552-2556).

(75) La venganza urdida por los infantes se centra en el matrimonio. Enriquecidos por sus matrimonios, quieren ahora divorciarse de

sus mujeres porque las consideran indignas de su clase. Olvidan que fueron ellos mismos los que pidieron al rey que los casara con las hijas del Cid. Pretenden casarse luego con hijas de reyes o emperadores, cuando quienes conseguirán esos matrimonios serán precisamente doña Elvira y doña Sol. Para ultrajarlas y repudiarlas mienten basándose en la legitimidad de sus matrimonios: dicen que llevan a sus esposas legítimas a conocer las heredades de Carrión. El ultraje se lleva a cabo de la forma más vil, de modo que lo que pretendía ser un acto de venganza se convierte en una infamia aún mayor porque hay lesiones con derramamiento de sangre (v. 2739). El esfuerzo en la batalla es una característica del caballero, pero los infantes sólo se esfuerzan en pegar a sus mujeres (vv. 2746 y 2781). Y les pegan con cinchas y espuelas. Es una nueva infamia que las hijas del Cid señalan al reclamar la dignidad de ser decapitadas con las espadas que simbolizan la honra militar de su padre, Colada y Tizona (v. 2727). El contraste entre espadas y cinchas simboliza el contraste moral entre indignidad y nobleza que separa a los infantes del Cid. Colada y Tizona serán las únicas espadas que el Cid reclamará en la corte de Toledo, y no otras que también había dado a sus yernos, como las que se intercambiaron cuando se acordaron las bodas en las vistas de Toledo (v. 2093). La vileza y la avaricia de los infantes de Carrión llegan a un punto difícilmente superable, cuando, después de haber maltratado a sus esposas, las dejan en paños menores y les roban sus vestidos de valor (vv. 2749-2752).

El autor demuestra conocer muy bien los usos y costumbres del matrimonio medieval. En particular, hay que notar que se fija sólo en el matrimonio civil, no en el religioso, lo cual no es nuevo, pues ya vimos que la descripción de las bodas con que termina el segundo cantar concedía mucha más atención al primero que al segundo (véase **64**). Las costumbres de las arras y del ajuar están reflejadas muy fielmente. Las arras eran los bienes que el marido o su familia daba a las esposas; el ajuar es lo que aporta la novia o su familia. Obsérvese que las arras que proporcionan los infantes son tierras, villas, mientras que el ajuar que da el Cid es dinero en metálico y bienes muebles, además de las mencionadas espadas (vv. 2570-2576). Estas clases de bienes se corresponden perfectamente con las distintas clases de nobleza: la nobleza antigua y superior del interior peninsular fundaba su poderío en las tierras; los infanzones de la Frontera, en el dinero contante y sonante (véase **59**). La afrenta de Corpes comienza cuando los infantes les niegan las arras a sus esposas (v. 2717), lo que significa repudiarlas y poner fin al matrimonio.

El divorcio existía en la Edad Media en el derecho civil. El marido, sobre todo, podía obtenerlo al repudiar a su mujer en caso de adulterio principalmente. Los infantes van a repudiar a sus mujeres, aunque no son adúlteras. El motivo es la venganza privada por la deshonra del león. Este planteamiento es en sí mismo injurioso para los mismos infantes, primero porque la venganza privada es rechazada en el *Cantar* en favor del juicio público (al que acudirá el Cid precisamente); segundo, porque no se puede vengar un hecho cierto, aunque fuera infamante, como es la cobardía mostrada ante el león. Además, nótese que los infantes no reaccionan ante la cobardía, mostrada al menos por Fernando, en la batalla contra Búcar, una infamia aún más grave que la del león. Todos estos son detalles que aumentan la indignidad moral y la responsabilidad jurídica de estos personajes. Otra costumbre medieval relacionada con el matrimonio era la de tener barragana. Era una práctica condenada por la Iglesia, pero aceptada por el derecho civil. Entre nobles, era un fácil expediente para evitar matrimonios morganáticos, aunque los hijos habidos de las barraganas no podían heredar. Cuando los infantes no consideran a las hijas del Cid ni dignas de ser sus barraganas (vv. 2759-2761), están dando a entender que las consideran de condición vil, iguales a prostitutas (así las tratan al pegarles con cinchas y espuelas y dejarlas en paños menores) y por tanto repudiables sin necesidad de procedimiento formal.

El ultraje de Corpes y el abandono son causa jurídica suficiente de la ruptura matrimonial. Así lo entienden Pedro Bermúdez y el mismo Cid Campeador, que consuelan a Elvira y a Sol con la esperanza de otro mejor matrimonio (vv. 2867 y 2893). Ante un ultraje como éste se esperaría una venganza sangrienta. El *Cantar* nos va a presentar una solución jurídica, que señalan, con los tecnicismos apropiados, las mismas hijas del Cid cuando están siendo objeto de la afrenta: *retraer vos*

Assí las escarniremos a las fijas del Campeador, 2555
antes que nos retrayan lo que fue del león.»
Con aqueste consejo amos tornados son,
fabló Ferrán Gonçález e fizo callar la cort:
«¡Sí vos vala el Criador, Cid Campeador!
Que plega a doña Ximena e primero a vos 2560
e a Minaya Álbar Fáñez e a quantos aquí son:
dadnos nuestras mugieres
      que avemos a bendiçiones;
levar las hemos a nuestras tierras de Carrión,
meter las hemos en las villas
que les diemos por arras e por onores; 2565
verán vuestras fijas lo que avemos nos,
los fijos que oviéremos en qué avrán partiçión.»
Dixo el Campeador: «Darvos he mis fijas
      e algo de lo mío
(el Çid, que nos' curiava de assí ser afontado);

2557 *consejo:* maquinación con dolo, alevosía.   2562 *que avemos a bendiçiones:* legítimas.   2569 *afontado:* afrentado.

lo an en vistas o en cortes (v. 2733). La querella se lleva ante el rey, que es el responsable de la deshonra por haber sido el que ha casado a las hijas del Cid. El rey convoca corte en Toledo, es decir, acude al más importante de sus tribunales (véase **56**). Y el narrador cuenta con detalle esa convocatoria hecha con toda solemnidad a las tres partes del reino (Castilla, León y Galicia). Nadie podía faltar a la corte sin incurrir en la ira regia (vv. 2977-2984).

Una vez más el autor demuestra ser un experto en Derecho. Mª Eugenia Lacarra ha observado que los conocimientos jurídicos exhibidos en el texto se corresponden con el derecho civil vigente en la sociedad castellana de finales del siglo XII, siendo la preferencia por la demanda pública y la condena de la venganza privada (de la Ley del Talión) el aspecto más llamativo de esa correspondencia.

vos les diestes villas por arras
                    en tierras de Carrión,   2570
yo quiero les dar axuvar
                    tres mill marcos de [valor];
dar vos é mulas e palafrés,
                    muy gruessos de sazón,
cavallos pora en diestro,   fuertes e corredores,
e muchas vestiduras   de paños e de çiclatones;
dar vos he dos espadas,   a Colada e a Tizón,   2575
bien lo sabedes vos que las gané
                    a guisa de varón.
Mios fijos sodes amos,   quando mis fijas vos do;
allá me levades   las telas del coraçón.
Que lo sepan en Gallizia
                    e en Castiella e en León,
con qué riqueza enbío   mios yernos amos a dos.   2580
A mis fijas sirvades,   que vuestras mugieres son;
si bien las servides,
                    yo vos rendré buen galardón.»
Atorgado lo han esto   los iffantes de Carrión.
Aquí reçiben   las fijas del Campeador;
conpieçan a reçebir   lo que el Çid mandó.   2585
   Quando son pagados   a todo so sabor,
ya mandavan cargar   iffantes de Carrión.
Grandes son las nuevas   por Valençia la mayor,
todos prenden armas   e cavalgan a vigor,
porque escurren sus fijas del [Cid]
                    a tierras de Carrión.   2590

   2570 *diestes:* disteis. 2571 *axuvar:* ajuar. 2574 *çiclatones:* brocados, tejidos de seda y oro. 2577 *quando:* puesto que. 2580 *las nuevas:* la actividad. 2589 *a vigor:* con presteza. 2590 *escurren:* escoltan en la despedida.

Ya quieren cavalgar,   en espidimiento son.
Amas hermanas,   don Elvira e doña Sol,
fincaron los inojos   antel Çid Campeador:
«¡Merçed vos pedimos, padre,
                     sí vos vala el Criador!
Vos nos engendrastes,   nuestra madre nos parió;   2595
delant sodes amos,   señora e señor.
Agora nos enviades   a tierras de Carrión,
debdo nos es a cunplir   lo que mandáredes vos.
Assí vos pedimos merçed   nos amas a dos,
que ayades vuestros mensajes
                     en tierras de Carrión.»   2600
Abraçólas mio Cid   e saludólas amas a dos.

125

[*La despedida. Malos agüeros*]

Él fizo aquesto,   la madre lo doblava:
«Andad, fijas, d'aquí   el Criador vos vala,
de mí e de vuestro padre,
                     bien avedes nuestra graçia.
Id a Carrión   do sodes heredadas,   2605
assí commo yo tengo,   bien vos he casadas.»
Al padre e a la madre   las manos les besavan;
amos las bendixieron   e diéronles su graçia.

2591 *espidimiento:* despedida.   2598 *debdo nos es a cunplir:* nuestra obligación es cumplir.   2600 que nos mandéis vuestros mensajes, que no os olvidéis de escribirnos.   2601 *saludólas:* besólas.   2606 *tengo:* pienso, creo.

Cantar tercero

Mio Çid e los otros   de cavalgar pensavan,
a grandes guarnimientos,   a cavallos e armas.   2610
Ya salién los ifantes   de Valençia la clara,
esp[id]iendos' de las dueñas
                        e de todas sus compañas.
Por la huerta de Valençia   teniendo salién armas;
alegre va mio Çid   con todas sus compañas.
Violo en los avueros⁽⁷⁶⁾
                el que en buen ora çinxo espada,   2615
que estos casamientos   non serién sin alguna tacha.
Nos' puede repentir,   que casadas las ha amas.

2615 *avueros:* agüeros.

(76) Los agüeros presagian lo peor, como cuando el Cid sale de Vivar (véase **3**). Hasta ahora ha habido una tensión dramática dibujada por la buena fe del Cid y de doña Jimena, que se creen la mentira de sus yernos, y por lo que el público sabe de las aviesas intenciones de los infantes. Los agüeros hacen saltar la alarma. El Cid reacciona mandando en la comitiva a Félez Muñoz para que vea sobre el terreno si las arras son dignas de sus hijas (vv. 2620-2622), porque cree que sólo por ese lado pueden venir las malas noticias. Como el público sabe que no es por ahí, la tensión dramática persiste. Cuando los infantes pretenden aprovecharse de la hospitalidad de Abengalbón y planean matarlo y quedarse con sus bienes, dan un paso más en su infamia y vileza, y muestran una de sus caras más feas, la de la codicia. El buen alcaide árabe, al mostrar su temor ante el casamiento (v. 2685), incrementa la tensión dramática y prepara al oyente para la afrenta que se avecina. La adecuación entre paisaje y acción es un lugar común en la poesía medieval. La ruptura de esa adecuación se convierte en procedimiento para incrementar la tensión dramática. El paisaje fiero del bosque hace temer lo peor, pero el vergel con la fuente y el prado (un *locus amoenus*) convocan al amor y a la felicidad, como en efecto ocurre. Pero el mismo narrador, tras haber contado la escena amorosa la noche anterior a la afrenta, anticipa lo que va a

126

[*Félez Muñoz acompaña a sus primas a Carrión. Hospitalidad de Avengalvón*]

«¿Ó eres mio sobrino,   tú, Félez Muñoz?
Primo eres de mis fijas amas
                      d'alma e de coraçón.
Mándot' que vayas con ellas
                      fata dentro en Carrión,   2620
verás las heredades   que a mis fijas dadas son;
con aquestas nuevas   vernás al Campeador.»
Dixo Félez Muñoz:
                      «Plazme d'alma e de coraçón.»
Minaya Albar Fáñez   ante mio Çid se paró:
«Tornémosnos, Çid,   a Valençia la mayor,   2625
que si a Dios ploguiere   e al padre Criador,
ir las hemos ver   a tierras de Carrión.»
—«A Dios vos acomendamos,
                      don Elvira e doña Sol,
«atales cosas fed   que en plazer caya a nos.»
Respondien los yernos: «¡Assí lo mande Dios!»   2630
Grandes fueron los duelos   a la departiçión.
El padre con las fijas   lloran de coraçón,
assí fazían   los cavalleros del Campeador.

---

pasar inmediatamente sin nombrarlo (v. 2704), llevando así la tensión dramática al extremo. El lugar ameno del amor y la lírica va a ser el escenario de la tragedia y del desamor. Los presagios se cumplen; el miedo que infundía el bosque fiero era un miedo fundado.

Cantar tercero

«¡Oyas, sobrino, tú, Félez Muñoz!
Por Molina iredes, ý iazredes una noch, 2635
saludad a mio amigo el moro Avengalvón;
reçiba a mios yernos commo él pudier mejor;
dil' que enbío mis fijas a tierras de Carrión,
de lo que ovieren huebos sírvalas a so sabor,
desí escúrralas fasta Medina por la mi amor. 2640
De quanto él fiziere
        yol' dar[é] por ello buen galardón.»
Cuemo la uña de la carne ellos partidos son.
  Yas' tornó pora Valençia
        el que en buen ora nasçió.
Piénsanse de ir los ifantes de Carrión;
por Santa María d'Alvarrazín
        [ellos] posad[os son]. 2645
Aguijan quanto pueden ifantes de Carrión;
félos en Molina con el moro Avengalvón.
El moro, quando lo sopo, plógol' de coraçón;
saliólos recebir con grandes avorozes.
¡Dios, qué bien los sirvió a todo so sabor! 2650
Otro día mañana con ellos cavalgó,
con dozientos cavalleros escurrir los mandó;
ivan troçir los montes, los que dizen de Luzón. 2653
Troçieron Arbuxuelo e llegaron a Salón, 2656
o dizen el Ansarera ellos posados son. 2657
A las fijas del Çid el moro sus donas dio, 2654
buenos seños cavallos a los ifantes de Carrión. 2655

2649 *avorozes:* alborozos, regocijos. 2653 *troçir:* pasar; véase 307. Los montes de Luzón están entre Molina y Sigüenza. 2657 *el Ansarera:* topónimo no identificado. 2655 *seños:* sendos.

Tod esto les fizo el moro
                    por el amor del Çid Campeador.   2658
  Ellos veyén la riqueza   que el moro sacó,
entramos hermanos   consejaron traçión: 2660
«Ya pues que a dexar avemos
                    fijas del Campeador,
si pudiéssemos matar   el moro Avengalvón,
quanta riquiza tiene   aver la yemos nos.
Tan en salvo lo abremos   commo lo de Carrión;
nunqua avrié derecho
                    de nos el Çid Campeador.»   2665
Quando esta falsedad   dizién los de Carrión,
un moro latinado   bien ge lo entendió;
non tiene poridad,   díxolo [a] Avengalvón:
«Acáyaz, cúriate déstos,   ca eres mio señor:
tu muert oí co[n]ssejar   a los ifantes de Carrión.» 2670

127

[Avengalvón amenaza a los infantes]

  El moro Avengalvón   mucho era buen barragán,
co[n] dozientos que tiene   iva cavalgar;
armas iva teniendo,   parós' ante los ifantes;
de lo que el moro dixo   a los ifantes non plaze:
«Si no lo dexás   por mio Çid el de Bivar,   2677
tal cosa vos faría   que por el mundo sonás,   2678

2660 *consejaron traçión:* maquinaron traición.   2665 *nunqua avrié derecho:* nunca nos lo podría reclamar judicialmente; tecnicismo jurídico.   2667 *latinado:* que sabía castellano.   2669 *Acáyaz:* alcaide.   2671 *barragán:* joven valiente.

e luego levaría sus fijas   al Campeador leal;
vos nu[n]qua en Carrión   entrariedes jamás.   2680

128

[*En el robledo de Corpes*]

¡Dezidme qué vos fiz,   ifantes de Carrión!   2675
Yo sirviéndovos sin art
     e vos consejastes pora mi muert   2676
Aquím' parto de vos
     commo de malos e de traidores.   2681
Iré con vuestra graçia,   don Elvira e doña Sol;
poco preçio las nuevas   de los de Carrión.
Dios lo quiera e lo mande,
     que de tod el mundo es señor,
d'aqueste casamiento
     que[s'] grade el Canpeador.»   2685
Esto les ha dicho   e el moro se tornó;
teniendo iva armas   al troçir de Salón;
cuemmo de buen seso   a Molina se tornó.

 Ya movieron del Ansarera
     los ifantes de Carrión,
acójense a andar   de día e de noch;   2690
a siniestro dexan Atienza,   una peña muy fuert,
la sierra de Miedes   passáronla estoz,
por los Montes Claros   aguijan a espolón;

2681 *mulos e traidores:* tecnicismo jurídico. 2683 *las nuevas:* la fama. 2692 *sierra de Miedes:* hoy, Sierra de Pela, entre Guadalajara y Soria. 2693 *Montes Claros:* no parece que puedan ser los actuales Montes Claros, en donde nace el río Jarama, mucho más al Suroeste de la ruta que se está describiendo.

a siniestro dexan a Griza   que Alamos pobló,
allí son caños   do a Elpha ençerró;   2695
a diestro dexan a Sant Estevan,   más cae aluén.
  Entrados son los ifantes   al robredo de Corpes,
los montes son altos,   las ramas pujan con las núes,
e las bestias fieras   que andan aderredor.
Fallaron un vergel   con una linpia fuent;   2700
mandan fincar la tienda   ifantes de Carrión,
con quantos que ellos traen   ý iazen essa noch,
con sus mugieres en braços   demuéstranles amor.
¡Mal ge lo cunplieron   quando salié el sol!
  Mandaron cargar las azémilas

  con averes [a nombre],   2705
cogida han la tienda   do albergaron de noch,
adelant eran idos   los de criazón:
assí lo mandaron   los ifantes de Carrión,
que non ý fincás ninguno,   mugier nin varón,
sinon amas sus mugieres   doña Elvira e doña Sol: 2710
deportar se quieren con ellas   a todo su sabor.
  Todos eran idos,   ellos quatro solos son,
tanto mal comidieron   los ifantes de Carrión:
«Bien lo creades,   don Elvira e doña Sol,
aquí seredes escarnidas   en estos fieros montes.   2715

2694-95 *Griza:* topónimo no identificado. *Alamos* y *Elpha* son probablemente nombres de personas, masculino y femenino respectivamente, acaso relacionados con un mito cavernario o leyenda de encatamiento, según Menéndez Pidal. 2696 *aluén:* lejos. 2697 *robredo de Corpes:* lugar identificado por Menéndez Pidal con El Páramo, cerca de Castillejo de Robledo (Soria), a unos 20 km de San Esteban de Gormaz. Existe un Robledo de Corpes en la provincia de Guadalajara, pero no es probable que sea el del poema por estar demasiado lejos de San Esteban. 2698 *pujan:* suben. *núes:* nubes. 2703 *demuéstranles amor:* hacen el amor con ellas. 2705 *averes a nombre:* bienes en gran cantidad. 2711 *deportar se:* solazarse, divertirse. 2713 *comidieron:* idearon.

Oy nos partiremos e dexadas seredes de nos,
non abredes part en tierras de Carrión.
Irán aquestos mandados al Çid Campeador;
nos vengaremos aquesta por la del león.»
  Allí les tuellen los mantos e los pelliçones,   2720
páranlas en cuerpos y en camisas y en çiclatones.
Espuelas tienen calçadas los malos traydores,
en mano prenden las çinchas fuertes e duradores.
Quando esto vieron las dueñas, fablava doña Sol:
«¡Por Dios vos rogamos,
                         don Diego e don Fer[r]ando!   2725
Dos espadas tenedes fuertes e tajadores,
al una dizen Colada e al otra Tizón,
cortandos las cabeças, mártires seremos nos.
Moros e cristianos departirán desta razón,
que por lo que nos mereçemos
                        no lo prendemos nos.   2730
Atan malos enssienplos non fagades sobre nos:
si nos fuéremos majadas, abiltaredes a vos;
retraer vos lo an en vistas o en cortes.»
  Lo que ruegan las dueñas
                        non les ha ningún pro.

  2720 *tuellen:* quitan.   2721 *páranlas en cuerpos:* las dejan con la ropa que va pegada al cuerpo; esto es, con la camisa, una túnica interior con mangas largas y escote bordado, y con el brial (véase 178), que por estar hecho normalmente de seda y brocado también se llamaba ciclatón.   Sobre esta ropa iba la de abrigo, los mantos y pieles del v. 2720.   2723 *duradores:* resistentes; nótese que los adjetivos en /-or/ eran invariables, como en *espadas tajadores* del siguiente v. 2726; véase 780.   2728 *cortandos:* cortadnos, metátesis habitual en la lengua medieval.   2729 *Moros e cristianos:* todo el mundo; es fórmula épica. 2731 *malos enssienplos:* malas acciones.   2732 *abiltaredes a vos:* os envileceréis. 2733 *retraer:* acusar públicamente; véase 2548.

Essora les conpieçan a dar   los ifantes de Carrión;   2735
con las çinchas corredizas   májanlas tan sin sabor;
con las espuelas agudas,   don ellas an mal sabor,
ronpién las camisas e las carnes
                            a ellas amas a dos,
linpia salié la sangre   sobre los çiclatones.
Ya lo sienten ellas   en los sos coraçones.   2740
¡Quál ventura serié ésta,   si ploguiesse al Criador,
que assomasse essora   el Çid Campeador!
  Tanto las majaron   que sin cosimente son;
sangrientas en las camisas   e todos los ciclatones.
Cansados son de ferir   ellos amos a dos,   2745
ensayandos' amos   quál dará mejores colpes.
Ya non pueden fablar   don Elvira e doña Sol;
por muertas las dexaron   en el robredo de Corpes.

129

[Las hijas del Cid abandonadas]

  Leváronles los mantos   e las pieles armiñas,
mas déxanlas marridas   en briales y en camisas   2750
e a las aves del monte
                       e a las bestias de la fiera guisa.
Por muertas la[s] dexaron,
                       sabed, que non por bivas.
¡Quál ventura serié,   si [ploguiesse al Criador,   2753
que] assomás essora   el Çid Campeador!   2753*b*

2743 *cosimente:* fuerzas.   2750 *marridas:* apenadas.

130

[*Los infantes se sienten satisfechos*]

Los ifantes de Carrión,
                 en el robredo de Corpes,
las dexaron por muertas
                 [a don Elvira y doña Sol],   2755
que el una al otra   nol' torna recabdo.
Por los montes do ivan   ellos ívanse alabando:
«De nuestros casamientos   agora somos vengados.
Non las deviemos tomar por varraganas,
                 si non fuéssemos rogados,   2759-60
pues nuestras parejas   non eran pora en braços.
La desondra del león   assís' irá vengando.»

131

[*Félez Muñoz salva a sus primas*]

Alabandos' ivan   los ifantes de Carrión,
mas yo vos diré   d'aquel Félez Muñoz:
sobrino era   del Çid Campeador;   2765
mandáronle ir adelante,   mas de su grado non fue.
En la carrera do iva   dolió' el coraçón,
de todos los otros   aparte se salió,
en un monte espesso   Félez Muñoz se metió,

   2756 *nol' torna recabdo:* no le presta ayuda.   2761 *pora en braços:* para ser nuestras mujeres legítimas.   2767 *doliól' el coraçón:* tuvo una corazonada.

fasta que viesse venir   sus primas amas a dos   2770
o qué an fecho   los ifantes de Carrión.
Violos venir   e oyó una razón,
ellos nol' v[e]yén   ni dend sabién raçión;
sabet bien que si ellos le viessen
                                non escapara de muert.
Vanse los ifantes,   aguijan a espolón;   2775
por el rastro   tornós' Félez Muñoz,
falló sus primas   amorteçidas amas a dos.
Llamando: «¡Primas, primas!», luego descavalgó,
arrendó el cavallo,   a ellas adeliñó:
«¡Ya primas, las mis primas,(77)
                                don Elvira e doña Sol, 2780
mal se ensayaron   los ifantes de Carrión!
¡A Dios plega e a Santa María
                                que dent prendan ellos mal galardón!»
Valas tornando   a ellas amas a dos;
tanto son de traspuestas
                                que nada dezir non pueden.

2779 *arrendó:* ató el caballo por las riendas.   2783 *Valas tornando:* las va haciendo volver en sí.

(77) La repetición es acaso el recurso técnico más llamativo del episodio. En este verso y en los siguientes subraya el afecto de Félez Muñoz por sus primas. Antes, pero también dentro de la parte central del episodio (la narración de la afrenta), hemos percibido el eco funeral de la repetición *por muertas las dexaron* (vv. 2748, 2752 y 2755) y la exclamación repetida con leve variación que reclama la presencia simbólica del Cid en el lugar del crimen (vv. 2741-2742 y 2753-2753*b*). Se repite también la perífrasis *irse alabando* para describir irónicamente el comportamiento de los infantes de Carrión y para hacerlos entrar y salir de la escena narrativa (vv. 2757, 2763 y 2824). Y recuérdese que el episodio empieza con la repetición caricaturesca del mismo discurso en boca de uno y otro infante (véase **74**). La repetición a veces es de conceptos, no de palabras, como en el v. 2938, con el que Muño Gustioz subraya ante el rey Alfonso el vasallaje del Cid y, por tanto, la gravedad del agravio que le está denunciando.

La ironía es también un recurso importante. Está al servicio del contraste caricaturesco en el ya señalado *mal se ensayaron los ifantes de Carrión* (v. 2781), dicho por un indignado y dolorido Félez Muñoz; sirve también para caracterizar el cinismo de los infantes en la respuesta del v. 2630; y señala el dolor refrenado del Cid y de Muño Gustioz cuando emplean la palabra *ondra* para referirse a la afrenta sufrida por Elvira y Sol (vv. 2831 y 2941).

La gran afectividad y la intensa emoción del episodio salen a la superficie en imágenes de gran fuerza expresiva, como la metonimia *telas del coraçón* (o *telas de dentro del coraçón*), usada por el Cid para despedir a sus hijas (v. 2578) —con lo que celebramos la figura de padre de familia, inherente a la del héroe épico—, y por el narrador para describir el dolor de Félez Muñoz cuando está tratando de reanimar a sus primas medio muertas (v. 2785). De una gran emotividad es el símil *Cuemo la uña de la carne ellos partidos son* (v. 2642) —el más impresionante del *Cantar*, según I. Michael—, empleado también en la descripción de la despedida, como en el v. 375. En fin, la imagen de la sangre roja sobre la seda blanca de los vestidos (v. 2739) es también un acierto expresivo, sobre todo por el efecto cromático conseguido, una rareza estilística en el texto del *Cantar*.

En consonancia con la sabiduría jurídica del autor los tecnicismos del derecho de la época son importantísimos en el episodio y crean una intertextualidad que se convierte en asiento firme de la referencia artística del poema. Además de *retraer, cortes* o *vistas*, hay que mencionar *aver derecho* (vv. 2665 y 2915), *malos* y *traidores* (v. 2681), *rencura* (v. 2916), etc.

Por último, no faltan los recursos formularios, muy variados. Fijémonos sólo en la fórmula para introducir una nueva parte del relato del v. 2764, y en las que se refieren al silencio antes de un discurso provocado por graves sucesos (vv. 2828 y 2953) y al simbolismo de la

Partiéronsele las telas de dentro del coraçón,   2785
llamando: «¡Primas, primas,
                    don Elvira e doñ[a] Sol!
¡Despertedes, primas, por amor del Criador!
¡Mientra [que] es [de] día,
                    ante que entre la noch,
«los ganados fieros
                    non nos coman en aqueste mont!»
Van recordando   don Elvira e doña Sol,   2790
abrieron los ojos e vieron a Félez Muñoz.
«¡Esforçadvos, primas, por amor del Criador!
De que non me fallaren los ifantes de Carrión,
a grant priessa seré buscado yo;
si Dios non nos vale aquí morremos nos.»   2795
Tan a grant duelo fablava doña Sol:
«Sí vos lo meresca, mio primo,
                    nuestro padre el Canpeador,
¡dandos del agua, sí vos vala el Criador!»
Con un sonbrero que tiene Félez Muñoz,
nuevo era e fresco, que de Valençial' sacó,   2800
cogió del agua en él e a sus primas dio;
mucho son lazradas e amas las fartó.
  Tanto las rogó fata que las assentó.

2790 *recordando:* volviendo en sí. 2793 *De que:* en cuanto. 2798 *dandos del agua:* dadnos agua; construcción partitiva. 2800 *fresco:* recién estrenado. 2803 *assentó:* incorporó.

barba (v. 2829), todas ellas ya comentadas (véase **57** y **46, 52, 54, 62** y **81**). Tampoco falta el hipérbaton ligado a la textualidad oral de la sintaxis y a la disponibilidad del texto para la recitación, como el de los vv. 2904-2907.

Valas conortando e metiendo coraçón
fata que esfuerçan, e amas las tomó   2805
e privado en el cavallo las cavalgó;
con el so manto a amas las cubrió.
El cavallo priso por la rienda
                  e luego dent las part[ió].
Todos tres señeros por los robredos de Corpes,
entre noch e día salieron de los montes;   2810
a las aguas de Duero ellos arribados son,
a la Torre de don Urraca elle las dexó.
A Sant Estevan vino Félez Muñoz,
falló a Diego Téllez,[78] el que de Álbar Fáñez fue;
quando elle lo oyó, pesól' de coraçón;   2815
priso bestias e vestidos de pro,
iva reçebir a don Elvira e a doña Sol;
en Sant Estevan dentro las metió,
quanto él mejor puede allí las ondró.
Los de Sant Estevan siempre mesurados son,   2820
quando sabién esto, pesóles de coraçón;

2806 de prisa las montó en el caballo. 2809 *señeros:* solos. 2810 *entre noch e día:* al anochecer. 2812 *Torre de don Urraca:* hoy La Torre, a 7 km de San Esteban de Gormaz. 2815 *elle:* él.

(78) No hay constancia de que este Diego Téllez sea un personaje histórico, a pesar de que conocemos por los diplomas a varias personas de ese mismo nombre que fueron coetáneas de Rodrigo Díaz. Tampoco hay fundamento para aceptar como histórico el dato de que este Diego Téllez hubiera sido vasallo de Álvar Fáñez, como se dice en el poema, aunque históricamente Álvar Fáñez tuvo una importante actuación en la repoblación de Sepúlveda, ciudad cercana a San Esteban. Una vez más, estamos ante el tratamiento poético de una amplia base histórica.

a llas fijas del Çid   danles esfuerço;
allí sovieron ellas   fata que sanas son.
　Alabandos' seían   los ifantes de Carrión.
De cuer pesó esto   al buen rey don Alfonsso.　　2825
Van aquestos mandados   a Valençia la mayor;
quando ge lo dizen   a mio Çid el Campeador,
una grand ora   pensó e comidió;
alçó la su mano,   a la barba se tomó:
«Grado a Cristus,   que del mundo es señor,　　2830
quando tal ondra me an dada
　　　　　　　　los ifantes de Carrión;
par aquesta barba   que nadi non messó,
non la lograrán   los ifantes de Carrión;
¡que a mis fijas   bien las casaré yo!»
Pesó a mio Çid   e a toda su cort,　　2835
e [a] Álbar Fáñez   d'alma e de coraçón.　　2835*b*
　Cavalgó Minaya   con Pero Vermúez
e Martín Antolínez,   el burgalés de pro,
con dozientos cavalleros   quales mio Çid mandó;
díxoles fuertemientre
　　　　　　　　que andidiessen de dia e de noch,
aduxiessen a sus fijas   a Valençia la mayor.　　2840
Non lo detardan   el mandado de su señor,
apriessa cavalgan,   andan los días e las noches;
vinieron a Gormaz,   un castiello tan fuert,
ý albergaron   por verdad una noch.
A Sant Estevan   el mandado llegó　　2845
que vinié Minaya   por sus primas amas a dos.

　2822 *llas:* forma arcaica del artículo, las.　2823 *sovieron:* estuvieron.
2833 *non la lograrán:* no se saldrán con la suya.　2843 Gormaz (Soria), a 20
kilómetros de San Esteban, era importante plaza en la defensa del Duero.

Varones de Sant Estevan, a guisa de muy pros,
reçiben a Minaya e a todos sus varones,
presentan a Minaya essa noch grant enfurçión;
non ge lo quiso tomar, mas mucho ge lo gradió: 2850
«Graçias, varones de Sant Estevan,
          que sodes coñosçedores,
por aquesta ondra que vos diestes
          a esto que nos cuntió;
mucho vos lo gradeçe,
          allá do está, mio Çid el Canpeador;
assí lo fago yo que aquí estó.
Afé Dios de los çielos
          que vos dé dent buen galardón.» 2855
Todos ge lo gradeçen e sos pagados son,
adeliñan a posar pora folgar essa noch.
Minaya va ver sus primas dó son,
en él fincan los ojos don Elvira e doña Sol:
«Atanto vos lo gradimos
          commo si viéssemos al Criador; 2860
e vos a Él lo gradid quando bivas somos nos.
En los días de vagar [en Valençia la mayor]
toda nuestra rencura sabremos contar [nos].» 2862b

2849 *enfurçión:* comida de hospitalidad, aunque propiamente era un tributo que se pagaba en comestibles. 2862 *En los días de vagar:* con más tranquilidad. *rencura:* aflicción, aunque es también tecnicismo jurídico: causa de una querella judicial.

132

[Llegan a Valencia]

Lloravan de los ojos   las dueñas e Álbar Fáñez,
e Pero Vermúez   otro tanto las ha:
«Don Elvira e doña Sol,   cuidado non ayades,   2865
quando vos sodes sanas   e bivas e sin otro mal.
Buen casamiento perdiestes,
                         mejor podredes ganar.
«¡Aún veamos el día   que vos podamos vengar!»
Ý iazen essa noche   e tan grand gozo que fazen.
 Otro día mañana   piensan de cavalgar.   2870
Los de Sant Estevan   escurriéndolos van
fata Río d'amor,   dándoles solaz;
d'allent se espidieron dellos,   piénssanse de tornar,
e Minaya con las dueñas   iva cabadelant.
Troçieron Alcoçeva,   a diestro de[x]an Gormaz,   2875
o dizen Bado de Rey   allá ivan p[as]sar,
a la casa de Berlanga   posada presa han.
Otro día mañana   métense a andar,
a qual dizen Medina   ivan albergar,
e de Medina a Molina   en otro día van.   2880
Al moro Avengalvón   de coraçón le plaz,
saliólos a reçebir   de buena voluntad,
por amor de mio Çid   rica cena les da.

2872 *Río d'amor:* no identificado; probablemente uno de los pequeños afluentes del Duero en las proximidades de San Esteban.   2874 *cabadelant:* todo recto; véase 858.   2875 *Alcoçeva:* Barranco de Alcoceba, desemboca en el Duero por Gormaz.   2876 *Bado de Rey:* Vadorrey (Soria).   2877 *casa:* pueblo. Berlanga (Soria), a 13 km de Gormaz y 30 de San Esteban.

Dent pora Valençia   adeliñechos van.
  Al que en buen ora nasco   llegava el menssaje,   2885
privado cavalga,   a reçebirlos sale;
armas iva teniendo   e grant gozo que faze.
Mio Çid a sus fijas   ívalas abraçar,
besándolas a amas,   tornós' de sonrrisar:
«¡Venides, mis fijas,   Dios vos curie de mal!   2890
Yo tomé el casamiento,   mas non osé dezir ál.
Plega al Criador,   que en çielo está,
que vos vea mejor casadas   d'aquí en adelant.
¡De mios yernos de Carrión

                        Dios me faga vengar!»
Besaron las manos   las fijas al padre.   2895
Teniendo ivan armas,   entráronse a la cibdad;
grand gozo fizo con ellas   doña Ximena su madre.
  El que en buen ora nasco   non quiso tardar,
fablós' con los sos   en su poridad,
al rey Alfonsso de Castiella   penssó de enbiar.   2900

133

[Muño Gustioz pide justicia al rey]

«¿Ó eres, Muño Gustioz,   mio vassallo de pro?
¡En buen ora te crié   a ti en la mi cort!
Lieves el mandado   a Castiella al rey Alfonsso;
por mí bésale la mano   d'alma e de coraçón,

   2884 *adeliñechos:* directos.   2904-2907: ruégale en mi nombre (*por mí bésale la mano*)... que, ya que soy su vasallo..., le pese... por la deshonra que me han hecho...

cuemo yo so su vassallo   y él es mio señor,   2905
desta desondra que me an fecha
                           los ifantes de Carrión
quel' pese al buen rey   d'alma e de coraçón.
Él casó mis fijas,   ca non ge las di yo;
quando las han dexadas   a grant desonor,
si desondra ý cabe   alguna contra nos,   2910
la poca e la grant   toda es de mio señor.
Mios averes se me an levado,   que sobejanos son;
esso me puede pesar   con la otra desonor.
Adúgamelos a vistas,   o a juntas o a cortes,
commo aya derecho   de ifantes de Carrión,   2915
ca tan grant es la rencura
                           dentro en mi coraçón.»
Muño Gustioz   privado cavalgó,
con él dos cavalleros   quel' sirvan a so sabor,
e con él escuderos   que son de criazón.
  Salién de Valençia   e andan quanto pueden,   2920
nos' dan vagar   los días e las noches;
al rey en San Fagunt   lo falló.
Rey es de Castiella   e rey es de León
e de las Asturias   bien a San Çalvador,
fasta dentro en Santi Yaguo   de todo es señor,   2925
e llos condes gallizanos   a él tienen por señor.
Assí commo descavalga   aquel Muño Gustioz,
omillós' a los santos   e rogó a[l] Criador;
adeliñó poral palaçio   do estava la cort,

2914 *Adúgamelos:* que me los convoque. 2915 *commo:* para que. 2916 *rencura:* aflicción y causa de querella; ahora con los dos sentidos; véase 2862. 2924 *San Çalvador:* Oviedo, cuya Catedral está dedicada a San Salvador. 2925 *Santi Yaguo:* Santiago de Compostela. 2926 *gallizanos:* gallegos.

con él dos cavalleros   quel' aguardan cum a señor.   2930
Assí commo entraron   por medio de la cort,
violos el rey   e connosçió a Muño Gustioz;
levantós' el rey,   tan bien los reçibió.
Delant el rey [Alfonsso]   los inojos fincó,
besávale los pies   aquel Muño Gustioz: 2935
«¡Merçed, rey, de largos reinos   a vos dizen señor!
Los pies e las manos   vos besa el Campeador;
elle es vuestro vassallo   e vos sodes so señor.
Casastes sus fijas   con ifantes de Carrión,
alto fue el casamien[t]o   ca lo quisiestes vos.   2940
Ya vos sabedes la ondra   que es cuntida a nos,
cuemo nos han abiltados   ifantes de Carrión:
mal majaron sus fijas   del Çid Campeador;
majadas e desnudas   a grande desonor,
desenparadas las dexaron
　　　　　　　　　　　en el robredo de Corpes,   2945
a las bestias fieras   e a las aves del mont.
Afélas sus fijas   en Valencia do son.
Por esto vos besa las manos,
　　　　　　　　　　　commo vassallo a señor,
que ge los levedes a vistas,   o a juntas o a cortes;
tienes' por desondrado,   mas la vuestra es mayor,   2950
e que vos pese, rey,   commo sodes sabidor;
que aya mio Çid derecho   de ifantes de Carrión.»
　El rey una grand ora   calló e comidió:
«Verdad te digo yo   que me pesa de coraçón,

2930 *quel' aguardan cum a señor:* que le escoltan como a su señor. 2938 *elle:* él, forma arcaica. 2950 *la vuestra:* la (deshonra) vuestra; el antecedente del pronombre se halla implícito en el anterior *desondrado*. 2951 *commo sodes sabidor:* ya que sois prudente, o quizá también, experto en Derecho.

e verdad dizes en esto,   tú, Muño Gustioz,   2955
ca yo casé sus fijas   con ifantes de Carrión;
fizlo por bien   que fuesse a su pro.
¡Si quier el casamiento   fecho non fuesse oy!
Entre yo e mio Çid   pésanos de coraçón.
Ayudar le [he] a derecho,   ¡sín' salve el Criador!   2960
Lo que non cuidava fer   de toda esta sazón,
andarán mios porteros   por todo mio reino,
«pora dentro en Toledo   pregonarán mi cort,
«que allá me vayan   cuendes e ifançones;
«mandaré commo ý vayan   ifantes de Carrión,   2965
e commo den derecho   a mio Çid el Campeador,
e que non aya rencura   podiendo vedallo yo.

134

[*El rey convoca corte en Toledo*]

Dezidle al Campeador,
                              que en buen ora nasco,
que destas siete semanas
                              adobes' con sus vassallos,
véngam' a Toledo,   estol' do de plazo.   2970
Por amor de mio Çid   esta cort yo fago.
Saludádmelos a todos,   entrellos aya espaçio;
desto que les abino   aún bien serán ondrados.»

2958 *¡Si quier...!*: ¡Ojalá...! 2959 *Entre yo e mio Çid:* A mío Cid y a mí. 2960 *sín:* así me. 2961 *de toda esta sazón:* en todo este tiempo. 2962 *porteros:* comisarios reales. 2965 *mandaré commo:* mandaré que. 2967 y que no haya causa de querella si yo puedo evitarlo. 2972 *entrellos aya espaçio:* que haya consuelo para ellos.

Espidiós' Muño Gustioz,   a mio Çid es tornado.
Assí commo lo dixo,   suyo era el cuydado;   2975
non lo detiene por nada   Alfonsso el castellano,
enbía sus cartas   pora León e a Santi Yaguo,
a los portogaleses   e a gallizianos,
e a los de Carrión   e a varones castellanos,
que cort fazié en Toledo   aquel rey ondrado,   2980
a cabo de siete semanas   que ý fuessen juntados;
qui non viniesse a la cort
            non se toviesse por su vassallo.
Por todas sus tierras   assí lo ivan pensando,
que non falliessen   de lo que el rey avié mandado.

135

[*Reunión de la corte*]

Ya les va pesando   a los ifantes de Carrión,   2985
porque en Toledo   el rey fazié cort;⁽⁷⁹⁾
miedo han que ý verná   mio Cid el Campeador.
Prenden so consejo   assí parientes commo son,
ruegan al rey   que los quite desta cort.

2979 *varones:* barones, nobles.   2987 *verná:* vendrá.   2988 *assí parientes commo son:* todos los parientes.   2989 *quite:* exima.

(79) Estamos en el episodio de las cortes de Toledo (vv. 2985-3532), uno de los más extensos y mejor elaborados, porque el triunfo jurídico del Cid en estas cortes (la recuperación de su honra personal y familiar) es equiparable a los triunfos guerreros que le proporcionaron el perdón real en las vistas celebradas en la misma ciudad. El episodio muestra de

Dixo el rey: «No lo feré, ¡sín' salve Dios! 2990
Ca ý verná mio Çid el Campeador;
dar le [e]des derecho, ca rencura ha de vos.
Qui lo fer non quisiesse, o no ir a mi cort,
quite mio reino, ca dél non he sabor.»

2992 *derecho:* justicia. *ca rencura ha de vos:* porque os presenta una demanda, os ha demandado. 2994 *quite:* abandone.

un modo eminente la composición semidramatizada del *Cantar*: es una larga secuencia de vistosas escenas reproducidas en discurso directo, en las que el papel del narrador se reduce a la acotación escénica. Pero en esa tarea sobresale su gran tino artístico para seleccionar eficazmente los efectos visuales y de teatralidad: compruébese en la magnífica caracterización del grotesco Asur González (v. 3375), o en las *altas vozes* (v. 3292) con que se desacredita el infante Fernando, o en la capacidad de crear expectación teatral (v. 3401). El discurso directo es, pues, el recurso esencial; su capacidad dramatizadora se incrementa por la introducción, consistente muchas veces en la mera indicación del movimiento ritual de ponerse de pie; en ocasiones ni siquiera hay frase introductora, como en el v. 3212, lo que obliga a recurrir al contexto para dilucidar qué juez es el que dice esas palabras, desde luego en la lectura silenciosa moderna, no en la sesión juglaresca original o en una lectura semidramatizada, en voz alta. Además aparecen otros recursos juglarescos, como la fórmula que busca la participación del auditorio del v. 3207, preciosa manifestación de que el constante tecnicismo jurídico del episodio es compatible con la técnica juglaresca, como observa acertadamente J. J. de Bustos, o como el epíteto épico del v. 3117, que destaca la importancia política del Cid. Y aún hay otros recursos más genéricos, pero igualmente eficaces: el juego de palabras del v. 3302 (*Pero Mudo = Pero Vemúez*, o acaso *Vermuoz* en una versión oral más arcaica que la conservada), y la sinécdoque: obsérvese la del v. 3063, la ya conocida del v. 3260, que celebra la faceta de padre del héroe épico y las de los vv. 3328 y 3362, que denuncian la falta de correspondencia de obras y palabras en los infantes Fernando y Diego, penosas contrahechuras del Cid y sus hombres que saben armonizar dichos y hechos.

Ya lo vieron qué es a fer   los ifantes de Carrión,   2995
prenden conssejo   parientes commo son;
el conde don Garçía   en estas nuevas fue,
enemigo de mio Çid,   que mal siempre1' buscó,
aqueste conssejó   los ifantes de Carrión.
Llegava el plazo,   querién ir a la cort;   3000
en los primeros   va el buen rey don Alfonsso,
el conde don Anrrich   y el conde don Remond,
aqueste fue padre   del buen enperador,
el conde don Fruella   y el conde don Beltrán.[80]
Fueron ý de su reyno   otros muchos sabidores   3005
de toda Castiella   todos los mejores.

3005 *sabidores:* jurisperitos, expertos den derecho romano, sobre todo.

(80) En este episodio, junto a personajes que ya conocemos muy bien (por ejemplo, los hombres del Cid, presentados de manera formularia con el nombre y el epíteto épico: vv. 3064-3071), aparecen otros nuevos. Muchos de ellos son históricos o pueden serlo, aunque ahora, como en otras ocasiones, el poeta suele utilizar los personajes históricos de la corte de Alfonso VI con una finalidad eminentemente literaria. Téngase en cuenta que todo este episodio es ficticio.

Los condes Enrique y Raimundo de Borgoña (v. 3002) eran yernos de Alfonso VI y primos y rivales entre sí. De Raimundo de Borgoña se dice que fue padre del *buen emperador* (v. 3003), o sea, de Alfonso VII (1126-1157), por lo que M. Pidal supone que la primera versión del *Cantar* debe de ser anterior a 1157. Aunque a este rey se le siguiera llamando así en diplomas del siglo XII y principios del XIII, parece verosímil situar la primera redacción del *Cantar* en una época en que tal denominación fuese ampliamente conocida y, por tanto, más cerca de la segunda mitad del XII que de primeros del XIII.

Fruela Díaz (v. 3004) es personaje bien documentado en los diplomas coetáneos del Rodrigo Díaz histórico, pero no tenemos constancia de un Beltrán hasta unos pocos años después de la muerte del Cid. El abogado del Cid, el Mal Anda del v. 3070, puede ponerse en re-

El conde don Garçía   con ifantes de Carrión,
e Asur Gonçález   e Gonçalo Assúrez,
e Diego e Ferrando   ý son amos a dos,
e con ellos grand bando   que aduxieron a la cort: 3010
e[n]baír le cuidan   a mio Çid el Campeador.
  De todas partes   allí juntados son.
Aún non era llegado   el que en buen ora naçió,
porque se tarda   el rey non ha sabor.
Al quinto día   venido es mio Çid el Campeador;   3015
[a] Álvar Fáñez   adelantel' enbió,
que besasse las manos   al rey so señor:
bien lo sopiesse   que ý serié essa noch.
Quando lo oyó el rey,   plógol' de coraçón;
con grandes yentes   el rey cavalgó   3020
e iva reçebir   al que en buen ora naçió.

3011 *enbaír le cuidan:* piensan atropellar sus derechos.

lación con un Malanda histórico; pero no parece que pueda ser judío o árabe, porque entonces no habría podido asesorar a un cristiano.

Ya conocemos al histórico conde García Ordóñez, el terrible enemigo del Cid desde los días en que éste lo apresó en Cabra por ayudar al rey moro de Granada contra el de Sevilla, que era tributario de Alfonso VI. Ahora se le nombra con el apodo *Crespo de Grañón* (v. 3112), o sea, el rizado de Grañón, la ciudad riojana, y este apodo está también documentado. Lo que no es óbice para que el pelo rizado simbolice en la iconografía medieval soberbia o locura. Este Conde no era familiar de los infantes de Carrión, pero, dada la antigua enemistad con el Cid, acude a la corte como abogado de aquellos.

Los emisarios de los reyes de Navarra y Aragón (v. 3394) son nombres que también aparecen en los diplomas navarros y aragoneses, aunque con posterioridad al Cid histórico. En fin, Gómez Peláyet (v. 3457) pudo ser hijo de Pelayo Gómez, tercer hijo del conde Gómez Díaz, y, por tanto, primo segundo de los infantes.

Bien aguisado viene   el Çid con todos los sos,
buenas conpañas   que assí an tal señor.
Quando lo ovo a ojo   el buen rey don Alfonsso,
firiós' a tierra   mio Çid el Campeador;   3025
biltarse quiere   e ondrar a so señor.
Quando lo [vio] el rey   por nada non tardó:
«¡Par Sant Esidro   verdad non será oy!
Cavalgad, Çid, si non,   non avría de[n]d sabor;
saludar nos hemos   d'alma e de coraçón.   3030
De lo que a vos pesa   a mí duele el coraçón;
¡Dios lo mande que por vos   se ondre oy la cort!»
— «Amen», dixo mio Çid   el Campeador;
besóle la mano   e después le saludó:
«Grado a Dios,   quando vos veo, señor.   3035
Omíllom' a vos   e al conde do[n] Remond
e al conde don A[n]rrich   e a quantos que ý son,
¡Dios salve a nuestros amigos   e a vos más, señor!
Mi mugier doña Ximena,   dueña es de pro,
bésavos las manos,   e mis fijas amas a dos,   3040
desto que nos abino   que vos pese, señor.»
Respondió el rey: «Sí fago, ¡sín' salve Dios!»

3025 *firiós' a tierra:* descabalgó. 3026 *biltarse:* humillarse. 3034 *le saludó:* lo abrazó; nótese el doble saludo, de respeto (besarle la mano) y de afecto (abrazarlo). 3040-41 *bésavos las manos... desto que nos abino que vos pese:* os ruega que os pese por esto que nos ha sucedido.

136

[El Cid pasa la noche en San Servando]

 Pora Toledo el rey tornada da;
essa noch mio Çid Tajo non quiso passar:
«¡Merçed, ya rey, sí el Criador vos salve! 3045
Penssad, señor, de entrar a la çibdad,
e yo con los míos posaré a San Serván:
las mis compañas esta noche llegarán.
Terné vigilia en aqueste santo logar;
cras mañana entraré a la çibdad, 3050
e iré a la cort enantes de yantar.»
Dixo el rey: «Plazme de veluntad.»
El rey don Alfonsso a Toledo [va] entra[r],
mio Çid Ruy Díaz en San Serván posa[r].
Mandó fazer candelas e poner en el altar; 3055
sabor a de velar en essa santidad,
al Criador rogando e fablando en poridad.
Entre Minaya e los buenos que ý ha
acordados fueron, quando vino la man.

 3047 *San Serván:* castillo de San Servando, separado de Toledo por el puente de Alcántara; Alfonso VI en 1088 fundó allí un monasterio, en donde se supone que el Cid del *Cantar* pasa la noche en vigilia. 3049 *vigilia:* vela que se hace pasando la noche en oración dentro de un lugar sagrado. 3050 *cras mañana:* mañana por la mañana temprano. 3055 *fazer candelas:* encender velas o cirios. 3056 *santidad:* lugar sagrado, el monasterio. 3059 *la man:* la mañana.

137

[*El Cid empieza su demanda*]

Matines e prima   dixieron faza l[os albores].   3060
Suelta fue la missa   antes que saliesse el sol,
e su ofrenda han fecha   muy buena e [a sazón].
«Vos, Minaya Álbar Fáñez,   el mio braço mejor,
vos iredes comigo   e el obispo don Jerónimo
e Pero Vermúez   e aqueste Muño Gustioz   3065
e Martín Antolínez,   el burgalés de pro,
e Álbar Álbarez   e Álbar Salvadórez
e Martín Muñoz,   que en buen punto naçió,
e mio sobrino   Félez Muñoz;
comigo irá Mal Anda,   que es bien sabidor,   3070
e Galind Garçíez,   el bueno d'Aragón;
con estos cúnplanse çiento
                     de los buenos que ý son.
Velmezes vestidos   por sufrir las guarnizones,
de suso las lorigas   tan blancas commo el sol;
sobre las lorigas   armiños e pelliçones,   3075
e que non parescan las armas,
                     bien presos los cordones;

3060 *Matines:* maitines, rezos que hacen los monjes antes del amanecer; véase 238. *prima:* los rezos monacales correspondientes a la primera hora canónica. 3061 *Suelta:* dicha. 3073 *Velmezes:* túnicas que vestían los caballeros debajo de la loriga para proteger el cuerpo de los roces de ésta y de las otras guarniciones. 3074 *lorigas:* vestidura de guerra, hecha de mallas tejidas, que cubría del cuello a las rodillas; véase 578. 3075 *armiños:* pieles de armiño. *pelliçones:* vestido forrado de piel, más corto que el brial, de mangas muy anchas y ajustable al cuerpo mediante cordones (compárese el v. 3076); sobre él se ponía el manto.

so los mantos las espadas   dulçes e tajadores;
d'aquesta guisa   quiero ir a la cort,
por demandar mios derechos   e dezir mi razón.
Si desobra buscaren   ifantes de Carrión,   3080
do tales çiento tovier,   bien seré sin pavor.»
Respondieron todos: «Nos esso queremos, señor.»
Assí commo lo ha dicho,   todos adobados son.
Nos' detiene por nada   el que en buen ora naçió:
calças de buen paño   en sus camas metió,   3085
sobrellas unos çapatos   que a grant huebra son.
Vistió camisa de rançal   tan blanca commo el sol,
con oro e con plata   todas las presas son,
al puño bien están,   ca él se lo mandó;
sobrella un brial   primo de çiclatón,   3090
obrado es con oro,   pareçen por o son.
Sobresto una piel vermeja,   las bandas d'oro son,
siempre la viste   mio Çid el Campeador.
Una cofia sobre los pelos   d'un escarín de pro,
con oro es obrada,   fecha por razón,   3095
que non le contalassen los pelos
                al buen Çid Canpeador;

3077 *so:* debajo de. *dulçes:* forjadas con hierro dulce, es decir, el más puro, más resistente y mejor templado. *tajadores:* que cortan bien, o sea, bien afiladas. 3080 *desobra:* palabra únicamente documentada aquí; su significado se ha puesto en relación con demasía y deshonra. 3085 *camas:* piernas. 3086 *a grant huebra:* de grandes labores (véase 2401), o sea, muy bien repujados. 3087 *rançal:* tela de hilo; véase 183. 3088 *presas:* presillas para ajustarse los puños de la camisa. 3089 *ca él se lo mandó:* porque así lo había encargado. 3090 *brial:* túnica de rica tela que va sobre la camisa y tiene mangas estrechas; véase 178. *primo:* primoroso. *çiclatón:* tejido de seda y oro; véase 2574. 3091 *pareçen por o son:* brillan por donde están. 3092 *piel vermeja:* pellizón; véanse 178 y 3075. *bandas:* ceñidores. 3094 *escarín:* tela de lino. 3095 *por razón:* por encargo. 3096 *contalassen:* arrancasen, mesasen.

la barba avié luenga   e prísola con el cordón,
por tal lo faze esto
                        que recabdar quiere todo lo [so].
De suso cubrió un manto,   que es de grant valor.
En él abrién que ver   quantos que ý son.   3100
   Con aquestos çiento   que adobar mandó,
apriessa cavalga,   de San Serván salió;
assí iva mio Çid   adobado a lla cort.
A la puerta de fuera   descavalga a sabor,
cuerda mientre entra   mio Çid con todos los sos: 3105
él va en medio,   elos çiento aderredor.
Quando lo vieron entrar   al que en buen ora naçió,
levantós' en pie   el buen rey don Alfonsso
e el conde don Anrrich   e el conde don Remont
e desí adelant, sabet,   todos los otros;   3110
a grant ondra lo reçiben
                        al que en buen ora naçió.
Nos' quiso levantar   el Crespo de Grañón,
nin todos los del bando   de ifantes de Carrión.
El rey dixo al Çid: «Venid acá ser, Campeador,
en aqueste escaño   quem' diestes vos en don;   3115
maguer que [a] algunos pesa,
                        mejor sodes que nos.»
Essora dixo muchas merçedes
                        el que Valençia gañó:
«Sed en vuestro escaño   commo rey e señor;
acá posaré   con todos aquestos mios.»

3098 *que recabdar quiere todo lo suyo:* porque quiere poner a salvo todo lo que concierne a su honra, es decir, en este caso quiere impedir que lo ultrajen mesándole la barba.   3100 Llamaría la atención de todos.   3106 *elos:* los, forma arcaica del artículo.   3114 *Venid acá ser:* venid a sentaros aquí.   3118 *Sed:* sentaos.

Lo que dixo el Çid   al rey plogo de coraçón.   3120
En un escaño torniño   essora mio Çid posó,
los çiento que l'aguardan   posan aderredor.
Catando están a mio Çid   quantos ha en la cort,
a la barba que avié luenga   e presa con el cordón;
en sos aguisamientos   bien semeja varón.   3125
Nol' pueden catar de vergüença
                      ifantes de Carrión.[81]

3121 *torniño:* torneado.   3125 *en sos aguisamientos:* en sus atavíos, en su arreglo.

(81) Va a comenzar la solemne sesión de corte. En los momentos inmediatamente anteriores hemos podido percibir el ya conocido contraste que enmarca a la figura del Cid y a la de sus enemigos. Pero ahora ese contraste es y va a ser mucho mayor. El Cid ha llegado tarde a las cortes; su retraso ha provocado una cierta inquietud: en el rey —porque había amenazado con la ira regia a los que no acudieran— y en el público; pero ese retraso también da solemnidad e importancia al personaje. Luego lo hemos visto lleno de prudencia y de devoción. No ha querido entrar en Toledo, porque teme un ataque de los infantes o de sus partidarios; se ha retirado al Castillo de San Servando, junto al puente de Alcántara, fuera de la ciudad, para rogar a Dios y para preparar la estrategia que va a seguir en la demanda (la *poridad*, v. 3057). Ha cuidado al detalle el vestido, causa de general admiración (v. 3100); en contraste, Minaya recordará a Diego la vergüenza de su ropa estropeada cuando lo del león (v. 3366) y el narrador nos va a presentar negativamente al desaliñado Asur González (v. 3374). El Campeador ha rechazado el lugar de honor que ocupa el rey en la corte (v. 3118), tanto por mesura y por prudencia (no quiere verse favorecido indebidamente y prefiere estar al lado de sus hombres que, bajo el manto festivo, van armados), cuanto por dejar al rey ese sitio preeminente (que el derecho romano le atribuye). Por estas pautas de dignidad y mesura admirables se va a regir a lo largo de toda la sesión. La despedida vuelve a subrayar el impresionante aspecto del héroe, así como su generosidad y la amistad del rey, como pasaba al final de las vistas. Después del v. 3532 ya el Cid no volverá a aparecer hasta el final del poema, en el v. 3710.

De su aspecto destaca la barba, que nadie mesó (véase **57** y **46, 52, 54, 62** y **77**). La preocupación por el pelo y la barba acaso sea un elemento folklórico, como cree I. Michael. Lo cierto es que la barba es símbolo de honor y virilidad. De ahí que el Cid jure solemnemente por su barba (v. 3186 y antes v. 2832) y tome precauciones, llevándola recogida con un cordón y cubriéndose el pelo con una cofia nueva hecha para la ocasión (vv. 3094-3098), para que nadie le toque un cabello ni le mese la barba, lo que sería una gravísima injuria, codificada en algunos Fueros de la época. No consiente alusiones más o menos despectivas y basándose en que él sí mesó la barba de García Ordóñez sin que éste haya reparado el ultraje (v. 3288), lo inhabilita como abogado de los infantes; con esas palabras deja claro, además, que la honra se debe a las obras, no al nacimiento, y que, en consecuencia, la nobleza de cuna puede quedar disminuida por una conducta infame; así echa por tierra los argumentos de los infantes que se basan sólo en la nobleza de cuna, por la cual justifican el repudio y el ultraje de sus hijas. Al final, cuando ya ha triunfado en sus demandas y tiene asegurada la protección del rey, se quita la cofia y se suelta la barba, como después de la batalla se suele quitar el yelmo, y causa de nuevo la admiración general (vv. 3492-3495).

Frente al Cid, los infantes aparecen como soberbios (véase **83**) y como derrochadores (han gastado todo el dinero que sacaron de Valencia, con el que pensaban ser ricos para el resto de sus días, v. 3219); se nos insinúa que pueden ser falsos (el Cid tiene que comprobar que las espadas son en efecto Colada y Tizona, porque ha temido el cambio, v. 3183); y se muestran, una vez más, cobardes (no quieren acudir a la corte por miedo, vv. 2985-2989; y al final aplazan las lides con la excusa exagerada de que se han quedado sin caballos ni armas por haberlos entregado como pago de la reclamación de los tres mil marcos del ajuar, v. 3470). El hermano mayor, Asur González, es una figura bufonesca: además de su incuria e inelegancia en el vestir, es esclavo de la gula (v. 3375), hasta la repugnancia del eructo apestoso cuando da el beso de paz en la misa (v. 3385); nada de lo que diga puede tener valor.

Essora se levó en pie el buen rey don Alfonsso:
«¡Oíd, mesnadas, sí vos vala el Criador!
Yo, de que fu rey, non fiz más de dos cortes:
la una fue en Burgos e la otra en Carrión; 3130
esta terçera a Toledo la vin fer oy,
por el amor de mio Çid,
      el que en buen ora nació,
que reçiba derecho de ifantes de Carrión.
Grande tuerto le han tenido,
      sabémoslo todos nos;
alcaldes sean desto
 el conde don Anrrich e el conde don Remond 3135
e estos otros condes que del vando non sodes.
Todos meted ý mientes, ca sodes coñosçedores,
por escoger el derecho, ca tuerto non mando yo.
Della e della part en paz seamos oy.
Juro par Sant Esidro, el que bolviere mi cort 3140
quitar me a el reyno, perderá mi amor.

 3134 *tuerto:* injusticia. 3135 *alcaldes:* jueces. 3136 *que del vando non sodes:* que no sois del partido o bando de los infantes de Carrión. 3137 *coñoçedores:* expertos en derecho y prudentes. 3139 *Della e della part:* De una parte y otra. 3140 *bolviere:* estorbe.

 Entre el Cid y los de Carrión está el rey, amigo de la justicia, generoso con los infantes, a los que devuelve los doscientos marcos que le habían dado de aquellos tres mil del ajuar (vv. 3231-3233). (Los infantes habrían entregado ese dinero al rey, sea en concepto de la multa que debían pagar los que repudiaban a sus esposas sin motivo, sea en compensación por haberlos casado.) Al final, el rey está al lado del Cid y se beneficia de su generosidad (v. 3502) y, como buen amigo, disfruta de las excelencias de Babieca.
 Los aspectos externos tienen una enorme importancia en todo este episodio. Las apariencias no engañan.

Con el que toviere derecho   yo dessa parte me so.
Agora demande   mio Çid el Campeador:
sabremos qué responden   ifantes de Carrión.»
Mio Çid la mano besó al rey
                               y en pie se levantó:[82]   3145
«Mucho vos lo gradesco   commo a rey e a señor
por quanto esta cort   fiziestes por mi amor.

---

(82) A partir de este verso empieza la demanda judicial del Cid. Vamos a leer una escena en la que sobresalen dos características: la gradación que crea un clima dramático de tensa expectación y el reflejo artístico de una teoría y práctica jurídicas que son las de la segunda mitad del siglo XII.

La gradación se consigue mediante la presentación de sucesivas demandas, sin que se anuncie en ningún momento la siguiente. El Cid reclama primero las espadas Colada y Tizón; luego, los tres mil marcos del ajuar. Y cuando ya la querella civil ha concluido, entonces presenta la querella criminal, acusando a los infantes de *menos valer*. Los de Carrión creen que la demanda termina con la primera que el Cid presenta, porque el derecho tradicional germánico obligaba a presentar una única demanda; y creen también que quizá el Cid no sea capaz de ofenderse porque sus hijas hayan sido repudiadas y ultrajadas con el abandono y las lesiones de sangre. Hasta ahí llega su soberbia y la sobrevaloración de su linaje. Pero el Campeador sigue una estrategia jurídica cuidadosamente diseñada antes —¿acaso por su abogado Mal Anda?— y meditada en la *poridad* de San Servando; se funda en la posibilidad que ofrece el derecho romano de presentar distintas demandas. La gradación dramática conseguida por una demanda tripartita se ve coronada por el efectismo que supone la llegada de los emisarios de los reyes de Navarra y Aragón para pedir en matrimonio a las hijas del Cid. Tras haberse acordado el tercer reto (el de Muño Gustioz y Asur González), la demanda ha terminado formalmente y sólo queda que la lid judicial (el combate que sigue al reto) reparta justicia. Pero en ese momento la petición de las mujeres, repudiadas por los de Carrión, para ser las esposas de unos reyes viene a dictar sentencia de antemano: el veredicto de culpables para los infantes y el final feliz para los justos.

Pasemos a la segunda característica señalada. Hemos visto que toda la calidad literaria de las escenas (la gradación) se basa en el conocimiento del derecho. En efecto, a finales del siglo XII se impone en los fueros de la Frontera el derecho romano; pero no se pierde del todo algún que otro uso del más tradicional y arcaico derecho germano. La presentación de la demanda que hemos analizado es una prueba de esa coexistencia de usos jurídicamente distintos. Los infantes objetan defecto de forma tras la demanda de las espadas basándose en el derecho tradicional (v. 3211). El que el demandante se dirija directamente a los demandados, como hace el Cid en el v. 3216*b*, y no por medio del juez, como lo ha hecho y lo hace otras veces, es también manifestación de la amalgama de los derechos germánico y romano: el primero favorece la relación directa entre acusador y acusado; el segundo potencia y prestigia la figura del juez. A pesar de estas mezclas, el derecho que triunfa en el *Cantar* es el romano: los jueces y el rey permiten que el Cid presente su acusación dividida en tres demandas (vv. 3212-3214). Desde el principio hemos percibido ese triunfo, con la aparición de los *sabidores* (v. 3005), los jurisperitos, especialmente expertos en la nueva legislación de la Frontera inspirada en el derecho romano. Y al final, en la querella criminal (la *rencura mayor*, v. 3254) se acude a la solución de los *riebtos* (v. 3257) o combate legal, una institución del derecho público que sustituye a los antiguos duelos del derecho privado. Porque son asunto de derecho público, los retos deben ajustarse a un formulismo, codificado en los textos legales de la época y reflejado fielmente en el *Cantar*. El retador (los hombres del Cid en nuestro caso) debía empezar con la narración de las afrentas y su calificación legal (menos valer, traición); a continuación el retado responde defendiendo su verdad; finalmente, el retador formula el desafío mediante el mentís (que se ajustaba a determinadas fórmulas con leves variantes) y el reto a combate legal que ha de aceptar el retado. Obsérvese que los tres retos acordados cumplen todos estos detalles técnicos y se expresan mediante las fórmulas de rigor.

Esto les demando a ifantes de Carrión:
por mis fijas quem' dexaron yo non he desonor,
ca vos las casastes, rey, sabredes qué fer oy; 3150
mas quando sacaron mis fijas
      de Valençia la mayor,
yo bien l[o]s quería d'alma e de coraçón,
diles dos espadas, a Colada e a Tizón,
estas yo las gané a guisa de varón,
ques' ondrassen con ellas e sirviessen a vos; 3155
quando dexaron mis fijas
      en el robredo de Corpes
comigo non quisieron aver nada
      e perdieron mi amor;
denme mis espadas
      quando mios yernos non son.»
Atorgan los alcaldes: «Tod esto es razón.»
Dixo el conde don Garçía: «A esto fablemos nos.» 3160
Essora salién aparte iffantes de Carrión,
con todos sus parientes y el bando que ý son;
apriessa lo ivan trayendo e acuerdan la razón:
«Aun grand amor nos faze el Çid Campeador,
quando desondra de sus fijas
      no nos demanda oy; 3165
bien nos abendremos con el rey don Alfonsso.
Démosle sus espadas, quando assí finca la boz,
e quando las toviere, partir se a la cort;
ya más non avrá derecho
      de nos el Çid Canpeador.»
Con aquesta fabla tornaron a la cort: 3170

3163 *trayendo:* tratando.   3167 *finca la boz:* termina la demanda.

«¡Merçed, ya rey don Alfonsso,
                    sodes nuestro señor!
No lo podemos negar,   ca dos espadas nos dio;
quando las demanda   e dellas ha sabor,
dárgelas queremos   delant estando vos.»
    Sacaron las espadas   Colada e Tizón,   3175
pusiéronlas en mano   del rey so señor;
saca las espadas   e relumbra toda la cort,
las maçanas e los arriazes   todos d'oro son.
Maravíllanse dellas
                    todos los omnes buenos de la cort.
Reçibió las espadas,   las manos le besó,   3180
tornós' al escaño   don[t] se levantó.
En las manos las tiene   e amas las cató;
nos' le pueden camear,
                    ca el Çid bien las connosçe;
alegrós'le tod el cuerpo,   sonrrisós' de coraçón,
alçava la mano,   a la barba se tomó: 3185
«¡Par aquesta barba   que nadi non messó,
assís' irán vengando   don Elvira e doña Sol!»
A so sobrino [Pero Vermúez]   por nonbrel' llamó,
tendió el braço,   la espada Tizón le dio:
«Prendetla, sobrino,   ca mejora en señor.»   3190
A Martín Antolínez,   el burgalés de pro,
tendió el braço,   el espada Coladal' dio:
«Martín Antolínez,   mio vassallo de pro,
prended a Colada,   ganéla de buen señor,

3178 *maçanas:* pomos (de la espada). *arriazes:* gavilanes, cada uno de los hierros que salen de la guarnición de la espada formando la cruz. 3179 *omnes buenos:* se puede referir a los representantes de las ciudades o a los nobles. 3188 *so sobrino:* se refiere a Pedro Bermúdez.

del conde Remont Verenguel
      de Barçilona la mayor. 3195
Por esso vos la do que la bien curiedes vos.
Sé que, si vos acaeçiere [........................]
con ella ganaredes grand prez e grand valor.» 3197*b*
Besóle la mano, el espada tomó e reçibió.

 Luego se levantó mio Çid el Campeador:
«Grado al Criador e a vos, rey señor, 3200
ya pagado so de mis espadas,
      de Colada e de Tizón.
Otra rencura he de ifantes de Carrión:
quando sacaron de Valençia
      mis fijas amas a dos,
en oro e en plata tres mill marcos les di [y]o;
yo faziendo esto, ellos acabaron lo so; 3205
denme mis averes, quando mios yernos non son.»

 ¡Aquí veriedes quexarse ifantes de Carrión!
Dize el conde don Remond:
      «Dezid de sí o de no.»
Essora responden ifantes de Carrión:
«Por essol' diemos sus espadas
      al Çid Campeador, 3210
que ál no nos demandasse,
      que aquí fincó la boz.»
—«Si ploguiere al rey, assí dezimos nos:
a lo que demanda el Çid quel' recudades vos.»
Dixo el buen rey: «Assí lo otorgo yo.»
Dixo Ábar Fáñez [................] 3215
Levantado [e]s en pie el Çid Campeador: 3215*b*

3205 aunque hice esto, ellos llevaron a cabo lo que habían tramado.
3213 *recudades:* respondáis.

«Destos averes   que vos di yo,
¿si me los dades,   o dedes dello razón?»   3216b
  Essora salién aparte   ifantes de Carrión;
non acuerdan en conssejo,
            ca los averes grandes son:
espesos los han   ifantes de Carrión.
Tornan con el conssejo   e fablavan a so sabor: 3220
«Mucho nos afinca   el que Valençia gañó,
quando de nuestros averes   assíl' prende sabor;
pagar le hemos de heredades
            en tierras de Carrión.»⁽⁸³⁾

3216b En la lengua medieval e incluso en la del siglo XVI era frecuente la interrogación directa precedida de *si* (un ejemplo en el v. 1922); por tanto, no es necesario sobreentender aquí ningún verbo, y sí poner los signos de interrogación, lo que no suelen hacer los editores.   3219 *espesos los han:* los han gastado.   3221 *afinca:* apremia.

(83) Los infantes no tienen dinero para devolver al Cid el ajuar; tendrán que pagar con tierras. El verso alude a las dos fuentes económicas de la nobleza (la posesión de tierras y la posesión de bienes muebles y dinero en efectivo) y alude a un tema latente a lo largo de todo el *Cantar*: la pugna de la nobleza de los *ricos hombres* del interior, leoneses, y los *infanzones* de la Frontera, castellanos (véase **59**). El problema es si hay diferencias jurídicas dentro de la nobleza, como da a entender el v. 3298: es decir, si las hijas de infanzón pueden o no pueden casarse con ricos hombres. La invasión almorávide, que elimina el sistema de parias a partir de 1085, priva a la nobleza del interior, formada esencialmente por ricos hombres, de sustanciosos ingresos en metálico; en cambio, los infanzones desplazados a la Frontera —el Cid es uno de ellos— tienen muchas más posibilidades de bienes muebles, gracias al botín de la batalla. Hay, pues, una distinta base económica y de prestigio para ricos hombres e infanzones. También hay una diferencia moral: los primeros tienden a valorar únicamente la herencia, la alcurnia; los segundos valoran, además, las obras. En consecuencia, los ricos hom-

Dixieron los alcaldes   quando manfestados son:
«Si esso ploguiere al Çid,   non ge lo vedamos nos;   3225
mas en nuestro juvizio   assí lo mandamos nos,
que aquí lo enterguedes   dentro en la cort.»
   A estas palabras   fabló el rey don Alfonsso:
«Nos bien la sabemos   aquesta razón,
que derecho demanda   el Çid Campeador.   3230
Destos tres mill marcos   los dozientos tengo yo;
entramos me los dieron   los ifantes de Carrión.

3224 *quando manfestados son:* cuando (los infantes) han reconocido su deuda; es tecnicismo jurídico.   3226 *juvizio:* juicio.   3227 *enterguedes:* entreguéis.

bres se jactan de pertenecer a un estamento estable y cerrado; los infanzones buscan, dentro del estamento nobiliario, una cierta movilidad que los acerque a las capas más altas, a los ricos hombres, precisamente.

Este es el mundo que refleja el *Cantar* y al que proporciona una solución que coincide con las tesis de la nobleza de los infanzones castellanos: sólo hay una única nobleza desde el punto de vista jurídico; la movilidad dentro del estamento nobiliario es legítima. Porque sólo hay una única nobleza no tienen sentido la soberbia y el orgullo de los de Carrión ni, mucho menos, el repudio de sus esposas y el agravio cometido en ellas. Ese orgullo feroz es patente en el desprecio con que Asur González le recuerda al héroe su origen de pequeño propietario en Vivar, llamándole molinero y acaso —si hemos de dar crédito al Romancero tradicional— bastardo (vv. 3377-3381); también, en el hecho de no negar el ultraje perpetrado, que todo el mundo conoce (v. 3134); nótese que el infante Diego incluso se enorgullece de haberlo cometido (vv. 3357-3358), dando a entender que son las hijas del Cid las que han pretendido ultrajarlos a ellos con los desposorios, es decir, tratando de convertir a las víctimas en culpables. Sin embargo, tal soberbia y tales pretensiones quedan derrotadas y ridiculizadas en el *Cantar*. Las hijas del Cid se van a casar con reyes; el héroe, un infanzón, va a subir dentro de la nobleza y se va a poner casi al mismo nivel del rey, en la más alta cumbre.

Tornárgelos quiero,   ca [tan desfechos] son,
enterguen a mio Çid,   el que en buen ora naçió;
quando ellos los an a pechar,
                       non ge los quiero yo.»   3235
Ferrán Go[n]çález   [odredes qué] fabló:
«Averes monedados   non tenemos nos.»   3236b
Luego respondió   el conde don Remond:
«El oro e la plata   espendiésteslo vos;
por juvizio lo damos   antel rey don Alfonsso:
páguenle en apreçiadura
                       e préndalo el Campeador.»   3240
Ya vieron qué es a fer   los ifantes de Carrión.
Veriedes aduzir   tanto cavallo corredor,
tanta gruessa mula,   tanto palafré de sazón,
tanta buena espada   con toda guarnizón;
recibiólo mio Çid   commo apreçiaron en la cort.   3245
Sobre los dozientos marcos
                       que tenié el rey Alfonsso
pagaron los ifantes   al que en buen ora na[çió];
enpréstanles de lo ageno,
                       que non les cumple lo s[o].
Mal escapan jogados,   sabed, desta razón.

3233 *desfechos:* arruinados. 3235 *pechar:* pagar. 3236b *Averes monedados:* dinero en metálico. 3238 *espendiésteslo:* lo gastasteis, con el sentido de lo habéis gastado; en la lengua del texto no es tan estricta la diferencia entre el pretérito perfecto simple y el compuesto como en el español moderno. 3240 *en apreçiadura:* en especie. 3245 *apreçiaron:* tasaron. 3249 *Mal escapan jogados:* salen muy mal parados.

138

[*El Cid propone el reto*]

Estas apreçiaduras mio Çid presas las ha, 3250
sos omnes las tienen e dellas penssarán.
Mas quando esto ovo acabado,
                      penssaron luego d'al:
«¡Merçed, [ya] rey señor, por amor de caridad!
La rencura mayor non se me puede olbidar.
Oídme toda la cort e pésevos de mio mal: 3255
de los ifantes de Carrión,
                      quem' desondraron tan mal,
a menos de riebtos no los puedo dexar.

139

[*El Cid inculpa de menosvaler a los infantes*]

Dezid, ¿qué vos mereçí, ifantes [de Carrión],
en juego o en vero o en alguna razón?
Aquí lo mejoraré a juvizio de la cort. 3259b
¿A quém' descubriestes las telas del coraçón? 3260
A la salida de Valençia mis fijas vos di yo,
con muy grand ondra e averes a nombre;

3251 *e dellas penssarán:* y se ocuparán de ellas. 3252 *penssaron luego d'al:* pasaron inmediatamente a otra cosa. 3257 *riebtos:* desafios legales; no puedo dejar que se vayan sin desafiarlos legalmente. 3258 *¿qué vos mereçí?:* ¿qué mal os hice? 3259b *mejoraré:* remediaré. 3260 *¿A quém'...?:* ¿Por qué me...? 3262 *a nombre:* numerosos, en gran número.

quando las non queriedes, ya canes traidores,
¿por qué las sacávades de Valençia sus honores?
¿A qué las firiestes a çinchas e a espolones? 3265
Solas las dexastes en el robredo de Corpes,
a las bestias fieras e a las aves del mont.
Por quanto les fiziestes menos valedes vos.
Si non recudedes, véalo esta cort.»

140

[*Enfrentamiento de García Ordóñez y el Cid*]

El conde don Garçía en pie se levantava: 3270
«¡Merçed, ya rey, el mejor de toda España!
Vezós' mio Çid a llas cortes pregonadas;
dexóla creçer e luenga trae la barba;
los unos le han miedo e los otros espanta.
Los de Carrión son de natura ta[n ondrada], 3275
non ge las devién querer sus fijas por varraganas,
o ¿quién ge las diera por parejas o por veladas?
Derecho fizieron por que las han dexadas.
Quanto él dize non ge lo preçiamos nada.»
 Essora el Campeador prisos' a la barba: 3280
«¡Grado a Dios que çielo e tierra manda!
Por esso es lue[n]ga que a deliçio fue criada.
¿Qué avedes vos, conde, por retraer la mi barba?

3264 *Valençia sus honores:* Valencia, su heredad. 3272 *Vezós':* se ha acostumbrado. 3277 *veladas:* mujeres legítimas; véase 2098. 3282 *a deliçio:* con esmero. 3283 *¿Qué avedes... por retraer?:* ¿Que tenéis... que reprochar?

Ca de quando nasco   a deliçio fue criada;
ca non me priso a ella   fijo de mugier nada,   3285
nimbla messó   fijo de moro nin de cristiana,
commo yo a vos, conde,   en el castiello de Cabra.
Quando pris a Cabra   e a vos por la barba,
non ý ovo rapaz   que non messó su pulgada.
La que yo messé   aún non es eguada.»   3290

141

[Fernando rechaza la inculpación de menosvaler]

Ferrán Go[n]çález   en pie se levantó,
a altas vozes   odredes qué fabló:
«Dexássedes vos, Çid,   de aquesta razón;
de vuestros averes   de todos pagado sodes.
Non creçiés varaja   entre nos e vos.   3295
De natura somos   de condes de Carrión
deviemos casar con fijas
                           de reyes o de enperadores,
ca non perteneçién   fijas de ifançones.
Porque las dexamos   derecho fiziemos nos;
más nos preçiamos, sabet,   que menos no.»   3300

3285 *fijo de mugier nada:* hijo de mujer nacida, esto es, nadie; nadie me la ha mesado.   3286 *nimbla:* ni me la.   3289 *pulgada:* lo que se puede coger de una vez con el pulgar y el índice.   3290 *aún non es eguada:* todavía no se ha igualado (con el resto, porque no ha crecido).   3295 *Non creçiés varaja:* que no aumente la querella, la disputa.

142

[El Cid incita a Pedro Bermúdez para que intervenga]

  Mio Çid Ruy Díaz   a Pero Vermúez cata:
«¡Fabla, Pero Mudo,   varón que tanto callas!
Yo las he fijas   e tú primas cormanas;
a mí lo dizen,   a ti dan las orejadas.
Si yo respondier,   tú non entrarás en armas.»   3305

143

[Pedro Bermúdez reta a Fernando]

  Pero Vermúez   conpeçó de fablar;
detiénes'le la lengua,   non puede delibrar,
mas quando enpieça,   sabed, nol' da vagar:
«¡Dirévos, Çid,   costu[m]bres avedes tales,
siempre en las cortes Pero Mudo me llamades!   3310
Bien lo sabedes   que yo non puedo más;
por lo que yo ovier a fer   por mí non mancará.
  Mientes, Ferrando,   de quanto dicho has,
por el Campeador   mucho valiestes más.
Las tus mañas   yo te las sabré contar: 3315
¡miémbrat' quando lidiamos
                       çerca Valençia la grand!

   3303 *primas cormanas:* primas hermanas.   3304 *a ti dan las orejadas:* frase de sentido no claro; se han propuesto dos (eso también): va contigo o te dan una bofetada.   3307 *delibrar:* empezar a hablar.   3312 *mancará:* quedará. 3316 *miémbrat':* acuérdate.

Pedist las feridas primeras   al Canpeador leal,
vist un moro,   fústel' ensayar;
antes fuxiste   que a [é]l te allegasses.   3318b
Si yo non uviás,   el moro te jugara mal;
passé por ti,   con el moro me of de ajuntar,   3320
de los primeros colpes   of le de arrancar;
did' el cavallo,   tóveldo en poridad:
fasta este día   no lo descubrí a nadi.
Delant mio Cid e delante todos
                              ovístete de alabar
que mataras el moro   e que fizieras barnax;   3325
croviérontelo todos,   mas non saben la verdad.
¡E eres fermoso,   mas mal varragán!
Lengua sin manos,   ¿cuémo osas fablar?

144

[*Sigue el reto*]

Di, Ferrando,   otorga esta razón:
¿non te viene en miente   en Valençia lo del león   3330
quando durmié mio Çid   y el león se desató?
E tú, Ferrando,   ¿qué fizist con el pavor?
¡Metístet' tras el escaño
                de mio Çid el Campeador!

3318 *fústel' ensayar:* le fuiste a atacar.   3318b huiste antes de acercarte a él.
3319 Si yo no te hubiese ayudado, el moro te lo habría hecho pasar mal.
3320 *passé por ti:* pasé por delante de ti.   *of:* hube.   3321 *of le:* húbele.   3322
did': te di.   *tóveldo:* túvetelo.   3324 *ovístete de alabar:* te jactaste.   3325 *barnax:*
hazaña.   3326 *croviérontelo:* te lo creyeron.   3327 *mal varragán:* cobarde.

Metístet', Ferrando,   por o menos vales oy.
Nos çercamos el escaño
                              por curiar nuestro señor,   3335
fasta do despertó mio Çid,   el que Valençia gañó;
levantós' del escaño   e fues' poral león.
El león premió la cabeça,   a mio Çid esperó,
dexós'le prender al cuello   e a la red le metió.
Quando se tornó   el buen Campeador,   3340
a sos vassallos   violos aderredor;
demandó por sus yernos,   ¡ninguno non falló!
Riébtot' el cuerpo   por malo e por traidor.
Estot' lidiaré aquí   antel rey don Alfonsso
por fijas del Çid,   don Elvira e doña Sol: 3345
por quanto las dexastes   menos valedes vos;
ellas son mugieres   e vos sodes varones,
en todas guisas   más valen que vos.
Quando fuere la lid,   si ploguiere al Criador,
tú lo otorgarás   a guisa de traydor;   3350
de quanto he dicho   verdadero seré yo.»
D'aquestos amos   aquí quedó la razón.

145

[*Diego rechaza la acusación*]

Diego Gonçález   odredes lo que dixo:
«De natura somos   de los condes más li[m]pios;

3334 *por o:* por lo cual.   3343-44 Estos versos son una de las fórmulas del desafío legal: diciéndola se realizaba el acto del desafío.   3350 *lo otorgarás:* lo confesarás.

estos casamientos   non fuessen apareçidos,   3355
por consagrar   con mio Çid don Rodrigo.
Porque dexamos sus fijas   aun no nos repentimos;
mientra que bivan   pueden aver sospiros;
lo que les fiziemos   ser les ha retraydo.
Esto lidiaré   a tod el más ardido: 3359*b*
que porque las dexamos
             ondrados somos [venidos].»   3360

146

[*Martín Antolínez reta a Diego*]

Martín Antolínez   en pie se [fo] levanta[r]:
«¡Calla, alevoso,   boca sin verdad!
Lo del león   non se te deve olbidar;
saliste por la puerta,   metistet' al corral,
fústed' meter   tras la viga lagar,   3365
¡más non vesti[st]   el manto nin el brial!
Yo llo lidiaré,   non passará por ál:
fijas del Çid,   porque las vos dexastes,
en todas guisas,   sabed, que más que vos valen.
Al partir de la lid   por tu boca lo dirás,   3370
que eres traydor   e mintist de quanto dicho has.»

3355 *non fuessen apareçidos:* no se hubiesen efectuado.   3356 *por consagrar:* para emparentar como yernos.   3358 *aver sospiros:* lamentarse.   3359 *ser les ha retraydo:* les será reprochado públicamente.   3359*b* Esto lo mantendré con las armas frente al más valiente; fórmula del desafío.   3365 *fústed' meter;* te fuiste a meter.   3370 *Al partir de la lid:* al final del combate.

147

[*Entra Asur González*]

Destos amos   la razón [ha] finc[ado].
Asur Gonçález   entrava por el palaçio,
manto armiño   e un brial rastrando;
vermejo viene,   ca era almorzado,   3375
en lo que fabló   avié poco recabdo:

148

[*Asur insulta al Cid*]

«Ya varones,   ¿quién vio nunca tal mal?
¿Quién nos darié nuevas   de mio Çid el de Bivar?
¡Fuesse a río d'Ovirna   los molinos picar
e prender maquilas,   commo lo suele far!   3380
¿Quíl' darié   con los de Carrión a casar?»

149

[*Desafío de Muño Gustioz. Mensajeros de los infantes de Navarra y Aragón*]

Essora Muño Gustioz   en pie se levantó:
«¡Calla, alevoso,   malo e traidor!

3375 *vermejo:* rojo, congestionado.   3376 *recabdo:* discreción.   3379 *Ovirna:* Ubierna, el río que pasa por Vivar.   *los molinos picar:* afilar las muelas de los molinos.   3380 *maquilas:* parte de grano o aceite que le corresponde al molinero por la molienda.

Antes almuerzas   que vayas a oraçión,
a los que das paz   fártaslos aderredor.   3385
Non dizes verdad   [a] amigo ni a señor,
falsso a todos   e más al Criador.
En tu amistad   non quiero aver raçión.
Fazer te lo [he] dezir   que tal eres qual digo yo.»
Dixo el rey Alfonsso: «Calle ya esta razón.   3390
Los que an rebtado   lidiarán, ¡sín' salve Dios!»
   Assí commo acaban   esta razón,
afé dos cavalleros   entraron por la cort;
al uno dizen Ojarra   e al otro Yéñego Simen[oz],
el uno es [del] ifante   de Navarra [rogador]   3395
e el otro [es]   [del] ifante de Aragón;
besan las manos   al rey don Alfonsso,
piden sus fijas   a mio Çid el Campeador
por ser reínas   de Navarra e de Aragón,
e que ge las diessen   a ondra e a bendiçión.   3400
A esto callaron   e ascuchó toda la cort.
Levantós' en pie   mio Çid el Campeador:
«¡Merçed, rey Alfonsso,   vos sodes mio señor!
Esto gradesco   yo al Criador,
quando me las demandan
                    de Navarra e de Aragón.   3405
Vos las casastes antes,   ca yo non,
afé mis fijas,   en vuestras manos son;
sin vuestro mandado   nada non feré yo.»
Levantós' el rey,   fizo callar la cort:
«Ruégovos, Çid,   caboso Campeador,   3410
que plega a vos,   e atorgar lo he yo,

3384 Desayunas antes de ir a misa.   3385 hartas con tus eructos a todos los que tienes alrededor en misa cuando les das la paz.

este casamiento   oy se otorgue en esta cort,
ca creçe vos ý ondra   e tierra e onor.»
Levantós' mio Çid,   al rey las manos le besó:
«Quando a vos plaze,   otórgolo yo, señor.»   3415
Essora dixo el rey:
           «¡Dios vos dé dén buen galardón!
A vos, Ojarra,   e a vos, Yéñego Ximen[o]z,
este casamiento   otórgovosle yo
de fijas de mio Çid,   don Elvira e doña Sol,
pora los ifantes   de Navarra e de Aragón,   3420
que vos las dé   a ondra e a bendiçión.»
Levantós' en pie Ojarra   e Y[é]ñego Ximen[o]z,
besaron las manos   del rey don Alfonsso,
e después   de mio Çid el Campeador;
metieron las fes   e los omenajes dados son,   3425
que cuemo es dicho   assí sea, o mejor.
A muchos plaze   de tod esta cort,
mas non plaze   a los ifantes de Carrión.

   Minaya Álba[r] Fáñez   en pie se levantó:
«¡Merçed vos pido   commo a rey e a señor,   3430
e que non pese esto   al Çid Campeador:
bien vos di vagar   en toda esta cort,
dezir querría   yaquanto de lo mío.»
Dixo el rey: «Plazme de coraçón.
Dezid, Minaya,   lo que oviéredes sabor.»   3435
—«Yo vos ruego   que me oyades toda la cort,
ca grand rencura he   de ifantes de Carrión.
Yo les di mis primas
                 por mandado del rey Alfonsso,

   3425 dieron la palabra e hicieron la promesa solemne.   3432 he estado callado, no he intervenido.   3433 *yaquanto:* algo.

ellos las prisieron   a ondra e a bendiçión;
grandes averes les dio   mio Çid el Campeador,   3440
ellos las han dexadas   a pesar de nos.
Riébtoles los cuerpos   por malos e por traidores.
De natura sodes   de los de Vanigómez,
onde salién condes   de prez e de valor;
mas bien sabemos   las mañas que ellos han [oy].   3445
Esto gradesco yo al Criador,
quando piden mis primas,   don Elvira e doña Sol,
los ifantes   de Navarra e de Aragón.
Antes las aviedes parejas
                        pora en braços las [dos],
agora besaredes sus manos
                        e llamar las hedes señor[e]s,   3450
aver las hedes a servir,   mal que vos pese a vos.
¡Grado a Dios del çielo
                        e [a] aquel rey don Alfonsso,
assíl' creçe la ondra   a mio Çid el Campeador!
En todas guisas   tales sodes quales digo yo;
si ay qui responda   o dize de no,   3455
yo so Álbar Fáñez   pora tod el mejor.»
   Gómez Peláyet   en pie se levantó:
«¿Qué val, Minaya,   toda essa razón?
Ca en esta cort   afarto[s] ha pora vos,
e qui ál quisiesse   serié su ocasión.   3460
Si Dios quisiere   que desta bien salgamos nos,
después veredes   qué dixiestes o qué no.»
   Dixo el rey: «Fine esta razón;

3442 Fórmula del desafío legal, como la del v. 3343.   3459 *afartos ha pora vos:* hay bastantes que se atreverían con vos.   3460 y quien otra cosa quisiese se buscaría un gran daño.

non diga ninguno della más una entençión.
Cras sea la lid, quando saliere el sol, 3465
destos tres por tres que rebtaron en la cort.»
Luego fablaron ifantes de Carrión:
«Dandos, rey, plazo, ca cras ser non puede,
armas e cavallos tienen los del Canpeador,
nos antes abremos a ir a tierras de Carrión.» 3470
Fabló el rey contral Campeador:
«Sea esta lid o mandáredes vos.»
En essora dixo mio Çid: «No lo faré, señor;
más quiero a Valençia que tierras de Carrión.»
En essora dixo el rey: «Aosadas, Campeador. 3475
Dadme vuestros cavalleros
              con todas vuestras guarnizones,
vayan comigo, yo seré el curiador;
yo vos lo sobrelievo
              commo [a] buen vassallo faze señor,
que non prendan fuerça de conde nin de ifançón.
Aquí les pongo plazo de dentro en mi cort, 3480
a cabo de tres semanas en begas de Carrión,
que fagan esta lid delant estando yo:
quien non viniere al plazo pierda la razón,
desí sea vençido y escape por traydor.»
Prisieron el juizio ifantes de Carrión. 3485
Mio Çid al rey las manos le besó
e dixo: «Plazme, señor. 3486*b*

3464 *entençión:* alegación; tecnicismo jurídico. 3466 *destos tres por tres:* de estas tres parejas. 3471 *contral:* al. 3472 *o:* donde. 3475 *Aosadas:* por supuesto. 3477 *curiador:* fiador, que guarda y protege a los del Cid. 3478 *vos lo sobrelievo:* os lo garantizo. 3479 *que non prendan fuerça:* que no sufran violencia. 3484 *escape por traydor:* y quede como traidor.

Estos mis tres cavalleros en vuestra mano son,
d'aquí vos los acomiendo como a rey e a señor.
Ellos son adobados pora cumplir todo lo so;
ondrados me los enbiad a Valençia,
  ¡por amor del Criador!» 3490
Essora respuso el rey: «¡Assí lo mande Dios!»
  Allí se tollió el capiello el Çid Campeador,
la cofia de rançal, que blanca era commo el sol,
e soltava la barba e sacóla del cordón.
Nos' fartan de catarle quantos ha en la cort. 3495
Adelinó a él el conde don Anrrich
  y el conde don Remond.
Abraçólos tan bien e ruégalos de coraçón
que prendan de sus averes quanto ovieren sabor.
A essos e a los otros que de buena parte son,
a todos los rogava assí commo han sabor; 3500
tales ý a que prenden, tales ý a que non.
Los dozientos marcos al rey los soltó;
de lo ál tanto priso quant ovo sabor.
«Merçed vos pido, rey, por amor del Criador!
Quando todas estas nuevas assí puestas son, 3505
beso vuestras manos con vuestra graçia, señor,
e irme quiero pora Valençia,
  con afán la gané yo.»[84]

3492 *se tollió el capiello:* se quitó el gorro.   3493 Ahora se dice que es de *rançal* (tela de lino), pero en el v. 3094 se dijo que era de *escarín* (tela de lino, también).   3499 *que de buena parte son:* los que no son del bando de Carrión.   3502 *los soltó:* se los perdonó.

(84) Después de este verso falta un folio del códice y hay una laguna de unos cincuenta versos, que Menéndez Pidal suplió con la *Cró-*

150

[Comienzan los duelos]

El rey alçó la mano, la cara se santigó:
«¡Yo lo juro par Sant Esidro el de León
que en todas nuestras tierras
                    non ha tan buen varón!» 3510
Mio Çid en el cavallo adelant se llegó,
fue besar la mano a so señor Alfonsso:
«Mandástesme mover a Bavieca el corredor,
en moros ni en cristianos otro tal non ha oy,
hy[o] vos le do en don,
                    mandédesle tomar, señor.» 3515
Essora dixo el rey: «Desto non he sabor;
si a vos le tolliés el cavallo
                    no havrié tan buen señor.
Mas atal cavallo cum ést pora tal commo vos,
pora arrancar moros del canpo e ser segudador;

3519 *e ser segudador:* y perseguir(los).

nica de Veinte Reyes (véase **70**). Los hechos narrados en el fragmento perdido serían los siguientes: el Cid envía con regalos a los mensajeros de Navarra y Aragón; el rey Alfonso le pide al Campeador que corra a Babieca y el Cid, no sin antes resistirse cortésmente, lo hace, con lo que el rey queda maravillado, momento que ya se refleja en el texto del *Cantar*. El problema que plantea esta reconstrucción es que el Cid no tiene por qué despedir a los mensajeros, porque quien casa a sus hijas sigue siendo el rey, como dice el propio padre en el v. 3408.

quien vos lo toller quisiere　nol' vala el Criador,　　3520
ca por vos e por el cavallo
　　　　　　　　ondrados somo[s] nos.»
Essora se espidieron　e luegos' partió la cort.
El Campeador a los que han lidiar
　　　　　　　　tan bien los castigó:
«Ya Martín Antolínez,　[el burgalés de pro],
e vos, Pero Vermúez,　e Muño Gustioz,　　　　3525
firmes sed en campo　a guisa de varones;　　　3525b
buenos mandados me vayan　a Valençia de vos.»
Dixo Martín Antolínez:
　　　　　　　　«¿Por qué lo dezides, señor?
Preso avemos el debdo　e a passar es por nos;
podedes oír de muertos,　ca de vencidos no.»
Alegre fue d'aquesto　el que en buen ora naçió;　3530
espidiós' de todos　los que sos amigos son.
Mio Çid pora Valençia　y el rey pora Carrión.
[L]as tres semanas de plazo
　　　　　　　　todas complidas son.⁽⁸⁵⁾

3523 *han lidiar:* van a lidiar. *castigó:* aleccionó. 3528 Hemos contraído el compromiso y lo cumpliremos.

(85) La última parte comprende la narración de las lides judiciales en la vega de Carrión (vv. 3533-3707) y la consignación del triunfo social del Cid con el casamiento de sus hijas con los infantes de Navarra y Aragón (vv. 3708-3725). Aunque dentro de la misma tirada que el episodio anterior (las cortes de Toledo), las lides tienen lugar en un tiempo y en un espacio distintos, bien señalados por este verso 3533. En consecuencia, aquí hay una frontera del relato: lo que sigue podía ser objeto de una sesión de recitación juglaresca distinta, que comenzaría con la misma asonancia. Entre las lides y la apoteosis final hay también una solución de continuidad: los vv. 3706-3707

Félos al plazo   los del Campeador,
cunplir quieren el debdo   que les mandó so señor;   3535
ellos son en p[o]der
                del rey don Alfonsso el de León;
dos días atendieron   a ifantes de Carrión.
Mucho vienen bien adobados
                de cavallos e de guarnizones;
e todos sus parientes   con ellos [acordados] son,
que si los pudiessen apartar   a los del Campeador,   3540
que los matassen en campo
                por desondra de so señor.

3536 *son en poder:* están bajo la protección.   3537 *atendieron:* esperaron.

subrayan el final de las lides con el comentario moral de los hechos narrados y quizá con la alusión al tema cortés en el sintagma *buena dueña* (véase **53**); los vv. 3708 y 3710 son fórmulas para cambiar de materia. Pero ambas partes están interrelacionadas: el triunfo judicial del Cid en las lides se ve coronado por su triunfo social en el nuevo y mucho mejor casamiento de su hijas; el Cid al conseguir reparación para su honra la incrementa, poniéndose en el mismo nivel social de la más alta nobleza (los ricos hombres), lo mismo que antes había conseguido el perdón del rey en el momento en que el infanzón ha podido llegar a ser señor de Valencia. Por el contrario, los infantes de Carrión, en cuya cobardía y malas artes insiste el narrador (vv. 3540-3543; 3577-3578; 3664-3665; 3699), quedan infamados para siempre, que es lo que ellos pretendían hacer con las hijas del Cid, y, aunque pertenecientes a los ricos hombres, quedan privados de la vida social que por su linaje les corresponde e inhabilitados para ocupar cargos y asistir al rey en su corte. Por todo esto, no pueden morir. Una vez más, el tema de la movilidad social dentro de la nobleza —la pugna entre infanzones castellanos y ricos hombres leoneses— queda perfectamente imbricado en la trayectoria seguida por el héroe para restablecer su honra personal y familiar.

El cometer fue malo,   que lo ál nos' enpeçó,
ca grand miedo ovieron   a Alfonsso el de León.
De noche belaron las armas
                e rogaron al Criador.
Troçida es la noche,   ya quiebran los albores;   3545
muchos se juntaron   de buenos ricos omnes
por ver esta lid,   ca avién ende sabor;
demás sobre todos   ý es el rey don Alfonsso,
por querer el derecho
                e non consentir el tuerto.[86]
Yas' metién en armas   los del buen Campeador,   3550
todos tres se acuerdan,   ca son de un señor.
En otro logar se arman   los ifantes de Carrión,
sediélos castigando   el conde Garçí Ordóñez.

3542 El propósito fue malo, aunque lo otro (o sea, la ejecución) no tuvo lugar. 3553 *sediélos castigando:* los estaba aconsejando.

(86) El combate judicial, la lid, es una ordalía, un juicio de Dios (al que se alude en el v. 3696): el que resulta vencido —bien porque reconoce que ha sido vencido, bien porque se sale del campo acotado— es culpable. Estos juicios se desarrollaban a finales del siglo XII de acuerdo con un rito que se refleja en el *Cantar*: el rey designa los jueces, que juzgan según derecho público; se acota el campo con los correspondientes mojones; se velan las armas; se sortea el campo y se reparte *el sol* (v. 3610), es decir, se disponen los contendientes de tal forma que el sol no favorezca ni perjudique a unos ni a otros; el rey tiene derecho a quedarse con las armas del vencido, etc. Todos estos detalles legales aparecen en la narración, pero no debemos olvidar que estamos ante un relato literario y que, como en otras ocasiones, el poeta selecciona, simplifica y manipula la materia real que recrea. No hay ningún fundamento para esperar la minuciosidad de una obra jurídica.

Andidieron en pleyto,   dixiéronlo al rey Alfonsso,
que non fuessen en la batalla   Colada e Tizón,   3555
que non lidiassen con ellas   los del Canpeador;
mucho eran repentidos los ifantes
                       por quanto dadas son.
Dixiérongelo al rey,   mas non ge lo conloyó:
«Non sacastes ninguna   quando oviemos la cort;
si buenas las tenedes,   pro abrán a vos;   3560
otrossí farán   a los del Canpeador.
Levad e salid al campo,   ifantes de Carrión,
huebos vos es que lidiedes   a guisa de varones,
que nada non mancará   por los del Campeador.
Si del campo bien salides,
                       grand ondra avredes vos;   3565
e si fuére[de]s vençidos,   non rebtedes a nos,
ca todos lo saben   que lo buscastes vos.»
Ya se van repintiendo   ifantes de Carrión,
de lo que avién fecho   mucho repisos son;
no lo querrién aver fecho
                       por quanto ha en Carrión.   3570
   Todos tres son armados   los del Campeador,
ívalos ver   el rey don Alfonsso.
Dixieron   los del Campeador:
«Besámosvos las manos   commo a rey e a señor,
que fiel seades   oy dellos e de nos;   3575
a derecho nos valed,   a ningún tuerto no.
Aquí tienen su vando   los ifantes de Carrión,
non sabemos   qués' comidrán ellos o qué non;

3554 *Andidieron:* anduvieron.   3558 *conloyó:* concedió.   3559 *sacastes:* excluisteis.   3566 *rebtedes:* culpéis.   3569 *repisos:* arrepentidos.   3575 *fiel:* juez de campo.

en vuestra mano   nos metió nuestro señor;
¡tenendos a derecho,   por amor del Criador!»   3580
Essora dixo el rey: «¡D'alma e de coraçón!»
  Adúzenles los cavallos   buenos e corredores,
santiguaron las siellas   e cavalgan a vigor;
los escudos a los cuellos   que bien blocados son;
e[n] mano prenden las astas
                          de los fierros tajadores,   3585
estas tres lanças   traen seños pendones;
e derredor dellos   muchos buenos varones.
Ya salieron al campo   do eran los mojones.
Todos tres son acordados   los del Campeador,
que cada uno dellos   bien fos ferir el so.   3590
Févos de la otra part   los ifantes de Carrión,
muy bien aconpañados,   ca muchos parientes son.
El rey dioles fieles   por dezir el derecho e ál non,
que non varagen con ellos   de sí o de non.
Do sedién en el campo   fabló el rey don Alfonsso: 3595
«Oíd qué vos digo,   ifantes de Carrión:
esta lid en Toledo la fiziérades,
                          mas non quisiestes vos.
Estos tres cavalleros   de mio Çid el Campeador
yo los adux a salvo   a tierras de Carrión;
aved vuestro derecho,   tuerto non querades vos,   3600
ca qui tuerto quisiere fazer,   mal ge lo vedaré yo,
en todo mio reyno   non avrá buena sabor.»
Ya les va pesando   a los ifantes de Carrión.

3584 *bien blocados:* bien protegidos por blocas; véase 1970.   3590 *fos ferir el so:* fuese a atacar al suyo (a su adversario).   3593 *e ál non:* y no otra cosa.   3594 *varagen:* discutan.   3599 *yo los adux a salvo:* yo los traje bajo mi protección.

Los fieles y el rey   enseñaron los mojones,
librávanse del campo   todos a derredor.   3605
Bien ge lo demostraron   a todos seys commo son,
que por ý serie vençido   qui saliesse del mojón.
Todas las yentes   esconbraron a derredor,
más de seys astas de lanças
                         que non llegassen al mojón.
Sorteávanles el campo,   ya les partién el sol,   3610
salién los fieles de medio,   ellos cara por cara son;
desí vinién los de mio Çid
                         a los ifantes de Carrión,
e llos ifantes de Carrión   a los del Campeador;
cada uno dellos   mientes tiene al so.[87]

3605 *librávanse:* se apartaban.   3608 *esconbraron:* despejaron (el lugar).
3609 que no se acercasen al mojón en una distancia de seis astas de lanza.
3611 *cara por cara:* frente a frente.   3612 *desí:* entonces.   3614 *mientes tiene al so:* se preocupa del suyo.

(87) La narración de los combates se ajusta a una técnica de repetición muy calculada y eficaz. Este v. 3614 separa una primera aproximación al enfrentamiento —muy escueta— (vv. 3612-3613) de un desarrollo más detallado, mediante las fórmulas del inicio del combate que ya conocemos (vv. 3615-3619). Nótese que estas fórmulas se han empleado antes para una batalla campal, como la de Fáriz y Galve (véase **31**). Constituyen una de las herramientas de la composición juglaresca; el juglar con oficio sabía sacar partido de ellas, aplicándolas oportunamente para conseguir la escena (el comienzo de la lucha), aunque esta escena perteneciera a episodios bien distintos. El v. 3620 es otra vez el 3614. La repetición sirve ahora para separar la lid colectiva de la individual. En efecto, las tres parejas luchan al mismo tiempo, pero a partir del v. 3623 el narrador nos va a ir contando sucesivamente los combates de cada una de las tres parejas, en el mismo orden en que se habían producido los desafíos en los retos: primero Pedro Bermúdez y Fernando, luego Martín Antolínez y Die-

Abraçan los escudos   delant los coraçones,   3615
abaxan las lanças   abueltas con los pendones,
enclinavan las caras   sobre los arzones,
batién los cavallos   con los espolones,

go y, por último, Muño Gustioz y Asur González. En la narración de estos combates sucesivos también se da una repetición significativa y formularia: primero se indica con un solo verso (que contiene el verbo *ferir*: vv. 3625, 3646 y 3673) la reciprocidad de los ataques individuales; luego se refieren los sucesivos golpes de cada uno de los combatientes.

Esta cuidada estructuración no se contradice con otros recursos típicos del arte juglaresco ni con la utilización de motivos folklóricos. En cuanto a lo primero, ya hemos señalado la eficiencia de las fórmulas del inicio de la batalla (a las que hay que añadir otras, como la del v. 3545 para describir el amanecer). Nótese también otro recurso muy típico, como es la ironía y el humorismo. La mención de *Carrión* en el v. 3570 nos recuerda humorísticamente el miedo y la cobardía de los infantes en el episodio del león y en los prolegómenos de la batalla contra Búcar (véase **68**). Y el Cid se muestra irónico cuando desea que sus hijas tengan ya exentas y libres las heredades de Carrión (v. 3715). Quizá este verso pueda entenderse en su sentido recto, como opina Lacarra: si las mujeres no habían sido culpables de la ruptura matrimonial, podían conservar las arras. Pero dudamos que sea éste el sentido en el contexto. Si así fuera, el narrador le habría dado más importancia al detalle, sobre todo, teniendo en cuenta la avaricia de los infantes de Carrión. Creemos que es más acertada la interpretación irónica de Menéndez Pidal: las heredades de Carrión en el fondo no eran las villas y tierras, sino la afrenta de Corpes. Y a estas heredades es a las que irónicamente se alude aquí. En cuanto a los motivos folklóricos, se han señalado dos posibles para el v. 3643: los denominados en la clasificación de S. Thompson «espada mágica derrota al enemigo» y «herido o muerto con su propia arma». En efecto, Fernando se declara vencido nada más reconocer a Tizona, una de las espadas que les habían correspondido en el ajuar a los infantes de Carrión y que habían tenido que devolver al Cid en las cortes de Toledo.

tembrar querié la tierra   do[n]d eran movedores.
Cada uno dellos   mientes tiene al so;   3620
todos tres por tres   ya juntados son:
cuédanse que essora cadrán muertos
                    los que están aderredor.
Pero Vermúez,   el que antes rebtó,
con Ferrá[n] Gonçález   de cara se juntó;
firiénse en los escudos   sin todo pavor.   3625
Ferrán Go[n]çález a Pero Vermúez
                    el escúdol' passó,
prísol' en vázio,   en carne nol' tomó,
bien en dos logares   el astil le quebró.
Firme estido Pero Vermúez,
                    por esso nos' encamó;
un colpe reçibiera,   mas otro firió: 3630
quebrantó la b[l]oca del escudo,   apart ge la echó,
passógelo todo,   que nada nol' valió.
Metiól' la lança por los pechos,
                    que nada nol' valió.
Tres dobles de loriga tenié Fernando,
                    aquestol' prestó,
las dos le desmanchan   e la terçera fincó: 3635
el belmez con la camisa   e con la guarnizón
de dentro en la carne   una mano gel[o] metió;

   3619 *dond eran movedores:* cuando se ponían en marcha.   3622 los espectadores temen que entonces caerán muertos (los combatientes).   3627 lo cogió en hueco, no acertó en la carne.   3629 *nos' encamó:* no se ladeó.   3633 *los pechos:* el pecho; es falso plural por la conservación de la /-s/ etimológica del latín PECTUS, probablemente favorecida por ser el pecho humano un compuesto de dos partes.   3634 *Tres dobles de loriga:* loriga de triple malla; véanse 578, 728, 3073 y 3074.   *aquestol' prestó:* esto le valió.   3635 *desmanchan:* rompen; véase 728.   3637 *una mano:* un palmo (le metió un palmo la loriga, el belmez y la camisa).

por la boca afuera la sangrel' salió;
quebráronle las çinchas, ninguna nol' ovo pro,
por la copla del cavallo en tierra lo echó. 3640
Assí lo tenién las yentes
　　　　　　　　que mal ferido es de muert.
Él dexó la lança e mano al espada metió,
quando lo vio Ferrán Go[n]çález, conuvo a Tizón;
antes que el colpe esperasse dixo: «Vençudo so.»
Atorgárongelo los fieles, Pero Vermúez le dexó. 3645

151

[*Martín Antolínez vence a Diego*]

Martín Antolínez e Diego Gonçález
　　　　　　　　firiéronse de las lanças,
tales fueron los colpes que les quebraron amas.
Martín Antolínez mano metió al espada,
relumbra tod el campo, tanto es linpia e clara;
diol' un colpe, de traviéssol' tomava: 3650
el casco de somo apart ge lo echava,
las moncluras del yelmo todas ge las cortava,
allá levó el almófar, fata la cofia llegava,
la cofia y el almófar todo ge lo levava,

3640 *la copla:* la grupa. 3641 *tenien:* creían. 3642 *Él:* se refiere a Pedro Bermúdez. 3643 *conuvo:* reconoció. 3651 *el casco de somo:* la parte superior del yelmo. 3652 *moncluras:* lazadas con las que se sujeta el yelmo; es hápax del *Cantar de Mio Cid*.

ráxol' los pelos de la cabeça,
                          bien a la carne llegava;   3655
lo uno cayó en el campo   e lo ál suso fincava.
   Quando este colpe a ferido   Colada la preçiada,
vio Diego Gonçález   que no escaparié con el alma;
bolvió la rienda al cavallo   por tornasse de cara.
Essora Martín Antolínez   reçibiól' con el espada,   3660
un cólpel' dio de llano,   con lo agudo nol' tomava.
Dia[g] Gonçález espada tiene en mano,
                          mas no la ensayava.   3662-63
   Essora el ifante   tan grandes vozes dava:
«¡Valme, Dios, glorioso, señor,
                          e cúriam' deste espada!»   3665
El cavallo asorrienda   e mesurándol' del espada,
sacól' del mojón,   [fuera de la raya];
Martín Antolínez   en el campo fincava.   3667*b*
   Essora dixo el rey: «Venid vos a mi compaña;
por quanto avedes fecho
                          vençida avedes esta batalla.»
Otórgangelo los fieles,
                          que dize verdadera palabra.   3670

3655 *ráxol:* le raspó; perfecto fuerte de *raer.* 3656 una parte del pelo (*lo uno*) cayó al campo y la otra (*lo ál*) quedaba arriba (*suso*). 3659 *por tornasse:* para tornarse, para darse la vuelta y enfrentarlo; asimilación de la /-r/ del infinitivo a la /s-/ del pronombre. 3661 *de llano:* con la parte plana de la espada. *lo agudo:* la parte aguda, o sea, el filo. 3666 *asorrienda:* refrena. *mesurándol':* apartándolo.

152

[*Muño Gustioz vence a Asur González. Final*]

Los dos han arrancado,
                      dirévos de Muño Gustioz,
con Assur Gonçález   cómmo se adobó.
Firiénse en los escudos   unos tan grandes colpes.
Assur Gonçález,   furçudo e de valor,
firió en el escudo   a don Muño Gustioz,   3675
tras el escudo   falssó[le] la guarnizón;
en vázio fue la lança,   ca en carne nol' tomó.
Este colpe fecho,   otro dio Muño Gustioz,
tras el escudo   falssó[le] la guarnizón:
por medio de la bloca   el escúdol' quebrantó;   3680
nol' pudo guarir,   falsó[le] la guarnizón,
apart le priso,   que non cab el coraçón;
metiól' por la carne adentro
                      la lança con el pendón,
de la otra part   una braça ge la echó,
con él dio una tuerta,   de la siella lo encamó,   3685
al tirar de la lança   en tierra lo echó;
vermejo salió el astil   e la lança y el pendón.
Todos se cuedan   que ferido es de muert.
La lança recombró   e sobrél se paró;
dixo Gonçalo Assúrez: «¡Nol' firgades, por Dios!   3690

3681 *guarir:* proteger. 3682 *cab:* junto a. 3685 dio un giro con él (ensartado en la lanza) y lo desestabilizó. 3689 *recombró:* recobró, con el sentido de volvió a usar. 3690 *Gonçalo Assúrez:* es el padre del combatiente, Asur González, y habla por el hijo. *firgades:* hiráis.

Vençudo es el campo,   quando esto se acabó.»
Dixieron los fieles: «Esto oímos nos.»
  Mandó librar el canpo
                el buen rey don Alfonsso,
las armas que ý rastaron   él se las tomó.
Por ondrados se parten   los del buen Campeador;   3695
vençieron esta lid,   grado al Criador.
Grandes son los pesares   por tierras de Carrión.
  El rey a los de mio Çid   de noche los enbió,
que no les diessen salto   nin oviessen pavor.
A guisa de menbrados   andan días e noches,   3700
félos en Valençia   con mio Çid el Campeador:
por malos los dexaron   a los ifantes de Carrión,
conplido han el debdo   que les mandó so señor;
alegre fue d'aquesto   mio Çid el Campeador.
Grant es la biltança   de ifantes de Carrión.   3705
Qui buena dueña escarneçe   e la dexa después,
atal le contesca   o siquier peor.
  Dexémosnos de pleitos   de ifantes de Carrión,
de lo que an preso   mucho an mal sabor;
fablémosnos d'aqueste   que en buen ora naçió.   3710
Grandes son los gozos   en Valençia la mayor,
porque tan ondrados   fueron los del Canpeador.
Prisos' a la barba   Ruy Díaz so señor:
«¡Grado al Rey del çielo,   mis fijas vengadas son!
Agora las ayan quitas   heredades de Carrión.   3715
Sin verguença las casaré
                o a qui pese o a qui non.»

3702 *por malos:* por infames, con la pena de menos valer.   3705 *biltança:* humillación, que es producto de la acusación de menos valer probada en la lid judicial.

Andidieron en pleytos
                los de Navarra e de Aragón,
ovieron su ajunta   con Alfonsso el de León.
Fizieron sus casamientos
                con don Elvira e con doña Sol.
Los primeros fueron grandes,
                mas aquéstos son mijores;   3720
a mayor ondra las casa   que lo que primero fue.
¡Ved quál ondra creçe   al que en buen ora naçió,
quando señoras son sus fijas
                de Navarra e de Aragón!
Oy los reyes d'España sos parientes son,
a todos alcança ondra
                por el que en buen ora naçió.⁽⁸⁸⁾   3725

3718 *ajunta:* entrevista previamente concertada.

(88) Hay una transición brusca entre este verso y los siguientes, hasta el 3730, que indica al público el cierre definitivo de la narración, con la noticia de la muerte del héroe y la declaración explícita de que «*se acaba esta razón*». El v. 3724 ha servido para situar la primera composición del *Cantar* entre 1140-1157 y 1201. Entre los primeros años tienen lugar los esponsales y bodas de Blanca de Navarra (biznieta del Cid) y Sancho III de Castilla (también descendiente del Cid a través de la dinastía aragonesa). Por eso Menéndez Pidal y otros creen que el *oy* del texto se refiere a esos años de mediados del siglo XII. Sin embargo, el historiador A. Ubieto Arteta cree que sólo en 1201 se da la circunstancia de que en *todos* los reinos de España había un rey descendiente del Cid. Pero el texto del *Cantar* no dice *todos los reyes de España*, sino sólo *los reyes de España*. Y, como ya hemos señalado más de una vez, pese al innegable valor histórico del texto, no podemos olvidar que estamos ante un poema, no ante un cronicón.

Passado es deste sieglo
                    [mio Çid el Campeador]
el día de cinquaesma,   ¡de Cristus aya perdón!
¡Assí fagamos nos todos   justos e peccadores!
Estas son las nuevas   de mio Çid el Canpeador;
en este logar   se acaba esta razón.   3730

[*Explicit*]

Quien escrivió este libro,
                    dél' Dios paraýso, ¡amen!⁽⁸⁹⁾
Per Abbat le escrivió en el mes de mayo,
en era de mill e dozientos quarenta e çinco años.

3726 *sieglo:* vida terrenal, mundo. *el día de cinquaesma:* la pascua de Pentecostés. 3731 *escrivió:* puso por escrito, copió. *libro:* manuscrito, códice.

(89) Este *explicit* —las palabras finales de un texto— también ha servido para debatir la fecha y autoría del poema. La era hispánica contaba los años a partir del 38 antes de Cristo, cuando se constituyen las provincias romanas de Hispania. Esta era se utilizó mucho hasta la segunda mitad del siglo XIV. Por tanto, el año 1235 de la era hispánica corresponde al año 1207 de la era cristiana. Ésta es la fecha en que el copista Per Abat copia el códice, hoy perdido, del que, a su vez, es copia el que actualmente poseemos, que es del siglo XIV. También en letra del siglo XIV, pero distinta de la anterior, están escritos los últimos versos (3734-3735*b*), que dejan claro que el manuscrito se utilizó en sesiones de recitación juglaresca. En efecto, estos últimos versos son un segundo *explicit* de un recitador de finales del siglo XIV, como demuestran la distinta letra, la petición de vino (para aclararse la garganta) y de dinero o prendas (en pago del servicio) y, en fin, el empleo de la palabra *romanz* para referirse a la obra, cuando en el texto original ésta es designada como *gesta, razón* o *cantar*.

E el romanz es leído,
datnos del vino; 3734*b*
si non tenedes dineros, 3734*c*
echad allá unos peños, 3735
que bien [n]os lo darán sobrellos. 3735*b*

3735 *peños:* prendas.

Documentos y juicios críticos

1. Los problemas del autor y la fecha del *Cantar de Mio Cid*

1.1. *Cuando en 1908 Menéndez Pidal publicó el primer volumen de su* Cantar de Mio Cid. Texto, gramática y vocabulario, *creía que el autor había sido un juglar anónimo de Medinaceli que escribía en 1140. Más de medio siglo después rectificó y lanzó la teoría de los dos autores, en un artículo publicado en la revista* Romania, *82 (1961), pp. 145-200. Recogemos la conclusión de este trabajo:*

EL ARTE DE LOS DOS POETAS

Los preceptistas literarios del renacimiento y el barroco decían que el poema épico (claro es, el de tipo clásico docto) no debe tratar sucesos coetáneos, sino sucesos de tiempos lejanos, a fin de que la veracidad histórica, exigida por los hechos de todos conocidos, no coarte la libre imaginación del poeta. Este precepto se realiza y confirma bien en la vida de la epopeya tradicional, historia cantada: el poema no se constituye realmente como tal sino cuando se ha alejado bastante de la realidad de los hechos. El poeta de Gormaz, a lo que podemos alcanzar de su obra, estructuró un relato de gran valor literario, pero no hay duda que el refundidor de Medina acrecentó ese valor considerablemente: la destacada acción de Álvar Fáñez, al lado de la del Cid, da doble escala a la representación de los acontecimientos; el posponer la trama general de la narración a cuando el Cid se ha apoderado del alcázar de Valencia, agranda el escenario de los sucesos, el matrimonio, en vez de los esponsales, y la cruel alevosía de los infantes eleva la acción a un plano superior, en el que se desarrollan la trágica escena de Corpes, la admirable sesión de la corte de Toledo y los retos y duelos finales. Sólo ahora el excelente Cantar antiguo adquiere un supremo valor poemático. El poema se ha hecho grandioso poema cuando se ha alejado de los sucesos. No conocemos el texto de ulteriores refundiciones del *Mio Cid*, salvo en prosificaciones incompletas; quizás existió alguna mejor que la del manuscrito conservado; pero con el continuo rehacer, los cantares van alejándose demasiado de los hechos sucedidos y, perdiendo todo vigor de realidad histórica, dejan de ser poema épico para convertirse en novela versificada.

En nuestro *Mio Cid*, observamos, por último, cómo los dos autores tan distintos, tan inconciliables en lo tocante al verismo épico, se hermanan muy concordes en el terreno de la creación literaria. El genio poético del autor de San Esteban de Gormaz atrae hacia sí e impulsa al genial refundidor de Medinaceli. Esta continuidad de inspiración, a través de los tiempos, en el arte colectivo, es una gran verdad, un gran fenómeno estético, que la moderna crítica tradicionalística observa, afirma y propone al estudio; continuidad de numen, fundada en comunidad de gustos, de propósito y de ambiente cultural. Abarcando la totalidad del Cantar, no se observa diferencia notoria entre sus partes, entre el Cantar de Corpes y el del Destierro, por ejemplo, en la concepción del Cid como héroe de la mesura, del amor familiar, o en otros grandes aspectos; mas sin embargo, podríamos ver alguna diversidad en otros terrenos. La comicidad que sobresale en el episodio de las arcas de arena es de mayor finura, muy de otro tipo que la que se ve en el episodio del león o en el duelo de Diego González; y aun puede notarse que la burla en el diálogo del Cid y Búcar está apocada con la muerte del moro. En otro lugar hemos observado una diferencia bien notable entre el cantar de Corpes y los otros dos respecto a la variedad o la monotonía en la versificación.

En R. Menéndez Pidal, *En torno al Poema del Cid*, Barcelona, EDHASA, 1970, pp. 173-174.

1.2. *En 1973 Jules Horrent supuso que había habido tres refundiciones del Cantar, en 1120, en 1140 ó 1150 y en 1160. La hipótesis es muy sugerente; recogemos el resumen que de la misma hace su autor:*

Para concluir esquematicemos el modo general con el que nos representamos, en la relatividad de nuestros conocimientos, los estadios sucesivos por los que ha pasado el *Cantar de Mio Cid* en el siglo XII.

La versión accesible más antigua nacería unos veinte años después de la muerte del héroe, la cual habría explotado extensa y profundamente la historia arreglándola, obligándola a vestir una forma poética proyectada para un efecto laudatorio progresivo.

Esta versión habría sido objeto de una refundición probablemente unos veinte años más tarde, entre 1140 y 1150, cuando el «emperador» en funciones, Alfonso VII de Castilla, es relacionado indirectamente con el Cid épico, cuyo nombre irradiaba una gloria cada vez más viva.

Nueva refundición después de 1160, adornada con «modernismos», en el reinado de Alfonso VIII, el primer rey de Castilla que desciende del héroe castellano por excelencia. Esta versión, cuya sustancia épica, según parece, no debía de diferir fundamentalmente de la del poema de los años 1120, es la obra maestra que nos ha llegado gracias a la copia, menos alterada de lo que habitualmente se dice, de Per Abbat, escriba del siglo XIV, que transcribía un modelo de 1207.

Así pues, la tradición épica del poema puede ser considerada como continua en el curso del siglo XII, pues las versiones que algunos raros indicios permiten señalar no son las únicas en haber existido.

J. Horrent, *Historia y poesía en torno al «Cantar del Cid»*, Barcelona, Ariel, 1973, pp 310-311.

1.3. *En 1983 C. Smith escribe un libro dedicado sustancialmente a conjeturar que el autor del CMC es el Per Abad que se declara copista del manuscrito Como el propio autor inglés reconoce en distintas partes del libro, sus argumentos se basan en suposiciones y conjeturas, aunque ello no le impide criticar duramente las investigaciones de «tradicionalistas y oralistas», precisamente porque «hacen demasiadas suposiciones, complican lo que son asuntos bastante sencillos, y son, en último término, superfluas» (pp. 12-13). Compárese una de las conclusiones del libro del profesor de Cambridge sobre el supuesto autor del CMC:*

El retrato de Per Abad que he ido formando a base de conjeturas no contiene elemento alguno que haya de asombrar a los medievalistas. Tenía la cultura media, los conocimientos generales, y los gustos de un hombre de leyes educado natural de Burgos, capital de Castilla la Vieja y centro internacional de bastante envergadura, alrededor del año 1200. A una formación profesional en el derecho romano y en latín, adquirida probablemente en Francia, agregaba el conocimiento serio de una cantidad reducida de textos clásicos, quizá a través de extractos solamente, y de los textos latinos compuestos en España en el siglo XII, en especial la *Chronica Adefonsi Imperatoris* y la *Historia Roderici*; y también conocía partes de la Biblia. Sus relaciones profesionales con Cardeña le facilitaban algunos de los textos que necesitaba, así literarios como diplomáticos, y allí podía asimilar datos de Petrus Comestor y algunos hábitos lingüísticos. El poeta honraba la asociación con Cardeña haciéndolo figurar en su obra, de la misma manera que honraba naturalmente a Burgos. En Burgos, o con mayor probabilidad durante un período de estudio y residencia en Francia, adquirió el gusto por las *chansons de geste* francesas, y amplios conocimientos sobre esta modalidad literaria, entonces dominante, y con diversidad de énfasis le rindió homenaje imitando alguna versión del *Roland* y hasta una docena de poemas épicos compuestos en los últimos decenios del siglo XII. Éstos eran más que suficientes para que el poeta se formase en todo el arte de la épica tal como ésta se practicaba en la Francia de entonces. Es más: en cierto momento, el ejemplo francés se juntó en la imaginación de Per Abad con una potente visión de su héroe y de una posible trama, inspirándole el audaz propósito de componer una épica en castellano. «Das *Poema de mio Cid* ist eine von einen spanischen juglar verfasste Nachahmung einer a. fr. *chanson de geste*»[1] (F. Korbs en 1893, citado con indignación por Menéndez Pidal en su edición del poema en 1913). Esto es verdad solamente en el sentido más básico y empobrecido, pues Per Abad compuso, no una mera imitación, sino una obra fuertemente original de perspectiva revolucionaria, y una composición, además, cuyas cualidades

---

[1] «El *Poema de Mio Cid* es una imitación de una *chanson de geste* [canción de gesta] francesa, compuesta por un juglar español».

literarias creo que exceden con mucho a las de los poemas franceses de su período.

C. Smith, *La creación del Poema de mio Cid*, Barcelona, Ed. Crítica, 1985, pp. 275-277.

1.4. *En un reciente libro el porfesor norteamericano J. J. Duggan ha analizado los contextos social y económico del CMC. En la conclusión vuelve a plantearse la cuestión del autor y la fecha:*

La hipótesis más plausible a la que nos lleva el *Cantar de mio Cid* es la siguiente. El año 1199, o más probablemente, el 1200, un *juglar* de la Transierra, que desarrollaba su oficio en el valle del Jalón, familiarizado con la zona delimitada por San Esteban, Calatayud, Guadalajara y Medinaceli, y deseoso de agradar a Alfonso VIII de Castilla y a sus partidarios, representó el poema en Ariza o Huerta de Ariza, en el círculo de Martín de Finojosa.

Los motivos del *juglar*, tal y como pueden ser reconstruidos de acuerdo con esta hipótesis, eran, como los de la mayoría de los poetas, complejos: incluían el deseo de divertir, por supuesto, pero también el afán de adular a destacados miembros de la audiencia evocando las hazañas de sus antepasados y los crímenes de los antepasados del enemigo. Esta evocación habría puesto el énfasis en la solidaridad del clan Lara con la monarquía Castellana haciendo ver cómo el renombrado Rodrigo Díaz —su pariente por vía matrimonial así como el ascendiente directo de Alfonso VIII— había agasajado a su rey con extraordinarios regalos y cómo su carácter de hijo legítimo, puesto en duda por una tradición popular, había sido confirmado en un juicio de Dios.

El juglar quiso también presentar unas situaciones ficticias que reflejaban las cuestiones sociales del momento, incluyendo tanto las relaciones políticas de la monarquía castellana con los otros reinos cristianos de la Península Ibérica, como la descripción de los incentivos económicos que contribuirían a reavivar el interés en la Reconquista después de la desastrosa experiencia de la batalla de Alarcos. Una de las causas de esta derrota fue la deserción de los contingentes del otro lado de los Pirineos que creían que su participación en la batalla contra los Moros no les reportaría importantes beneficios.

El poeta muy probablemente refundía con la esperanza de ser recompensado por su trabajo con regalos que se inspirarían no solamente en la representación inmediata, que ponía de relieve la generosidad del Cid, sino en el interés compartido por ciertos miembros de su público en orden a que esta versión se utilizara como propaganda para reclutar participantes en la campaña que Alfonso VIII sabía que tenía que emprender más pronto que tarde contra los almohades. Dada la implicación de un público muy amplio, el poeta iba presentando una serie de personajes como ejemplos del tipo de conducta que se necesitaba en aquellas circunstancias sociales y militares.

El retrato del poeta que surge es el de una persona perteneciente a uno de los más bajos estratos sociales —un *juglar*, con escasa o nula formación escolar y probablemente sin ningún contacto directo con la cultura francesa, pero cuyo talento creativo para componer épica tradicional lo hacía útil a la nobleza».

J. J. Duggan, *The 'Cantar de mio Cid'. Poetic creation in its economic and social contexts*, Cambridge, Cambridge University Press, 1989, pp. 143-144. (La traducción es nuestra.)

2. Poesía e historia

2.1. *En 1948 publica L. Spitzer un artículo «Sobre el carácter histórico del* Cantar de Mio Cid» (Nueva Revista de Filología Hispánica, II *(1948), pp. 105-117), en el que precisa la tesis de Menéndez Pidal sobre la historicidad del poema, destacando su valor literario y su singularidad con respecto a los poemas épicos y, sobre todo, a la* Chanson de Roland. *En el párrafo seleccionado expone la conclusión más importante del trabajo:*

Pero, y ahora llegamos a la conclusión que me parece más importante en este trabajo, estimo que hay que abandonar por completo la comparación del *Cantar de Mío Cid* con la *Chanson de Roland*: esta comparación sirve para menospreciar el *Cantar* o la *Chanson*, pero es equivocada por compararse dos fenómenos inconmensurables. Ni el

Cantar es una *Chanson de Roland* número dos, ni mucho menos la *Chanson* es inferior al *Cantar*, sino que el *Cantar* es el más ilustre representante de un subgénero épico distinto del de la *Chanson*, de un género que también existe en otras partes, aunque ahora no se haya reparado en ello: el género de la biografía novelada o, por decirlo así, *epopeyizada*. La *Chanson de Roland* canta en 1100 a un Carlomagno y sus paladines, que son héroes míticos de tres siglos atrás; el Cid del *Cantar* es héroe histórico, muerto recientemente. En vez de oponer el genio realista de la epopeya española al genio mítico de Francia, como hace Menéndez Pidal, yo opondría la epopeya mítica medieval a la biografía *epopeyizada* medieval. Hay oposición de géneros existentes en literaturas medievales, no oposición entre una literatura y otra. La epopeya mítica, de inspiración cristiana o pagana, encuentra sus asuntos en el pasado legendario y realiza ideas que trascienden la persona humana: o la idea germánica de la *Blutrache*, de la venganza por odios de familia (como en los *Infantes de Lara*, en los *Nibelungos* o en el *Garin de Loherain)*, o la idea cristiana de la cruzada y del imperio cristiano (como en las *Chansons* de Roland, Guillaume y Vivien). Por el contrario, el *Cantar de Mio Cid*, biografía novelada, glorifica, no ideas impersonales, sino una personalidad real, la idea ideal de esa personalidad. De ahí la variedad de tonos humanos que el *Cantar* expone en todos los aspectos, trágicos y cómicos, de la vida de un gran personaje, en contraste con la unilateralidad de los servidores de la idea de cruzada en el *Roland*, o de los servidores de la venganza en los *Infantes de Lara*. El Cid realiza únicamente su propio ser, las ideas de su época se presentan simplemente como tributarias de su personalidad. El Campeador (campidoctor) no es un cruzado, sino un «catedrático de valentía», como dice Menéndez Pidal modificando la frase referida a Napoleón: *professeur d'énergie*. Y el juglar que compuso el *Cantar de Mio Cid*, el primer cidófilo, se atreve a transformar en tipo ideal, anovelándola, la persona histórica, porque buscaba en la historia una enseñanza moral, y debía transfornar aquélla cuando no cuadraba con ésta. Como decía Schiller, la poesía puede ser más verdadera que la historia. Con el juglar, el arte enseña la verdad a la historia; con Menéndez Pidal, la historia tendría que enseñar la verdad a la poesía.

En L. Spitzer, *Estilo y estructura en la literatura española*, Barcelona, Editorial Crítica, 1980, pp. 76-77.

2.2. *En 1980 María Eugenia Lacarra publica sus investigaciones sobre la realidad histórica, la ideología y el derecho que subyacen en el CMC. Recogemos las principales conclusiones de este estudio:*

> En el *PMC* se defiende la práctica del derecho público frente al derecho privado. Es decir, se favorece la autoridad real y las aspiraciones de la baja nobleza y de la naciente burguesía frente a los abusos que la legitimidad de la venganza privada pone en manos de la alta nobleza. Esto ha motivado a algunos críticos a considerar el poema como antinobiliario. Sin embargo, y en clara contradicción con esto, en el *PMC* también se defiende la creciente aspiración de la alta nobleza a la transmisión hereditaria de las conquistas territoriales personales, lo cual les permite aumentar su poder y constituye la principal base de sus abusos. El poema no presenta estas tendencias como opuestas, sino como complementarias y armónicas. Su coexistencia, sin embargo, provocará posteriormente los enfrentamientos entre la nobleza y la corona, tan frecuentes en los siglos XIV y XV.
>
> La obra también refleja las aspiraciones políticas de Alfonso VIII y de una parte de la nobleza, enfrentada con los descendientes de los Beni-Gómez, la creciente hegemonía de Castilla entre los reinos cristianos peninsulares y la importancia progresiva de los concejos en la lucha fronteriza.
>
> Finalmente, en el *PMC* se favorece una cierta movilidad dentro de los estamentos basada en el mérito personal, el respeto al derecho público y la valoración positiva de la riqueza. Esto ha dado lugar a que algunos críticos, con notable exageración, consideren el *Poema* como «proburgués» y «democrático». En él, sin embargo, se intenta detener el nacimiento de las clases sociales, resultado del predominio del poder económico sobre el derecho, al poner de relieve la supremacía del derecho sobre cualquier otro valor, por lo que en el poema la movilidad está siempre limitada a la condición jurídica de los estamentos. El autor defiende la solidaridad jurídica de toda la nobleza al reivindicar y legitimar a un infanzón como uno de sus miembros.
>
> En definitiva, se puede afirmar que el *PMC* refleja la ideología de la clase nobiliaria y de la corona, que en este momento histórico coinciden en muchos aspectos, cuyos valores se intenta univer-

salizar y ratificar. La asimilación por parte de la clase dominante de ciertos valores conectados con las reivindicaciones de la incipiente burguesía no son sino el reconocimiento y aceptación de una situación real e irreversible y su aprovechamiento en beneficio propio, con objeto de continuar en la posición dominante en que se encuentran, posición que en ningún momento es cuestionada y que el autor justifica por la pretendida equidad y armonía que una sociedad así constituida proporciona a todos los miembros que la componen.

> María Eugenia Lacarra, *El «Poema de mio Cid». Realidad histórica e ideología*, Madrid, José Porrúa, 1980, pp. 265-267.

2.3. *En 1982 Francisco López Estrada expone una visión integradora de la historicidad y la poesía en el CMC. Es lo que podemos llamar verismo, una característica literaria amasada de hechos históricos:*

El término *verismo* ha de poseer, para la inteligencia del *PC* [Poema del Cid], una significación matizada. En primer lugar ocurre que nunca es posible recoger la realidad de los acontecimientos desde un punto de vista objetivo; aun en el caso del testimonio documental que perdura, en gran parte se encuentra organizado dentro del cuerpo de noticias recogidas en el marco de una Crónica, Historia, Anales, etc., determinados, que serán siempre un aspecto parcial y comprometido de esa realidad que pretende establecer. A su vez hay que concordar la «historicidad» del Poema (de mayor o menor grado) y la «condición poética» que adquiere la Crónica al valerse de los Poemas como elemento de información. Es indudable que la sombra del *PC* influyó para orientar las generalizaciones de Menéndez Pidal; se parte del prejuicio de que el poema es mejor cuanto más alto sea su peso histórico, y entonces se pasa esto al concepto, que se estima positivo, del verismo, que así se conceptúa como nota de «escuela» que sobrepasa una época determinada y alcanza al conjunto de la épica.

En el fondo esta calificación de la épica procede de la aplicación a este género del concepto estético del «realismo español», presente en el arte y las letras españolas como una característica predominante. Menéndez Pidal filtra así esta amplia corriente decimonónica que otorga al arte español la condición de realista:

> El realismo español [...] no consiste en ninguna preocupación de verismo inerte, en ninguna sobrestima del pormenor insignificativo, sino en concebir la idealidad poética muy cerca de la realidad, muy sobriamente. («Caracteres primordiales de la Literatura Española...», en *Historia General de las Literaturas Hispánicas*, Barcelona, Editorial Barna, 1949, XXXVII).

Y esto lo aplica al caso de la épica española en general, donde reconoce una «escuela verista» (*PC*, *Farsalia*, *Araucana*, etc.) y, en épocas del influjo de Poéticas extranjeras, sobre todo la italiana, esta escuela riñe con la que llama «verosimilista» (La *Jerusalén* de Lope, etc.), reconociendo la primera como peculiarmente española (idem, XLIII).

Esta matización resulta a veces difícil de sostener, aparte de que el concepto de «realismo» no parece a muchos críticos suficiente, en una fácil dicotomía con un «idealismo» enfrentado. En el *PC* hay evidentemente una tendencia a mantener los hechos dentro de una credibilidad (es decir, que posean una lógica poemática que el oyente los pueda estimar como posibles en la realidad). La fabulación poética no alza el vuelo indiferente a una relativa realidad; por voluntad del autor ésta se elabora en la contextura de la obra de acuerdo con la poética del poema épico, sin conceder una excesiva función a la invención siempre posible en el poeta-creador. El autor inventa episodios reelaborando una «materia» histórica que con este traslado al curso poemático se convierte en ficción relativa; es cierto que hubo unos infantes de Carrión pero no pudieron realizar las acciones que de ellos se cuentan en el Poema. No son verdaderas las Cortes con que Alfonso VI limpia la deshonra del Cid, pero sí lo son las personas allí citadas que, en el caso de que hubiesen ocurrido, pudieran haber dicho y hecho lo que cuenta el Poema.

Verismo, como creo que debiera entenderse, más que atadura a una realidad histórica, significa este aire de credibilidad con que aparecen los hechos sin que el poeta se valga de las cotas más altas de libertad inventiva que le ofrece el género épico; los hechos bien pudieran haber ocurrido así y su entramado literario muestra la condición de un héroe que lo es al tiempo que se manifiestan otros rasgos de su identidad humana.

> F. López Estrada, *Panorama crítico sobre el «Poema de mio Cid»*, Madrid, Ed. Castalia, 1982, pp. 100-102.

3. Tema y estructura

3.1. *Pedro Salinas, en un memorable ensayo titulado «El Cantar de Mio Cid (Poema de la honra)», estableció el tema y la estructura de la obra, con una precisión tan depurada que poco más se ha podido añadir a lo que se acrisola en los siguientes párrafos:*

EL TEMA DEL «CANTAR»

Por eso he llegado a creer que por detrás de las gestas del poema hay un motivo de acción constante, un tema espiritual, que lo mueve todo, la honra del caballero. Sucesos de la honra, ése es el *Cantar del Cid*. Desgraciada por el destierro, la recupera el Campeador a punta de lanza, de energía y de dignidad. Apenas recobrada se cierne sobre ella nuevo riesgo, que va a caer ahora no sobre el guerrero, sino sobre lo que él más quiere, sus hijas, el honor suyo que en ellas vive. La parte última del poema nos cuenta cómo se logra, con más gloria que nunca, la reconquista de la honra del Cid y los suyos. Las peripecias y peligros de los personajes sólo se entienden por entero, si en ellas se leen entre las líneas de batalla y aventura, las peripecias de su honor. Por eso el *último* Cid del poema, no se nos ofrece en la batalla, en el ápice del triunfo militar, ni en el señorío de Valencia, auge del poder político y guerrero, sino en la cima de su honra.

También atañe esto, creemos, a la estructura del poema. ¿Por qué se limita a contarnos sólo una parte de la vida del Cid, y no toda, como convendría al propósito de un poema biográfico? ¿No está, en cierto modo, incompleto? ¿Por qué haber escogido estos años de su existencia? ¿Por ser los del triunfo, los del «engrandecimiento progresivo», como dice Pidal? Si se considera como el tema real de la epopeya, su tema profundo, la honra del Cid, su estructura es sumamente lógica.

Empieza la obra cuando adviene a esa especie de protagonista moral, la honra, su mayor riesgo. Termina cuando pasado éste y otros, se encuentra otra vez cabal y refulgente. El poeta escogió los años aventureros de la honra del Campeador, cuando sufrió más alternativas y peligros, cuando dio pie a más soberbias hazañas de espada tajadora y de reciedumbre moral.

>P. Salinas, *Ensayos completos. 3*, Madrid, Taurus, 1983, p. 24.

3.2. *El tema social es también importante; en concreto, la rivalidad de los infanzones (la pequeña nobleza) y los grandes nobles o ricos hombres. Francisco Rico ha enfocado la afrenta de Corpes desde esta perspectiva:*

>Pero, entonces, la verdad de Corpes ¿es sólo su indiscutible eficacia poética? No por completo. Notemos un solo dato: los Infantes de Carrión, los *malos* de la intriga, no son personajes autónomos, exentos, sino que forman parte del bando encabezado por un viejo enemigo del Cid, el conde García Ordóñez, «el crespo de Grañón», privado de Alfonso VI. La hostilidad entre Rodrigo y García Ordóñez está perfectamente documentada, y aun consta que el conde tuvo mucho que ver en los destierros del primero. Pero el *Cantar* atestigua resueltamente, no sólo las rencillas personales entre ambos, sino, más al fondo, la rivalidad entre los estamentos a que cada uno pertenece.
>
>El Cid, en efecto, es un *infanzón:* un miembro de la pequeña nobleza (por debajo sólo están los *caballeros villanos),* comúnmente de procedencia rural y hacienda no demasiado cuantiosa, que en los siglos XI y XII busca articularse como grupo (sin desdeñar la alianza con la naciente *burguesía* ni la toma de posiciones en la vida ciudadana) y cuyos miembros, por otro lado, tienen en esa época nuevas oportunidades de promoción en la jerarquía nobiliaria merced a las oportunidades que ofrecen la guerra y la repoblación. Para los infanzones, Rodrigo Díaz era el modelo ideal, mientras en García Ordóñez se cifraba el mayor obstáculo a sus ambiciones: la alta nobleza, afincada en vastas posesiones al norte del Duero y, al arrimo del Rey, monopolizadora de todas las claves del poder. La afrenta de Corpes, así, expresa en el ámbito que importa al juglar la oposición social

entre los infanzones y la gran nobleza terrateniente y cortesana, a finales del siglo XI igual que a mediados del siguiente.

> F. Rico, «La poesía de la historia», en *Breve biblioteca de autores españoles*, Barcelona, Seix Barral, 1990, pp. 26-27.

4. Composición y estilo

4.1. *El realismo psicológico es una de las notas más preciadas del «estilo» y la «creación» del CMC, según decía Dámaso Alonso en 1944:*

El realismo del *Cantar* no se separa de lo que va a ser nota constante del realismo español literario (aunque casi no conozco un libro en que se diga esta verdad fundamental). Lo que se nos da aquí como siempre en nuestra literatura, lo que se nos presenta directamente —no por descripción—, es el alma humana, y no las cosas. Con tal variedad, con tal profundidad, con tal riqueza, que aquí veo una de las notas que más justifican el tener al *Poema del Cid* por obra maestra de nuestro arte. Luego veremos el contraste y la riqueza en la pintura de las almas. Vamos a considerar ahora cómo el poeta consigue eso tan difícil (y que frecuentemente ignoran nuestros clásicos), el hacer vivir psicológicamente a sus criaturas en el tiempo, el hacerlas variar matizadísimamente ante nuestros ojos.

> D. Alonso, «Estilo y Creación en el *Poema del Cid*», en *Obras Completas II*, Madrid, Gredos, 1973, pp. 107-143; la cita en la p. 119.

4.2. *El sistema formulístico en el CMC no se emplea de un modo automático; está gobernado también por el desarrollo coherente de la narración:*

La evidencia textual del *Mío Cid* no confirma del todo esta suposición [la suposición de Parry de que *todos* los poetas orales obran del mismo modo automático]. Es cierto que a menudo una particular variante del epíteto formulario parece ser elegida porque conviene a la asonancia o porque un mayor o menor número de sílabas es el indicado para que la variante se ajuste a la flexible medida de un hemistiquio, o porque sirve para llenar un verso con el fin de darle al juglar un poco de tiempo para ensartar el elemento narrativo siguiente. Pero no siempre se atiene el juglar al epíteto sin particularizarlo con matices especiales. Por ejemplo, si el poeta castellano hubiera empleado automáticamente el de más fácil alcance al cantar la tirada once, con asonancia en *a o*, habría repetido, en el verso 204, la expresión 'Burgalés contado' del verso 193, en vez de 'el mío fidel vassallo'. Pero el juglar hace al Cid llamar a Martín Antolinez su 'fidel vassallo' precisamente porque éste ha dado una prueba notable de fidelidad, prueba ya resaltada en los versos 70-77, en que el burgalés provee de víveres al Cid, aunque, como aquél dice, sabe muy bien que, a causa de ello, será acusado de haber servido al desterrado, y que la ira del rey Alfonso caerá sobre él. También en la tirada 13 llama el juglar a Martín «el Burgalés leal», sin que se pueda pensar que el adjetivo se haya elegido sólo porque convenga a la asonancia en *á*. Otra vez se subraya la lealtad del vasallo, pues éste declara que está dispuesto a correr el riesgo de volver a Burgos para despedirse de su mujer sin prisa, pero que estará otra vez con el Cid antes de que raye el alba, *aunque el rey quiera desheredarle.*

E. de Chasca, *El arte juglaresco en el «Cantar de mio Cid»*, 2ª ed., Madrid, Gredos, 1972, p. 172.

4.3. *Los críticos que defienden la tesis de una composición tardía del CMC y un autor individual hablan a menudo del cultismo del texto. Pero en el mejor estudio que hay sobre esta cuestión J. J. de Bustos Tovar ha definido con precisión la índole del cultismo en nuestro poema:*

La proporción de cultismos no es elevada. Desde luego mucho menor que la que encontramos hoy en obras sin pretensiones cultistas de ninguna clase. Apenas existe de modo intencional una acumulación intensificadora.

Existe un alto grado de integración del cultismo en el habla general, revelado por la adaptación formal y por el predominio de semicultismos. No hay intención innovadora, sino máxima asimilación de las posibilidades idiomáticas preexistentes. Esto está de acuerdo con el carácter de creación colectiva de la poesía épica. La creación individual de léxico es peculiar de un estadio más avanzado de la historia cultural.

[...] Casi todos los cultismos utilizados por el juglar han pervivido a lo largo de la historia de la lengua. El hecho de que muchos de ellos estén documentados por primera vez en el Poema del Cid no es más que el resultado de ser el viejo Cantar la culminación de una tradición literaria anterior de la que no han quedado textos. Su conservación demuestra el arraigo que el lenguaje épico tenía en el habla general. La pervivencia de los cultismos lo prueba en el estrato idiomático más noble y elevado.

Los campos semánticos establecidos hacen girar los cultismos en torno a las dos esferas con las que el hablante establecía —o podía establecer— un contacto cultural derivado del natural fluir de la vida: los actos litúrgicos a los que el pueblo asistía, y la lengua de los documentos de compraventa, fueros, cartas-puebla, etc. La escasez de cultismos exclusivamente librescos confirma lo anterior.

> J. J. de Bustos Tovar, *Contribución al estudio del cultismo léxico medieval (1140-1252)* (Anejo XXVIII del *Boletín de la Real Academia Española*), Madrid, Real Academia Española, 1974, pp. 154-155.

4.4. *I. Michael se ha interrogado sobre el hecho de que sean tres los duelos de Carrión, y no dos —como esperaríamos—, y ha destacado su cuidada estructuración narrativa:*

Nos sorprende que el poeta haya considerado necesario crear tres duelos, si es que fue él quien los creó. Son los infantes Fernando y Diego González los que abandonaron a sus esposas y habían de ser desafiados; la introducción de su hermano mayor Asur González en la escena de las cortes (vv. 3373-81) y el consiguiente reto formulado por Muño Gustioz (vv. 3382-89) parecen adición gratuita; malogran también la ingeniosa correlación del empleo de las espadas Colada y Tizón, originalmente regaladas a Fernando y Diego por el Cid (v. 2575) y devueltas por éstos en la escena de las cortes (v.

3175), en los duelos donde son instrumentos de la derrota de sus ex dueños. Ése debe ser el motivo por el que Muño Gustioz vence a Asur González de una lanzada (vv. 3682-87), y no con espada. Es verdad que tres duelos mejor que dos permiten al poeta explotar casi todos los posibles resultados del combate jurídico: Fernando admite su alevosía (v. 3644), Diego se rinde saliendo del mojón o la linde (v. 3667) y el padre de Asur grita la rendición de parte de su hijo herido (v. 3690); pero el poeta se abstiene de emplear la cuarta posibilidad: la muerte de uno de los vencidos quizás a causa del riesgo de que algún oyente recordara que ninguno de los tres hermanos González —figuras históricas, pero de poca monta, en la corte de Alfonso VI— murió en un duelo. Nos queda el problema de la amplificación en tres de los dos duelos necesarios para el desenlace de la trama; tal vez pueda explicarse por la tendencia a una estructuración tripartita que el poeta revela en otras secciones del *Poema*.

[...]

Intentemos ahora profundizar el análisis de la estructura de estas tiradas destacando el hecho de que la narración no procede en un orden lineal, sino en una serie de avances y retrocesos; o mejor dicho, consiste en una exposición seguida de una o más ampliaciones (la *expositio* y la *amplificatio* de la retórica clásica, empleadas de una manera nueva). La estructura total de este episodio se complica por el hecho de que los tres duelos tienen lugar simultáneamente, pero el poeta no puede describir las acciones de cada par de combatientes sino consecutivamente; así debe de haber decidido narrarlas según el orden en que los adversarios que formaban cada par se retaron en las cortes de Toledo (comp. vv. 3301-52 con v. 3623). Claro está que el poeta hubiera podido intentar entrelazar las descripciones, empezando con la escena general y pasando y volviendo a pasar de un duelo a otro, si bien tal procedimiento, posible hoy en el cine, no se presta con facilidad a ninguna forma literaria. Esta dificultad de acomodar la simultaneidad temporal en una forma intrínsecamente secuencial se resuelve por el recurso de las *laisses parallèles* o series paralelas, usado con bastante frecuencia en los poemas épicos franceses, el cual permite la representación de acciones análogas en tiradas consecutivas. Así, en nuestro ejemplo, el primer combate se narra en la última parte de la tirada 150, el segundo llena toda la tirada 151 y el tercero se sitúa en la primera parte de la tirada 152; los cambios de asonancia de *ó* (la más usada en el tercer Cantar) a *áa* y otra vez a *ó* marcan claramente las divisiones para los oyentes.

> I. Michael, «Tres duelos en el *Poema de Mio Cid*», en AAVV, *El comentario de textos, 4. La poesía medieval*, Madrid, Castalia, 1983, pp. 85-104; las citas en pp. 89-90 y 93-94.

4.5. *Diego Catalán ha resumido muy ajustadamente los aspectos esenciales de la composición y el estilo, así como la disponibilidad interna del texto para su difusión oral, que el autor del CMC debe al género épico tradicional:*

La prosodia del *Mio Cid* es, evidentemente, heredada de la tradición épica española precedente. Ni se explica como imitación de modelos contemporáneos o inmediatamente anteriores franceses, ni como innovación del autor. De sus antecesores en el cultivo de los cantares de gesta tomó su autor el verso rítmico de estructura bimembre, anisosilábico y asonantado, la equiparación de finales agudos con llanos acabados en -*e*, las series asonantadas de extensión variable, la utilización de los cambios de asonante como marcas de cambios temáticos o de la modalidad del relato, la gran autonomía sintáctica de cada verso, la interrelación entre la colocación de la cesura y los límites de las expresiones formulaicas, la utilización de las formas verbales del imperfecto, junto al presente y al pretérito, para presentar animadamente las acciones narradas, así como, probablemente, la técnica en el uso del epíteto, las fórmulas de implicar a los oyentes en lo narrado, el recurso ocasional a la reiteración de una escena con cambio en el asonante ("series gemelas") para subrayar momentos dramáticamente llamativos de la intriga (aunque también es posible que este juego escénico fuera novedad de reciente importación, puesto que, dada su índole, no tenemos posibilidad de documentarlo en otros textos épicos castellanos), etc.
[...]
A la estructura formal heredada de prácticas expositivas vinculadas al espectáculo juglaresco pertenece la división del poema en

"cantares" o "gestas", que en el *Mio Cid* aparece marcada mediante los versos anuncio de comienzo y de finalización del segundo de los tres cantares que lo constituyen, el llamado de "Las Bodas". La división responde a la necesidad de repartir la "representación" entre varias sesiones o jornadas; esto es, pone de manifiesto que la propia arquitectura de la narración está articulada en función de la ejecución de la gesta por el juglar que la canta.

> Diego Catalán, *La épica española*. Nueva documentación y nueva evaluación, Madrid: Fundación Menéndez Pidal, pp. 447-448 y 450.

5. El *Cantar de Mio Cid* y la épica española

5.1. *Menéndez Pidal pasa revista a los distintos tipos de poemas épicos de los que se da noticia en la* Primera Crónica General. *Veamos cómo es uno de esos tipos:*

Un tercer tipo de narración, menos novelesca, más breve y más propiamente heroica, represéntalo la prosificación que la *Crónica* da del *Cantar de Zamora refundido,* el cual debía de tener unos 3.500 versos es decir, proporciones semejantes al primitivo *Mio Cid,* y que hemos de colocar al lado de éste para señalar las dos cumbres de inspiración a que más alto llegó la antigua juglaría castellana. Con otros motivos he hecho resaltar el alto espíritu del juglar de Zamora, conciliador de las viejas antipatías entre Castilla y León, y el mérito de su invención, que tanta poesía supo hallar en una romántica vaguedad e indecisión con que él imaginó los motivos e impulsos de la acción épica; sin insistir aquí, me basta señalar de paso esta obra maestra de la poesía narrativa, para advertir que se distingue de la vieja redacción del *Cantar de Zamora,* que hallamos resumido en la prosa de la *Crónica Najerense* en el siglo XII, porque ahora la participación de la infanta Urraca, y de los zamoranos, en la muerte del rey Sancho se sospecha, pero a la vez también se dejan ver rasgos de lealtad tanto en la infanta como en los de Zamora, y cuando llega el desenlace del poema, el juglar hace que misteriosamente quede indecisa la culpabilidad o la inocencia de la una y de los otros. Este poema de Zamora está concebido con una genial unidad, y ésta por sí bastaría al que atentamente la penetre para desvanecer la opinión emitida por H. R. Lang de que este poema sobre las guerras fratricidas del rey Sancho fuese compuesto mediante mera yuxtaposición de episodios sueltos, debidos a varios autores; hubieron de existir cantos noticieros en el siglo XI, pero el poema del siglo XIII hizo con los elementos tradicionales algo muy original. El plural que la *Primera Crónica* usa, *los cantares de las gestas*, hablando del poema de Zamora, como los plurales que usa hablando del poema de Bernardo, *cantares, fablas, romances,* indican simplemente las varias partes de un poema extenso; recuérdese que el autor del primitivo *Mio Cid* llama *cantar* o *gesta* a cada una de las tres partes de su composición («las coplas d'este cantar aquis'van acabando; Aqui s'conpieça la gesta de mio Cid el de Bivar»).

> R. Menéndez Pidal, *Poesía juglaresca y juglares. Orígenes de las literaturas románicas* (Prólogo de R. Lapesa a la 9ª edición ampliada), Madrid, Espasa-Calpe, Colección Austral, 1991.

Orientaciones para el estudio del *Cantar de Mio Cid*

Cantar primero: el destierro

Seguimos la división que hemos hecho en las llamadas de atención. Hemos fragmentado el primer cantar en seis episodios, que nos van mostrando al Cid bajo los distintos aspectos del héroe épico: es un buen vasallo, un buen señor de sus mesnadas, un buen padre y un buen guerrero. Ha caído en la *ira regia*, por culpa de los «malos mestureros», y se ve obligado a reconquistar su honra.

I. Versos 1-64. El cantar conservado empieza presentando al héroe como hombre, en el ámbito privado de su casa. Aun ahí el Cid muestra uno de los rasgos que caracterizan a los héroes épicos, la mesura: llora sin escándalos, increpa suavemente al Creador. En seguida ya lo vemos entre los suyos, enfrentado a un medio hostil, el de la ciudad y sus habitantes, que son hostiles, no por su propio deseo, sino porque el rey les ha obligado a ello mediante una carta que causa pavor. El episodio de la niña apela a la humanidad del héroe.

— Obsérvese el valor artístico del principio. Falta algo y, sin embargo, este es un bello inicio.

> — Analícense los recursos estilísticos que aparecen en la primera tirada.
> — Valor de los agüeros y actitud del Cid ante ellos.
> — Nótese el papel de los habitantes de Burgos, que actúan como «el coro» de las tragedias griegas. ¿Por qué no ayudan al Cid?
> — Análisis de la carta del rey.
> — La escena de la niña. Compárese con la recreación del poeta modernista Manuel Machado.

II. Versos 65-233. En este episodio vemos al Cid en un aspecto menos íntimo. Es señor de los suyos y se debe preocupar de ellos: de los sesenta que le acompañan y de los que se le irán añadiendo. No lleva dinero (aunque parece que se le acusa de quedarse con el de las parias) y tiene que recurrir a un ardid para hacerse con él: el engaño a los prestamistas Raquel y Vidas.

> — ¿Cuál es la relación entre el Cid y Martín Antolínez? ¿Por qué se explicita que éste no compra la comida?
> — El tándem Raquel-Vidas es un *personaje dual*, una figura habitual en el poema. Obsérvense sus características para compararlas más tarde con las de otras parejas similares (Fáriz y Galve, los infantes de Carrión).
> — ¿Qué valor puede tener la inserción aquí del episodio de Raquel y Vidas? Véase cómo se pone de manifiesto la honradez del Cid y se satiriza la usura.
> — Analícense las fórmulas épicas. ¿Qué palabras emplea el juglar para llamar la atención del auditorio?
> — Obsérvese la ironía con que el Cid trata a los judíos.
> — Imagínese la representación juglaresca de este episodio. Inténtese la escenificación de las tiradas 9, 10 y 11.

III. Versos 235-412. Aquí se mezclan los ámbitos público y privado del Cid y aparece el tema religioso. El Cid se ve obligado a dejar a su mujer e hijas bajo la protección del abad del monasterio de San Pedro de Cardeña. Como desterrado, ha sido también desposeído de todos sus bienes y propiedades y él y su familia han quedado sin honra. No le queda a su mujer más que vivir «con vergüenza» en ese monasterio. Por ello es tan triste el encuentro entre los esposos. Pero también por este lado familiar conseguirá honra el Cid. Vemos el primer adelanto del argumento de los matrimonios en el v. 282*b*. La visión del ámbito familiar del Cid acaba con la oración de su mujer, plegaria narrativa de finalidad didáctica, habitual en otros textos y en la épica francesa.

El aspecto público, de señor de guerreros, lo tenemos representado por el modo como recibe a las huestes que se le unen para conducirlas a la gloria y la riqueza. Por fin, el episodio se cierra con la visión que tiene el Cid del Ángel Gabriel, que se le aparece en sueños y le profetiza el éxito de sus empresas.

> — Análisis de los recursos estilísticos en la descripción de la llegada del Cid al monasterio de Cardeña: expresiones de alegría, participación de la naturaleza en los sentimientos de los personajes, entrega formal de la familia al abad...
> — ¿Cómo es recibido el Cid? Obsérvese si existe contradicción entre la hospitalidad del monasterio y el recibimiento en Burgos. ¿Tiene algún significado las puertas que se cierran en Burgos y se abren en Cardeña?
> — ¿Y la comida? ¿Quién la paga? Compárese con lo que ha pasado en Burgos. Téngase en cuenta este aspecto de la comida y de quién la paga para el resto de la narración.
> — Expresiones de dolor en la despedida: señale las figuras retóricas que cree más importantes para poner de relieve este aspecto.
> — ¿Qué sentido tiene en el conjunto del poema la oración de doña Jimena? ¿Se puede relacionar con el carácter didáctico de la literatura y del arte medievales? Ponga algunos ejemplos.
> — Nótese el modo como el Cid es saludado por los que se le unen. Relaciónelo con la promesa de ganancias que el Cid les hace.

> — Búsquese en el mapa la ruta que siguen los hombres del Cid para abandonar Castilla.
> — Análisis de la presencia del mundo sobrenatural en estos versos. ¿Qué sentido tiene? Compárese con lo que sucede en la épica francesa.

IV. Versos 413-850. En estos versos encontramos las primeras descripciones de batallas. Comienza la glorificación del héroe. El Cid empieza a ganar honra. Lo vemos, sobre todo, como valiente guerrero y buen señor de sus vasallos. Como guerrero, prepara y conduce las tres campañas sucesivas de las tomas de Castejón y Alcocer y la batalla campal contra Fáriz y Galve; como buen señor, se preocupa de que los repartos del botín se hagan con justicia y equidad proporcionando riquezas a todos los que le sirven, según su condición de peón o caballero.

> — Situar en el mapa la localización de estas campañas guerreras.
> — Obsérvense las distintas tácticas y estrategias que se siguen en las tomas de Castejón y Alcocer. Seleccione las palabras técnicas.
> — ¿Qué trato se da a los moros cautivos? Téngase en cuenta lo que se dice en la llamada de atención **(19)**.
> — Debátase si la actitud del Cid reflejada en los vv. 530-541 es de lealtad al rey o de prudencia.
> — Préstese atención a todo lo referente al botín de guerra, móvil fundamental de la lucha para muchos de sus seguidores y del propio Cid: forma del reparto, actitud de Minaya, parte que corresponde al rey.
> — Recursos estilísticos en la narración de la batalla contra Fáriz y Galve. Comente especialmente las fórmulas y los motivos épicos.
> — El juglar celebra al héroe épico en los últimos versos de este episodio presentándolo como buen señor de sus vasallos, como buen vasallo de su señor y como buen padre, buen esposo y mejor cristiano: señale y comente los hechos argumentales en que se basa esta afirmación.

> — Este episodio constituye un apartado estructural del poema muy claramente delimitado: relaciónese, a este respecto, el v. 850, que sirve de cierre, con los vv. 430-431 del principio.

V. Versos 851-955. En estas tiradas se narra la embajada de Minaya a Castilla y la continuación de la campaña del Cid por nuevas tierras. Vemos, pues, la lucha del héroe por ganar su sustento y acrecentar su fama de guerrero. Desde el v. 851 hasta el 916 las acciones son simultáneas. Naturalmente el juglar nos conduce de una a otra mediante variadas fórmulas de la voz narradora. Con el regreso de Minaya asoma de nuevo la faceta privada —de padre y esposo— del Cid: lo vemos preguntar por la familia y alegrarse de que esté bien. Inmediatamente después continúan las incursiones de saqueo por tierras de Aragón. En ellas se acerca demasiado a las posesiones del conde de Barcelona, lo que ocasionará el enfrentamiento. Pero eso es ya materia del último de los episodios en que hemos dividido este primer cantar.

> — Añádase al mapa de la ruta cidiana la localización de los lugares que aparecen en estos versos.
> — Nótense las fórmulas que usa el juglar para pasar de un escenario a otro en la narración de las acciones simultáneas. Obsérvense las apelaciones al auditorio.
> — Véanse las diferentes formas de presentar cada una de las acciones simultáneas: discurso indirecto para los hechos del Cid y narración dramatizada de la embajada de Minaya. Prepárese una escenificación de esta segunda parte.
> — La finalidad de la campaña que se narra es la subsistencia. Se habla de las ganancias y de lo que es necesario hacer para incrementarlas. Señálense las expresiones que comunican estos contenidos.
> — Repásese el montante total de hombres que se han unido al Cid hasta el momento. Todavía se pueden contar, pero ésta es una de las últimas veces que va a ser posible.

VI. Versos 956-1084. Victoria del Cid sobre el conde de Barcelona. Al parecer este episodio se ajusta bastante a la historia (véase la llamada de atención **39**) y con él finaliza el primer cantar, con un Cid triunfante y poderoso frente a un conde que vuelve la cabeza con temor. Nótese que el Cid empezó también este cantar volviendo la cabeza y mirando las posesiones que se veía obligado a abandonar. Ahora tiene muchas riquezas y se le humillan gentes tan importantes como el conde de Barcelona: algo ha progresado.

— Compárese la descripción de esta batalla con otras anteriores. ¿Cómo se organiza la estrategia? ¿Qué recursos explota el Cid frente a sus oponentes?
— Señálese el contraste de la figura del Cid y del conde (*follón*).
— ¿Hay humorismo en este contraste y en todo el episodio? En caso afirmativo, señálense las formas y los hechos que lo expresan y júzguese su sentido.
— Debátanse posibles razones de la negativa del conde a comer.

Cantar segundo: la conquista de Valencia y las bodas de las hijas del Cid.

Cuenta la exaltación del héroe que recupera su honra pública, dando cabales muestras de buen guerrero y buen vasallo. Tras conquistar Valencia el rey le perdona, le devuelve a su familia y reconoce en él al magnífico caballero y vasallo que siempre ha sido. Además, le propone un matrimonio aparentemente ventajoso para sus hijas: los infantes de Carrión pertenecen a la clase más alta de la nobleza, mientras que el Cid es un infanzón o noble de segunda fila. Ya veremos qué frutos dará este matrimonio, pero eso pertenece al tercer cantar. En éste celebramos al héroe que recupera su honra pública con el perdón real.

Orientaciones para el estudio

Hemos dividido este cantar en siete episodios que van desde la campaña para la toma de Valencia hasta la celebración de las bodas; en ellos siempre observamos al Cid triunfante y poderoso.

I. Versos 1085-1235. Este primer episodio corresponde a la conquista de Valencia. El Cid tarda tres años en conquistar las fortalezas y castillos que rodeaban la ciudad y en devastar las poblaciones más cercanas encargadas de abastecerla. Poco a poco Valencia va quedando aislada y desabastecida y así le resulta fácil y relativamente corto el asedio y la conquista final. En solo nueve meses de cerco la ciudad se ve sola y desamparada, y se rinde. Por fin, la seña del Cid puede ondear en el alcázar.

— Obsérvense las tres fases de que constaba el asedio a una ciudad; señálense los versos que ocupan en el poema.
— Sitúense en el mapa las localidades que se nombran y justifíquense las aparentes contradicciones de las idas y venidas, tal como aparecen en el poema.
— ¿Con qué imágenes intensifica el narrador el patetismo de la ciudad asediada? ¿Cuáles son las fórmulas de apelación al oyente que se emplean aquí?
— La ascensión social como motivación de la guerra contra el moro. Discútanse los motivos del Cid en la toma de Valencia. ¿Es igual ésta que otras tomas de ciudades anteriores?
— Comparar la cantidad de dinero que reciben los peones con la que recibieron en la toma de Castejón y la diferencia en número de hombres entre una y otra batalla.

II. Versos 1236-1307. En estos versos se nos muestra a un héroe convertido en señor de vasallos, buen organizador de la vida de la ciudad en su aspecto civil y en el religioso. Al final del episodio volvemos a encontrar al Cid en el papel de buen vasallo para con su señor, del que no quiere desvincularse; de nuevo por el conducto de Minaya le envía un preciado regalo, sus muestras de acatamiento y el ruego de que permita salir a su familia.

> — Préstese atención al simbolismo de la barba. ¿De qué forma se nos narra la promesa del Cid de no tocársela? Obsérvense a lo largo del texto todas las alusiones que se hacen a este ornamento capilar y la importancia de la barba del Cid más adelante.
> — Enumérense los pasos que tenían que dar los hombres del Cid en el caso de que quisieran abandonar la ciudad. ¿Cuántos hombres son ahora? Recuérdese cuántos fueron los que salieron al principio del cantar.
> — Resumir las indicaciones que el Cid da a Minaya acerca de lo que debe hacer en Castilla. Repárese en el dinero y en cómo lo gasta más adelante.
> — ¿Quién era el obispo don Jerónimo? ¿Cómo aparece en el poema? ¿Cuáles son los más destacados rasgos de su personalidad?

III. Versos 1308-1621. En estos casi trescientos versos se nos narra, en primer lugar, el viaje de Minaya a Castilla y cómo es recibido y agasajado por el rey, el cual accede de forma inmediata a los deseos del Cid de que su familia se reúna con él. Tras esto, los preparativos del viaje, las embajadas al Cid con las nuevas y el viaje de vuelta ocupan la atención del juglar. Por último, se narra el recibimiento que se hace a la comitiva en Valencia. Destaca una nueva visión desde arriba: el Cid conduce a su mujer y a sus hijas a lo alto del alcázar para que puedan contemplar desde allí las tierras que ha conquistado. El episodio se cierra con esa sensación de culminación, de llegada por fin a lo alto, esta vez en el plano familiar también. En el episodio inmediatamente anterior, hemos visto ondear la bandera del Cid en lo más alto del alcázar. Allí mismo conduce el héroe a su familia para que sea testigo y partícipe de su triunfo. Ya están todos arriba, y esa será la sensación que tendremos en todo lo que queda de este segundo cantar. El triunfo del Cid se ha consumado.

> — Determínese la estructura de este episodio.
> — Señálese la forma de reaccionar del conde García Ordóñez ante los triunfos del Cid. ¿Cómo le contesta el rey? ¿Qué significa esto en la evolución de las relaciones del Cid con el rey y con sus enemigos?
> — ¿En qué gasta Minaya el dinero que le ha dado el Cid? ¿Cumple los encargos del héroe?
> — Véase la actitud del rey ante las peticiones del Cid. ¿Quién paga las comidas en cada momento del viaje? Compárese con otras ocasiones en que aparece el asunto de la comida.
> — Compárense el viaje de ida de Minaya a Castilla y el de vuelta a Valencia de la comitiva familiar. ¿Cómo se narran uno y otro?
> — El Cid prepara un recibimiento a su familia que es una fiesta de la época. Señálense los aspectos más llamativos de la misma.
> — Redactar un ensayo sobre el valor simbólico de la culminación de este episodio. Téngase en cuenta la subida a lo más alto del alcázar, la oración de acción de gracias de los personajes, la ambientación paisajística y hasta climatológica, etc.
> — ¿Con qué fórmulas cierra el juglar el episodio?

IV. Versos 1622-1820. Entre estos dos versos se narra la batalla del Cid y sus hombres contra el rey Yúcef que viene a salvar a Valencia de la dominación cristiana. Hay una importante novedad en ella: las mujeres pueden asistir a los preparativos de la batalla desde el alcázar. Naturalmente, los hombres del Cid vencen y obtienen un buen botín, aunque el rey moro escapa con vida. El Cid dota a las dueñas que acompañaron a su mujer e hijas desde Castilla y las casa con algunos de sus hombres, al tiempo que anuncia su intención de casar más adelante a sus propias hijas. El episodio termina con una nueva embajada de Minaya con regalos para el rey.

— Compárense los motivos de alegría del Cid ante la batalla con el temor de las mujeres.
— ¿Cuáles son las fases de la batalla? ¿Hay proporción en el número de los combatientes en uno y otro bando? Nótense las formas de ataque que se narran. Téngase en cuenta que es la última batalla del cantar segundo y la penúltima de la obra. A partir de aquí el Cid es ya un hombre establecido y no tiene que guerrear necesariamente por su sustento.
— Explíquense las razones por las que el Cid no mata al rey Yúcef. Relea la llamada de atención **53**.
— Señálense las menciones que se hacen en este episodio a las bodas de las hijas del Cid y explíquese el sentido de las mismas.
— Analícense, con la ayuda de las llamadas de atención **54** y **55**, los recursos estilísticos que se emplean en las descripciones.

V. Versos 1821-1974. En este episodio el rey anuncia su deseo de perdonar al Cid, lo que unido a la petición de casamiento con sus hijas que han hecho al rey los infantes de Carrión da motivo suficiente para el encuentro de ambos personajes en un acto formal: las vistas de Toledo.

— Obsérvense, a lo largo del episodio, las muestras del cambio de actitud para con el Cid que ha experimentado el rey.
— ¿Cómo se ve este cambio entre los enemigos del Cid? Señálese el despecho irónico y la envidia del conde García Ordóñez.
— Razónense los motivos de los infantes para pensar en el casamiento. En el v. 1888 ya está implícito en cierto modo el sesgo que pueden tomar los acontecimientos en razón a la nobleza superior de los infantes (llamada de atención **59**).

> — Comiéncese en este episodio una tarea que debe continuar en el siguiente: la observación de la respuesta del Cid a la propuesta de casamiento. De nuevo el rey le procura un mal y el héroe acata con lealtad la decisión de su señor.
>
> — Obsérvese en este episodio la importancia de la escena épica: el discurso reproducido ocupa prácticamente todos los versos y sólo al final con la descripción de los preparativos de las vistas se oye de nuevo, inconfundible, la voz del narrador. Señálense las formas de que se vale el narrador para presentar los discursos de los personajes y a los mismos personajes que toman la palabra.

VI. Versos 1985-2204. Asistimos a las vistas de Toledo, en las que el rey perdona solemnemente al Cid y casa a sus hijas con los infantes de Carrión.

> — Determínese la estructura del episodio.
>
> — Compárense los preparativos del Cid y sus hombres en Valencia (comienzo del fragmento) con los del rey en Castilla (final del fragmento anterior). Análisis de la estructura de la narración de ambos preparativos.
>
> — Enumérense y explíquense los actos rituales y simbólicos que tienen lugar en el encuentro del rey con el Cid y después en la petición matrimonial.
>
> — ¿Por qué el Cid pide *manero* que case a sus hijas? Al argumentar la respuesta, téngase en cuenta la repetición insistente de que es el rey el que casa a las hijas y los expresos deseos del rey de que los matrimonios salgan bien, cosa que ya hace temer lo peor.

VII. Versos 2205-2227. Estos versos cierran el segundo cantar con la descripción de la ceremonia de las bodas y de la festiva celebración que sigue. Parece que la honra pública que el Cid se ha ganado alcanza también los ámbitos familiares y privados del héroe. Pero el ruego final del juglar deja entrever que no hay dicha perfecta.

> — Aunque parece que el Cid acepta las bodas e incluso que está contento, todavía hay reticencias en su actitud. ¿Dónde se manifiestan?
> — Determínense con ayuda de la llamada de atención **64** las partes que componen la ceremonia de las bodas.
> — Señálense las fórmulas y expresiones juglarescas que aparecen a lo largo de todo el episodio.

Cantar tercero: la afrenta de Corpes

Recuperada su honra pública con el perdón real y con las bodas de sus hijas, el Cid experimenta un nuevo revés, ahora en su honra privada y familiar. Parecía que el matrimonio con los infantes de Carrión iba a ser el modo de consolidar el ascenso social del Capeador y de su familia, pero estos miembros de la alta nobleza escarnecen a sus hijas y las dejan por muertas en el robledo de Corpes. El héroe no tiene otra misión que recuperar ahora su honra familiar. Lo mismo que ocurrió con el destierro, con esta nueva afrenta también va a salir favorecido. Si su vuelta a Castilla para las vistas de Toledo supuso una mejor situación y una honra mayor que las que nunca había tenido, ahora de estos desgraciados matrimonios van a salir sus hijas para contraer nuevas nupcias con los herederos de los reinos de Aragón y Navarra. La gloria del héroe y de su familia será mayor y para siempre. De él descenderán los reyes de España.

Este cantar se articula en cuatro episodios que presentan una disposición lineal. En el primero vemos a los infantes como unos personajes indignos y cobardes, tan cobardes que son capaces de perpetrar contra sus esposas el salvaje acto de venganza privada narrado en el segundo episodio. En el tercero se escenifican las cortes de Toledo: en ellas el Cid demanda a los infantes y les lanza la acusación de menos valer por lo que les hicieron a sus hijas. El cuarto episodio se desarrolla en Carrión y describe los duelos en que desembocan los retos de Toledo. En ellos el Cid quedará triunfador y probada la verdad de sus acusaciones contra los infantes.

I. Versos 2278-2542. Aquí se nos ofrece el contraste entre la cobardía e indignidad de los infantes de Carrión y el carácter heroico y generoso del Cid. Estos caracteres se oponen en dos ámbitos diferentes, y en los dos las figuras del héroe y sus antagonistas se enfrentan, y del enfrentamiento los infantes salen claramente perjudicados. Empezamos contemplando una escena de tranquilidad doméstica, con un Cid plácidamente dormido y velado por los suyos. Un león se escapa y, mientras sus vasallos se aprestan a proteger al héroe, sus yernos huyen despavoridos. El mismo miedo manifiestan cuando tienen que entrar en batalla —segundo ámbito de oposición—, y, aunque finalmente entren, tampoco su comportamiento será el que se espera de su linaje ni, mucho menos, lo que el Cid merece. En cambio, en ambas ocasiones la figura del Cid exhibe un comportamiento valiente y digno. Cuando despierta en su escaño y se hace cargo de la situación, actúa de forma decidida y consigue someter a la fiera con un solo gesto. Otro tanto ocurre en la batalla, donde persigue a Búcar de forma implacable, sin perder su ironía y buen humor, mientras que el infante Fernando vuelve la grupa de su caballo ante el enemigo árabe.

Lo del león levanta bromas en la corte, que escuecen a los infantes y que han de ser cortadas por el mismo Cid. Y eso precisamente es lo que no van a perdonar los de Carrión; su deshonra es algo público y sabido por todos, es algo totalmente infamante, más que la cobardía de Fernando en el campo de batalla, puesto que este hecho lo mantiene en secreto durante mucho tiempo el único testigo, Pedro Bermúdez. Pero pública o privada, su vergüenza hace que no se sientan a gusto, y sabiéndose ricos por el botín obtenido en la batalla, planean escarnecer a sus mujeres después de haberlas sacado de Valencia con engaño. Esto será ya la materia del segundo episodio.

— Señálense las similitudes que se encuentren entre la forma de enfrentarse al león de los hombres del Cid y cómo se suelen preparar para entrar en batalla. Coméntese desde ese punto de vista el que el Cid se dirija al león trayendo *el manto al cuello*.

— Compárense las acciones de los infantes y del Cid ante el león, así como sus reacciones ante la llegada de los hombres de Búcar.

— Los infantes de Carrión no quieren luchar y el Cid parece dispuesto a permitírselo. ¿Cuáles pueden ser las razones que hacen a los infantes cambiar de idea?

— Señálense las manifestaciones de ironía que se observan en este episodio. ¿Se da esta ironía en las alabanzas que el Cid y Minaya hacen de la actuación de los infantes? ¿Por qué éstos lo entienden así?

— Contabilicemos las ganancias. ¿Cuánto cae a cada uno? ¿Cuánto a los infantes? Trátese de explicar la justicia de este reparto.

— La actitud del Cid con los infantes cambia después de la aparente valentía que éstos manifiestan en la batalla. Señálense los versos en que esto se observa.

— El juglar en los dos primeros episodios de este cantar proporciona al público más información que la que poseen algunos protagonistas, lo que hace que se produzcan situaciones de *suspense*. Dígase qué fórmulas se emplean para conseguir este efecto.

— Búsquense las figuras literarias que ponen de relieve los aspectos más importantes del contenido del fragmento.

II. Versos 2543-2984. En este episodio se cuenta la afrenta de Corpes. Los infantes mienten y piden permiso al Cid para llevar a sus mujeres a Carrión a que vean las tierras que les han correspondido en arras. En realidad piensan abandonarlas y ser-

Orientaciones para el estudio

virse del dinero contante y sonante que han obtenido en Valencia para contraer matrimonios más ventajosos. El Cid da su permiso y añade al ya rico ajuar las espadas Colada y Tizón. También manda a su sobrino Félez Muñoz que acompañe a la comitiva y le traiga noticias. En el camino hacen alto en Molina, en casa del moro Abengalbón, amigo del Campeador. Los de Carrión vuelven a dar una muestra de su vileza: urden matar al que los hospeda y quedarse con sus riquezas, pero son descubiertos y negros nubarrones de duda se ciernen sobre los casamientos. Los presagios son cada vez peores. La naturaleza, cada vez más fiera y misteriosa, va poniéndose acorde con ellos. Ya estamos en el robledo de Corpes. Allí encuentra la comitiva un fresco vergel en el que solazarse y pasar la noche: el tópico literario del *locus amoenus*. No parece que haya nada que temer. A la mañana siguiente los infantes mandan a todos seguir adelante; ellos se quedan un poco más con sus mujeres. Éste es el momento y el lugar escogidos para injuriarlas y dejarlas por muertas. Félez Muñoz, guiado por un presentimiento, vuelve sobre sus pasos y las salva. Cuando el Cid se entera de todo esto, pide al rey que esta nueva afrenta sea juzgada en un tribunal público presidido por el mismo monarca.

— Determínese la estructura del episodio con ayuda de la llamada de atención **74**.
— ¿Qué sentido puede tener la repetición del contenido en los vv. 2543-2556? ¿Habla como siempre el personaje dual de los infantes?
— ¿Expresan los infantes de qué se quieren vengar? Véase cómo se enuncia este motivo de la venganza inmediatamente antes de la afrenta de Corpes y una vez ya consumada.
— ¿Qué sentido puede tener el plan de los infantes para acabar con Abengalbón? Señálense los pasos que conducen a los infantes a la mayor vileza.
— Obsérvese que en el robledo de Corpes es la primera vez que se describe el paisaje en el poema, aunque por ese lugar han de-

> bido de pasar todos los viajeros de Valencia a Castilla. ¿Qué valor puede tener? ¿Se adecuan paisaje y acción?
> — Señálese la importancia de los agüeros y presagios en este episodio.
> — Coméntese el valor estilístico de la repetición a lo largo de todo el fragmento.
> — Al final del episodio aparece la ironía. Señálese dónde. ¿Qué otras figuras literarias se observan?
> — Sitúense en el mapa los lugares que se nombran en estos versos.

III. Versos 2985-3532. Estos versos presentan un nuevo triunfo del Cid, ahora no en el campo de batalla, sino en el campo del derecho, en las cortes de Toledo. El Cid prepara su defensa con esmero y cuidando todos los detalles, incluido el atuendo. Su sabiduría y sus conocimientos del derecho le harán salir airoso de esta nueva prueba. El pleito se resuelve en los duelos que tendrán lugar en la vega de Carrión, en donde se va a hacer justicia. Pero antes de que se celebren, ya vemos que el Cid no va a tener ningún problema para ganar. Sus hijas son solicitadas en matrimonio por los infantes de Navarra y Aragón. Los infantes de Carrión que se consideraban dignos de casarse con hijas de reyes y emperadores verán cómo son aquellas a las que ellos injuriaron las que al fin lo consignan.

La técnica que emplea el juglar en este episodio es la dramatización conseguida mediante el diálogo en discurso directo. El narrador se limita únicamente a dar una serie de acotaciones escénicas y de indicaciones sobre los gestos y movimientos de los personajes que hablan. En consecuencia, la primera actividad que se recomienda es la lectura dramatizada o incluso la representación.

> — Descríbanse las ropas del Cid y sus hombres. ¿Por qué esconden las armas bajo ellas?

> — Enumérense las muestras de amistad que da el rey al héroe en las cortes.
> — ¿Por qué se avienen tan pronto los infantes a la primera demanda del Campeador?
> — Según el Cid, ¿cuáles son la razones por las que los infantes no son dignos de llevar las espadas Colada y Tizona? Recuérdese en qué circunstancias se las dio?
> — ¿Qué excusas aducen los infantes para no acceder a la segunda demanda del Cid?
> — Señálense las diferencias formales que se aprecian entre las dos primeras demandas y la última.
> — ¿Qué valores se enfrentan cuando el Cid y el conde García Ordóñez aluden a sus respectivas barbas?
> — Coméntense las manifestaciones del enfrentamiento de los dos tipos de nobleza en este episodio.
> — Determínese la estructura de los retos y señálense sus partes (reléase la llamada de atención **82**).
> — ¿Qué función desempeña en el argumento del tercer cantar la petición de las hijas del Cid para ser esposas de los príncipes herederos de Navarra y Aragón?
> — ¿Cuáles son las razones por las que los duelos no pueden celebrarse inmediatamente?
> — Argumentese por qué no interviene el Cid en los duelos.

IV. Versos 3533-3707. Se cuenta en estos versos el desenlace del proceso jurídico que empezó en Toledo; ahora en la vega de Carrión tienen lugar los duelos de donde saldrá el culpable. El rey don Alfonso responde por la seguridad de los hombres del Cid. Nuestro héroe, confiado en la valentía de los suyos, ha partido hacia Valencia antes del comienzo de los duelos. Ni él ni nosotros dudamos ya de cuál va a ser el resultado: los del Campeador vencerán, en Valencia será grande el júbilo y las hijas del héroe se casarán con los futuros reyes de Navarra y Aragón. Y aquí acaba esta razón.

— ¿Cómo se manifiesta la indignidad de los infantes en esta parte?
— Explíquese detalladamente en qué consisten los duelos (ver la llamada de atención **86**).
— Enumérense los recursos estilísticos que se emplean en la narración de los tres duelos.
— Compárese la descripción del comienzo de las lides con el principio de otras batallas.
— ¿Qué valor tiene en el duelo del infante Fernando la espada Tizona?
— Señálense los elementos irónicos y humorísticos en la mención de Carrión que hace el Cid.
— Razónese por qué el verso 3724 se ha usado para fechar el *Cantar*.

Notas textuales

15 Ms. *entrava*.
16b Este verso figura en el ms. en el mismo renglón y a continuación del verso anterior. En adelante sólo señalaremos casos como éste mediante la enumeración de los versos.
33 Ms. *lo auien parado*.
34 Ms. *abriese nadi*.
41 Ms. *etró*.
55 Ms. *posava*.
69 Ms. *Pagos myo Çid el Campeador e todos los otros que uan a so çervicio*.
72 Ms. *ygamos, vaimosnos*.
82-83 Ms. *Bien lo vedes que yo no trayo auer, τ huebos me serie / Pora toda mi compana*.
86 Ms. *Incamos*.
96 Ms. *detarva*.
116 Ms. *serién ventadas*.
124 Ms. *algo gañó*.
125 Ms. *sacó*.
127 Ms. *Estas arcas prendamos las amas*.
128 Ms. *sean ventadas*.
134 Ms. *meguados*.
136 Ms. *dar gelos de grado*.
174 Ms. *la manol' ba besar*.
182 Ms. *almofalla*.
184 Ms. *echaron*.
222 Ms. *El me acorra*.
225 Ms. τ. Caso raro, en el que el signo tironiano —utilizado normalmente para escribir la conjunción copulativa— se emplea para

escribir la primera persona del presente de indicativo de *aver*. Sólo hay otro caso más en el v. 1934.
233 Ms. *pudo a espolear.*
234 Enmienda de I. Michael y J. J. de Bustos, que consiste en poner aquí, tras el v. 236, el v. 234, respetando la asonancia del texto paleográfico.
263 Ms. *adelant.*
274 Ms. *en la su barba velida.*
275 Ms. *enbraço.*
297 Ms. *salie.*
298 El ms. escribe en un solo verso el 298 y el 298*b*, pero sin la enmienda, que propuso M. Pidal como *dont a ojo los ovo*, basándose en los vv. 1517 y 2016. Aceptamos el cambio del orden de palabras según este último verso, propuesto por Montaner.
308 Ms. *a aguardar.*
324 Ms. *piessan de cavalgar.* La emnienda de Bello parece lógica: *se ponen a ensillar* (mejor que «se ponen a cabalgar»), porque antes de cabalgar van a misa. Además, en los vv. 316-317 había mandado el Cid ensillar cuando cantaran los gallos.
335 Ms. *ovieron de.*
339 En el ms. *salveste* está añadido posteriormente al final del v. 338 y sólo se lee con reactivo (M. Pidal).
354 Ms. *corrió la sangre por...*
358-59 Ms. *En el monumento resucitest, fust a los ynfiernos, / Commo fue tu voluntad.*
360 Ms. *padres santos.*
372 Ms. *e a la mugier e al Padre Spirital.*
388 En el ms. *abbat* aparece al principio del verso siguiente, pero todos los editores enmiendan.
394-395 La inversión del orden de los versos se debe a M. Pidal, que la sustenta en el orden de los hechos narrados y en el testimonio de las crónicas.
404 Ms. *fue çenado.*
412 Ms. *a soñado.*
433 Ms. *io.*
437 Ms. *Toda la noche yaze en çelada   el que en buen ora nasco.*
441 Laguna en el ms. a partir de este verso. Según M. Pidal, faltan cuatro versos.

Notas textuales

442-444 Ms. *Vos con los dozientos id vos en algara; allá vaya Álbar Álbarabarez, / e Álbar Salvadórez sin falla, e Galín Garçía, una fardida / lança, cavalleros buenos que aconpañen a Minaya.*
461 Ms. *dexadas an abiertas.*
462 Ms. *fincaron.*
464 Ms. *El Campeador salió de la çelada, corrie a Castejón sin falla.*
477 Ms. *e sin dubda corren, fasta Alcalá llegó la seña de Minaya.*
491 Añadido de M. Pidal.
494 Ms. *mando.*
496 Ms. *suelta.*
507 Ms. *fue nado.*
508 Ms. *al rey.*
510 Ms. *tod aqueste aver.*
516 Ms. *pueden.*
545 Ms. *Torançio.*
559 Ms. *nasco.*
570 Ms. *dan parias de grado.*
571 Ms. *Teruel.*
585 Ms. *Teruel.*
589 Ms. *nadi.*
591 Ms. *dan.*
626 Ms. *non plaze.*
690 Ms. *arch.*
699 Ms. *E fizieron dos azes de peones mezclados, quilos podrie contar?*
708 Ms. *acorredes.*
716 Ms. *abuestas.*
719 Ms. *nasco.*
720 Ms. *de caridad.*
721 Ms. *Campeador de Bivar.*
725 Ms. *otros tantos son.* Adición de M. Pidal.
728 Ms. *tanta loriga falsa desmanchar.*
737 Ms. *fue so criado.*
773 Ms. *Teruel.*
784 Ms. *vençida.*
794 Ms. *robado.*
796 Ms. un solo verso: *de los moriscos, quando son llegados, fallaron quinientos e diez cavallos.*
800 Ms. *refechos son todos essos cristianos con aquesta ganançia.*

814 Ms. *arrancada*.
818 Ms. *colgadas*.
820 Añadido de M. Pidal.
821 Ms. *minguava*.
837 Añadido de M. Pidal.
846 Ms. *es venido*.
890 M. Pidal tuvo que enmendar este verso para ponerlo al principio de la tirada 48, pero, dejándolo como último de la tirada 47 —como hacen Montaner y Marcos Marín— queda preservada la rima sin necesidad de enmiendas.
899 Ms. *nasco e çinxo espada*.
904 Ms. *el de río Martín*.
929 Ms. *dexadas*.
936 Ms. *Al canz*.
952 Ms. *Huesca*.
956 Ms. *a todas partes*.
965 Ms. *enemistad*.
967 Ms. *se van llegando*.
968 El ms. destruyendo la rima ofrece los hemistiquios en el orden inverso.
972 Ms. *así viene esforçado, que el conde a manos se le cuidó tomar*.
973 Ms. *trae grandganançia*.
1008 En el ms. *ora* está sobre el renglón.
1009 Ms. *an*.
1012 Ms. *tierra*.
1013 Ms. *mandar lo guardaua*.
1015 Ms. *aiuntaron*.
1028 Ms. *Dixo el conde don Remont: Comede, don Rodrigo, e penssedes de folgar*.
1029 Ms. *Que yo dexarme morir, que non quiero comer*.
1035 Ms. *a vos e dos*.
1043 Como la mayoría de los editores, suprimimos este verso, *Mas quanto auedes perdido non uos lo dare*, que parece un claro error de repetición por parte del copista.
1054 Ms. *andan lazrados e non vos lo daré*.
1061 Ms. *cavalgeremos*.
1063 Ms. *ded*.
1081 Ms. *des leatança*.

1083 Ms. *conpeçólas de legar.*
1088 Ms. *e a las tierras ducá.*
1089 Ms. *Huesca.*
1096 Ms. *vie.*
1106 Ms. *nos partira aquesto.*
1113 Ms. *juntados son.*
1125 Ms. *de tierra estraña.* Aceptamos la oportuna corrección de Montaner.
1139 Ms. *d'amor e de grado e de grand voluntad.*
1142 Ms. *acostarse a todas partes los tendales.*
1153 Ms. *que traen grandes.*
1161 Ms. *Deyna.*
1176 Ms. *cosseio.*
1179 Ms. *ver lo.*
1182 Ms. *auyen.*
1183 Ms. *coseio.*
1185 Ms. *en trasnochada.*
1195 Ms. *el que en buen ora nasco.*
1196 Ms. *se la a ganada.*
1198 Ms. *quiere.*
1220 Ms. *alcaçar.*
1222 Ms. *Aquel.*
1229 Ms. *aruenço.*
1246-1247 Ms. *A todos les dio en Valençia casas τ heredades / de que son pagados; el amor de myo Çid ya lo yvan provando.* Aceptamos el añadido del segundo hemistiquio del v. 1246 y la distribución de Montaner.
1248 Ms. *Los que fueron con él e los de después todos son pagados.*
1252 Ms. *que ningún omne de los sos ques le non spidies, o nol besas la mano.* Leemos y añadimos con M. Pidal.
1256 Ms. *consejar.*
1260-1261 Ms. *que si algunos furtare o menos le fallaren, el aver aura atornar / aquestos myos vassalos que curian a Valençia e andan a robdando.*
1276-1277 Ms. *Por mi mugier e mis fijas, si fuere su merçed, / Quenlas dexe sacar.*
1284 Ms. *Ciento omnes le dio myo Çid a Albar Fanez por servirle en la carrer[a].*
1286 Ms. *al abbat don Sancho.*
1305 Ms. *toda.*

1315 Ms. *presenteia*.
1317 Ms. *apuesto*, pero podía leerse «apuosto», lo mismo que en el v. 1320, y que «puoblo» y «duolo» de los vv. 1318 y 1319. M. Pidal edita estas grafías antiguas del diptongo.
1330 Ms. *fuert*, pero podía leerse «fuort», como antes.
1338 Ms. τ *que los prendades*.
1357 Ms. *curialdas*.
1364 Ms. *sirvan le sus herdades*.
1369 Ms. *sevir*.
1395 Ms. *se tornó*. Enmienda de Montaner.
1397 Ms. *vuestras fijas amas*. Añadido de M. Pidal.
1411 Ms. *seremos yo e su mugier*.
1416 Ms. *quiere*.
1419 Ms. *A Minaya sessaenta e çinco cavalleros acreçídol' han*.
1464 Ms. *Auegaluón*. Y así en adelante.
1475 Ms. *Frontael*.
1483 Ms. *co çiento*.
1493 Ms. *Arbuxedo*.
1495 Ms. *Envió dos caualleros Minaya Albarfáñez que sopiesse la verdad*.
1496 Ms. *de tardo*.
1499 Ms. *afevos aquí Pero Vermúez e Muño Gustioz, que vos quieren sin hart*.
1505 Ms. *vaymos*.
1508-1509 Ms. *En buenos cauallos a petrales* τ *a cascaueles, / E a cuberturas de çendales,* τ *escudos a los cuellos*. Corregimos con M. Pidal y Montaner.
1512 Ms. *o cuemo saliera de Castiella Álbarfañez con estas dueñas que trahe*.
1516 Ms. *a Minaya Álbar Fáñez se van homillar*.
1517 Ms. *donta oio ha*.
1524 Ms. *fer*.
1527 Ms. *Minaya Álbarfañez*.
1528 Ms. *Hy*.
1533 Ms. *teçer*.
1535 Ms. *tomaron*.
1538 Ms. *sacaron*.
1547 Ms. *aguardando*.
1557 Ms. *Los sos despendie... que delo so*.
1564 Ms. *dozitos*.
1576 Ms. *do fuesse en so saluo*. Enmienda de M. Pidal.

1581 Ms. *acordaron.*
1592 Ms. *descalgaua.*
1597 Ms. *yo uuestras fijas τ amas.*
1601 Ms. *delent.*
1602 Ms. *armas teniendo τ tablados quebrantando.*
1603 Ms. *nasco.*
1604-1605 Ms. *Vos, querida e ondrada mugier, e amas mis fijas, / My coraçón e mi alma.*
1610 Ms. *alcaçar.*
1623 Ms. *mietre.*
1633 Ms. *e a padre.*
1644 Ms. *alcaçar.*
1645 Ms. *fincadas.* Enmienda de Bello.
1665 Ms. *a Criador.*
1666-1266b Estos dos versos son uno en el manuscrito, pero es evidente que el número de sílabas excede al de un verso normal del poema. Desde Bello los editores suelen dividirlo en dos versos.
1670 Ms. *alegre.*
1672 Ms. *estan.*
1680 Ms. *piessan de caualgar.*
1689 Ms. *do.*
1690-1690b. Estos dos versos aparecen en el ms. como uno solo. Resultando hipermétrico, lo dividimos en dos, como la mayoría de los editores, y aceptamos la enmienda de Montaner para el segundo hemistiquio de 1690.
1699 Ms. *entrada es.*
1708 Ms. *un don... presentado.*
1711 Ms. *Salidos son todos armados por las torres de Vançia.*
1719-20 Ms. *Aluar Aluarez τ Aluar Saluadorez τ Minaya Albarfanez / Entraron les del otro cabo.* En el ms. aparece tachado *Aluar Saluadorez,* quizá porque en el verso 1681 se había dicho que este personaje quedaba preso.
1721 Ms. *ouieron los de arrancar.*
1728 Ms. *alcaz.*
1734 Ms. *fuero.*
1738 Ms. La preposición está omitida.
1742 Ms. *Dexo Albarfanez.*
1751 Ms. *dada.*

1763 Ms. *daña.*
1766 Ms. *marcos de plata.*
1775 Ms. *es cosa sobejana.* Enmienda de M. Pidal.
1780 Ms. *el Campeador.*
1781 Ms. *mill e quinientos.* Suprimo *e quinientos* con M. Pidal y otros editores.
1787-1788 Ms. *Mando myo Çid Ruy Diaz que fita souiesse la tienda, / E non la tolliese dent christiano.* La mayoría de los editores reconoce la falta un hemistiquio. De las distintas soluciones propuestas me adhiero a la de Montaner, con la única diferencia de poner el artículo delante del relativo en el conocido epiteto épico.
1789 Ms. *es passada.*
1791 Ms. *sos.*
1802 Ms. *que.*
1823-24 Ms. *Andan los días e las noches, e passada han la sierra, / que las otras tierras parte.* Aceptamos la reconstrucción del hemistiquio de M. Pidal.
1836 Ms. No está la conjunción *e.*
1838 Ms. *lo auien.*
1852 Ms. *Las ganançias que fizo mucho son sobejanas.*
1894 M. Pidal enmienda *Vermudoz*; y lo mismo en vv. 1897, 1907, 1919, etc.
1899 Ms. *e de mi abra perdon; viniessem a vistas, si ouiesse dent sabor.*
1910 Ms. *nasco.*
1929 Ms. *creçie.*
1934 Ms. τ. Véase v. 225.
1936 Ms. *graçia.*
1943 M. Pidal enmienda *Alfons*, lo mismo que en v. 1950 y en otros.
1952 Ms. *de tierra.*
1954 Ms. *cabdal.* Seguimos la enmienda sugerida por Montaner, aunque él opta por mantener la lectura errónea del manuscriuto. Este *fuert* podría lógicamente pronunciarse *fuort*, con lo que se restauraría la rima.
1963 Ms. *Syo.*
1965 Ms. *la vistas.*
1971 Ms. *Adria.*
1975 Ms. *Carrio.*
1977 Ms. *ganaçia.*
1992 Ms. *Martin Muñoz e Martin Antolinez, el burgales de pro.*

Notas textuales 393

1994 Ms. *Sauadorez.*
2000-2001 Ms. *a aquestos dos mando el Campeador que curien a Valençia / Dalma e de coraçon e todos los que en poder dessos fossen.*
2002 Ms. *Las puertas del alcaçar que non se abriessen de dia nin de noch.*
2008 Ms. *nasco.*
2009 Ms. *e espolonauan.*
2016 Ms. *nasco.*
2032 Ms. *assi estando, dedesme vuestra amor, que lo oyan quantos aqui son.* División y añadido de M. Pidal.
2036 División del verso y añadido de M. Pidal.
2056 Ms. *nasco.*
2059 Ms. *creçiera.*
2095 Ms. *Grado e graçias, Çid, commo tan bueno e primero al Criador.* Suprimimos *grado e,* con M. Pidal.
2111-12 Ms. *Las palabras son puestas que otro dia mañana / quando salie el sol, ques tornasse cada uno don salidos son.*
2124 Ms. *Oy de mas.*
2127-2130 Colocamos, con M. Pidal, estos versos a continuación del v. 2155.
2134 Ms. *ded.*
2138 Ms. *dellos.*
2155 Ms. *logar.*
2127 Ms. *daua.*
2157 Ms. *quitol dessi luego.*
2171 Ms. *sos mañas.*
2178 Ms. τ *alos.*
2191 Ms. *e todas las dueñas que las sirven.*
2198 Ms. *uustro.*
2215 Ms. *Ael* τ *eassu.*
2251 Ms. *duraron en las bodas.*
2275 El códice es ilegible en el final de este verso. Aceptamos, como la mayoría de los editores, la propuesta de M. Pidal.
2278 Ms. *sus vassallos.*
2306 Ms. *Quando los fallaron,* τ *ellos vinieron, assi vinieron sin color.*
2318 Ms. *auie.*
2326 Ms. *...tan osados.* Luego se añadió con otra tinta *soy.*
2337. Después de este verso falta un folio en el ms., unos cincuenta versos, por tanto.

2343 Ms. *capo*.
2346 Ms. *Amaraulla*.
2352 Ms. *a Diego*.
2368 Ms. *...muy bien armado*.
2375 Ms. *corcas*.
2411 Ms. *amistas*.
2413 Ms. *El espada tienes desnuda en la mano e veot' aguijar*. Verso hipermétrico. Son posibles la supresión de los artículos y de *en mano*, lo mismo que la posposición de *tienes*.
2415 Ms. *caye*.
2428 Ms. *son*.
2431-32 Ms. *Alas tiendaseran legados, do estaua / El que en buen ora nasco*.
2439 Ms. *esteua*.
2464 Ms. *mal*. Enmienda de M. Pidal.
2473 Ms. *muchos*.
2481 Ms. *e aver vos grant pro*.
2482 *ganadas*.
2500 Ms. *abram*.
2506 Ms. *sus vassallos*.
2525 Ms. *nuestros*.
2527 Ms. *Ferán Gonçález*. Enmienda de M. Pidal.
2542 Ms. *Mientra que visquiéremos, despender no lo podremos*. Invierto los hemistiquios, como M. Pidal y Horrent; y aceptamos la sugerencia de Montaner de añadir *amos*, para restaurar la rima.
2570 Ms. *villas e tierras por arras*.
2571 Ms. *marcos de plata*.
2590 Ms. *Campeador*. Enmienda de M. Pidal.
2635 Ms. *vna noch y iazredes*.
2639 Ms. *sirvan*, pero la *n* añadida posteriormente, con tinta más negra.
2641 Ms. *dar*.
2645 Ms. *fazían la posada*. Con Marcos Marín enmendamos para restituir la rima, de acuerdo con el v. 2657.
2676 M. Pidal enmienda *muort*, pronunciación posible del diptongo en la época. Siguiendo a M. Pidal y otros editores, colocamos los versos 2675 y 2676 en esta tirada para restaurar la rima.
2687 Ms. *ivan*.
2691 Ms. *Atineza*. M. Pidal enmienda *fuort*.
2700 M. Pidal: *fuont*.

2705 Ms. *grandes aueres.* Enmienda de M. Pidal.
2753 Ms. *Qual ventura serie si assomas essora el Çid Campeador.* Aunque M. Pidal conserva este verso, sustituyendo *Campeador* por *Ruy Díaz*, ya sugirió que quizá habría que considerar dos versos, supliendo el segundo hemistiquio del primero de ellos, o sea, el 2753. La idea la reproduce Montaner, pero editando el manuscrito, con su falta de rima. Marcos Marín propone la solución que aquí reproducimos y adoptamos, con reiteración de los vv. 2741-42.
2755 El ms. da sólo el primer hemistiquio. Aceptamos el añadido del segundo hemistiquio que hace Marcos Marín, basándose en la reiterada aparición formular de los nombres de las hijas del Cid en el texto; pero cambiamos el orden del primer hemistiquio para evitar la asonancia interna. Creemos que los pronombres *una* y *otra* del verso siguiente hacen todavía más acertada la restauración propuesta.
2774 M. Pidal acude a la posible pronunciación /uó/ del diptongo para restaurar la asonancia; y así también en los vv. 2784, 2836 y 2843 de esta tirada.
2784 Ms. *que non pueden dezir nada.*
2785 Ms. *de los coraçones.*
2788 El ms. resulta de difícil lectura. Aceptamos la propuesta *mientra que* (tomada por Montaner de Cornu y Restori); ms. *el día,* pero *de día* está atestiguado en el texto.'
2815 Ms. *el,* pero en el reclamo, *elle,* forma arcaica del pronombre y preferible aquí, porque demuestra que el copista modernizaba el texto.
2822 Era posible la rima leyendo /esfuórts/, con apócope de /-o/ y pronunciando el diptongo como /uó/.
2842 Ms. *los dias τ las noches andan.*
2843 Ms. *SantEsteuan de Gormaz.*
2862-2862*b* Ms. Un solo verso. Aceptamos la lectura de M. Pidal, que deja el discurso directo en la misma tirada.
2875 Ms. *adiestro de SantEsteuan de Gormaz.*
2876 Ms. *posar.*
2934-2935 Ms. *Delant el Rey finco los ynoios aquel Muño Gustioz / besava le los pies aquel Muño Gustioz.* Elimino, como casi todos los editores, el primer *aquel Muño Gustioz,* cambio el orden de *fincó los ynoios* y añado, como M. Pidal, el *Alfonsso* del v. 2936 al primer hemistiquio del 2934.

2963 Ms. *Pregonaran mi cort pora dentro en Tolledo.* Aceptamos el orden de M. Pidal.
2967 Ms. *podiendo yo vedallo.*
2986 Ms. *el rey fazie cort en Tolledo.*
2998 Ms. *que siemprel busco mal.*
3027 Ms. *oyo.*
3053 Ms. *es entrado.* Aceptamos la enmienda de M. Pidal para éste y el verso siguiente.
3054 Ms. *posado.*
3060 Ms. *faza'l alba.* Enmienda de M. Pidal, como la del v. 3062.
3062 Ms. *conplida.*
3098 Ms. *suyo.*
3152 Ms. *las.*
3160 Ms. *nos fablemos.*
3195 Ms. *de Remont.*
3197 Ms. *Se que si vos acaeçiere con ella ganaredes grand prez τ grand valor.*
3204 Ms. *tres mill marcos de plata les dio.*
3215 Ms. *Dixo Albarfanez leuantados en pie el Çid Campeador.* Aceptamos la propuesta de Marcos Marín de dividir el verso en dos, admitiendo la falta del segundo hemistiquio del primero, como en el 3197, en el 3216, en el 3236 y en otros.
3233 Ms. *ca todos fechos son.*
3236 Ms. *Fabló FerránGoçález aueres monedados non tenemos nos.*
3247 Ms. *nasco.*
3248 Ms. *lo suyo.*
3253 Ms. *ay.*
3275 Ms. *tal alta.* Aceptamos la lectura de Marcos Marín.
3318b Ms. *al.* Este verso está unido al anterior en el ms.
3360 Ms. *somos nos.* Enmienda de M. Pidal.
3361 Ms. *se leuantaua.* Enmienda de M. Pidal.
3366 Ms. *vestid.*
3369 Ms. *sabed que mas valen que vos.*
3372 Ms. *fincó.*
3394 Ms. *Simenez.* Enmienda de Montaner.
3417 Ms. *Ximenez.* Como en el v. 3422.
3445 Restori, seguido por M. Pidal y otros editores, añade *oy* para restaurar la rima.

3449 Ms. *las tener.*
3450 Ms. *señoras.*
3459 Ms. *afarto.*
3468 La rima se consigue pronunciando el diptongo *puode*, como sugiere M. Pidal.
3478 Ms. *commo buen vassallo faze a señor.*
3515 Ms. *Hy.*
3524-3525 Ms. *Ya Martín Antolínez, e vos, Pero Vermúez, / e Muño Gustioz, firmes sed en campo aguisa de varones.* Aceptamos la enmienda y lectura de Montaner.
3533 Ms. *Mas.*
3539 Ms. *con ellos son.* Añadido de M. Pidal.
3555-3556 Ms. *que non fuessen en la batalla las espadas taiadores / Colada e Tizón, que non lidiassen con ellas los del Canpeador.*
3566 Ms. *fueres.*
3637 Ms. *gela.* Aceptamos la corrección de C. Smith.
3642 Ms. *e al espada metio mano.*
3662-63 Ms. *Diagonçalez.*
3667 Ms. *Sacol del moion; Martin Antoljnez en el campo fincaua.* La enmienda evita un verso hipermétrico y lo añadido está fundado en la prosificación de la *Primera Crónica General.*
3676, 3679 y 3681 Ms. *falsso gela.*
3680 Ms. *del escudol.*
3726-3727 Ms. *Passado es deste sieglo el dia de cinquaesma / De Christus aya perdon!.*
3733-3735 Ms. muy deteriorado, prácticamente ilegible. Ed. paleográfica de M. Pidal: *En era de mill τ .C.C xL.v. años. e el Romanz / [E]s leydo, dat NOS del vino; si non tenedes dineros, echad / [A]la vnos peños, que bien vos lo dararan sobrelos.* Aceptamos la distribución de los versos y las correcciones de Montaner.

ESTE LIBRO SE TERMINÓ DE IMPRIMIR
EL DÍA 25 DE AGOSTO DE 2021